MICHELLE MORAN

Die Phönizierin

Buch

Als Prinzessin Isebel, die jüngste Tochter des phönizischen Königs, dreizehn Jahre alt ist, verheiratet ihr Vater sie mit Ahab, dem König Israels. Die Phönizier verehren die Fruchtbarkeitsgötter Baal und Aschera, während in Israel zu jener Zeit bereits der jüdische Glaube vorherrscht. Schweren Herzens folgt Isebel ihrem Gemahl in sein Wüstenreich. Dort angekommen, erfährt sie dann auch vor allem Missbilligung: Ihre nach phönizischer Art offenherzige Kleidung, ihre Schminke und vor allem ihr heidnischer Glaube führen dazu, dass die adeligen Damen ihren Umgang meiden. Nur ihr heimatliches Gefolge und ihr Mann stehen zu ihr. Um Isebels Einsamkeit und Unglück zu mildern, lässt Ahab einen prächtigen Tempel für ihre Götter bauen. Die Einweihungsfeier, bei der Priesterinnen und Priester sich – einem phönizischen Fruchtbarkeitsritual folgend – rituell vereinigen, empört die Israeliten, allen voran den Propheten Elia. Als er zum Bürgerkrieg gegen Ahab aufruft, wird er in den Kerker geworfen. Währenddessen herrscht eine schlimme Hungersnot im Land, und Isebel gelingt es, ein Mordkomplott gegen ihren Mann zu vereiteln. Und auch von außen ist das Wüstenreich immer wieder bedroht. Eine weitere Dürreperiode lässt den Konflikt zwischen Juden und Baal-Anhängern wieder aufflammen: Beide Parteien versuchen, mit Gebeten und Opfern den Regen zu beschwören. Der Prophet Elia trägt dabei den Sieg davon – und die Priester des Baal werden grausam erschlagen. Isebel ist so schockiert, dass sie eine Frühgeburt erleidet und sie und ihr Kind knapp dem Tod entgehen.

Es folgen Jahre des Friedens. Doch dann bricht der Krieg zwischen Israeliten und Aramäern aus, und Ahab fällt in der Schlacht. Isebel ist untröstlich, doch sie lässt sich die Regentschaft über Israel nicht entreißen …

Autorin

Michelle Moran, geboren in San Fernando Valley/Kalifornien, begann bereits im Alter von zwölf Jahren zu schreiben. Während ihres Studiums setzte sie sich intensiv mit historischen Stoffen auseinander und unternahm zahlreiche Forschungsreisen. Eine archäologische Grabung, an der sie in Israel teilnahm, schenkte ihr wertvolle Erkenntnisse für ihren Debütroman. Heute unterrichtet die Autorin Englisch an der High School und schreibt an ihrem zweiten Roman.

Michelle Moran

Die Phönizierin

Roman

Aus dem Amerikanischen
von Monika Koch

BLANVALET

Originaltitel: »Jezebel«

Umwelthinweis:
Alle bedruckten Materialien dieses Taschenbuches
sind chlorfrei und umweltschonend.

Blanvalet Taschenbücher erscheinen
im Goldmann Verlag, einem Unternehmen
der Verlagsgruppe Random House GmbH.

1. Auflage
Deutsche Erstausgabe Dezember 2003

Umschlaggestaltung: Design Team München
Umschlagmotiv: Charles Landelle
Satz: deutsch-türkischer fotosatz, Berlin
Druck und Bindung: GGP Media, Pößneck
Verlagsnummer: 35775
Redaktion: teXt in form, Gerhard Seidl
LW · Herstellung: Heidrun Nawrot
Made in Germany
ISBN 3-442-35775-6
www.blanvalet-verlag.de

Vorwort

Niemals wird man mein Gesicht vergessen. Von heute an bis in alle Ewigkeit werden die Maler es festhalten, um an mein freizügiges Leben und meinen Untergang zu erinnern. Mein dickes bronzefarbenes Haar, so dunkel wie die verschmähten Idole, wird dich an die falschen Götter gemahnen, die mein Volk angeblich nur auf mein Geheiß hin verehrte. Mein Erbe, so reich und fruchtbar wie das Land, das mich einst hervorbrachte, wird zerrissen und aufgeteilt werden, und du wirst dich nur noch daran erinnern, dass ich einst den Boden mit meiner Gegenwart befleckt habe. Und mein Name ... In deinen Ohren wird er wie der Name einer gewöhnlichen Hure klingen – als ob ich niemals Königin gewesen wäre, niemals ein Reich regiert und niemals heldenhaft an der Seite meiner Soldaten gekämpft hätte, um die Götter meiner Mutter und ihre Rechte zu schützen und das Lebensrecht meines Volkes zu bewahren.

Bedauere nicht, dass ich mein Leben auf diese Weise ende. Ich, Isebel, Königin von Israel, Tochter Ethbaals, Gemahlin Ahabs, Prinzessin von Tyrus und Sidon. Vielleicht wendest du dich allein bei der Erinnerung an mich schon in Grausen und willst meine Geschichte gar nicht mehr hören. So viele Jahrhunderte war sie unter Zorn und Verachtung begraben, dass du schon gar nicht mehr glauben kannst, was ich dir zu sagen habe. Wenn du nur wüsstest, wie ahnungslos du einst dem Geflüster deiner Mutter geglaubt hast, als du auf ihrem Schoß saßest ... Dabei hat sie nur wiederholt, was Männer ihr eingeflüstert haben, die ihr ihren Glanz neideten und sie der Macht berauben wollten, die sie einst besessen. Höre meine Geschichte. Denn du, Kind der Aschera, bist meine letzte Zuflucht. Meine letzte Stimme. Meine eigene wird bald verstummen, obwohl ich noch hier in den vertrauten Räumen sitze, mein Haar kämme und mein Gesicht schminke, als ob ich morgen an den Hof zöge. Doch morgen wird es zu spät sein. Morgen werden meine Götter ermordet werden. Mein Volk wird hingeschlachtet und mein Name getilgt werden. Als ob er niemals dem tiefen Brunnen des Lebens entsprungen wäre, der selbst den verzweifelten Soldaten, die Mutter im Kindbett und auch die Tochter erfrischt, die kein Erbe mehr antreten wird. Schon vermischen sich die Farben auf der Palette, und erste Gedichte über Israels ausländische Königin entstehen. Doch all diese Bilder geben meine Erinnerungen nicht wieder. Und die Lieder sind nicht die, die ich einst gesungen habe. Höre meinen Gesang, Kind der Aschera, denn er ist auch der deine, selbst wenn du dich nicht mehr daran erinnerst. Vielleicht wird meine Geschichte deine Erinnerung wecken, und vielleicht wirst du, wenn alles vorüber ist und ich gegangen bin, in meinen Gesang einstimmen …

Tyrus

Als Kind habe ich meine Mutter nur höchst selten zu Gesicht bekommen. Nur wenn wir zusammen ans Meer gegangen sind und vor der hölzernen Statue der Göttin Aschera ihr und ihrem Gefährten Baal ein Trankopfer aus mit Honig gesüßtem Wein dargebracht haben. Deshalb erinnere ich mich auch so klar – so klar, wie das Wasser aus der Quelle sprudelt – an den Tag, als sie mich zum ersten Mal wie eine erwachsene Frau behandelt hat. An diesem Tag betrat die stolze Königin von Sidon und Tyrus, die Königin des reichsten Landes im Osten, mein Zimmer. Eine doppelte Perlenschnur umschmiegte ihr Haar und ihren Hals und endete zwischen ihren Brüsten. An ihren Armen klimperten goldene und gläserne Reifen, und winzige silberne und gläserne Glöckchen klingelten an ihren Knöcheln. Sie duftete nach Sandelholz und Lotosblüten.

»Meine liebe Isebel«, begann meine Mutter mit sanfter Stimme. Wie Wassertropfen perlten die Silben von ihren Lippen. »Weißt du, was allen Tieren in der Natur gemeinsam ist?«

Der Duft von Balsam und Öl, der ihrem Haar entstieg, verwirrte mich ein wenig. Ihr Haar war so schwarz wie der Wein aus Tyrus.

»Bei den Tieren regieren die Männer«, antwortete ich.

Als daraufhin die Königin den Kopf zu mir, ihrer jüngsten Tochter, neigte, betrachtete ich die hohen Wangenknochen, die ich von ihr geerbt hatte. »Das stimmt.« Meine Mutter nickte bedächtig. »Aber es gibt da noch etwas anderes.« Ihre geschminkten Lippen pressten sich aufeinander. Doch als sie meine Verwirrung bemerkte, klärte sie mich auf. »Ich meine die Tarnung. Ein Leopard hat Flecken, ein Zebra Streifen, eine Löwin die Farbe des Staubs und das Kamel ein Fell wie Sand.« Ihre dunklen Augen, so blank wie polierter Onyx, überprüften, ob ich ihr auch zuhörte. »Verstehst du das, Isebel?«

Ich grub die Schneidezähne in die Unterlippe – eine nervöse Angewohnheit, die ich mein Leben lang beibehalten sollte. »Natürlich«, antwortete ich beherzt. »Wir Frauen tarnen uns doch auch. Schminke und Pasten schützen uns vor der Sonne und dem Alter, und wir verschmelzen mit unserer Umgebung, um unsere Stärke und Macht unsichtbar zu machen.«

Die Königin war sichtlich überrascht.

»Innascha«, sagte ich nur. Vor genau neun Monaten, als mein Körper zum ersten Mal das Blut des Mondes erlebte, hatte meine Amme Innascha mir alles erklärt. Sie hatte mir außerdem gezeigt, wie man die Augen mit Kohle schwärzte und wie man Jasminextrakt herstellte, um den Körper von morgens bis abends duften zu lassen.

»Gut«, sagte meine Mutter zufrieden. Ich konnte allerdings nicht erkennen, ob Innascha oder ich sie mehr beeindruckt hatte. Dann ergriff sie meine Hand. »Komm mit, Isebel. Ich möchte dir etwas zeigen.« Auf dem Weg durch den Palast hörte ich irgendwo in einem der sonnendurchfluteten Höfe meine Brüder lachen, dass es sogar das Plätschern der Brunnen übertönte. König Ethbaal liebte das Spiel des Wassers. Denn Wasser spendet Leben. Ob meine Schwestern mir die Stunden mit der Königin neideten, wenn sie davon erfuhren?

Vor einer geschnitzten Tür hielten wir inne. Zwei Wächter traten zur Seite und stießen die Flügel zu einem Gemach auf, das ganz mit purpurfarbener Seide ausgeschlagen war. Von Innascha wusste ich, dass sich nur die Tyrer auf die Gewinnung dieser Farbe aus der Murexschnecke verstanden. In einer Nische stand eine Statue der Aschera und wachte über die Gemächer der Königin. Zu ihren Füßen brannte Weihrauch und hüllte die wunderschöne nackte Göttin in einen zarten Dunstschleier ein.

»Komm, Isebel.«

Ich hielt den Atem an, als meine Mutter mich an ihren Schminktisch setzte, und hatte nur noch Augen für die vielen Tiegel und Gefäße. Und für die großen Tridacnamuscheln vom Strand in Sidon, in denen die Schminke gemischt und aufbewahrt wurde. Ob ich endlich auch mein Gesicht mit Hilfe dieser Zaubermittel verschönern durfte? Meine drei älteren Schwestern durften es schon lange, und sie durften auch dem Tanz der Aschera im Tempel beiwohnen. Das Blut in meinen Ohren rauschte im Rhythmus der Brandung. Ob man mir in diesem Jahr endlich auch den Zutritt zum Tempel gestatten würde? Ich starrte noch immer auf die elfenbeinernen Salbengefäße, auf das Parfümkännchen in Gestalt der Göttin und auf die Schalen mit zerstoßenen Mandeln und Beeren, als plötzlich ein Seufzer meiner Mutter das leise Plätschern des Wassers übertönte.

»Du bist eine wunderschöne Frau, Isebel. Du wirst bald verheiratet werden und uns dann verlassen und deinem Mann in sein Land folgen. Die Frauen der meisten Länder genießen keine Erziehung, wie wir sie kennen, und sind nicht gebildeter als die Sklaven, die ihnen die Früchte bringen. Doch es ist nicht Ascheras Wille, dass du, meine vierte Tochter, einem anderen Gott untertan wirst. Du, die du deiner Schwester Dido an Klugheit kaum nachstehst, sollst niemandes Dienerin werden.« Ich errötete wegen des schmeichelhaften Vergleichs mit meiner ältesten Schwester. »Du bist vom Glück begünstigt, mein Kind. Die Göttin hat dir eine makellose Haut geschenkt, die von Salben und Farben nur betont, aber niemals überdeckt werden kann. Sollte dein Mann dir eines Tages einmal ein lieber und vertrauter Freund geworden sein, darfst du ihm dein wahres Gesicht enthüllen. Aber dieses Recht muss er sich verdienen, Isebel. Denke stets an das, was ich dir heute sage, und erinnere dich immer an die Göttin, die dir das Leben gegeben hat. Sie hat mir viele Töchter geschenkt, damit ich sie in die Welt schicke und die Könige fremder Länder auf einen besseren Weg führe. Nicht überall beerben Frauen ihre Mütter«, fügte sie mit warnendem Unterton hinzu.

Ich riss die Augen auf und vergaß sogar die Farben und Pasten. »Was meinst du damit?«, flüsterte ich. Wie konnte eine Frau nicht den Besitz ihrer Mutter erben – außer sie war eine Mörderin oder eine Diebin?

Meine Mutter blickte auf ihre Hände und sprach dann mit bewegter Stimme weiter. »In den meisten Reichen außerhalb von Sidon und Tyrus beerbt der Sohn seinen Vater.« Sie schüttelte den Kopf. »Eine Frau ist dort nur eine Dienerin. Eine Dienerin ohne Land und ohne Geld.«

Ich starrte meine Mutter an, als ob sie in einer fremden Sprache gesprochen hätte, aber sie wich meinem Blick nicht aus. Demnach war es die Wahrheit. Weshalb sollte sie ihre Tochter auch belügen und eine solch schreckliche Geschichte erfinden?

Die übrigen Stunden in Gegenwart der Königin vergingen in beunruhigtem Grübeln. Ich kann mich kaum mehr erinnern, wie ihre Dienerinnen mich schminkten und in ein Abbild der Göttin Aschera verwandelten. Sogar jetzt, im Angesicht des bevorstehenden Todes, kann ich nur wenige Bilder dieser unschuldigen Szene heraufbeschwören. Eine Mutter, die ihrer Tochter die Wahrheit des Lebens enthüllt. Und diese Wahrheit sollte sich nur allzu rasch bestätigen.

Wie dieser Nachmittag bereits angedeutet hatte, durfte ich in diesem Jahr zum ersten Mal dem Tanz der Aschera, der Göttin des Meeres und der Fruchtbarkeit, Urmutter der Götter und Tochter des Re, beiwohnen. In den Wochen vor der Zeremonie fragte ich mich immer wieder bang, was werden sollte, falls meine Mutter und mein Vater mich tatsächlich mit einem Mann verheirateten, der gebildete Frauen als Beleidigung erachtete. Wie sollte ich fern von Tyrus und Sidon, fern von dem ältesten und mächtigsten Königreich in einem barbarischen Land wie dem eines Hirtenkönigs leben können? Mit schwerem Herzen beobachtete ich die Reisevorbereitungen. Vielleicht konnten mir ja die Priester des Baal Antwort geben. Oder der Tanz der Aschera würde mir Erleuchtung bringen.

Am letzten Tag des Monats *Ziv* wurden die Kamele beladen. Die Karawane erwartete uns auf dem Festland jenseits der schmalen Meerenge, die die Stadt Tyrus vom übrigen Reich meines Vaters trennte – vom Reich meines Vaters, das jedoch genau genommen meiner Mutter gehörte. Am Strand vor dem Palast erwarteten uns lange schmale Boote mit Schnitzereien, die die Heldentaten meines Vaters priesen. Gebräunte Sklaven ruderten uns mit schnellen Paddelschlägen ans andere Ufer.

Die Reise in den nördlichen Teil unseres Landes zum großen Baaltempel in Sidon dauerte mehr als einen ganzen Tag und eine Nacht. Hunderte von Künstlern begleiteten den Zug. Musikanten und Schlangenbeschwörer gingen voran, und hinter der Familie in den Sänften folgten dunkelhäutige Tänzerinnen in bunten Schleiern, gelenkige Akrobaten und kleine Jungen, die auf ihren Stöckchen mit zahllosen Schellen kleine Äffchen mit sich trugen. Pausenlos eilten Diener hin und her und versorgten uns mit Säften, Wasser und frischen Früchten. Zwölfmal hatte ich diese Pilgerreise nach Sidon schon mitgemacht, aber nie hatte ich den Tempel während des Tanzes betreten dürfen. In diesem Jahr jedoch war ich eine Frau und würde endlich in alle Geheimnisse eingeweiht werden.

Ich lehnte mich zurück und versuchte, meine Augen vor dem Sand zu schützen. Didos und meine Sänfte war zwar von Schleiern verhüllt, aber der Wind blies so stark, dass er ständig Sand zu uns hereinwehte.

»Dieser lästige Sand!« Ärgerlich rieb Dido ihre geschwollenen Lider. Dabei quoll eine spiralförmige rote Locke unter ihrem silbrig schimmernden Kopftuch hervor. Von Ethbaals Töchtern war Dido die einzige, deren Haar an Sonnenstrahlen erinnerte – angeblich war die flammende Pracht das Erbe unserer Großmutter. »Das werde ich ändern.« Dido zog einige Haarnadeln aus ihrer Frisur und beugte sich quer über die Sänfte, so dass die Träger vernehmlich stöhnten und nur mühsam das Gleichgewicht halten konnten. Mit den Nadeln spießte sie die Seide auf dem hölzernen Rahmen der Sänfte fest. »So!« Zufrieden lehnte sie sich zurück.

Ich starrte meine Schwester an, als ob ihre Tatkraft und ihr Einfallsreichtum irgendwo in ihren muskulösen Armen und Schenkeln zu lesen stünden.

»Du musst nur so denken, wie unsere Lehrer uns das gelehrt haben, Isebel«, sagte sie. »Dann wird kein Mann jemals über dich herrschen.«

Ich beobachtete Dido sehr genau, wie ich das schon immer tat. Von ihr hatte ich tanzen, trinken und Karten spielen gelernt wie ein sidonischer Soldat. Aber sie hatte auch mit mir auf den Felsen am Meer gestanden und zusammen mit mir dem Wind gelauscht.

»Hörst du es?«, hatte sie mich gefragt. Brausend war ihr der Wind durch das Haar gefahren und hatte es im Mondlicht rot und golden aufleuchten lassen.

Ich hatte Stimmen gehört. Entfernte Stimmen und leises Lachen und etwas, das wie kleine Tempelglöckchen klang. »Was ist das?«

»Sie singt.« Lächelnd hatte Dido die Hände über die Wellen ausgestreckt.

»Wer?«

Der Wind hatte ihr Gewand so eng gegen ihren Körper gepresst, dass sie praktisch nackt war. »Aschera.«

Ich starrte zu meiner Schwester hinüber, die stark und bronzefarben wie eine Statue der Göttin Anat in den Kissen der Sänfte lehnte.

»Eines Tages wirst du heiraten, Isebel«, sagte sie, »und dann musst du findig sein.«

Ich neigte meinen Kopf, bis ich den goldenen Ohrring an meiner Schulter spürte. »Und du?«, fragte ich zurück. »Wann wirst du heiraten?« Obwohl Dido viereinhalb Jahre älter war als ich, war sie noch nicht verheiratet wie unsere beiden mittleren Schwestern. Ich konnte sie mir auch nicht als Ehefrau vorstellen. Dido das Eigentum eines Mannes? Nein, auch nicht für drei Kisten Gold oder ein Meer voller Gewürze.

»Unser Vater muss mich nicht verheiraten, denn ich werde ein eigenes Reich gründen.« In ihren Augen sah ich die fernen Reiche bereits schimmern.

Ich war nicht überrascht. »Wie unsere Brüder«, sagte ich. »Wie ein Sohn.«

Dido lächelte. »Genau so.« Zwinkernd beugte sie sich zu mir herüber. »Eigentlich hätte ich ein Junge werden sollen.«

Ich starrte auf das schimmernde Haar unter den Schleiern. Als Mann konnte ich mir meine Schwester wirklich nicht vorstellen. Und mich als Sklavin ebenso wenig. »Aber Dido!«, rief ich tadelnd, doch sie lachte nur.

»Auch wenn du es nicht glaubst – es ist die Wahrheit.« Sie fächelte sich Kühlung zu. »Der Hohepriester Baals hat meiner Mutter damals einen Sohn geweissagt. Der König war überglücklich, und von überallher trafen prächtige Kleidungsstücke für den zukünftigen Prinzen von Tyrus und Sidon ein. Doch als die Königin gebar, war es ein Mädchen.« Dido grinste. »Du siehst also …«

Ich versuchte, sie mir mit kurzen Haaren vorzustellen. »Du schleuderst den Speer weiter als jeder unserer Brüder«, ergänzte ich. »Und keine andere Frau kann so schnell schwimmen wie du.« Wie gerne hätte ich wie Dido die Soldaten meines Vaters in Wettkämpfen beeindruckt. Selbst bei Trinkgelagen wurde sie als

Kumpan akzeptiert. Und dort roch es eher nach Schweiß und Leder als nach Myrrhe und Lotos wie in den Gemächern der Königin. »Aber wenn du nicht heiratest, dann bin ich an der Reihe«, sagte ich und nagte an meiner Unterlippe.

Dido lächelte weise. »Du musst dich nicht fürchten, Isebel.« Sie schüttelte den Kopf. »Du wirst für jeden Mann ein Gewinn sein. Der Tanz der Aschera wird außerdem alle deine Fragen beantworten, kleine Schwester.« Ihre Augen glitzerten, doch ich verstand kein Wort.

»Welche Fragen?« Ich war ratlos.

Dido lachte über meine Verlegenheit. »Über Männer natürlich.«

Ich starrte meine Schwester nur an.

»Nun ja, alle Fragen über die Hochzeitsnacht und die Vereinigung der beiden Körper.«

»Wie bitte?« Schützend umfasste ich meine Brüste.

Dido zog die Brauen hoch. »Davor hast du doch Angst, nicht wahr?«

»Ich weiß nicht«, antwortete ich etwas verunsichert. »Darüber habe ich noch nie nachgedacht.«

Dido grinste. »Hat Innascha dir denn noch nie ...«

»Natürlich hat sie. Sie hat gesagt, dass es anfangs wehtun, danach aber sehr schön sein würde. So schön wie ...«

»Das rhythmische Bürsten der Haare, wenn die Knoten endlich beseitigt sind.«

Ich riss die Augen auf. »Woher weißt du das?«

Dido lachte leise und rückte die Schleier zurecht. »Sie hat mir genau dasselbe gesagt, als ich zum ersten Mal geblutet habe. Das ist jetzt fünf Jahre her.« Sie wirkte nachdenklich, aber sie schien nicht zu bedauern, dass sie noch immer Jungfrau war. Oder auch nicht.

Als die Sonne unterging, erstrahlte der Himmel in Rosa und Lavendel. In der Kühle der Dämmerung zog die Karawane noch ein ganzes Stück weiter. Es war die beste Zeit zum Reisen. Ein schwangerer Mond stieg am Himmel empor. Meine Schwester und ich lehnten uns in die Kissen und schlummerten ein wenig. Zwar waren wir nicht so müde wie die Männer, die unsere Sänfte trugen, aber der schaukelnde Rhythmus wirkte einschläfernd.

Als wir erwachten, war es längst Tag. Dass wir nicht seekrank waren, verdankten wir allein der Tatsache, dass die Karawane inzwischen angehalten hatte. Während der heißesten Zeit des Tages mussten die Sklaven neue Kräfte sammeln. Halb nackt schliefen sie auf den Felsen im Schatten einiger Palmen. Und ich vertrieb mir die Zeit, indem ich Dido befragte, was der Hohepriester und die Priesterin der Aschera während des Tanzes im Tempel taten. Ich wusste, dass es bei der Feier um die Erneuerung des heiligen Bundes zwischen Erde und Meer ging. Und ich wusste auch, dass Pilger die Segnungen der Tempeldiener und Tempeldienerinnen gegen Gold und wertvolle Steine eintauschen konnten. Die heilige Zeremonie verhalf Männern wie Frauen zu tiefer Zufriedenheit und füllte gleichzeitig die Schatztruhen des Tempels. Was die Segnungen anging, so machte ich mir keine Illusionen. Auch nicht über das Gepränge des Zeremoniells. Doch all das erklärte noch nicht, warum ich dreizehn Jahre lang auf diesen Augenblick hatte warten müssen.

»Willst du es wirklich wissen?«, fragte Dido. »Ist das nicht vielleicht ein bisschen zu viel für dich?«

»Nein«, wehrte ich ab. »Sage es mir endlich.«

Dido lächelte. »Nun gut. Während des Tanzes wird die Hohepriesterin zusammen mit unserem Vater die Erschaffung unserer Welt erneuern.« Und spöttisch fügte sie hinzu: »Um den Frauen und den Feldern neue Fruchtbarkeit zu verleihen.«

Wahrscheinlich habe ich sie wie einer der großäugigen Fische im Palastbrunnen angestarrt. »Und meine Mutter ist mit allem einverstanden?« Ich stöhnte beinahe.

Meine Ahnungslosigkeit amüsierte Dido. »Aber natürlich! Sie

unterstützt es sogar. Ohne die Verehrung unserer Männer für Aschera wären wir Frauen alle wie die, die Jahwe anbeten – ohne Land und ohne Rechte.«

Damals habe ich zum ersten Mal von Jahwe gehört. Im Haus meines Mannes sollte ich seinen Namen noch viele tausend Male hören. Und zwar aus dem Mund geifernder Propheten und wütender Männer, denen ihre Frauen davongelaufen waren, um im Tempel der Aschera Würde und Respekt – und, wichtiger noch – Erfüllung als Frau zu finden.

Ich streifte frische Kleidung über und tauschte die silbernen Spangen an Hand- und Fußgelenken gegen goldene Reifen, die weich wie Sand über meine Haut glitten. Dido flocht mir einen wunderschönen Zopf rund um mein Gesicht, was eigentlich Aufgabe der Dienerinnen gewesen wäre. Doch ich konnte ihr die Freundlichkeit nicht vergelten, denn ihr störrisches Haar erforderte geübtere Finger als die meinen.

»Wozu sollten sie mir auch nützen? Ich werde ohnehin nie so schön wie du – ob mit oder ohne Zöpfe«, stellte Dido neidlos fest.

»Aber du *bist* schön!«, widersprach ich, doch Dido winkte ab.

»Die Frauen fürchten sich vor mir.« Ihre muskulösen Schultern zuckten.

»Aber die Männer nicht.«

Dido lächelte schalkhaft. »Die schnellen jedenfalls nicht«, sagte sie, und ich hatte keine Ahnung, ob sich diese Bemerkung auf den Körper oder den Geist der Männer bezog.

Bei der Ankunft in Sidon leuchtete der Palast meiner Mutter wie eine weiße Muschel über dem weiten Sand. Unsere Träger brachen erschöpft zusammen, doch sofort eilten Diener aus dem Palast herbei und erfrischten die Hingesunkenen mit Speisen und Getränken.

Wie so oft in der heißen Jahreszeit war die Nacht stickig. Nackte Sklaven fächelten uns mit riesigen Palmwedeln Kühlung zu, damit uns beim Schlafen nicht die Haare am Hals festklebten. Aber ich war so gespannt auf den Tanz, dass ich kaum Ruhe finden konnte. Kurz vor Anbruch der Dämmerung sah ich einen Schatten an meinem Zimmer vorüberhuschen. Einen großen, muskulösen Schatten mit langen Haaren und einem kurzen Schwert an der Hüfte.

»Dido?«, flüsterte ich in die Dunkelheit.

Der Schatten hielt inne und wandte sich um. Ich wusste, wohin sie ging.

»Ich möchte mitkommen«, sagte ich, und Dido wartete, bis ich etwas übergezogen hatte.

Zusammen kletterten wir über die glitschigen Felsen an der Küste in die Höhe. Hier in Sidon war Ascheras Stimme längst nicht so deutlich zu vernehmen wie in Tyrus. Ich betrachtete Didos Silhouette im Mondlicht. Die stolzen Brüste, die gerade Nase, die schimmernden Augen. Und ich beobachtete, wie der Wind die Locken nach hinten blies. Als ich sie an der Schulter berührte, lächelte sie mir zu und streichelte über mein Profil.

»Was schmeckst du im Wind?«, flüsterte sie.

»Gewürze«, antwortete ich mit geschlossenen Augen. »Seltene Gewürze aus fernen Ländern.«

Dido nickte. »Dies ist der Wind des Erwachens.«

Nebeneinander lauschten wir lange Ascheras Lied. Ich spürte, wie der Wind sich den Weg durch mein Haar bahnte, meinen Hals streichelte und den Stoff meines Gewandes wie eine zweite Haut gegen mich presste. So verharrten wir, bis die Sonne aufging, und als ich wieder in mein Bett kroch, war der Tag längst schwül und heiß geworden.

An den schmutzigen Fußsohlen erkannte Innascha sofort, dass ich Dido begleitet hatte, aber sie sagte nichts, als sie uns weckte. Nach der stickigen Sommernacht war das kalte Badewasser angenehm erfrischend. Innascha schrubbte mich und ölte anschließend meine Haut. Dann streifte sie mir das vornehmste Gewand über, das ich besaß, und schlang eine Kette aus Jade und Korallen um meinen Hals. Sie flocht mir viele kleine Zöpfe, die meinen Kopf wie dunkle Schlangen umgaben, und die kleinen wertvollen Steine an den goldenen Haarnadeln funkelten wie Augen. Zum Schluss hielt ich geduldig still, während Innascha meine Augen und meine Lippen schminkte. Als ich mein Bild im blanken Metallspiegel betrachtete, war ich überrascht. Eine Prinzessin – bereit für Aschera, dachte ich. So wunderschön wie die Göttin selbst. Und in Erwartung ebenso prächtiger Brüste. In der letzten Zeit hatte ich nämlich bemerkt, dass sie bereits sprossen.

Die Prozession vom Palast zum Tempel machte mich nervös. Ich konnte es nicht leiden, wenn mir Menschen in der stickigen Sommerhitze zu nahe kamen. Ich herrschte sogar meine liebe Innascha an, dass sie mich ausgerechnet in mein dickstes Seidenkleid gesteckt hatte. In der brütenden Hitze klebte mir der schwere Stoff wie ein feuchter Lappen auf der Haut. Aber es half alles nichts. Wie so oft erinnerte mich meine Amme mit freundlichem Lächeln daran, dass ich an diesem Tag besonders schön aussehen wollte. Außerdem sollte ich an die zahlreichen Freier denken, die sich im Tempel versammeln würden. Dieser Gedanke besänftigte mich ein wenig, denn inzwischen konnte ich kaum erwarten, es meinen beiden Schwestern gleichzutun und mich zu verheiraten.

Als kurze Zeit darauf das weiße Gebäude des Tempels mit den beiden hoch in den Himmel ragenden Säulen davor in Sicht kam, waren alle Launen vergessen, und ich konzentrierte meine Gedanken ganz auf Aschera und Baal.

Die Trompeter bliesen, und schon öffnete sich vor dem König und seiner Familie eine Gasse. Zu Ehren der Götter streuten Diener weiße und rosafarbene Rosenblüten auf unseren Weg. Die Priesterinnen der Aschera waren von Kopf bis Fuß in weiße Schleier gehüllt, doch der Stoff war so durchsichtig, dass nichts der Fantasie überlassen blieb. Der Duft des Weihrauchs kitzelte mich in der Nase und übertönte die sehr viel irdischeren Gerüche nach Kameldung und brennendem Holz. Begleitet von fünfzig Wächtern betraten wir den Tempel und nahmen in der ersten Reihe Platz. Mein Vater saß, geschmückt mit blauen Juwelen und Gold, auf der linken Seite vor einem Altar. Dies war vermutlich der Ort, wo er und die Hohepriesterin dem Land neue Fruchtbarkeit bescheren würden. Und ihre Verehrung für Baal bekräftigen würden, wie Dido sich ausgedrückt hatte.

Neugierig musterte ich die Priesterinnen, die sich dem Dienst an der Göttin verschrieben hatten und den Pilgern Segnungen und Freuden spenden mussten. Was empfanden sie, wenn ein Mann in ihren Körper eindrang und Leben spendete? Wie fühlte sich das an? Dank der vielen Statuen wusste ich, wie ein Mann aussah, und auch die Vereinigung von Mann und Frau war mir nicht völlig fremd. Dazu musste ich mir nur die vielen Reliefs in unserer Stadt vor Augen führen. Trotzdem konnte ich mir nicht vorstellen, nackt vor einem Mann zu stehen, seine Blicke auf meinen Brüsten zu spüren und seine Hand zwischen meinen Schenkeln zu fühlen.

Als einer der Tempeldiener mich unverhohlen anstarrte, schubste Dido mich, und ich errötete. In Ethbaals Königreich war die Vereinigung von Mann und Frau ein Fest, und ich fragte mich, wer mich wohl in die Liebe einführen würde. Sicher keiner der einfachen Tempeldiener. Eine Prinzessin hatte Anspruch auf einen der Hohepriester. Aber auf welchen? Dieses Amt wechselte von Jahr zu Jahr.

Eigentlich war das Leben der Priester und Priesterinnen in Ethbaals Reich nicht schlecht. Sie durften sogar heiraten. Und wenn eine Frau eine Heirat ablehnte und trotzdem Sehnsucht nach einem Kind verspürte, konnte sie einfach mit einem Mann schlafen und ein Kind bekommen. Eine unfruchtbare Frau durfte sogar ein Kind adoptieren. Wenn ich heute auf diese Zeit zurückblicke, so wird mir bewusst, wie kostbar diese Freiheiten waren. Und wie zerbrechlich.

Während ich noch die Priesterinnen und Priester beobachtete, ertönten einige Trompetenstöße, und die freie Fläche vor dem Altar leerte sich. Gleich darauf schwebten die Klänge einer Lyra durch Baals Haus, in dem sich die Vornehmen des Landes und das gewöhnliche Volk drängten. Süße Stimmen erhoben sich, um die Göttin Aschera zu lobpreisen.

Gelobt sei die Herrin der beiden Länder. Unterwerft euch der Mutter aller Götter. Möge sie ein glückliches Begräbnis nach langem Leben gewähren. Ein Begräbnis in der Wüste westlich von Theben. Möge sie uns täglich ihre Schönheit schenken.

Mit tanzenden Schritten betraten der Hohepriester und die Hohepriesterin in fließenden weißen Gewändern die freie Fläche. Der Priester trug eine bronzene Statue des Baal in seinen Händen und die Frau ein Götterbild der Aschera, die sie zur Melodie der Lyra und unterstützt vom Klang der Trommeln auf den Altären abstellten. Anschließend tanzten die Tempeldiener und Tempeldienerinnen in verschlungenen Figuren über die Bühne. Dabei umwehten ihre Schleier sie im Rhythmus der Wellen, schlangen sich umeinander und lösten sich wieder, und die Arm- und Fußreifen erzeugten einen ganz eigenen Klang, wenn sie beim Tanz aneinander schlugen.

Als Nächstes wurde ein Käfig voller Schlangen in den Tempel gebracht. Während das Publikum noch mit offenen Mündern dasaß und staunte, stellte der Hohepriester den Käfig auf dem Altar des Sturmgottes ab. Dann zog er ein dünnes, rohrähnliches Instrument aus seinem bronzenen Gürtel und begann zu spielen. Wie von Dämonen besessen wiegten sich Ascheras heilige Tiere im Takt der magischen Töne und fixierten das Instrument mit ihren eng stehenden Augen. Selbst mein Vater war zutiefst beeindruckt. Ich beobachtete den jungen Priester mit wachsendem Respekt und bewunderte den Tanz der Schlangen. Es war ihre Fähigkeit, sich zu häuten und immer wieder ein neues Leben zu beginnen, das sie in den Augen der Sonnengöttin vor allen anderen Tieren auszeichnete. Dido sagte oft, dass es keinen Krieg mehr gäbe, wenn die Menschen es nur den Schlangen nachmachen und alles Schlechte hinter sich lassen würden. Wie dem auch sei – sie glaubte ja auch, dass man das Leben der Diebe schonen müsste.

Wie in Trance verfolgte ich die sich wiegenden Schlangenleiber und bemerkte es kaum, als sich weiß gekleidete Priesterinnen auf dem obersten Podest versammelten und ihre mit langen weißen Bändern verzierten Tamburins schlugen, während zu ihren Füßen der eigentliche Tanz der Aschera begann. Mit schlangengleichen Hüftbewegungen näherte sich die Hohepriesterin im Takt der Musik der ersten Reihe und ergriff lächelnd die Hände meines Vaters. Die Menge lachte und sang, denn alle wussten, was nun folgte. Vor den Augen aller fiel ein Schleier nach dem anderen, bis die Hohepriesterin nur noch die goldenen und silbernen Reifen trug, die ihre Arme und Beine und ihren geschmeidigen Hals umschlossen. Auf dem Weg zum Altar wehte das dunkle Haar wie eine Fahne hinter ihr her und umgab ihren Kopf wie ein Fächer, als sie sich niederlegte. Wie gebannt sah ich zu, als mein Vater seine Gewänder teilte und den Akt der Fruchtbarkeit vollzog, während die Priesterin vernehmlich stöhnte.

Ich konnte mir das Stöhnen nicht recht erklären, da die Priesterin doch kein Kind bekam und auch nicht um einen toten Ehemann trauerte. Ob die Prozedur schmerzhaft war? Wahrscheinlich nicht, denn ganz offensichtlich schien die Frau großes Vergnügen zu empfinden. Oder tat sie nur so? Nein, sicher nicht. Ihr Vergnügen war echt. Selbst dann noch, als sie die Positionen tauschten und mein Vater von hinten in sie eindrang.

Dichte Weihrauchwolken zogen durch den Raum, während die Priester und Priesterinnen Baal aus Dankbarkeit ein Trankopfer darbrachten und die Tempeldienerinnen und Tempeldiener tanzten, ihre Tamburins schlugen und Lobgesänge über die Liebe anstimmten, die vor ihrer aller Augen vollzogen wurde. Als mein Vater sich schließlich von der Priesterin löste, sah ich zu meiner Mutter hinüber. Sie lächelte. Von Dido wusste ich, dass die Königin selbst von Zeit zu Zeit den Hohepriester in Sidon besuchte und mein Vater sich bei diesen Gelegenheiten ganz auf die Zuschauerrolle beschränkte.

Ich sah zu, wie mein Vater vor dem Ascherapfahl, einem goldenen Pfahl in Gestalt der Göttin, niederkniete und dem *Brot des Lebens* huldigte, das in Form kleiner Laibe anschließend herumgereicht wurde. Die goldene Aschera schien vor Stolz noch heller zu strahlen, als mein Vater sich erhob und wie ein ganz normaler Pilger eine Statue aus seinem Gewand zog und zu ihren Füßen niederlegte. Die bronzenen Götterbilder von Aschera und Baal beobachteten die Szene. Und auf dem höchsten Platz im Tempel wachte Anat, die Schönste Tochter und Schwester Baals, über das Geschehen zu ihren Füßen. Ich verrenkte mir den Hals, um die Göttin genauer zu betrachten, der besonders die Männer huldigten.

Wie die meisten der Statuen war auch diese Anat eher klein, mit kurzen Haaren und kleinen Brüsten. Zwei Fohlen umspielten sie, und ihre emporgereckten Hände hielten zwei Schlangen in die Höhe. Trotz ihrer kleinen Gestalt war Anat eine mächtige Göttin – erschaffend und zerstörend zugleich, wie die Natur selbst. Im Gegensatz zu ihrer Mutter Aschera und ihrem Gefährten Baal bewunderte ich sie am wenigsten, denn sie war brutal und badete mit Vorliebe im Blut ihrer Opfer. Im Grunde war Anat eher eine Göttin der Männer als der Frauen. In meinem späteren Leben sollte ich allerdings weit öfter ihre Hilfe erflehen als die der Aschera.

Als sich der Hohepriester die Kalotte Baals, einen goldenen Helm mit Stierhörnern und Lapislazuliintarsien, aufsetzte, wusste ich, dass sich der Tanz dem Ende näherte. In Kürze würde das große Fest beginnen. Ich fing die Blicke einiger junger Männer auf und erwiderte sie genüsslich, um sie in Verlegenheit zu bringen. Obwohl sie alle aus den besten Familien stammten, würde ich trotzdem keinen von ihnen heiraten. Vor langer Zeit schon hatte mein Vater mich für eine Allianz ausersehen, die unserem Land Nutzen bringen sollte, und man hatte mich von Kind an darauf vorbereitet, dass ich den größten Teil meines Lebens fern von Tyrus verbringen würde.

Als Abschluss der Weihehandlung tanzten die Priesterinnen in ihren Schleiergewändern vor den Altären und enthüllten dem Publikum freizügig die Mitgift ihres Schöpfers. Priester in grünen Gewändern gesellten sich zu ihnen und entführten die Tänzerinnen eine nach der anderen in verschwiegene Ecken, wo der Tanz eine heftige Fortsetzung fand. Die Priester und Priesterinnen entkleideten einander und genossen ihre Körper aufs Intensivste. Als auch sie vor Wonne stöhnten, fand ich zunehmend mehr Gefallen an diesem Schauspiel.

Nach der Vereinigung wuschen die Priester und Priesterinnen einander und zogen sich anschließend in angrenzende Räume zurück. Große Trommeln dröhnten wie schwere Schritte und ließen die Erde erbeben, während der Hohepriester Baals und die Priesterin der Aschera die Versammelten mit heiligen Wünschen verabschiedeten. Bevor ich mir dessen richtig bewusst war, war alles vorüber, und die Anwesenden strebten lärmend in einer dichten Staubwolke ins Freie. Wieder bildete sich eine Gasse für den König und seine Familie, und beim Verlassen des Tempels wurde jeder Einzelne von uns noch einmal gesegnet.

Möge Baal euch Regen schicken, wenn das Land trocken ist, und eine Dürre verhindern. Eure Brunnen sollen sich mit Wasser füllen. Und die Göttinnen sollen dich segnen, Isebel, die du so hellhäutig bist wie Anat und so schön wie Aschera.

Nachdem mein Vater seine Pflicht für die beiden Reiche von Sidon und Tyrus erfüllt hatte, erwarteten uns sieben Wagen vor dem Tempel. Ich raffte meine Röcke und stieg neben Dido ein. Anschließend fuhren wir das kurze Stück zum großen Fest vor dem östlichen Seitenflügel des Tempels. Die Tische unter den uralten Ölbäumen bogen sich unter Lammfleisch, Käse und frischen Früchten. Außer uns nahmen auch alle Angehörigen der vornehmen Familien daran teil. Die einfachen Menschen feierten die ganze Nacht hindurch mit Musik und Tanz in ihren Häusern. Von weitem konnten wir ihre Lamm- und Ziegenopfer riechen. Wir selbst opferten drei Ochsen und ließen, wie Aschera uns das gelehrt hatte, nicht das kleinste Stück verderben.

Vielleicht hatte ich zu viel Wein getrunken. Oder hatte mir die starke Sonne zugesetzt? Nach dem Essen war mir jedenfalls ein wenig schwindlig. Ich setzte mich unter einen Baum und sah den Tanzenden zu. Dido unterhielt sich mit einigen Priestern und Priesterinnen und amüsierte ihre Zuhörer mit ihren Geschichten. Meine Mutter und mein Vater schlenderten Hand in Hand von einem Familienoberhaupt der Vornehmen zum nächsten und plauderten, was Stunden in Anspruch nahm und meine Geduld auf eine harte Probe stellte. Meine unverheirateten Brüder tobten mit anderen Jungen im Garten und planschten in den heiligen Brunnen.

Als mir vor Müdigkeit fast die Augen zufielen, bemerkte ich gerade noch, dass sich jemand zu mir gesellt hatte. Ich meinte, silberne Perlenstickerei, Quasten und gefältelte Seide erkannt zu haben. Als ich voller Scham die Augen aufriss, lächelte mich ein fremdes Gesicht an. Die junge Frau war etwas älter als ich. Unverkennbar, angesichts der Wölbung ihres Kleids. Rasch fuhr ich hoch, straffte meine Haltung und hieß meine Besucherin willkommen.

»Prinzessin Isebel?«, fragte die junge Frau. Ich registrierte die sieben Spangen an ihrem Arm, die ihr Frausein anzeigten. »Ich bin Annana, die Tochter von Asa, dem König von Juda.« Ihr Gewand bestand aus ziemlich schwerem Stoff. Genauso undurchsichtig wie der Schleier, der den größten Teil ihres Gesichts verdeckte. Wie ich wusste, war Juda anders als Tyrus oder Sidon.

»Bist du gerade erst angekommen?«, fragte ich und rutschte ein wenig zur Seite, damit sie sich neben mich auf den Felsen setzen konnte.

»Ja. In der vergangenen Nacht.« Aus den kleinen Falten um ihre Augen schloss ich, dass sie lächelte.

»Dann hast du den Tanz der Aschera auch gesehen?«

Die Prinzessin von Juda senkte errötend den Kopf. »Nein. Mein Vater hat nicht erlaubt, dass ich in den Baaltempel gehe.«

Ich dachte an die warnenden Worte meiner Mutter und machte mir klar, dass Annana trotz des königlichen Diadems in Form von goldenen Buchenblättern nichts anderes als eine Sklavin war. Tapfer schluckte ich die aufkeimende Furcht hinunter. »Ich bin noch nie in Juda gewesen«, sagte ich, um das Thema zu wechseln. »Kann man Juda mit Sidon und Tyrus vergleichen?«

Die Prinzessin lachte. Es klingelte so silbrig wie die Spangen an ihrem Arm. »Juda ist ein wunderschönes Land.« Sie lächelte. »Aber trotzdem ist es ganz anders als Sidon und Tyrus. Bei uns gibt es keine Küste und kein Meer, sondern nur Flüsse.«

Ich konnte mir ein Land ohne Meer nicht vorstellen. Tyrus war sogar eine Insel und den Gezeiten unterworfen. Überall roch es nach Meer. »Und wovon lebt ihr?« Wie konnte ein Königreich ohne Schiffe, Handel und Fischer überhaupt gedeihen?

Als die Prinzessin über mein Kleid strich, sah ich viele goldenen Ringe an ihren Fingern blinken. Offenbar liebte ihr Vater sie sehr. »Zum Beispiel stammt diese Seide aus dem Land meines Vaters. Wir handeln mit sehr vielen Dingen, aber die Seide ist unser größter Stolz.«

»Gibt es in Juda große Städte?«

»Sehr große sogar.« Entsprechend groß wurden Annanas Augen. »Große Städte voller Händler. Wir verehren Jahwe zwar mehr als Baal, aber es gibt auch einige Ascherapfähle an Straßenkreuzungen und in Tempeln.«

Ich zuckte zurück, als ob Annana wie eine Schlange zum Biss ausgeholt hätte.

»Es ist nicht so, dass wir Aschera gar nicht anbeten«, erklärte die Prinzessin rasch, »aber unser Land hat oft unter Kriegen zu leiden. Deshalb steht Anat bei uns in größerem Ansehen, denn sie bringt den Sieg.«

»Aber im Krieg sterben Männer. Um die Toten zu ersetzen, braucht man Kinder. Wie kann man da Aschera nur so missachten?«

Annana zuckte die Achseln. »Wenn du erst verheiratet bist und erleben musst, wie das Land deines Mannes vom Krieg zerrissen wird, wirst du mich vielleicht verstehen. Dann wird Anat vielleicht auch deine Göttin werden.«

Ich runzelte die Stirn, wandte aber den Kopf ab. Ich dachte an meinen zukünftigen Mann und sein Land – wo auch immer es liegen mochte.

Annana musste meine Gedanken erraten haben, denn sie fragte, ob es schon einen Mann gäbe. »Mit wem will dein Vater wohl augenblicklich einen neuen Freundschaftspakt schließen? Wie ich höre, wird König Ethbaals Stärke im Krieg nur von seiner Heiratspolitik übertroffen.«

Diese Feststellung ließ mich schmunzeln. »Vielleicht mit Aram«, antwortete ich. »Oder mit irgendeinem anderen Land im Süden.« Ich wollte nicht so genau darüber nachdenken und vollführte die abwehrende Handbewegung, die ich mir bei Dido abgeschaut hatte. »Und du?«, fragte ich zurück. »Bist du schon versprochen?«

»Ich glaube, dass mein Vater einen deiner Brüder im Auge hat.«

Ich schnappte nach Luft. »Und welchen?«

»Baal-Azar.« Kichernd legte Annana den Finger auf die Lippen. »Ich denke, dass der König von Juda heute Abend mit König Ethbaal über den Brautpreis verhandeln wird.«

»Weiß Baal-Azar schon davon?« Mein Bruder war einige Jahre älter als ich und sah genauso gut aus wie alle anderen Kinder meiner Mutter.

Annana nickte. »Stell dir vor«, flüsterte sie. »Dann wären wir Schwestern.«

Ich versuchte, mir die Sklavenprinzessin als meine zukünftige Schwester und als zukünftige Frau meines Bruders Baal-Azar vorzustellen. Ihre Augen waren sanft. Wie sie wohl unter dem Schleier aussah?

»Schwestern ... nun ja.« Ich lächelte. »Allerdings werde ich mein Elternhaus bald verlassen.« Mein Herz war schwer. Irgendwie fürchtete ich mich vor den Ländern im Süden, wo man Frauen wie Tote verhüllte und Herrscherinnen zu Sklavenköniginnen degradierte.

»Wer weiß«, sagte Annana. »Vielleicht bekommst du ja einen gut aussehenden Mann. Und vielleicht ist sein Land sogar mächtiger als das deines Vaters.«

Ich schnaubte verächtlich. Wer konnte schon mächtiger sein als König Ethbaal? Und welche Länder wohlhabender als Sidon und Tyrus? »Und wer sollte das sein?«, fragte ich.

Die Prinzessin zuckte die Schultern. »Ein Mann wie Ahab zum Beispiel, der König von Israel. Er ist noch jung. Seine Mutter starb im Kindbett und sein Vater vor einem Jahr. Er hat alle Länder geerbt, die sein Vater erobert hat, und außerdem seine Pferdezucht.« Ihre Stimme sank zu einem Flüstern herab. »Man erzählt sich, dass es allein in Megiddo, wo seine Streitwagen hergestellt werden, zwölf Schmelzöfen für Metalle gibt. Stell dir das vor – in einer einzigen Stadt! Israel wird wieder sehr mächtig werden.«

»Aber dort wird Aschera nicht verehrt«, erklärte ich, als ob das die Möglichkeit einer Heirat von vornherein ausschloss.

»Pah!«, rief Annana mit wegwerfender Handbewegung. »Das lässt sich doch ändern. Angeblich ist König Ahab so friedfertig und sanftmütig wie Baal-Azar.«

»Wer hat dir denn das verraten?«

»Interessierst du dich denn gar nicht für Klatsch? König Ahab ist doch seit seinem Sieg über Ben-Hadad in aller Munde, als dieser Israel unterwerfen wollte.«

»Das meine ich doch nicht.« Ich wischte das Gerede über den König von Aram beiseite. »Ich spreche von meinem Bruder. Wer hat dir Baal-Azars Charakter verraten?«

»Stimmt es denn?«

Ich überlegte einen Moment lang. »Ja, man kann es wohl so sagen. Du bist nur klug, wenn du ihn heiratest, denn er ist die Sanftmut in Person und könnte dir nie etwas zuleide tun.«

Ich sah, wie Hoffnung in ihren Augen aufkeimte. Mit einem Mal wollte ich unbedingt, dass die Sklavenprinzessin meine Schwester wurde, selbst wenn uns nicht mehr viel Zeit zusammen blieb. Ich sagte es ihr, und am Abend kletterten wir zusammen auf das Dach des Palastes, um die Könige von Sidon und Juda im Innenhof beim Feilschen um den Brautpreis und die Mitgift in Seide und Gold zu belauschen.

»Zwei Truhen kostbarster Metalle und sieben Paar Sandalen aus Walrossleder«, hörte ich meinen Vater sagen. Ich spürte, wie mein Unterkiefer herabsank. Sieben Paar Sandalen! Aus Walrossleder? Voller Stolz sah Annana mich an. Wir kauerten im Schatten einer Mauer, doch es behelligte uns niemand, obwohl uns einige Wachen gesehen haben mussten.

»Und wie steht es mit Gewürzen?«, fragte der König von Juda.

»Was auch immer mit der nächsten Flotte ins Land kommt«, versprach König Ethbaal. »Und nun sagt, welche Mitgift bekommt Eure Tochter?« Diese Frage war der eigentliche Grund für sein großzügiges Angebot von sieben Paar Sandalen. Noch dazu aus Walrossleder.

»Die Handelsrechte in Edom – Eure Schiffe können dort jederzeit unbehelligt anlegen. Ohne Steuern zahlen zu müssen, natürlich.«

Mein Vater schwieg. War das alles, was der knauserige Judäer geben wollte? Meine neue Freundin hielt den Atem an und wirkte ein wenig enttäuscht. Deshalb also durften Frauen nicht an solchen Unterredungen teilnehmen.

Mein Vater wartete noch immer.

»Und ...«, meinte der König von Juda schließlich ganz beiläufig, »und außerdem noch vierzig Kamele.«

Mein Vater überdachte das Gesagte. Schließlich hörten wir zustimmendes Gemurmel von unten, und dann umarmten sich die beiden Könige. Ich grinste. Demnach würde Annana also doch meine Schwester werden.

Friede und Krieg

Eine Woche nach dem Tanz der Aschera wurde offiziell bekannt gegeben, dass mein Bruder Baal-Azar Annana, die Tochter des Königs von Juda, heiraten würde. Im Schein einiger in Teer getauchter Schilffackeln stand ich im Dunkeln auf dem Umgang des Palasts und blickte auf das Meer hinaus. Mein helles Kleid flatterte wie Schmetterlingsflügel im Wind. Ich dachte an Annanas bevorstehende Rückkunft und meine eigene Zukunft. Was, wenn Dido Recht behalten sollte? Was, wenn meine Mutter und mein Vater einen Bund mit Israel für vorteilhaft erachteten und ich Königin eines lang gestreckten Wüstenlandes ohne Häfen und Meer werden sollte? Diese Vermutung erschien mir allerdings ziemlich weit hergeholt. Weshalb sollte Ahab überhaupt darüber nachdenken, ausgerechnet eine Prinzessin aus Tyrus zu seiner Frau zu machen? Ich schob den Gedanken weit von mir und beschloss, mir nicht länger den Kopf darüber zu zerbrechen.

Am Tag, als Baal-Azar endlich nach Juda aufbrach, wurde aus Anlass seiner Hochzeit in König Ethbaals Palast ein großes Fest gefeiert. Zahlreiche Abgesandte der umliegenden Länder und Städte kamen, um den ältesten Sohn meines Vaters zu verabschieden, und auch die vornehmen Familien der beiden Reiche überbrachten ihre Glückwünsche.

Gelobt sei Aschera, die Herrin des Himmels, die Mutter der Götter. Möge sie Segen, Wohlstand und Gesundheit für die

Königin und den König und die Kinder des Hauses gewähren, die in die Welt gehen und den Ruhm des Königs verbreiten …

Um alle Gäste zu speisen, wurden fünf Ochsen und neun Kühe geschlachtet. Im Königreich Sidon war es üblich, dass der Mann nach der großen Feier im Haus seines Vaters in das Heim seiner zukünftigen Frau reiste, wo ihm der Brautpreis präsentiert wurde. Anschließend folgte ihm die Braut zurück in seine Heimat.

Während des Festes amüsierten sich die Männer über Ethbaals Scherze, die er ebenso freigebig wie den Wein verteilte. Die Frauen bewunderten begeistert ihre seidenen Gewänder und präsentierten ihre Töchter, die zum ersten Mal das Blut des Mondes erlebt hatten und als Zeugnis ihrer neuen Würde die sieben Spangen der Aschera tragen durften. Diesen jungen Dingern fühlte ich mich längst entwachsen, denn was wussten sie schon von Ehemännern und Kindern? Und was hätten sie mir über die Brautzeremonie im Tempel verraten können?

Ich konnte kaum erwarten, dass Annana endlich zurückkehrte und mir berichtete, wie der Hohepriester sie im Tempel für Baal-Azars Bett vorbereitet hatte. Die jungen Männer, die ich über die Zeremonie ausfragte, flüchteten sich meistens in Ausreden oder amouröse Details und hatten ihren Spaß an unserer frivolen Unterhaltung. Irgendwann prustete einer der Älteren namens Jehbaal in sein Glas.

»Warum willst du das denn so unbedingt herausfinden?«, fragte er grinsend.

Mit kühlen Blicken musterte ich ihn. »Du würdest es doch auch wissen wollen, wenn man dir den Spaß mit deinen Sklavinnen vorenthalten hätte, oder nicht?«

Er wurde rot wie der Sonnenuntergang, und ich ging hinaus in den Hof, um Dido und die Soldaten zu beobachten. Niemand sollte jemals wieder über mich spotten – das schwor ich mir. Dido passierte das nie, weil sich alle Männer auf der Stelle unsterblich in sie verliebten. Ich machte ihr nach, wie sie ihre dicken Zöpfe schwungvoll auf den Rücken warf. Dann lehnte ich mich auf dem Stuhl zurück, kreuzte die Beine wie sie und ließ mein Kleid an meinem Schenkel hochrutschen. Mein Ausschnitt war so groß, dass man sogar meine kleinen Brüste sehen konnte, wenn ich mich vorbeugte. Irgendwann beobachtete ich, wie Dido, eine Hüfte nach vorn geschoben, breitbeinig auf ihren langen braunen Beinen vor den Soldaten stand, und probierte die Haltung sofort vor einigen jüngeren Knaben aus.

»Isebel!«, rief meine Schwester mahnend und lachte dabei.

Ich wandte mich um, und die Jungen verzogen sich, weil sie sich vor meiner Schwester fürchteten. Man musste schon ein Mann sein, um ihr gewachsen zu sein.

»Was tust du denn da?«, wollte Dido wissen.

Meine Wangen glühten.

»Du bist apart und wunderschön, Isebel. Du musst dich wirklich nicht so breitbeinig hinstellen.« Sie drehte mich an den Schultern zu sich um und folgte mit dem Finger meiner Kinnlinie. »So fein«, sagte sie und wiederholte die Geste an ihrem eigenen Kinn. »Meines ist nur stark.« Sie drückte die Hand flach gegen ihre Wange. »Ich habe hellere Augen und wildes Haar. Meine Schönheit liegt in meiner Stärke. Doch deine Schönheit liegt hier.« Dido berührte meine Lippen und fuhr mit der Hand durch meine dunklen Haare. »Wirf den Kopf in den Nacken«, flüsterte sie.

Ich tat, was sie sagte, und fühlte das seidige Haar auf meinem Rücken. »Und jetzt schaue mich unter gesenkten Lidern an und lächele.«

Ich gehorchte, und Dido lächelte. »Genau darin besteht Ascheras Geschenk«, sagte sie. »Jede Frau ist auf andere Weise schön. Das ist auch ein Grund, warum die Männer so viele von uns probieren wollen.«

»Aber wie bringe ich sie dazu, mich zu begehren? So, wie sie dich begehren?«

»Dazu genügen ein paar Versprechungen.« Dido schob den kleinen Finger zwischen meine Lippen. »Lasse sie immer ungefähr so weit offen stehen, wenn du einen Mann ansiehst.«

Ich zog eine Grimasse. »Und warum?«

»Weil die kleine Öffnung ihn daran erinnert, was er dort alles tun kann.«

Als die Jungen zurückkehrten, probierte ich Didos Ratschläge unverzüglich an ihnen aus. Selbst der älteste Sohn von Jehbaal starrte mich hemmungslos an, als sich meine Lippen um ein Stück Frucht schlossen und ich ihm unter halb gesenkten Lidern zulächelte. In den nächsten Wochen vervollkommnete ich diese Kunst.

Im Monat *Ethanim* langte die Karawane von Baal-Azar und Annana endlich in Tyrus an. Von den Türmen des Palastes aus gesehen wand sich der lange Zug der Kamele und Mulis wie eine Schlange durch die engen Gassen. Wie ein ausgetrockneter Brunnen plötzlich wieder Wasser spendet, so weckte der Anblick der glücklich verheirateten Annana meine Sehnsucht, es ihr gleichzutun. Wie ein goldenes Schiff segelte sie in den Palast – angetan mit wertvollsten Seidenstoffen, Gold und Lapislazuli. Ihre Wangen schimmerten so rosig, wie das keine Schminke je erreichen konnte, und Baal-Azar strahlte so übermenschlich, als ob die Göttin ihn in ihrem himmlischen Licht gebadet hätte.

Als Annana sich in ihren Räumen einrichtete, nahm ich allen Mut zusammen und fragte sie ganz direkt, was im Tempel der Aschera passiert sei. Es widerstrebte mir zwar ein wenig, eine Sklavenprinzessin danach zu fragen, aber ich musste es wissen.

»Er war so sanft wie die Sonne auf einem Weizenfeld«, gestand Annana schüchtern, aber mehr konnte ich ihr nicht entlocken, so sehr ich es auch versuchte. Annana wurde nur rot und hob die Hand, um mich an weiteren Fragen zu hindern. Offenbar war sie im innersten Herzen eine Sklavenprinzessin geblieben.

Obwohl wir während der folgenden dreizehn Monate richtig gute Freundinnen wurden und unsere Juwelen und sogar die Schminke teilten, nagte ständig eine kleine Eifersucht an mir. Ich wünschte mir ebenfalls einen Mann wie Baal-Azar. Wie Dido wollte ich nicht werden und erst recht keine von allen verehrte Tempelpriesterin, die in Wirklichkeit niemandem gehörte.

»Sieh her, so schminken sich die Ägypterinnen.« Als mein Bruder eines Tages bei Hofe beschäftigt war, tauchte ich meinen Schminkstift in ein Elfenbeintöpfchen und umrandete Annanas Augen mit Kohle. Meine Hand war völlig ruhig. Von Innascha wusste ich, dass ich es genauso machen musste wie ein Maler. Nur dass dieser die Farben auf eine hölzerne Tafel auftrug. Als ich fertig war, hielt ich meiner neuen Schwester den Spiegel vor. Sie quietschte, als sie das Ergebnis besichtigte.

»Wie schrecklich!«

Ich schüttelte den Kopf. »Aber nein, Annana, das sieht hübsch aus. Der dunkle Rand lässt deine Augen noch weicher schimmern.«

Ich sah zu, wie sie ihr Gesicht in der blank polierten Metallscheibe studierte. Innerhalb des schwarzen Rands leuchteten ihre Augen wie sommerliches Gras. Innascha war der festen Überzeugung, dass ich besonders gut in Augen lesen konnte.

»Das ist eine seltene Gabe«, sagte sie immer. »Augen haben so unterschiedliche Farben wie Juwelen. Sie können hart oder weich sein. Und wie Schmuck die Stellung einer Person anzeigt, so entdecken die Augen ihre Seele.«

Annana hatte weiche, bernsteinfarbene Augen, und ebenso weich und gefügig war auch ihre Seele.

»Erzähle mir von deiner Begegnung mit dem Hohepriester«, bat ich, während ich ihre Arme einölte.

Die Frau meines Bruders errötete. »Nein, das kann ich nicht.«

»Aber warum denn nicht? Deine Schwestern haben dir das vorher bestimmt auch erzählt, oder nicht?«

»Meine Schwestern wurden nicht im Tempel in die Liebe eingeführt, sondern in ihrem Ehebett.«

Meine Hände stockten mitten in der Bewegung. »Oh, das tut mir Leid«, flüsterte ich bestürzt.

»Das muss dir nicht Leid tun.« Annana lachte. »In Juda lieben die Frauen nur ihre Ehemänner.«

Ich sperrte den Mund auf. »Immer?«

»Ja, immer.«

»Dann müssen sich deine Schwestern aber vor ihrer Hochzeitsnacht gefürchtet haben.«

»Das hängt ganz von dem Mann ab.« Annana zuckte die Schultern. »Meine älteste Schwester hat beim ersten Mal geweint, aber meine jüngere hat gelacht, weil ihr Mann so übervorsichtig war.«

»Und du?« Ich hoffte, dass ihr die Antwort einfach so herausrutschen würde. So schnell, wie ein Fisch von einem glitschigen Anleger rutscht.

»Ich wurde im Tempel vorbereitet, wie du das auch eines Tages erleben wirst«, sagte Annana und lächelte.

Außer der Frau meines Bruders hatte ich in Tyrus keine Freundin, denn die anderen Menschen kamen und gingen wie Ebbe und Flut. Doch je mehr Zeit ich mit Annana verbrachte, desto mehr wurmten mich ihre Geheimnisse. Ihr wissendes Lächeln machte mich sogar regelrecht wütend, obwohl ich das unter gar keinen Umständen zugegeben hätte. Was hatte es nur damit auf sich? Ich begann, von Ehemännern und Hohepriestern zu träumen. Wann würde ich endlich Braut sein? Irgendwann im Monat *Bul* vertraute Annana mir an, dass sie ein Kind erwartete. Von diesem Augenblick an war ich richtig eifersüchtig.

»Ich wüsste zu gern, wann ich endlich verheiratet werde«, sagte ich eines Abends zu Innascha, als diese mich badete.

Meine Amme hob mein dickes Haar in die Höhe und rieb meinen Hals mit Öl ein. »Solche Fragen solltest du deiner Mutter stellen«, antwortete sie. »Ich werde ihr Bescheid sagen, wenn du das möchtest.«

»Ja, mach das, Innascha. Ich habe es satt, immer und ewig ein kleines Mädchen zu bleiben.«

Innascha lächelte. »Du solltest dir deine Kindheit so lange wie möglich bewahren, liebe Isebel, denn sie wird niemals wiederkehren.«

Aber ich schlug alle Bedenken in den Wind. »Nein, ich habe es endgültig satt, ein Kind zu sein. Ich werde mich allein abtrocknen und anziehen. Sprich du inzwischen mit meiner Mutter.«

Ich war kaum fertig, als ein Diener die Tür aufriss und gleich darauf die Königin hereinrauschte. Der Duft nach Lotosblüten, Sandelholz und tyrischem Wein war ihr schon lange vorausgeeilt. Sie sank auf die weichen Daunenkissen und strich liebevoll über die kunstvoll geschnitzten Löwenköpfe an den Enden meines Betts. Ein handwerkliches Meisterwerk aus Tyrus.

»Innascha sagte mir, dass du heiraten möchtest?«

Ich richtete mich auf. Meine Haare waren in der Mitte gescheitelt, und zwei dicke Zöpfe umrahmten mein Gesicht. »Ja, ich möchte heiraten. Genau wie meine beiden Schwestern Tiamat und Anath. Annana ist schließlich auch nur ein Jahr älter als ich.«

Mit sanfter Hand strich meine Mutter über mein Gesicht. »Dein Vater hat entschieden, dass wir auf einen Mann warten wollen, der dir und deiner Schönheit würdig ist.«

Ich schnaubte ärgerlich. »Aber das kann ja noch Ewigkeiten dauern! Bis dahin bin ich womöglich viel zu alt.«

Die Königin lachte herzlich. »Liebe Isebel, dir werden die Männer auch noch nachlaufen, wenn du schon fünfzig bist! Deine Schönheit ist alterslos. Entsprechend guten Gebrauch solltest du davon machen.«

Die folgenden Wochen verbrachte ich in nicht enden wollender Langeweile. Wahrscheinlich würden tatsächlich Ewigkeiten vergehen, bis mein Vater einen geeigneten Bewerber für mich fand, dachte ich. Aber dann änderte ein ernster Zwischenfall die Situation schlagartig. Gegen Ende des Sommers, als wir uns nach dem Tanz der Aschera noch im Palast in Sidon befanden, entschied eine Bande mörderischer Israeliten über mein Schicksal.

Eines Abends, als ich gerade Annanas wachsenden Bauch betastete und mich amüsierte, dass ich mich vielleicht bald genau wie sie über das Anschwellen meiner Knöchel sorgen würde, kam ein Diener und beorderte mich in die Räume meines Vaters. Ich befürchtete das Schlimmste. Dido und meine Brüder standen mit ernsten Mienen um den König geschart, und sie debattierten so laut, dass man sie schon von weitem hören konnte. Als sie mich bemerkten, verstummte die Unterhaltung, und die Augen aller richteten sich auf mich.

»Vater.« Ich verbeugte mich.

Dido kam auf mich zu und umfasste meine Schultern, als ob sie mich trösten wollte. Fragend sah ich zu ihr auf, aber mein Vater ergriff das Wort.

»Heute ist unserem Volk großes Unrecht geschehen.« Der König von Sidon und Tyrus setzte sich und bedeutete uns, seinem Beispiel zu folgen. Ein sanfter Wind blies vom Ozean herein, und ich roch den Duft der Ferne. Safran, Kümmel, Nelken und Thymian.

»Ein Unrecht?«, fragte ich.

»Einige Händler aus Israel haben den Baaltempel gebrandschatzt.«

»*Den* Tempel? Ich meine, den Tempel in Sidon?«

Mein Vater zuckte zusammen. »Nein, einen kleineren, aber dadurch wiegt das Unrecht nicht weniger schwer.«

»Fünfzehn Priesterinnen und der Hohepriester Baals sind umgekommen«, fügte Dido hinzu.

Eine bedrückende Stille erfüllte den Raum. Meine Brüder wechselten finstere Blicke, doch meine Schwester schüttelte beschwichtigend den Kopf, um ihre Wut etwas zu dämpfen.

»Deine Brüder haben für Krieg plädiert«, sagte mein Vater. »Doch sie sind jung und unbesonnen. Israel ist inzwischen ein mächtiges Land geworden.«

Die Worte meines Vaters ließen mich innerlich erschauern, aber ich sagte nichts. Ein mächtiges Land? Welches Land konnte schon mächtiger sein als König Ethbaals Reich?

»Trotzdem hat Israel keine Wiedergutmachung angeboten. Keinerlei Ausgleich für das Leid, das sie den Menschen zugefügt haben. Dennoch ...« König Ethbaals Finger bohrte sich in die Luft. »Israel ist auf uns angewiesen. Auf unsere Häfen, unsere Waren, unsere Schiffe und unsere Seeleute. Der Sohn von König Omri wird uns Wiedergutmachung leisten«, erklärte er in einem Ton, der keinen Widerspruch duldete. »Wir sind ebenso wichtig für sie wie sie für uns.«

Ich runzelte die Stirn. So wichtig für sie *wie sie für uns*?

»Unsere Länder sind aufeinander angewiesen und verhandeln schon lange über den Bau einer Straße durch die inneren Berge Israels«, erläuterte Dido, »damit israelitische Karawanen auf dem Weg nach Damaskus zuerst nach Tyrus kommen. Heutzutage läuft der gesamte Handel noch über Damaskus, und wir gehen leer aus. Wenn die Karawanen aber zuerst bei uns Station machen, können wir israelitische Waren übernehmen und sie zum Beispiel nach Ägypten verkaufen. Wenn du also heiraten willst, liebe Schwester, dann solltest du es dir jetzt überlegen. Bisher war Israel taub, doch nach dem Mord an unseren Landsleuten wird es vielleicht bereit sein, die Straße zu bauen. Aber wer garantiert uns, dass sie nicht in zwanzig Jahren wieder geschlossen wird, wenn Ahab eines Tages stirbt? Eine feste Allianz mit Israel wäre also außerordentlich vorteilhaft für uns.«

Ich starrte Dido an. Offenbar versuchte sie, mir den König von Israel schmackhaft machen. Ich sah ihr direkt in die Augen. »Dido«, flüsterte ich.

»Ja, Isebel, die Zeit ist gekommen, dass du über deine Zukunft entscheidest. Ahab ist jung. Außerdem ist er intelligent und, wie man hört, ein sanfter Mensch.«

Ich inhalierte den Geruch nach Safran und Thymian. »Aber Israel …«

»Ist längst nicht so barbarisch, wie du vielleicht glaubst«, versicherte Dido.

»Aber du hast gesagt …«

Meine Schwester vollführte ihre wegwerfende Handbewegung. Der Duft, den der Wind hereintrug, wurde stärker. »Das alles war lange vor diesem Ereignis, Isebel. Und lange vor König Omris Tod. Damals kannte ich noch nicht einmal Ahabs Namen. Wie ich gehört habe, ist er ein guter Mann. Mag sein, dass er ein Wüstenkönig ist, aber ich bin sicher, du wirst einen guten Mann bekommen, der dich achtet und liebt.«

Ich starrte in das flackernde Licht der Fackeln. Rot, braun und orange. Wie meine Zukunft in Israel. Wie konnte ich nur das Meer gegen ein Feuerreich eintauschen? Dido hatte Israel einmal als Wüstenland bezeichnet. Aber nach Annanas Meinung ließ sich Ton am besten formen, solange er noch feucht war. Seltsam, wie sich diese Worte nun bewahrheiteten, dachte ich. Ich verharrte regungslos auf meinem Stuhl, bis mein Vater schließlich auf eine Antwort drängte.

»Sprich, Isebel – was meinst du?«

Ich blickte mich um, sah das angespannte Gesicht meines Vaters, Didos hoffnungsvolles Lächeln und die erwartungsvollen Mienen meiner Brüder. Letztlich ging es ganz allein um das Wohlergehen unseres Landes. »Ich denke …« Ich hielt inne und schloss die Augen. Und dann atmete ich ganz tief den Duft der Fremde ein, an den ich mich nur zu bald gewöhnen sollte. »Ich denke, dass es eine Allianz zwischen unserem Land und Israel geben wird.«

Mein Vater klatschte in die Hände, und Dido grinste verstohlen.

Während der nächsten Tage wanderte ich unablässig durch den Palast und trug Informationen über Israel zusammen. Israel war zwar vor nicht allzu langer Zeit erst flügge geworden, aber trotzdem nicht unbedingt die schlechteste Wahl. Ohnehin standen nur Israel oder Aram zur Wahl. Über die Aramäer hatte ich jedoch nur Schreckliches gehört, und so betete ich zu Aschera, dass Ahab wirklich ein angenehmer Ehemann sein und ich genauso freundlich in seiner Familie aufgenommen werden würde wie Annana bei uns.

Natürlich würde ich Dido und das geheimnisvolle Meer vermissen, aber ich sehnte mich auch nach einem eigenen Heim. Außerdem wollte ich nicht länger nur Prinzessin wie Annana, sondern Königin sein. Auch wenn mein Reich nur ein Wüstenreich war. Ich war das Juwel in Vaters Krone, seine letzte Tochter, und obendrein von so großer Klugheit und Schönheit, um mit einer bedeutenden Aufgabe betraut zu werden. Und welches Land war bedeutender als Israel?

Die ganze Woche über lief ich unruhig treppauf, treppab, durch den Garten und hinunter zum Meer. »Es wird nie ein zweites Reich wie Sidon und Tyrus geben«, hatte Dido einmal gesagt. »Wir verfügen nun einmal über die tüchtigsten und bedeutendsten Händler, Seeleute und Architekten dieser Welt. Wir sind einfach das bedeutendste Land weit und breit. Und warum, Isebel? Weil wir gelernt haben, auf die Stimme der Aschera zu hören. Im Wind kannst du alles über Wandel, Tod, Liebe und Glück erfahren.« Also lauschte ich in den Wind und hörte, wie Aschera über ferne Länder sang. Ganz allmählich wurde der Geruch nach Safran und Thymian stärker.

Ich redete pausenlos von Heirat und Kindern und gab vor, dass nicht Furcht, sondern nur Aufregung und Sehnsucht aus mir sprächen. Wieder und wieder fragte ich jeden, der mir zuhören wollte, ob Ahab das Angebot meines Vaters wohl akzeptieren würde. Und dann – genau dann, als Annana mein Gerede nicht mehr ertragen konnte, kam ein Bote und brachte einen Brief mit Ahabs Siegel. Der König von Israel erklärte sich einverstanden, die jüngste Tochter König Ethbaals, des Herrschers von Sidon und Tyrus, zur Frau zu nehmen. Gleichzeitig versprach er, als Wiedergutmachung für alles Leid, das wir durch die Hand seines Volkes erlitten hatten, die Straße durch die Berge zu bauen.

Ich weinte vor Erleichterung. Ich, Isebel, hätte dank meiner Schönheit jeden Prinzen haben können, aber meinem Vater war die Verbindung mit Israel wichtig, und das war für mich Grund genug. Am Abend darauf wurde mir zu Ehren ein Fest veranstaltet. Innascha wusch mein Haar mit Lavendel, massierte meine Füße mit duftendem Öl und rieb meine Haut mit Kräutern ab. Anschließend kleidete ich mich in ein einfaches weißes Gewand aus Flachs, mit dessen Anbau unser Land laut Dido reich geworden war. Innascha frisierte mir das Haar eng um den Kopf und formte es über den Ohren zu zwei ägyptisch anmutenden Schlangen. Zum Essen erwarteten uns süßer Wein, mit Honig gesüßte Brote und Fleisch von den besten Herden meines Vaters.

Während der nächsten Tage bemühte ich mich, mich gegen den Schock zu wappnen, den ich nach Didos Meinung bei der Ankunft im fremden Land meines Mannes unweigerlich erleiden würde. Ich war so nervös, dass ich Ebbe und Flut in meinem Magen zu spüren glaubte. Da ich meinem zukünftigen Mann diese Schwäche keinesfalls offenbaren wollte, suchte ich noch mehr über Israel und seinen jungen König Ahab in Erfahrung zu bringen.

Eines Morgens, als Annana ihre kleine Aschena zum Schlafen an die Brust gelegt hatte, erzählte sie mir König Ahabs Geschichte. Eine Geschichte voller Gewalt und Blutvergießen – nur wegen eines Throns. Sie begann mit König Baascha, der, wie ich bereits wusste, für eine ganze Reihe schrecklicher Vorfälle verantwortlich war, die den Tod von Prinzen, Prinzessinnen, Königen, Königinnen und getreuen Gefolgsleuten nach sich zogen. Mich schauderte zwar bei dem Gedanken, dass ich als Königin so etwas erleben müsste, aber Wissen ist nun einmal der größte Feind der Angst, und so wollte ich alles hören. Ganz gleich, wie schrecklich die Ereignisse auch waren.

Annana beschrieb König Baascha als kriegerischen Mann, der Frauen und Männern gleichermaßen zugetan war. Nach seinem Tod übernahm sein Sohn Ela die Regierung in Tirsa – Tirsa war früher Judas Hauptstadt, bis Ahabs Vater Omri den Hügel von Sichem erwarb und dort einen neuen Palast errichtete. Elas Regierungszeit war weder lang noch besonders erfolgreich. Obendrein verrieten ihn die meisten seiner Getreuen. Eines Tages ermordete ein Oberst der Streitwagenkrieger namens Zimri den König, als dieser mit Gespielinnen betrunken auf einem Bett lag. Als Zeichen seines Triumphes übernahm Zimri Elas Frauen, ernannte sich selbst zum König und ermordete systematisch alle Verwandten und früheren Unterstützer von Ela.

Ich wich schaudernd zurück, doch Annana war noch nicht am Ende. Sie hielt ihrem Kind die Ohren zu und flüsterte, dass Zimri sogar wie einst die Göttin Anat im Blut seiner Feinde gebadet hätte. Das war zu viel für mich. Ich spürte, wie mein Magen revoltierte.

Aber Zimri war bei der Bevölkerung nicht beliebt. Als Baaschas Armee, die in Gibbethon stationiert war, vom Mord an ihrem rechtmäßigen König erfuhr, ernannten sie an Zimris Stelle Oberst Omri, Ahabs Vater, zum König. Sofort zog Omri mit zweitausend Mann nach Tirsa und nahm die Stadt ein. Aber Zimri wollte die Niederlage nicht hinnehmen und steckte den Palast samt Elas Gespielinnen und Kindern in Brand. Dem selbst ernannten König gelang es jedoch nicht, rechtzeitig zu entkommen, so dass er von den riesigen Flammen eingeschlossen wurde. Vier Jahre lang währte anschließend noch der Kampf zwischen Ahabs Vater und Tibni, dem Sohn von Ginat, der ihm den Thron streitig machte. Als Tibni von einem Pfeil in den Kopf getroffen wurde und starb, begann Omri im einunddreißigsten Jahr von Asa, dem König von Juda, seine erfolgreiche Regierung. Er erwarb Land, gründete neue Städte und eroberte Völker zurück, die sich zuvor nach König Salomos Tod von Israel unabhängig gemacht hatten.

Zwölf Jahre später jedoch schlug das Schicksal zu. Als Ahab gerade sechzehn Jahre alt war, starb sein Vater an einem Fieber, und der junge Mann wurde König von Israel. Auf dem Hügel von Sichem, den er einst für zwei Talente Silber erworben hatte, wurde Omri beerdigt und wachte seitdem zusammen mit Aschera, Baal und der Kriegsgöttin Anat über seinen Sohn.

Als Annana geendet hatte, starrte ich sie mit offenem Mund an, aber sie verzog ihre Lippen zu einem schiefen Grinsen. Sie liebte diese grausamen und blutrünstigen Geschichten einfach über alles.

»Und heute?«, fragte ich.

»Und heute regiert König Ahab, Sohn des Omri, über die Israeliten. Wie man sich erzählt, ist er ein ebenso großer Kämpfer wie sein Vater. Ben-Hadad, König von Aram, hat seit König Omris Tod mehrfach versucht, Israel anzugreifen, doch Ahab hat jeden seiner Versuche bereits im Keim erstickt.«

»Vielleicht hättest du als Mann auf die Welt kommen sollen«, bemerkte ich angesichts von Annanas begeisterter Erzählung.

Annana schüttelte nur den Kopf und strich lächelnd über den dunklen Schopf ihrer kleinen Tochter. »Selbst nicht für alles Gold dieser Stadt«, antwortete sie, und wieder einmal bewunderte ich sie für ihr Wissen und ihre Zufriedenheit.

So rasch, wie Perlen von einer Schnur gleiten, so glitten meine letzten Tage als Prinzessin von Sidon und Tyrus vorüber. Manchmal beschlich mich Angst, aber gleichzeitig war ich auf mein neues Leben gespannt.

Als wenige Wochen später Boten eintrafen und das Nahen von König Ahab ankündigten, stand der Palast Kopf. Diener rannten mit frischer Bettwäsche von einem Zimmer zum anderen, verteilten Körbe mit duftenden Blütenblättern und richteten große Platten für das Essen her. In der Abgeschiedenheit unserer Zimmer bereitete mich Dido auf den Tag im Tempel der Aschera vor, wo man mich in die Liebe einführen würde. Ihr umfängliches Wissen bestärkte allerdings meinen Verdacht, dass sie selbst eine solche Zeremonie nicht abgewartet hatte.

Unterdessen lieferten Händler aus den Häfen von Tyrus und Sidon Schmuck und Seidenstoffe in den Palast, die ich mit nach Israel nehmen wollte, wo derartige Kostbarkeiten meines Wissens unbekannt waren. Auch die ersten großen Kisten mit meinen Kleidern waren bereits gepackt. Als Erinnerung an den Tag vor gut einem Jahr, als ich zum ersten Mal geschminkt worden war, sollte mich außerdem die Schminke meiner Mutter auf der Reise begleiten.

Meine Mutter weinte oft, wenn die Stunden gar zu schnell vergingen. In ihren Augen rechnete Dido mehr zu den Jungen, so dass mit mir die letzte Tochter das Haus verließ. Andererseits war die Königin von Sidon eine stolze Frau. Mehr als einmal legte sie die Hände um mein Gesicht und ließ mich schwören, die Göttin Aschera nicht zu vergessen. Und erst recht nicht das Geschenk, das uns zu Erzieherinnen unserer Männer machte. Aber ich kannte meinen Weg schon damals. Schon damals war mein Herz gegenüber dem Gott meines Mannes fest verschlossen.

Von meinem Vater hatte ich verlangt, dass mich als Wiedergutmachung für den Tod der Tempeldienerinnen hundert Baalpriester und zweihundert Priesterinnen der Aschera nach Israel begleiten sollten, damit ich dort im Tempel das Brot des Lebens und die Urmutter der Menschen verehren konnte.

Der König von Israel erklärte sich mit meiner Forderung einverstanden, weil er seiner zukünftigen Frau eine Freude machen wollte. Dido übernahm die Auswahl, während ich in der Zwischenzeit das Packen beaufsichtigte und die Diener beschimpfte, um meine Ängste abzureagieren. Laut Dido hatte eine Prinzessin von Tyrus Feuer im Blut.

Irgendwann einmal hatte ich Innascha gefragt, ob das stimmte.

»Aber ja«, hatte sie lächelnd geantwortet. »Feuer ... und Eis.«

»Ist Dido denn so gefährlich wie Feuer?«

»O ja. Und du bist so schön wie Eis.«

»Ist Eis denn schön, Innascha?«

»Ja, es ist wunderschön! Aber auch sehr kalt.«

»Und gefährlich?«

»Manchmal«, meinte sie. »Vor allem aber musst du dich vor dem Feuer hüten, denn es schmilzt das Eis.«

»Und wann muss ich mich vor dem Feuer hüten?« Ich befühlte meine Wangen, als ob das Feuer sie bereits verzehrte.

»Besonders, wenn du wütend bist. Deine Schönheit ist wie Eis, aber in deinem Blut glüht Feuer.«

»Aber wie kann das sein? Beides zusammen? Außen Eis und innen Feuer?«

Innascha hatte hörbar geseufzt. »Dies ist eine große Herausforderung, Isebel. Dido hat es leichter, denn sie besteht ganz aus Feuer. Du dagegen musst lernen, die Elemente zu vereinen. Das wird dich dein Leben lang beschäftigen.« Wie wahr. Mein ganzes Leben lang sollte ich immer entweder wie Feuer oder wie Eis reagieren und niemals die Balance finden.

Im Moment jedoch herrschte ich die Diener an, und das Feuer hatte leichtes Spiel. Ich fürchtete mich. Meine Mutter kannte ich nicht wirklich gut, aber Dido würde ich schrecklich vermissen. Am Abend vor Ahabs Ankunft erschien sie in meinem leeren Zimmer.

»Komm mit«, sagte sie nur und ging mit mir durch den Hof hinunter zu den zerklüfteten Felsen, die den Palast vor dem Meer abschirmten. Ich wusste, was jetzt kam. Hier hatten wir schon früher auf Ascheras Stimme gelauscht.

»Hörst du es?« Wie eine Statue der Anat stand Dido im Mondlicht. Ich drehte mein Ohr in den Wind.

»Es ist ein ganz neues Lied, Isebel. Aschera freut sich für dich.«

Ich schloss die Augen und lauschte. Silbriger Nebel schimmerte wie Tau auf meinen Armen. Dido hob den Kopf und holte tief Luft. Der Wind roch nach Salz, Mondlicht und Freiheit.

»Dies ist der Wind der Veränderung«, sagte Dido. »Er trägt die Seeleute an unbekannte Küsten und in ferne Länder und hinterlässt Schätze an verlassenen Stätten.«

Sie wandte sich zu mir um, und ihre roten Locken tanzten wie Flammen um ihren Kopf. Zusammen mit der salzigen Luft atmete ich den Duft des Mondes ein, um mich an den Geschmack des Windes zu erinnern, wenn sich mein Schicksal erfüllte. Danach hielten wir einander lange an den Händen und wünschten, dass die Gezeiten des Lebens niemals wechseln würden.

Als der König von Israel Tyrus erreichte, ließ er all seine Habe auf dem Festland zurück und setzte mit großem Pomp und Gepränge auf unsere Insel über. Bei uns glaubte man, dass es Unglück brächte, wenn ein Mann das Gesicht seiner Braut vor der Hochzeit sah. Ich hatte also nur eine Möglichkeit, um meinen zukünftigen Ehemann in Augenschein zu nehmen. Ich stieg auf das Dach und spähte durch die schmalen Schlitze im Turm nach unten. Ich spürte den kalten Stein an meiner Wange – und dann erstarrte ich. Dieser Mann sah wunderbar aus! Das kann nicht sein, dachte ich sofort. Wahrscheinlich war der Mann im langen weißen Gewand einer der Diener. Wie konnte ein guter Kämpfer gleichzeitig auch gut aussehen? Nun, offenbar war es möglich, denn ich sah, wie mein Vater ebendiesen Mann mit allen Ehren begrüßte. Außerdem erkannte ich das Zepter in seinen Händen, das am einen Ende als Schmuck einen Greifenkopf trug. Unter dem Gekicher einiger Palastwachen stolperte ich vom Turm herunter und hoffte inständig, dass niemand inzwischen meine Abwesenheit bemerkt hätte. Doch leider war dem nicht so.

»Aber ich musste ihn doch unbedingt sehen!«, verteidigte ich mich, während Dido lachte.

Die Königin schüttelte nur den Kopf. »Du wirst ihn noch lange genug sehen«, meinte sie. Doch das wehmütige Lächeln in Erinnerung an die eigene Hochzeitsnacht sprach Bände.

Angesichts dieses Kommentars grinste Dido über das ganze Gesicht und klopfte mir so fest auf den Rücken, dass mir die Krone samt dem dichten, noch hochgebundenen Schleier fast vom Kopf rutschte.

»Vorsicht!«, rief meine Mutter. Rasch rückte sie meinen Kopfputz zurecht und befahl der Amme, mein blasses Gesicht noch einmal mit Puder und Farbe zu verschönern. Während Innascha dem Befehl äußerst großzügig nachkam, betrachtete ich die Tridacnamuschel, die mich nach Israel begleiten würde.

»Wunderbar.« Als Innascha fertig war, trat die Königin einen Schritt zurück. »Wunderschön«, seufzte sie. Ich musste mich einmal um mich selbst drehen, damit sie mein Aussehen begutachten konnte. Ausnahmsweise hatte sie diesmal nichts auszusetzen.

»Bist du bereit, Isebel?« Didos Stimme klang versonnen. Ob sie an eine eigene Hochzeit dachte? Dabei hatte sie doch geschworen, niemals einem einzigen Mann anzugehören.

Ich nickte mit der gebotenen Vorsicht und konzentrierte mich auf die Geräusche, die von unten zu uns heraufdrangen. In diesem Augenblick sanken die Ängste, gegen die Dido so lange und tapfer angekämpft hatte, wie Schnee auf mich nieder. Wie kalter Schnee, der sich auf Frühlingsblumen legt.

»Es ist nur ein ganz unbedeutender Schmerz. Hab keine Angst, kleine Schwester«, flüsterte Dido mir ins Ohr.

Aber ich *hatte* Angst. Als Dido den Schleier herunterließ, fürchtete ich plötzlich, auf der Treppe zu stürzen und zu sterben.

Und wenn nicht auf der Treppe, dann draußen auf den flachen Steinstufen auf dem Weg zur Barke. Oder bei der Fahrt über die Meerenge. Oder auf dem Weg zum Tempel. Und als ich das Boot erreichte und hörte, wie die Frauen sangen und die Musiker spielten, befiel mich plötzlich Furcht, dass mein Mann die Sitten der Aschera ablehnen könnte. Viele Fremde fanden die Prozedur im Tempel abstoßend. Aber war sie nicht der beste Weg, um junge Mädchen auf die eheliche Liebe vorzubereiten?

Wie grausam war es doch, die armen Frauen einem übereifrigen und ungeduldigen Ehemann zu überlassen und ihnen nie die Freuden der Liebe zu offenbaren, dachte ich. Aber was sollte ich tun, wenn Ahab mit unseren Sitten nicht einverstanden war? Ich starrte auf meine Füße in den kostbaren Sandalen hinunter. Und dann, inmitten der Musik der Tamburine, Trommeln und Lyren, beschlich mich die bange Frage, was geschehen würde, falls ich missgebildet war und gar keinen Mann in mich aufnehmen konnte. Was, wenn mich der Hohepriester bei dieser Prozedur tötete? Wenn ich allein und verlassen verbluten musste? Als die Familie zurückblieb und ich zwischen den beiden hohen Säulen in die erleuchtete Cella geleitet wurde, unterdrückte ich nur mit Mühe einen Hilferuf nach Dido.

Aber alle meine Ängste waren umsonst. Weder schrie ich, noch starb ich. Während die Frauen sangen, entkleidete sich der Hohepriester und wartete darauf, dass ich es ihm nachtat. Als unter seinem Gewand eine kurze Hose zum Vorschein kam, amüsierte ich mich sogar. Dann legte der Priester mir seinen Gürtel, ein mit Goldfäden durchwirktes Stück Stoff, um die Schultern und bettete mich auf eine Liege mit Einlegearbeiten aus Walrosszahn. Auf einem Sockel stand ein bronzener Opferkessel, dem dichte Weihrauchschwaden entstiegen und den Raum füllten. Ich fühlte mich leicht benommen, als der Kopf des Priesters zwischen meinen Schenkeln verschwand, und hätte nicht sagen können, ob der Duft des Weihrauchs oder mein Vergnügen die Ursache dafür war. Ausgiebig erforschte der Priester jeden Winkel meines Körpers, und als seine Lippen meine Brustwarzen fanden, war ich so erregt, dass ich es nicht einmal merkte, als er in mich eindrang. Ich schrie nicht einmal auf, wie ich mir das ausgemalt hatte.

Wahrscheinlich hatte dieser Priester auch meine Schwestern vor ihrer Hochzeit in die Liebe eingeführt. Und Dido vermutlich auch. Wie alle Baalpriester war er glatt rasiert und trug die mit Myrrhe geölten Haare streng nach hinten gekämmt. Der Rhythmus seiner Bewegungen wechselte ständig, und nachdem das erste unbehagliche Gefühl verschwunden war, genoss ich jeden Augenblick.

Da die letzte Vollendung das Vorrecht des Ehemanns war, endete unser Beisammensein zwangsläufig irgendwann. Mit einem Blick auf das befleckte Laken fragte ich mich, warum ich so lange gewartet hatte. Ich legte den Schleier wieder an, und der Hohepriester, der Ahab nicht ganz unähnlich sah, half mir in die verschiedenen durchsichtigen Gewänder. Wir lächelten einander an, küssten uns, und dann tauchte ich als neues Mitglied in Ascheras Meer des Lebens ein.

Die begeisterten Rufe der Frauen, ihr kreischendes Lachen und die spöttischen Bemerkungen klangen in meinen Ohren. Es war genauso wunderbar, wie Dido immer behauptet hatte, aber dennoch war ich froh, dass der dichte Schleier mein errötendes Gesicht verbarg.

Meine Schwestern erwarteten mich, um mich zum großen Fest zu Ehren des Königs von Israel und seiner tyrischen Prinzessin zu geleiten. Zum Essen durfte ich den Schleier zwar abnehmen, aber ich durfte nirgendwohin gehen, wo mein Bräutigam mich hätte sehen können. Getreu dem Motto, dass *niemand gesegnet wird, in dessen Haus der Wein nicht wie Wasser fließt*, reichte man mir einen Becher Wein nach dem anderen. Irgendwann bahnte sich ein Mann in roten Gewändern und goldenen und gläsernen Ketten um den Hals einen Weg zu mir.

»Das ist der *mazkir*«, flüsterte Dido aufgeregt.

»Der *was?*«, fragte ich.

»Er ist der Sprecher des Hofs.« Sie lächelte. »Er wird dir vorlesen, was Ahab an eurem Hochzeitstag für dich geschrieben hat.«

Der *mazkir* kniete sich mit einem Bein auf den Boden, und durch meinen Schleier sah ich, wie seine samtenen Augen mich aus der Ferne anbeteten. Er erhob seine junge, dunkle Stimme und begann zu lesen.

> *Du hast mein Herz geraubt, meine Schwester, meine Braut. Mit einem Blick deiner Augen und einer Perle deiner Kette hast du mein Herz geraubt. Wie wunderbar ist deine Liebe, meine Schwester, meine Braut! Wie viel wunderbarer ist deine Liebe als Wein und wie viel wunderbarer ist der Geruch deines Körpers als jedes Gewürz!*

Dabei hatte Ahab mein Gesicht noch nicht einmal gesehen, dachte ich. Und er kannte weder meine Augen noch den Duft meiner parfümierten Gewänder. Die Worte waren nichts als Poesie. Und dennoch bezauberten sie mich, und ich verspürte Sehnsucht, endlich den Mann zu sehen und zu berühren, der wie plätscherndes Wasser durch den *mazkir* zu mir sprach. Doch dieser sprach weiter und weiter, sprach von Städten weit unten im Süden und von Königen, die nur Annana kannte. Als er endlich fertig war, umringten ihn die Gäste und reichten ihm Kuchen und Wein. Ich nickte zum Dank für seinen herrlichen Vortrag, und Dido grinste begeistert.

Der Nachmittag verstrich ohne besondere Ereignisse, und als bereits die ersten Vorbereitungen für das Mahl bei Sonnenuntergang getroffen wurden, hatte ich meinen zukünftigen Ehemann noch immer nicht zu Gesicht bekommen. Aber dann, als ich die Hoffnung schon beinahe aufgegeben hatte, erklangen die Fanfaren. Der Hof versank in Schweigen und brach beim dunklen Ton einer riesigen Seemuschel in laute Hochrufe aus. Endlich war der Augenblick gekommen, in dem der König von Israel die jüngste Tochter des Königs von Sidon und Tyrus in seine Gemächer und sein Bett geleitete.

Das Hochzeitsbett

Später hat Ahab mir oft erzählt, wie sehr er sich davor gefürchtet hat, dass der Schleier womöglich eine hässliche Frau verbergen könnte. Trotzdem werde ich nie vergessen, wie sich seine Pupillen geweitet haben und er mit offenem Mund die Schönheit angestarrt hat, die von nun an seine Frau war. Ich war seit mehr als zwei Jahren erwachsen, und doch war dies erst meine zweite Begegnung mit einem Mann. Ich sehnte mich nach seiner Berührung und stellte mir vor, was er sah: mein dunkles Haar, das man mir zu einem Zopf um den Kopf geflochten hatte, und meine großen Augen unter der glänzenden, mit Öl vermischten Schminke, die Innascha so üppig aufgetragen hatte. Meine Haut war makellos rein und blass wie Elfenbein, und meine Augen schimmerten schwarz wie Rabenflügel. Sie waren mein ganzer Stolz, und ich fragte mich, ob sie – nein, ob ich, so wie ich war, meinem Mann gefiel. Statt einer Antwort hörte ich nur beschleunigtes Atmen und hastige Schritte – *seine* hastigen Schritte, als er meine Hand ergriff und mich in unser verschwenderisch ausgestattetes Brautgemach im innersten Palast meines Vaters geleitete.

Ahab ruhte auf dem Bett, während ich mich entkleidete. Sein Körper war muskulös und von der Sonne gebräunt, und als er sich zurücklehnte und das Geheimnis seiner Männlichkeit enthüllte, durchlief mich ein Schauer. Ich musste ihn völlig fasziniert angestarrt haben, denn plötzlich war mein Schleier zu Boden geglitten, ohne dass ich es überhaupt gemerkt hatte. Im Geiste sah ich mir zu, wie ich mein Gewand von den Schultern streifte und meine Brustwarzen in der kühlen Nachtluft hart wurden, und ich ahnte meine Macht, als Ahab hörbar seufzte, während ich mich hinunterbeugte und meine Füße aus dem Stoff befreite. In diesem Augenblick wusste ich, dass ich niemals machtlos sein würde – selbst dann nicht, wenn ich in ungefähr sechs Tagen als Fremde in einem anderen Land leben musste.

Unsere erste Nacht war eine Nacht der Glückseligkeit. Ahab verübelte mir die Einführung im Tempel in keiner Weise und offenbarte mir in einem Augenblick völliger Offenheit, dass er früher öfter bei wunderschönen Sklavinnen gelegen hätte. Doch nun, da ich seine Königin war, wollte er sie nicht wieder besuchen, versprach er. Dieses Versprechen sollte er halten, solange er lebte. Es war ein perfektes Bild – er unter der Statue der Aschera auf unserem Hochzeitsbett, seine hohen Wangenknochen und seine Augen, die wie dunkle Perlen schimmerten.

Zwei Tage und zwei Nächte dauerte dieser euphorische Zustand, und weder klopfte jemand in dieser Zeit an unserer Tür, noch mussten dringend irgendwelche wichtigen Neuigkeiten überbracht werden. Diese wenigen und umso kostbareren Stunden gehörten König Ahab und seiner Königin ganz allein. Wir lernten die Eigenheiten des anderen kennen und verwahrten sie in der Erinnerung, um sie stets zu beherzigen – so, wie eine Priesterin die Gebote der Aschera beherzigte.

König Ahab entpuppte sich als wirklich liebenswerter Mensch mit einem fast sanftmütigen Kinderlächeln. Begeistert pries er meinen erblühenden Körper, vergrub sein Gesicht in meinem Haar und fuhr mit den Fingern durch meine weichen Locken. Ich sei eine Frau voller Leidenschaft und Feuer, sagte er und sank seufzend in die seidenen Kissen.

Irgendwann strich er mir über das Haar. »Weißt du eigentlich, dass dein Land Israel reich gemacht hat?«

Ich lächelte. »Aber natürlich weiß ich das, und zwar durch den

Handelsvertrag mit König Salomo. Sidon hat eine Flotte gebaut und sie alle drei Jahre nach Afrika und Arabien segeln lassen, um Gold, Gewürze, Holz und wertvolle Steine zu kaufen.«

Überrascht sah der König mich an und lächelte fast schüchtern. »Das ist wirklich bemerkenswert! Dein Vater hat dich gut unterrichtet. In meinem Land genießen Frauen nicht dieselbe Erziehung wie die Männer.«

»Dann ist es vielleicht an der Zeit, das zu ändern«, entgegnete ich, aber Ahab lachte nur.

»Bei uns ist das schon immer so. Diese Dinge ändert man nicht über Nacht. In meinem Land bestimmen Väter und Söhne das Geschehen, und nicht Mütter und Töchter. Diese Regelung ist unserer Kultur so eigen wie ...« Er suchte nach dem richtigen Wort.

»Wie dein Gott«, ergänzte ich an seiner Stelle. Ahab verstand sehr genau, was ich damit sagen wollte, und er begriff vielleicht zum ersten Mal, dass seine Frau keine israelitische Prinzessin war. Ich wollte jedoch keine Missstimmung aufkommen lassen und brachte ihn mit Küssen und Zärtlichkeiten rasch auf andere Gedanken. Die Taktik erwies sich als erfolgreich.

Als am Nachmittag des zweiten Tages ein Diener an unsere Tür klopfte und das große Abschiedsfest ankündigte, kleideten wir uns an und erinnerten uns wieder daran, dass es vor dieser Tür noch eine Welt gab. Diese Tage sollten die einzigen bleiben, die König Ahab und ich allein und absolut ungestört von Staatsaffären verbrachten. Und von Verschwörern, die dem König im Namen ihres Gottes oder ihrer persönlichen Unersättlichkeit seinen Thron und seine Macht neideten.

Als ich Dido zum ersten Mal als verheiratete Frau gegenübertrat, wurde mir schlagartig klar, dass ich von nun an kein Kind mehr war und nicht mehr zum Haushalt meines Vaters gehörte.

»Königin Isebel.« Dido verneigte sich vor mir, und ich griff mir unwillkürlich an die Wange, um zu sehen, ob sich mein Gesicht in der Zwischenzeit verändert hatte.

»Königin Isebel von Israel.« Mein Vater küsste meine Hand und trat dann einen Schritt zurück, um seine jüngste Tochter zu bewundern.

Meine Familie bildete einen kleinen Kreis um mich, und ich fühlte mich wie eine Insel in ihrer Mitte. Plötzlich überkam mich bei dem Gedanken, dass sich morgen Wasser zwischen uns drängen und die Insel endgültig vom Festland trennen würde, große Furcht.

»Ist es wirklich morgen schon so weit?«, flüsterte ich und packte plötzlich den Arm meines Mannes, als ob das Wasser mich bereits mit sich fortriss.

»Ja, das ist es.« Lächelnd streichelte Ahab meine Hand.

Ich prägte mir jede Einzelheit des Festes ein und merkte mir jeden Blick, jede Geste und jeden Kuss. Ich sammelte jedes Wort, das Dido sagte, jedes Lächeln meines Bruders und jedes kleine Aufblitzen in den dunklen Augen meines Vaters, um meine Seele in Dürrezeiten damit zu laben. Der einzige Trost in meinem Unglück war die Tatsache, dass meine treue Innascha mich begleiten und bis ans Ende ihrer Tage an meiner Seite ausharren wollte. Ich hoffte und betete, dass ihr noch viele Jahre beschieden sein würden.

Als am nächsten Morgen die Sonne aufging und die Brandungswellen mit Gold überschüttete, riss ich entsetzt die Augen auf und klammerte mich an meine Decken, weil ich zu ertrinken meinte.

»Isebel!« Ahab ergriff meine Hände.

Ich blinzelte. »Ich habe geträumt, dass ich ertrinke«, flüsterte ich. »Meine Füße hatten sich im Seegras verfangen. Ich wollte mich an den Korallen festhalten, aber sie brachen, und ich wurde abgetrieben.«

Ahab nahm mich in die Arme. »Nichts wird dich irgendwohin treiben, Isebel.«

Ich blickte in seine dunklen Augen. Nur du, dachte ich, aber ich sagte nichts. Irgendwann brechen alle Inseln vom Festland ab. Ohne Trennung wären so große Königreiche wie Sidon und Tyrus niemals entstanden.

Als die Karawane sich in Bewegung setzte, sah Ahab in die andere Richtung, um mich nicht in Verlegenheit zu bringen. Trotz aller guten Vorsätze stiegen mir die Tränen in die Augen, als Dido, meine Mutter und mein Vater hinter mir zurückblieben. Meine Brüder winkten uns nach, und oben auf dem Turm stand Annana mit ihrem Baby und schickte mir kleine Küsse durch die Luft. Der Schmerz verengte meine Kehle, aber selbst wenn ich ein Wort herausgebracht hätte, hätte ich unweigerlich meine seidenen Gewänder in Tränen gebadet. Also hielt ich die Luft an und riss die Augen so weit auf, dass keine Träne entkommen konnte. Als Tyrus langsam hinter dem Horizont versank und Ahab schon glauben musste, eine Stumme geheiratet zu haben, lenkte er sein Kamel dicht neben das meine und versicherte, dass mein Schmerz versiegen würde, sobald ich den Palast zu Gesicht bekäme, den er für mich erneuert hatte.

»Alles wird so sein wie in Tyrus«, versprach er, »doch in meinem Palast wirst du Königin sein.«

Dieser Gedanke heiterte mich ein wenig auf. Ich war jetzt Königin und nicht mehr jüngste Prinzessin. Aber die Menschen in Ahabs Land und ihre Gebräuche waren mir noch fremd. Und dieser Gedanke war weit schlimmer als der Schmerz des Abschieds. Während wir mit jedem Schritt meiner neuen Heimat näher kamen, stärkte ich mich damit, dass zumindest Ahab mir zur Seite stehen würde. Ahab, der siebte König des noch jungen Wüstenreichs.

Offenbar hatte er meine Ängste bemerkt, denn er griff hinter seinen Kamelsattel und zog etwas hervor. »Ich habe ein Geschenk für dich«, erklärte er, während die Berge allmählich zurückblieben und die ersten Anzeichen der Wüste Bäume und Flüsse verdrängten.

Er reichte mir ein sorgsam mit einem Band verschnürtes Bündel. Es sah aus wie ein lichtblaues Kleid, das mit silbernen Fäden und Halbedelsteinen eingefasst war. Ich nahm das Geschenk entgegen und löste gespannt das Band. Das erste Kleid, das ich als Ehefrau erhielt! Solange ich lebte, wollte ich es in Ehren halten. Aber als ich es in die Höhe hob, um es zu betrachten, war es kein Kleid, sondern ein Bündel hellblauer Schleier. Ich legte einen von ihnen über mein Haar und wandte mich in der neuen Pracht lächelnd zu Ahab um.

»Aber nein, Isebel.« Er lachte. »Doch nicht so, sondern so.« Er dirigierte sein Kamel dicht neben meines und griff nach einem der Schleier. Dann drapierte er ihn so über sein Gesicht, dass nur die Augen zu sehen waren. Einige der Männer lachten, als ihr König sich als Frau verkleidete, doch ich starrte ihn nur voller Entsetzen an. Mit Mühe erstickte ich die Flammen in meinem Blut, aber innerlich verzehrten sie die eisige Kühle. Das Feuer hatte gesiegt, und das würde für immer und ewig so bleiben.

»Du willst, dass ich mein Gesicht verhülle?«, schrie ich, ohne die Abscheu, die mich beseelte, zu verbergen.

Ahab wechselte einen Blick mit seinen Männern. »Aber nein. Ich dachte nur ...«

»Was? Was dachtest du? Dass ich die Gebräuche der Frauen annehme, die nicht besser sind als ihre eigenen Sklaven? Niemals werde ich mein Gesicht verhüllen, Ahab. Und meine Priesterinnen werden das ebenfalls ablehnen. Keine von Tyrus' Töchtern wird sich jemals des Geschenks der Aschera schämen!« Meine Lider verengten sich zu Schlitzen.

Traurig schüttelte Ahab den Kopf und legte besänftigend die Hand auf meinen Arm. »Mein Geschenk war nicht als Beleidigung gemeint, Isebel. Sobald wir die Wüste erreichen, wirst du begreifen, warum die Frauen die Schleier tragen.«

Misstrauisch sah ich ihn an. »Immer?«

»Einige ja«, antwortete er. »Ich dachte doch nur, dass du dich auf der Reise schützen wolltest. Die israelitische Sonne brennt heiß und gnadenlos.«

Ich zog die Brauen hoch. »Noch heißer als jetzt?«

»Aber das ist doch noch gar nicht heiß, Isebel.« Ahab schien ehrlich besorgt. »Israel ist ein völlig anderes Land als deine Heimat, Isebel. Bei uns gibt es keinen Seewind und keinen Regen. Im Gegenteil. Man muss sich ständig vor der sengenden Sonne schützen.«

Ich erbleichte. Hier spendete die Sonne kein Leben, sondern saugte es aus? Ich sah auf die türkisblauen Schleier hinunter und schämte mich meiner Kurzsichtigkeit. »Ich danke dir, Ahab«, flüsterte ich und hielt mir einen der Schleier gegen das Gesicht.

Ahab lächelte. »Du wirst spüren, wenn du ihn brauchst«, sagte er. Und damit sollte er Recht behalten. Während die Stunden vergingen, führten die Bäche kaum noch Wasser, und die Blätter verwandelten sich zunehmend in Dornen. Es dauerte nicht lange, bis alles um uns herum ausgetrocknet war und der einstmals frische Wind glühend heiß wehte. Am zweiten Tag der Reise zog ich einen der Schleier aus dem Bündel, und Innascha befestigte ihn mit einer silbernen Spange in meinem Haar. Irgendwann narrte die flimmernde Hitze meine Augen, dass ich tatsächlich glaubte, ein Stück vor uns kühles Wasser gegen ein mit Palmen bestandenes Ufer plätschern zu sehen.

»Sieh nur, Wasser!«, rief ich und deutete auf den flachen See in der Ferne.

Ahab schüttelte den Kopf. »Das ist nur ein Trugbild, Isebel.«

»Ein was?«

»Ein Trugbild. Du glaubst Wasser zu sehen, dabei ist dort nur Sand.«

Ich kniff die Augen zusammen, um den Sand besser zu erkennen, aber ich sah nur Wasser. »Aber nein, Ahab«, protestierte ich.

Doch er hob die Hand. »Warte einfach, bis wir dort sind.«

Und tatsächlich bestand die Lagune, die ich gesehen hatte, nur aus zahllosen Sandrippen. Wie grausam war ein Land, das Sand in Wasser und wieder in Sand verwandelte?

Insgesamt sollte die Reise durch die Wüste bis nach Sichem acht Tage und sieben Nächte dauern. Der pinkfarbene Himmel wölbte sich wie das Innere einer riesigen Seemuschel über den gesamten Horizont. Wenn ich meine Stimme nur laut genug erhebe, dachte ich, wird sie bis ans andere Ende der Welt klingen. Meine müden Augen folgten den Schatten der Kamele über den Sand. Bei Sonnenuntergang erfrischten wir uns mit Granatäpfeln, Feigen, Oliven und Gemüsen. Duft nach Weihrauch und Öl stieg von den Feuern auf und vertrieb die Blut saugenden Insekten.

Am fünften Tag wurde die Hitze so stark, dass wir von nun an nur noch während der Dunkelheit reisten. Zur Abwechslung konnte ich beobachten, wie sich der Himmel gegen Morgen von Schwarz über Lavendelblau bis Lapislazuli wandelte. Die Reise dehnte sich, die Hitze war mörderisch, und es fiel mir zunehmend schwerer, mein überschäumendes Temperament zu zügeln. Als Gegenmittel hatte Dido mir einmal empfohlen, zehnmal langsam und tief einzuatmen. Doch als wir Israel erreichten, glühte die Luft vor Hitze, und der intensive Geruch nach toter Erde und Kameldung ließ mich unter meinem Schleier fast ersticken. Nur das Loblied auf die Göttin Aschera, das meine Priesterinnen immer wieder anstimmten, schenkte Ahab und mir ein wenig Freude.

Gelobt sei die Herrin der beiden Länder. Unterwerft euch der Mutter aller Götter. Möge sie ein glückliches Begräbnis nach langem Leben gewähren. Ein Begräbnis in der Wüste westlich von Theben. Möge sie uns täglich ihre Schönheit schenken.

»Möge sie uns täglich ihre Schönheit schenken«, wiederholte Ahab und stimmte in das Loblied ein. Seine Männer folgten seinem Beispiel, und als Ahab sich auf seinem Kamel zu mir umdrehte, funkelte seine goldene Krone in der Sonne.

»Glaubst du, dass Aschera uns hört?«, fragte er.

»Aber natürlich.«

»Dann glaubst du auch, dass sie dir täglich ihre Schönheit schenkt.«

Verwundert sah ich Ahab an. Mein Mann steckte voller Rätsel.

»Du wirkst traurig, Isebel.« Zärtlich sah er mich an, und seine schwarzen Augen schimmerten wie dunkle Seen unter der Sonne. »Du wurdest in einem reichen, grünen Land geboren, wo die Früchte auf Bäumen, in Flüssen und im Meer gedeihen. In Israel dagegen blühen sie unter dem Sand, in den Bergen und am Himmel. Israel ist kein totes Land, Isebel. Du musst nur die Augen aufmachen.«

Ich tat es, aber ich sah nur winzige summende und brummende Insekten. Sie erfüllten die Luft und schimmerten in der Hitze, die vom kahlen Boden reflektiert wurde. Mir wurde klar, dass Ahab sein Land mit völlig anderen Augen sah. Wo ich kahle Flächen und Tod erblickte, sah er Wellen aus Sand, die sich durch Ebbe und Flut veränderten. Mit Staub bedeckte Häuser wurden für ihn zu großen gelbbraunen Städten, die nur mit ihren inneren Werten glänzten. Für mich allerdings waren und blieben es ärmliche Hütten, die keinem tyrischen Sturm standhalten würden.

»Es wird sicher eine Weile dauern, bis du dieses Land so liebst wie ich«, bemerkte Ahab und seufzte.

Es tat mir unendlich Leid, dass ich nicht sehen konnte, was mein Mann sah. Irgendwie hatte ich das Gefühl, versagt zu haben. In einem Land der Ölbäume sollte ich keinen Ozean erwarten. Ob ich dieses Land jemals so lieben konnte, wie ich mein eigenes geliebt hatte? Ich bezweifelte es, und so sprach ich lieber von den hohen Dünen, so hoch wie fünf erwachsene Männer, und von den Wasserrinnen, die im trockenen Flussbett des Wadis zu erkennen waren.

»Wozu dienen diese Kanäle?«, fragte ich. »Hast du sie gebaut?«

Nachdem Ahab die Hand gehoben hatte, dauerte es einige Minuten, bis alle fünfhundert Menschen der Karawane dem Zeichen folgten und anhielten. Dann hob er mich vom Kamel herunter und erklärte mir ausführlich den Komplex der Kanäle, Abflüsse und Schleusen, der das Wasser eines kleinen Flusses und plötzlicher Regengüsse auf die Felder leitete, damit Weizen, Gemüse und Mais gedeihen konnten.

»Mein Vater Omri hat die Kanäle gebaut, und ich habe sie nach seinem Tod noch ein wenig vervollständigt.« Sein stolzes Lächeln verriet, dass er sie sicher nicht nur *ein wenig* vervollständigt hatte. »Ich habe große Pläne, Isebel«, fuhr Ahab voll Eifer fort. »Als ich erfuhr, dass der König von Sidon und Tyrus mir die Hand seiner jüngsten Tochter anbot, habe ich den Palast meines Vaters in Sichem renovieren und die Wände mit Elfenbein aus Sidon verkleiden lassen. Nun ist es der Palast einer Königin.« Er strahlte. »Ich wollte, dass das Elfenbein dich an deine Heimat in Tyrus erinnert«, fügte er leise hinzu, und ich errötete.

Als sich die Karawane wieder in Bewegung setzte, erzählte mir Ahab von seinen Stallungen in Megiddo, wo er mehr als hundert Streitwagen und die entsprechenden Pferde unterbringen konnte. Er hatte die Überreste der Gebäude aus König Salomos Regierungszeit wieder aufgebaut. Außerdem hatte er einen unvollendeten senkrechten Schacht unterhalb der Stadt entdeckt und weiter durch den Felsen getrieben, bis er schließlich auf Wasser gestoßen war. Ein solcher Mann war mit Sicherheit von Baal begünstigt. Aber das war noch nicht alles. Der König von Israel plante außerdem, Jericho wieder aufzubauen. Die Nachricht vom Fall dieser Stadt war vor langer Zeit sogar bis nach Tyrus gedrungen.

»Aber das ist doch unmöglich«, protestierte ich, doch Ahab war sicher, dass man die weit verstreut liegenden Trümmer und Steine wieder zusammenfügen könnte. Wenn mein Mann das vermochte, musste er ein Gott sein.

Während Ahab über Befestigungsanlagen und Dämme sprach,

folgte die Karawane der *Straße des Meeres*, wie die Tyrer diese Strecke nannten. Der Anblick der völlig unberührten welligen Dünen erinnerte mich daran, wie mein Vater einmal einen großen Rubin für seine Königin in einer ganz normalen Muschel am Strand versteckt hatte. Ob ich in Israel jemals auch einen solchen Rubin finden würde? Ich mühte mich ernsthaft, meine Umgebung mit Ahabs Augen zu sehen. Jeder Windstoß änderte das Muster des Sands und schuf ständig neue Muster zwischen Felsen und Gräsern.

Längst hatte der Atem der Wüste die feuchte Seeluft unter meinem Schleier getrocknet, doch seit einiger Zeit war er von neuen lebendigen Düften wie Safran, Kümmel, Ingwer und Orangenblüten erfüllt. Wir kamen an kleineren Siedlungen vorüber, erblickten Grün hinter Mauern und sahen blassgelb verschleierte Frauen über den Sand gehen, und nach zwei Tagesreisen auf israelitischem Gebiet tauchte am Horizont die Silhouette der Festungsstadt Megiddo auf. Megiddo war eine mächtige Stadt und fast so eindrucksvoll wie der Palast meiner Mutter in Sidon.

Es gab nur einen einzigen Zugang in die innerste Stadt, wo Israels gesamte Streitmacht wie Korn in einer Scheune gespeichert war. Schneckenhörner kündigten die Ankunft des Königs und seiner fremdländischen Königin an, und Soldaten in Hüfttüchern aus weißem Leinen öffneten die schweren Tore. Binnen kurzem füllte die Karawane den großen äußeren Hof, wo es dank der Hitze und der Enge bald unerträglich nach Kamelen und Schweiß stank.

Auf dem weiteren Weg in den inneren Teil der Festung offenbarte sich mir die überlegte Konstruktion. Jeder, der vom äußeren zum inneren Tor gelangen wollte, musste dabei eine scharfe Biegung überwinden, wo er den Verteidigern seine ungeschützte Flanke und seinen Rücken darbot. Ein genialer Kopf hatte diesen Plan ersonnen.

Die Menschen verneigten sich, als König Ahab mich und Innascha und die Priester und Priesterinnen in den nördlichen Teil der Festung zum Palast geleitete. Während er sich intensiv mit dem Statthalter unterhielt, konnte ich einen ersten Blick auf die Welt werfen, an die ich mich in Zukunft würde gewöhnen müssen.

»Verliebe dich nicht zu sehr in diese Stadt«, warnte Ahab. »Megiddo ist eine Welt für sich. Doch nichts von alledem, weder Gebäude noch Möbel, lassen sich mit Sichem vergleichen.« Hieß das, dass es dort keine Siedlungen an grünen Hängen gab? Und auch keine leuchtend goldenen Statuen, so hell wie die tyrische Sonne? Und duftete der Wind in Sichem nicht nach Orangenblüten und Kardamom?

Unser erstes Abendessen war einfach und schlicht. Diener in weißen Leinengewändern servierten gebratene Wachteln, gewürzt mit Salbei und Essig, und nachdem Ahab und ich mindestens für fünf Personen gegessen hatten, folgten noch Lammfleisch und grüne Nüsse auf silbernen Tellern.

»Die Diener sehen mich überhaupt nicht an«, flüsterte ich Ahab zu. »Sie haben nur Augen für dich.«

»Du bist ihnen noch fremd, Isebel. Außerdem schminkt sich hier niemand die Augen mit Kohle. Das tun nur Ägypterinnen.«

Unwillkürlich betastete ich die Linien, die sich von den Augen zu den Schläfen zogen, und runzelte die Stirn. »Das kann doch nicht der einzige Grund sein.«

»Das stimmt.« Ahab lächelte. »Deine Kleidung ...« Das genügte. Ich hatte natürlich längst bemerkt, dass meine Gewänder mehr offenbarten als selbst der durchsichtigste Schleier in ganz Megiddo. Aber ich störte mich nicht daran.

Schweigend aßen wir die grünen Nüsse aus den harten Schalen. Ich dachte wieder an den Rubin in der Muschel. Ob der meine ebenso glänzen würde, oder ob man ihn erst noch schleifen und polieren musste?

»Möchtest du dir den Schacht anschauen, den ich gebaut habe?«, fragte Ahab. »So etwas gibt es nicht einmal in Tyrus.«

Ich runzelte die Brauen. Nicht einmal in Tyrus?

Wir ließen das Essen stehen, und ich folgte meinem Mann in den unterirdischen Gang. Er führte von der Stadt bis hinunter zur Quelle innerhalb des Hügels. Die Stelle, wo das Wasser früher aus dem Berg hervorgetreten war, war zwar immer von Posten bewacht worden, aber in vielen Schlachten und Belagerungen hatte sich der äußere Zugang zum Wasser als verwundbarster Punkt erwiesen. Aus diesem Grund war mein Mann auf die Idee verfallen, einen Schacht durch den Felsen bis hinunter zum Wasser zu treiben. So mussten die Bewohner beim Wasserholen weder Tod noch Gefangennahme fürchten. Einige der Frauen, die ständig Krüge über die ausgehauenen Stufen nach oben schleppten, verbeugten sich vor uns.

Ahab starrte eine halbe Ewigkeit in das dunkle Loch hinunter, dass ich schon fürchtete, der Wasserdämon hätte ihn überwältigt, von dem sich die Seeleute in Tyrus unheimliche Geschichten erzählten. Als ich Ahab berührte, wandte er sich mit glühendem Blick zu mir um.

Vor Schreck schrie ich laut auf.

»Was ist los?«, fragte er und packte meine Schultern.

»Deine Augen … sie glühen richtig«, hauchte ich.

Lächelnd tätschelte Ahab meine Arme. »Ich hatte soeben einen Einfall.«

Noch am selben Tag befahl er den Baumeistern, den Schacht so zu vertiefen, dass sich das Wasser darin wie in einem Brunnen sammeln konnte, und ich bewunderte die Fähigkeit, allein durch Überlegung etwas zu verbessern, das in meinen Augen längst perfekt war. Eine Woche später ließ Ahab die Anlage erneut verbessern. Und zwar ließ er die Stufen verbreitern, damit Mulis die Arbeit der Frauen übernehmen konnten. Anschließend befahl er, dieses Prinzip auch in Hazor zu verwirklichen – allerdings mit noch breiteren Stufen, um Gegenverkehr zu ermöglichen.

Am Tag, nachdem Ahab mir den Brunnen gezeigt hatte, stellte

er mich verschiedenen Söhnen vornehmer Familien vor, die als Offiziere und Soldaten in seiner Armee dienten.

»Dies ist das Haus von Cadmus und seiner Frau Hry. Sie stammt aus Edom, aber er ist Israelit. Er dient als Offizier unter General Jehu, den du auch bald kennen lernen wirst.«

»Jehu«, wiederholte ich. Auf diesen legendären Feldherrn war ich sehr gespannt. Man erzählte sich, dass er einen goldenen Streitwagen besaß und schneller als jeder andere Mann in Israel damit fahren konnte.

Das Haus von Cadmus war ein weißer einstöckiger Bau wie viele andere, doch im Innenhof herrschte eine fast unglaubliche Blütenpracht. Die Pflanzen in den blauen Keramiktöpfen aus Megiddos Brennöfen waren so kunstvoll zusammengestellt, dass sogar Ahab einen Augenblick lang innehielt. Noch während wir die Pracht bestaunten, neigte ein Diener das Knie vor uns.

»König Ahab von Israel und Königin Isebel von Tyrus, euer Gastgeber bittet euch in sein bescheidenes Haus.«

Ahab und ich lächelten einander an. Ich wiederholte im Stillen, was der Mann gesagt hatte, und ließ mir jede Silbe auf der Zunge zergehen. Königin Isebel. *Königin* Isebel.

Auch im Inneren des Hauses grünte und blühte es. Genussvoll sog ich den Duft nach Feuchtigkeit und Leben ein. Eine solche Pflanzenfülle hatte ich seit meiner Abreise aus Tyrus nicht mehr erblickt.

»König Ahab, Königin Isebel!« Der Offizier Cadmus verbeugte sich tief. »Willkommen in meinem Haus.«

»Cadmus.« Lächelnd wies Ahab auf mich. »Die Königin von Israel.«

Cadmus verbeugte sich noch einmal. »Ich fühle mich zutiefst geehrt«, sagte er, aber irgendetwas in seinem Blick irritierte mich.

»Ich freue mich, Euch kennen zu lernen«, sagte ich. »Der König hat nur lobend von Euch gesprochen.«

Cadmus strahlte.

Ahab sah sich suchend um. »Wo ist Eure Frau?«

»Sie kommt gleich«, versprach Cadmus.

Aber zuerst erschienen Diener mit flachen Tonschüsseln, um unsere Füße zu waschen. Das Wasser war kühl wie Meerwasser. Ich schloss die Augen und dachte an die Brandung und die Gesänge der Matrosen. Kniend schrubbte ein junges Mädchen meine Füße mit gemahlenem Kalkstein und frischem Öl. In Tyrus war es Sitte, Gäste mit dieser Wohltat zu begrüßen, doch hier in Israel war dies eine absolute Notwendigkeit. Nach kürzester Zeit war das Wasser kohlschwarz, als ob ich die Wüste barfuß durchquert hätte.

Nach dem Ende der Prozedur betrat eine kleine hübsche Frau mit geölten Löckchen den Raum. Das muss Cadmus' Frau sein, dachte ich. Ihre Hände waren zart – wie geschaffen für die Blumen.

»Königin Isebel.« Cadmus trat einen Schritt zurück und schob seine Frau nach vorn. »Meine Frau Hry, Eure untertänige Dienerin.«

Ich nickte respektvoll. Die junge Frau war kaum älter als ich. Der dünne weiße Schleier über ihren Löckchen wurde von einer blinkenden Münze gehalten.

»Seid Ihr für die wunderschönen Blumen im Hof verantwortlich?«, fragte ich.

Die junge Frau seufzte ein wenig. »Ja. Der Garten soll mich an meine Heimat erinnern.«

Cadmus rollte theatralisch die Augen, was mich zutiefst empörte.

»Und wo liegt Eure Heimat?«, erkundigte ich mich, ohne den respektlosen Ehemann zu beachten.

»Im Land Edom, meine Königin.«

Als sich die Männer in einen anderen Raum zurückzogen, um militärische Probleme zu besprechen, lächelte ich der jungen Frau aufmunternd zu.

»Darf ich Euch ein Glas Wein anbieten?« Die Stimme meiner Gastgeberin klang so zart, als ob ihre Finger die Saiten einer Lyra zupften.

»Gern«, antwortete ich und erhielt einen silbernen Becher – groß genug, um den Durst einer halben Armee zu löschen. Ich lachte. »Sehe ich denn so durstig aus?«, fragte ich. »Oder ist mein Mund so groß?«

Hry lief so dunkelrot an wie ein Karneol. »Dies ist unser Willkommensbecher. Ich fürchte, er ist für eine größere Frau gemacht.«

»Für eine Frau? Nicht vielleicht für eine Riesin?« Ich setzte mich. »Aber jetzt erzählt: Wie lebt es sich in Megiddo?«

Verschämt senkte die junge Frau den Blick.

Ich sperrte Mund und Nase auf. »Gefällt es Euch hier etwa nicht?«

»Israel ist sehr gut zu mir«, erwiderte die junge Frau.

»Aber ...« Erwartungsvoll sah ich sie an.

»Aber ich bin auch sehr einsam.« Sie lächelte betrübt.

»Einsam?« Ich war überrascht. »Aber Ihr seid doch mit einem von Israels besten Soldaten verheiratet. Ahab spricht nur gut von Eurem Mann. Er vergöttert ihn.«

»Das ist richtig. Aber ich bin eine Tochter Edoms. Eine Fremde.« Seufzend ließ meine Gastgeberin sich mir gegenüber nieder.

»Werden denn Fremde in Israel abgelehnt?«

»Auf den Karawanenstraßen nicht«, antwortete Hry. »Aber im Bett eines israelitischen Mannes schon.« Sie runzelte die Brauen. »Ich habe keine Freunde, und keine Frau spricht mit mir.«

»Ein ziemlich trauriges Leben«, stellte ich fest.

»Nun, ganz so traurig ist es auch nicht. Schließlich habe ich meine Töchter und meinen Mann.«

»Aber was macht Ihr, wenn er in den Krieg zieht? Wem vertraut Ihr Euch an?«

»Meinen Kindern.«

»Und wenn sie sich verheiraten und aus dem Haus gehen?«

»Oh, meine Königin, wenn sie sich verheiraten, werde ich die einsamste Frau der Welt sein.«

In plötzlicher Furcht krampfte sich mein Magen zusammen, aber Hry schüttelte den Kopf.

»Ihr müsst Euch keine Gedanken machen, meine Königin. Dank Eurer Priester und Priesterinnen werdet Ihr hier niemals einsam sein.«

Mit viel versprechendem Lächeln erschienen mein Mann und Oberst Cadmus. Cadmus' langer Bart wippte nervös.

»Morgen, meine Königin«, verkündete Ahab, »wirst du einem Ereignis beiwohnen können, das nur einmal im Jahr in Megiddo gefeiert wird.«

»Es handelt sich um das Streitwagenrennen«, ergänzte Cadmus. »Morgen wird der König von Israel gegen General Jehu antreten. Wir erwarten den General später zum Essen.« Er nickte seiner kleinen Frau zu, bevor die beiden Männer sich wieder zurückzogen.

»Heute Abend?« Hry sprang auf und beeilte sich, alle notwendigen Vorbereitungen zu treffen. Mit verzweifeltem Lächeln sah sie ihrem Mann nach – begleitet von dem stummen Wunsch, dass er sie früher von General Jehus Kommen hätte unterrichten sollen.

Plötzlich tauchten von überallher Diener auf, und ich war verblüfft, wie schnell eine einzige Frau einen festlichen Abend arrangieren konnte. Aus dem Keller wurde gewürzter Wein in blauen Flaschen herbeigetragen, und Weihrauch, Myrrhe und Öllampen wurden für den Einbruch der Dunkelheit vorbereitet. Welche Mühe es doch machte, so viele Männer zu bewirten und für ihren meist beträchtlichen Appetit und Durst vorzusorgen! In kürzester Zeit dufteten Haus und Innenhof nach Kreuzkümmel, Kardamom, Minze und geröstetem Fasan. Beim Geruch nach frischem Brot und Olivenöl lief mir buchstäblich das Wasser im Mund zusammen.

»Was soll das vorstellen?«, fragte ich angesichts des Wandschirms zwischen zwei Tischen.

Hry runzelte die Stirn. »Meine Königin?«

»Die getrennten Tische.« Ich deutete hinaus in den Hof. »Wofür wurde der Wandschirm aufgestellt?«

»Der eine Tisch ist für die Frauen und der andere für die Männer, meine Königin.«

»Speist man in Israel nicht gemeinsam?«, rief ich.

Erschrocken schlug die Frau die Hand vor den Mund. »Männer und Frauen? An einem Tisch? Beim Essen?«

Ich sah Hry an und dachte an morgendliche Schönheiten, die abends ihr Haupt verhüllten. Ich schüttelte den Kopf. Nein, keine Tochter der Aschera würde jemals ihr Gesicht verstecken. »Heute Abend werden wir ohne diese Trennwand speisen, Hry«, erklärte ich. »Sagt Euren Bediensteten, dass die Königin von Israel nicht die Absicht hat, getrennt von ihrem Mann zu speisen und sich hinter einem seidenen Schirm zu verstecken, als ob sie sich schämte, die Frau des Königs zu sein.«

Hry erstarrte.

»Cadmus wird keine Einwände haben«, erklärte ich laut und entschieden. Schließlich war ich die Königin und er nur ein Offizier meines Mannes.

Kleine Hoffnungsknospen sprossen und öffneten sich der neuen, ungewohnten Sonne. »Gut.« Hry verbeugte sich und gab Anweisung, die Trennwand zu entfernen und die Tische zusammenzuschieben.

»Ihr wollt ohne Wandschirm speisen?«, vergewisserte sich einer der Diener mit gebeugten Knochen, so krumm wie eine alte Harfe.

»Ja, Salomo.«

Verstohlen riskierte der Mann einen Blick zur Königin, die ohne Wandschirm speisen wollte, doch ich bekräftigte die Anordnung mit einem Nicken.

In diesem Moment kehrten Ahab und Cadmus zurück.

»Hry, was soll das?«, bellte Cadmus. »Wo ist der Wandschirm?«

Eine nach der anderen schlossen sich die kleinen Knospen wieder.

»Ich habe Eure Frau gebeten, ihn zu entfernen«, antwortete ich an ihrer Stelle. »Heute Abend wird es keine Trennung zwischen Männern und Frauen geben.«

Cadmus wandte sich zu Ahab um, als ob das letzte Wort von ihm kommen müsste. Ich spürte, wie Feuer in mir aufloderte und sich in meinen Adern ausbreitete.

Ahab neigte den Kopf. »Wenn die Königin den Wandschirm nicht will, dann werden wir ohne Wandschirm speisen«, erklärte er.

Cadmus sah mich an, doch mein Blick war Warnung genug. Keine Freundschaft mit dem König war so stark, dass sie nicht unter meinem Feuer schmelzen könnte. Schließlich teilte ich Ahabs Bett, und nicht der Offizier.

»Können wir jetzt essen?«, fragte Hry in die beklommene Stille hinein.

»Gern.« Ahab nahm meinen Arm und führte mich zu meinem Platz. Die Steinfliesen wurden dunkler und die Schatten tiefer, während die Sonne unterging.

Hry atmete hörbar auf, als sie sich mir gegenüber niederließ. Wir lächelten einander an. Aber die Knospen waren alle geschlossen, und die kleine Frau war zu schüchtern, um vor den Männern zu essen. Also demonstrierte ich durch mein Beispiel, dass keine Frau ihr Gesicht verstecken musste.

»Ein wundervolles Essen in einer wunderbaren Umgebung«, lobte ich unsere Gastgeberin. Das Essen war köstlich, die Öllampen flackerten, und die Schatten der Pflanzen spielten auf den Mauern.

»Ich danke Euch, meine Königin.« Hry steckte eine Feige in den Mund und kaute lange darauf herum. Dabei sah sie zu Cadmus hinüber, doch der hatte nur Blicke für seinen Teller und seinen König.

»Ich wüsste gern«, fragte ich irgendwann leise, »wie dieser Jehu eigentlich ist.«

Geringschätzig schnalzte unsere Gastgeberin mit der Zunge. »Ich sage nur so viel, dass in Zukunft viele Kinder in Megiddo blaue Augen haben werden.« Bedeutungsvoll zog sie die Brauen in die Höhe.

Ich lachte. »Demnach liebt General Jehu die Frauen?«

Hry grinste und vergaß vor lauter Freude am Klatsch ihr Unbehagen. »Ich wüsste wirklich gern, ob es in der Stadt noch eine einzige Frau gibt, deren Bett er nicht geteilt hat.«

In gespielter Entrüstung riss ich die Augen auf. »Eures etwa auch?« Ich flüsterte so leise, als ob ihr Geheimnis bei mir sicher sei.

»Ich bin doch eine Ausländerin«, bemerkte Hry und starrte verdrossen vor sich hin. »Zu solch niedrigen Gelüsten würde Jehu sich niemals hinreißen lassen.«

Dabei war Hry bildschön. Das Feuer in meinen Adern flammte wieder auf. Offenbar verabscheute dieser Mann ausländische Frauen. Nun, das wollten wir sehen.

»Sieht er denn gut aus?«, fragte ich.

»Manche behaupten es, aber ich finde ihn eher dreist. Er hält sich für Jahwes Geschenk an die Frauen und paradiert mit einem so kurzen Lendentuch durch die Straßen, dass er sich genauso gut nur ein Feigenblatt umknoten könnte.«

Ohne Hemmung lachte ich los, dass sogar Ahab sich erstaunt umdrehte. Prompt wurde ich wieder ernst. »Erzählt mir – hat er eine Frau?«

»Er hatte eine Frau, aber sie starb zusammen mit seinem Kind bei der Geburt. Damals hat er geschworen, Weib und Kindern für immer zu entsagen«, erklärte Hry spottlustig.

Ich zog eine Grimasse, und Hry nickte.

Genau in diesem Augenblick erschien der Gegenstand unserer Unterhaltung auf der Bildfläche, als ob ihn jemand von einer entfernten Wolke herbeigezaubert hätte. Wie Hry treffend beschrieben hatte, trug er lediglich ein dunkelblaues, ziemlich knappes Tuch um die Hüften, das ausgeprägte Muskeln und einen wellenförmig gerippten, flachen Bauch enthüllte. Und dann die Augen – seine Augen waren tatsächlich blau! So blau wie Lapislazuli. Im Licht schimmerten sie wie Edelsteine. Unbemerkt strich ich mein Gewand glatt und fuhr mir einmal kurz durch die Haare. Dann befeuchtete ich meine Lippen und neigte den Kopf zur Seite.

»Jehu!« Ahab umarmte seinen General. Dann drehte er sich zu mir um. »Königin Isebel, dies ist General Jehu aus Dor.«

Meine eine Hand ruhte am Ausschnitt meines Gewandes, genau zwischen meinen Brüsten. Mit der anderen strich ich über meine Hüfte und lächelte. Überrascht stockte der General mitten im Schritt, als ob er nicht mit einer solchen Schönheit gerechnet hätte. Ich warf den Kopf in den Nacken und lächelte ihn an. Dabei umhüllte mein Haar meinen Hals und meine Schultern wie ein Schal, und das flackernde Licht spiegelte sich in meinen Locken. In Israel wurde eine solche Geste zwar als begehrlich ausgelegt, doch das war mir herzlich gleichgültig. Für mich war nur maßgebend, was Tyrer dachten. Diesen General würde ich schon lehren, fremde Frauen nicht zu missachten.

Als Jehu sich vorstellte, neigte ich den Kopf, als ob ich interessiert zuhörte. Von Dido wusste ich, wie man einem Mann das Gefühl gab, im Mittelpunkt zu stehen. Ich sah ihm gerade in die Augen und wandte meinen Blick keine Sekunde lang ab. An diesem Abend gab ich mein Bestes – und Jehu war hingerissen. Vielleicht habe ich ihn damals, rückwirkend betrachtet, zu sehr ermuntert. Ich merkte, dass er mich während des Essens ständig beobachtete. Als ich später einige Augenblicke lang mit Hry allein war, bestätigte sie meinen Eindruck.

»Ihr habt ihn fasziniert, meine Königin.«

Ich lächelte. »Ich habe ihm nur gezeigt, dass israelitische Frauen nicht die einzigen schönen Blumen auf dieser Erde sind.«

»Er wird Euch belagern«, warnte sie mich.

»Pah!«, wehrte ich ab. »Das wird er nicht wagen. Ich bin schließlich die Frau des Königs. Ich müsste verrückt sein, Ahab zu betrügen. Ahab würde ihn umbringen.«

»Ahab liebt Jehu wie einen Bruder. Er vertraut ihm. Aber das sollte er nicht. Jehu wird Euch nicht in Ruhe lassen, meine Königin. Er wird versuchen, Euch mit Worten zu verführen, und wenn das nicht reicht ...« Sie breitete ihre Hände aus, als ob sie ein schweres Gefäß umfasste.

Ich starrte Hry an. Wollte sie damit andeuten, dass er Frauen auch mit Gewalt nahm? »Ich würde ihn kastrieren und als Eunuchen in meinem Palast arbeiten lassen«, erklärte ich in vollem Ernst. Damit war das Thema für mich beendet.

Als ich am nächsten Morgen erwachte, sah ich, dass Ahab ein kurzes Leinengewand anlegte. Danach folgten ein goldener Brustpanzer, ein Gürtel und ein großer Helm aus Bronze.

»Du siehst aus wie Baal.« Ich grinste, aber als Israelit konnte Ahab mich nicht verstehen. Ich erklärte ihm, dass Baal goldene Gewänder verschenkt hat, als er von den Toten auferstanden ist. »Du siehst aus wie ein Gott, mein lieber Mann.« Ich küsste ihn, und er streichelte meine Wange.

»Das Fest wird dir sicher gefallen«, sagte er. »Hast du schon einmal ein Streitwagenrennen erlebt?«

»Nein, so etwas gab es im Reich meines Vaters nicht. Ich bin sehr gespannt darauf. Wird Hry auch zusehen?«

»Ja. Wie ich sehe, gefällt sie dir«, stellte Ahab fest.

Ich stand hinter ihm und war ihm beim Anlegen des Gürtels behilflich. »Sie hat erzählt, dass sie keine Freundinnen hat. Ich halte sie für sanftmütig und ehrlich.«

»In der Armee sehen alle auf Cadmus herab, weil er eine Edomiterin geheiratet hat.«

»Und warum das?« Ich presste meine Wange gegen Ahabs Rücken und drückte ihn an mich.

»Sie sagen, dass es in Israel genügend attraktive Frauen gibt und er deshalb nicht bis nach Edom fahren muss.«

»Wie haben sich die beiden denn kennen gelernt?« Ich setzte mich auf unser Bett und sah zu, wie Ahab die Sandalen schnürte. Er tat das zuweilen gern selbst, statt einen Sklaven zu bemühen.

»Als Cadmus einmal entfernte Verwandte in Juda besuchte, hat die Tochter seines Vetters gerade im Garten Blumen gegossen. Cadmus hat sich auf der Stelle in das Mädchen verliebt, und sie haben noch in Juda geheiratet. Als er sie mit nach Hause gebracht hat, hat er niemanden in sein Geheimnis eingeweiht. Nicht einmal mich.«

»Und warst du ärgerlich?«

»Über seine Frau? Aber nein. Ich liebe Cadmus wie einen Bruder. Wenn er Hry liebt, was sollte mich dann daran stören?«

»Und Jehu? Liebst du ihn auch wie einen Bruder?«

Ahab lächelte. »Ja. Ich schätze ihn sehr.«

»Angeblich liebt er die Frauen«, sagte ich mit bedeutungsvollem Blick, aber mein Mann verstand mich nicht so ganz.

»Jehu liebt alles.« Ahab lachte. »Alles, was er tut – ob er trinkt, liebt, singt, kämpft oder einfach nur isst –, er tut es immer im Übermaß.«

»Wie in der vergangenen Nacht.«

Ahab errötete. »Er benimmt sich immer, als ob er sich unter seinen Soldaten befände.«

»Und du entschuldigst das?« Ich ließ mich auf das Bett zurückfallen und fuhr mit beiden Händen durch meine Locken.

»Nur bei ihm. Jehu ist nicht mit anderen Männern zu vergleichen. Seine Visionen sind genial, seine Neigungen ebenso. Und seine schlechten Eigenschaften leider auch.«

»Ich verstehe.« Ich setzte mich auf und erhaschte im blanken Brustpanzer meines Mannes ein Bild meiner Haare. Sie waren dunkel wie tyrischer Wein. Mit geschlossenen Augen bot ich mein Gesicht der morgendlichen Kühle dar. Ich meinte, Sandelholz und Lotosblüten zu riechen.

Anschließend begleitete ich meinen Mann zu den Ställen, wo Frauen eigentlich keinen Zutritt hatten. Als der Stallmeister zum Protest ansetzte, genügte mein Blick – und sein Mund klappte zu wie eine Schachtel. Der Boden musste extra für mich gefegt werden, und es stank nach Exkrementen, aber ich wollte die berühmten Ställe unbedingt mit eigenen Augen sehen. Auf beiden Seiten waren Pferde aller Farben und Rassen an Pfosten angebunden und wurden von jungen Männern hingebungsvoll gewaschen und gestriegelt. Für seinen Streitwagen hatte mein Mann zwei kohlrabenschwarze Pferde ausgesucht. In der Sonne schimmerte ihr Fell bläulich, so dunkel waren sie, und ihre Augen glänzten wie polierter Obsidian.

»Pferde mögen es, wenn man sie streichelt«, sagte Ahab und strich mit der flachen Hand über die lange Nase. »Dies hier ist Philosir.«

»Guten Tag, Philosir«, sagte ich und streichelte ihn, wie Ahab mir das gezeigt hatte. »Du bist ein hübscher Kerl«, flüsterte ich Philosir leise ins Ohr.

Mein Mann lachte. »Ich glaube nicht, dass er dich versteht.«

»Aber natürlich versteht er mich.« Ich drehte Philosirs Kopf zu mir. »Du kannst das, nicht wahr?«

Ahab sah wie gebannt zu, während ich Philosir streichelte und ihm lobende Worte ins Ohr flüsterte. Ich lehnte meinen Kopf gegen den weichen Hals, so dass meine schwarzen Haare mit Philosirs Fell zu verschmelzen schienen.

Ahab lächelte. »Falls du kinderlos bleiben solltest, Isebel, können wir ja einige Pferde adoptieren.«

»Hüte deine Zunge, Ahab.«

Anders als Jehus Streitwagen, der angeblich golden wie die Sonne bemalt war, schmückten glitzernde Halbedelsteine die Seiten von Ahabs Wagen. Nachdem sich herumgesprochen hatte, dass der König sich in den Ställen aufhielt, war er augenblicklich von so vielen aufgeregt plappernden Menschen umringt, dass ich ihn gar nicht mehr sehen konnte.

»Suche Innascha«, rief er mir über das Stimmengewirr hinweg zu.

Innascha erwartete mich am Fuß eines erhöht stehenden Throns, von wo aus die Rennstrecke und die zahlreichen Zuschauer gut zu überblicken waren. Beim Betreten der Tribüne stand ich augenblicklich im Mittelpunkt des Interesses. Die Frauen der Vornehmen steckten die Köpfe zusammen und tuschelten über Israels tyrische Prinzessin. Gar zu gern hätte ich gewusst, was sie sagten. Sicher war meine Kleidung zu vornehm, meine Schminke zu dunkel und mein offenes Haar so gewöhnlich wie das einer Hure. Dabei galt offenes Haar in Tyrus als Symbol der Fruchtbarkeit. Ahab hatte mir erzählt, dass israelitische Frauen ihr Haar aufwickelten, aber ich hatte die Hoffnung geäußert, dass sich diese Mode bald ändern würde. Doch Ahab hatte nur geschmunzelt, als ob er »Das hoffe ich auch« sagen wollte.

Als ich meinen Platz einnahm, drückte mir Innascha aufmunternd die Hand. So, wie sich die Leute die Hälse verdrehten, dürften sie morgen beträchtliche Schmerzen haben, dachte ich. Irgendwann entdeckte ich Hry inmitten einer Gruppe von Frauen, die sich miteinander unterhielten. Aber mit Hry sprach niemand. Als ob sie nicht existierte. Ich erhob mich, nickte Innascha beruhigend zu und stieg die Treppe hinunter. Die Frauen verbeugten sich und berührten untertänig mit einem Knie den Boden.

»Erhebt euch«, sagte ich.

Die Frauen gehorchten und rückten lächelnd ihre verrutschten Kleider und Juwelen zurecht. Vermutlich waren sie völlig überrascht, dass ich einfach so von meinem Thron herabgestiegen war. Aber mein Interesse galt nicht ihnen, sondern allein Hry. Den anderen misstraute ich ganz instinktiv.

»Hry, wollt Ihr mir Gesellschaft leisten?«, fragte ich.

Augenblicklich erstarrten die Frauen um uns her. Nicht einmal meine kaum verhüllten Brüste waren noch interessant. Hry verbeugte sich gehorsam und stieg hinter mir die Treppe empor. In diesem Augenblick erschallten die Trompeten, und als Antwort rasselten die Zuschauer mit Stöcken, an denen unzählige Glöckchen befestigt waren.

»Innascha, dies ist Hry, die Frau von Cadmus. Außerdem ist sie eine Blumenkünstlerin.« Ich war mir des neiderfüllten Getuschels hinter meinem Rücken wohl bewusst.

Innascha verbeugte sich. »Demnach gehört Euch der wunderbare Garten«, flüsterte sie lächelnd, aber zu mehr kam sie nicht.

Mit Donnerstimme, die selbst bis in die entferntesten Winkel zu den Sklaven reichte, verkündete ein Sprecher die Ankunft von General Jehu, worauf die Menge in Hochrufe ausbrach. Mit großer Geschwindigkeit brauste Jehu aus Richtung der Ställe heran. Angesichts seines dunklen, muskulösen Körpers und der wehenden Haare wurden die Frauen seltsam einsilbig. Wahrscheinlich dachten sie an ganz andere Augenblicke. Als Cadmus auf der Bildfläche erschien, erbebte die Luft vor Hochrufen, aber als schließlich König Ahab heranrollte, steigerten sich der Klang der Trompeten und Trommeln und das Geschrei der Menschen zu ohrenbetäubendem Lärm, wie ich ihn noch nie vernommen hatte. Ohne Zweifel liebten diese Menschen ihren König.

»Ahab! Ahab!«, tönte es von allen Seiten, so dass sich der Ausrufer kaum Gehör verschaffen konnte. Angesichts der tobenden Menge wurde mir ganz schwindlig. Es mussten sich mehr als tausend Menschen versammelt haben.

Die Strecke war mit weißem Sand bestreut und umrundete einen schwarzen Obelisken, auf dem die Heldentaten von König Salomo verewigt waren. Die Pferde schien der Lärm nicht weiter zu beeindrucken. Im ersten Rennen, das in ausgesprochen kameradschaftlicher Atmosphäre verlief, siegte Jehu vor Ahab, und

Cadmus bildete das Schlusslicht, doch das zweite und dritte sah den König von Israel an erster Stelle.

»Er hat gewonnen!«, rief ich und umarmte Hry vor lauter Begeisterung. Doch dann wich ich zurück. »Glaubt Ihr, dass Jehu das Knie vor Ahab beugen wird?«

»Jehu?« Hry lachte. »Es entspricht nicht seiner Natur, sein Knie zu beugen. Nicht einmal vor dem König von Israel.«

Ich verschloss diese Bemerkung sorgfältig in meinem Gedächtnis und blickte mich um. Die Menge schien von dem Ergebnis nicht besonders überrascht zu sein.

»Der König ist ein ausgezeichneter Streitwagenfahrer«, sagte Hry. »Das war er schon als Kind.«

»Und wie steht es mit Eurem Mann? Er hat doch auch nicht schlecht abgeschnitten.«

Hry versuchte, ihr Lächeln zu verbergen. »Einmal Zweiter und zweimal Dritter.«

Als mein Mann zu uns auf die Empore kam, klebte ihm das Haar am Kopf, und die Venen an den Armen traten deutlich hervor. Er schien nicht überrascht, dass Hry mir Gesellschaft leistete. Und es wunderte ihn auch nicht, als die nächsten Fahrer sich von den Wagen stießen und ein Mann sogar überrollt wurde. Entsetzt schlug ich die Hand vor den Mund.

»Bei ernsten Vorfällen wird das Rennen abgebrochen«, erklärte Ahab.

»Aber das war doch ernst!« Ich gestikulierte wie wild. »Dieser Mann wurde einfach überrollt!«

»Das war doch ein Unfall.«

»Aber der andere hätte ausweichen müssen!«

»Ja, aber dann hätte er wahrscheinlich das Rennen verloren. Sieh doch, sieh! Jetzt hat er gewonnen!«

Ich war sprachlos, und die Hochrufe der Menge verstärkten meine Verwirrung noch. »Wie bitte?«

»Er hat soeben gewonnen«, wiederholte Ahab.

Ich schlug die Hand gegen die Stirn. »Und was hat er gewonnen?«

»Ehre.«

Ich sah mich um, doch alle Leute waren begeistert. Die Frauen, die Kinder und die alten Männer. Unter lautstarken Glückwünschen der Menge wurden den Siegern Girlanden aus Ölzweigen überreicht. Der Lärm war unvorstellbar, und der Geruch der erhitzten Leiber wurde immer unerträglicher. Zum Glück hatte Innascha meine Gewänder in duftendem Wasser gespült. Erleichtert presste ich meine Nase in den Stoff.

Hry musste lachen, als sie mich beobachtete. »Ihr seid noch nicht an die Gerüche Israels gewöhnt, nicht wahr, meine Königin?«

Ich schüttelte den Kopf. »Ihr etwa?«

»Nein«, antwortete Hry. »In Edom riecht es überall nach Meer, aber in Israel nach Vieh, Männern oder Kamelen.«

Wir lachten, während wir uns beide an vergangene Tage erinnerten.

»Mit Hry habt Ihr eine gute Wahl getroffen«, lobte ich Cadmus, der sich inzwischen zu uns gesellt hatte.

Der Offizier sah seine Frau an und lächelte nachsichtig.

Trotz des Blutvergießens und des Gebrülls hatte ich die vornehmen Damen nicht aus den Augen gelassen und sehr genau registriert, wie sie sich ständig nach mir umdrehten und dabei vorgaben, sich nur für den König oder Innascha zu interessieren. Ahab war bester Stimmung.

»Die Israeliten sind die besten Streitwagenfahrer der Welt. Was meinst du, meine Königin?« Voll Zuneigung schlang er die Arme um meine Taille.

Ich musste mich zusammennehmen, um meine Abscheu über die Gleichgültigkeit der Menschen nicht deutlicher zu zeigen. Der Tod des Soldaten interessierte offenbar niemanden. Nun gut. Sicher gab es einiges, was man auch in Sidon und Tyrus bemängeln konnte. Zum Beispiel hatte ich gehört, dass unsere Menschenopfer bei Fremden auf Ablehnung stießen – als ob die Götter nicht manchmal nur mit Blut besänftigt werden könnten!

Nach dem Wagenrennen speisten wir noch einmal im Haus von Cadmus.

Hry reichte mir eine Schale Feigen, die mit Nüssen und Honig gefüllt waren. »Ich danke Euch, meine Königin, dass ich neben Eurem Thron Platz nehmen durfte.«

»Ich ziehe Euch den anderen Frauen vor, die heute Nacht wegen ihrer verrenkten Hälse kaum Schlaf finden werden.«

Die kleine Blumenfrau lachte.

Am nächsten Tag fiel mir auf, dass einige Frauen ihre Augen mit feinen kohlschwarzen Linien umrahmt hatten. Die anderen musterten mich mit tiefem Misstrauen, als ob ich eine vergiftete Quelle wäre. Wahrscheinlich waren sie verbittert, dass ich die Gesellschaft der Ausländerin vorgezogen hatte.

Eine Woche später verließen wir Megiddo, und ich war traurig, dass ich Abschied nehmen musste. Als Zeichen unserer Freundschaft schenkte ich Hry eine goldene Spange und eine Korallenkette mit einigen dicken weißen Perlen. Sie küsste mich auf die Wange und umarmte mich zum Abschied.

»Behaltet Eure Töchter in Eurer Nähe«, riet ich ihr, während ich in Gedanken bei meiner Mutter und meiner Schwester Dido weilte. »Verheiratet sie nur an Männer aus Megiddo. So könnt Ihr sie so oft sehen, wie Ihr möchtet.« Ich drückte Hrys Hände. »Möge Aschera Euch mit Enkeln beschenken und Eure Tage mit Glück und Freude füllen.«

Wir schieden unter Tränen. Ich musste meiner ersten Freundin in Israel Lebewohl sagen, und auch später sollte Hry nie eine andere Freundin in Israel finden.

Am Morgen unserer Abreise war ich betrübt und fürchtete, dass Sichem womöglich nicht so eindrucksvoll und weitläufig wie die

Festungsstadt Megiddo sein könnte. Und das, obwohl ich hier keine einzige Ascherastatue innerhalb der Wälle entdeckt hatte. Ich dachte an die Menschen, die mich als Königin begrüßt hatten. Außer Jehu, Cadmus und Hry würde ich vermutlich keinen von ihnen jemals wieder erkennen, sollte ich sie noch einmal treffen.

Als ich auf das Kamel stieg, war ich dankbar, dass meine gepeinigten Füße ausruhen konnten. Es dauerte fast eine ganze Stunde, bis auch das letzte Kamel der Karawane die Tore passiert hatte – so viele Soldaten, Händler und Diener begleiteten uns auf der Reise Richtung Süden zum Elfenbeinpalast in Sichem, wie unser zukünftiges Heim in Ahabs Umgebung genannt wurde. Ich lernte Ahabs Sprache von Tag zu Tag besser, weil ich auf die Grundlage meiner Lehrer in Tyrus zurückgreifen konnte. Aber natürlich lernte man eine Sprache im Ursprungsland am besten. So oder ähnlich hatte Dido sich einmal ausgedrückt.

Unsere Reise führte an einem Fluss entlang, wo große Schilfhäuser die Menschen vor der sengenden Sonne schützten. Mondsichelförmige Kanus, wie ich sie aus Tyrus kannte, bahnten sich ihren Weg durch zahllose Stromschnellen und Wasserpflanzen. Einmal scheute Ahabs Kamel vor einer Schlange. Es war eine wunderschöne gelb und schwarz gezackte Schlange. Ahabs Begleiter riss das Schwert aus dem Gürtel, aber ich schrie laut genug, um Aschera zu wecken. Das wiederum versetzte die Diener in Furcht, und die Kinder schraken vor mir zurück. Rasch glitt die Schlange ins Unterholz, doch Ahab starrte mich an, als ob mir Baalshörner gewachsen wären.

»Schlangen sind der Aschera heilig«, erklärte ich meinem Mann in meiner eigenen Sprache.

Er runzelte die Stirn, sagte aber nichts und bedeutete seinem Diener mit einer Handbewegung, die Sache auf sich beruhen zu lassen. Ich merkte jedoch, dass die Leute mich weiterhin furchtsam musterten.

Je länger wir ritten, desto häufiger passierten wir kleinere Siedlungen, wo die Menschen in schwarzen Zelten aus Ziegenhaar lebten, kochten, webten und ihre Schafe hüteten. Hoch wie eine Palme ragte dazwischen eine Schule mit Lehmziegelmauern und gewölbtem Dach aus dem flachen Land empor. Eine *edubba*, wie Ahab erklärte, wo die Kinder auf Lehmziegeltafeln schrieben. Von weitem konnte ich die mahnende Stimme des Lehrers hören. Als die Karawane vorbeizog, wurde der Unterricht unterbrochen, und die Kinder rannten neugierig zur Tür, um den König von Israel zu sehen. Ich war überrascht, dass ich nur Jungen sah, aber diesmal biss ich mir auf die Zunge und schwor, dass meine Mädchen niemals unwissend wie Sklaven groß werden sollten.

Es dauerte nicht lange, bis die Besiedelung dichter wurde. Zwischen Häusern aus gebrannten und ungebrannten Lehmziegeln verliefen schmale Straßen, aber als ich in die nackten Höfe blickte, war mir klar, dass ich Tyrus für immer hinter mir gelassen hatte. Dort baute man in den Höfen Gewürze und Kräuter an, und die Frauen entspannten sich in ihren Gärten. In Israel war ein Hof jedoch nichts weiter als ein schmutziges Viereck mit einer Zisterne und einigen Feuerstellen und Mühlen. Die ärmeren Häuser besaßen ausschließlich flache Dächer, denn gewölbte konnten sich offenbar nur die Vornehmen leisten. Ich wunderte mich auch, dass es oft nur Vorhänge und keine festen Holztüren gab. In Tyrus würde man im Winter ohne Türen zwischen sich und dem aufgepeitschten Ozean einfach erfrieren. Und einen Vorhang hätte der Wind in kürzester Zeit zerfetzt.

Unermüdlich trotteten die Kamele weiter. Weiß verputzte Häuschen lösten die gelbbraunen ab, und irgendwann erblickte ich in einiger Entfernung eine Mauer aus mächtigen Quadern. Ich hielt den Atem an. Offenbar näherten wir uns Sichem. Nachdem wir das Stadttor passiert hatten, umfing uns ein betäubender Gestank – alle übel riechenden Gewerbe waren am äußersten Rand der Stadt angesiedelt. Zwischen dichten Rauchwolken erkannte ich Töpfer vor ihren qualmenden Öfen, der Gestank der Färberbottiche ließ mich fast ersticken, und die großen Olivenpressen erzeugten Öl, mit dem sogar in Tyrus gekocht wurde.

Die größeren Straßen waren wie in Tyrus meistens gepflastert, und für die winterlichen Regengüsse hatte man sogar Abflüsse angelegt. In den kleineren Straßen jedoch wühlten die Hunde im Abfall, bis die Sklaven ihn zu Haufen zusammenkehrten und beseitigten. Vieles davon wurde laut Ahab in Gruben geworfen, aber einiges gelangte auch als Dünger auf die Felder. Das hätte er mir nicht unbedingt sagen müssen, dachte ich und rümpfte voll Abscheu die Nase.

Als der Palast in Sicht kam, war mir endgültig klar, dass ich keinen Sterblichen geheiratet hatte. Wie ein Habicht thronte das zweistöckige Gebäude auf einem Hügel und überblickte die ganze Stadt. Die Mauern waren mit Elfenbein eingelegt und schimmerten von weitem hell wie der Vollmond. Als wir ankamen, vergoldete gerade die untergehende Sonne das märchenhafte Äußere.

»Was ist das?« Ich deutete auf die runde Kuppel, die den Palast wie eine Eierschale überragte.

»In Tyrus werden die Decken flach gehalten, um die Wärme besser halten zu können. Hier dagegen sind Kuppeln unverzichtbar. Der Bogen«, mit der flachen Hand vollführte Ahab eine halbrunde Bewegung durch die Luft, »speichert sehr viel mehr Luft. Darunter bleibt es im Sommer herrlich kühl. Und im Winter halten die dicken Wände die Kälte ab.«

Wenn der König mit mir sprach, dann immer wie mit einer gleichgestellten Partnerin. Kein einziges Mal hatte er einen überheblichen oder gar besserwisserischen Ton angeschlagen, so dass ich mich während unserer Reise von Herzen in ihn verliebt hatte. Ich hob den Kopf und betrachtete lächelnd das schimmernde Bauwerk. Darunter auf dem Hügel glitzerten flache Brunnen in der untergehenden Sonne, und Palmen reckten sich in den Himmel empor.

König Ahab beugte sich zu mir und flüsterte mir ein Geheimnis ins Ohr: »Dieser Palast wird von zweien der mächtigsten Mauern geschützt, die jemals gebaut wurden. Er wird selbst dem Wüten der Aramäer Einhalt gebieten.«

Ich kicherte, und Ahab grinste voll Stolz, dass seine tyrische Königin gelacht hatte.

Von den Mauern aus hatten die Wächter längst die dichte Staubwolke erspäht, die das Nahen der Karawane ankündigte. Den Kopf des Zuges bildeten meine Priester und Priesterinnen, die Dido gemäß ihren künstlerischen Fähigkeiten ausgewählt hatte, damit sie mir im fernen Land Gesellschaft leisten konnten. Ihnen folgte das Gepäck. Kamele und Esel waren mit Kleidern und Schmuck, aber auch mit Teppichen, Wandbehängen und vielen anderen Kleinigkeiten beladen, mit denen ich die nackten Wände verschönern wollte. Man hatte mir gesagt, dass israelitische Paläste wie die vornehmen Töchter Sidons seien – außen wunderschön, aber im Inneren armselig und hässlich. Ich brannte darauf, endlich die Gefäße, Messer, Öllampen und Seidenstoffe meines Vaters auszupacken. Falls es stimmte und Megiddo tatsächlich anders war als Sichem, gab es hier wahrscheinlich nicht den Luxus, wie ich ihn von der tyrischen Küste gewöhnt war. Als wir den großen Eingangsbogen des Palasts passierten, bestätigten sich meine schlimmsten Vermutungen. Salomos Einfluss war lange vergangen, und nun war es an mir, diesen wieder zu beleben. Wenn Aschera das Meer in eine Muschel zwängen konnte, so sollte es mir doch möglich sein, Tyrus nach Israel zu bringen.

Während der ersten Tage betrachtete ich den Palast genauer. Der Thronsaal gefiel mir wegen der Täfelung aus Zedernholz am besten, das Händler aus dem fernen Libanon herbeigeschafft hatten. Außerdem bewunderte ich die Elfenbeinschnitzereien an vielen Wänden, die Rehe, Hähne, Löwen und den Baum des Lebens darstellten. Vom Dach des Palasts aus sah man keine blaugoldenen Wellen, die gegen die Felsen anbrandeten, sondern ein

Meer von zwanzigtausend Menschen. Nachts störte der Lärm meinen Schlaf so sehr, dass wir im Inneren des Palasts schlafen mussten. In der trockenen Hitze sprangen Ahabs Lippen auf und bluteten, aber nicht im Traum hätte er seine Braut alleine schlafen lassen.

Gleich am allerersten Tag präsentierte mir Ahab seinen Zoo aus Äffchen, Pavianen und wilden Pfauen, den *tukkiym*. Im Hafen von Tyrus hatte ich zwar schon weit exotischere Tiere zu Gesicht bekommen, aber ich tat ihm den Gefallen und war sehr beeindruckt. Ahab strahlte. Doch das war erst der Auftakt. In den nächsten Wochen kamen zahllose Würdenträger und Vornehme in den Palast, um die neue Königin in Augenschein zu nehmen.

Ein Statthalter meines Mannes verbeugte sich vor mir. »Königin Isebel, ich bin der ältere Himilco aus Dan.«

Es war nicht das erste Gesicht, das sich mir in dieser Woche vorstellte, und sicher nicht das letzte. Aber seine seltsam fremden Augen fielen mir auf. Es waren äußerst wachsame Augen. Vor solchen Augen hatte mein Vater mich oft gewarnt. Ich dankte dem Statthalter für seinen Besuch und nickte ihm und seinen Söhnen zu. Wenn ich mich recht erinnere, habe ich in dieser Woche und auch in den darauf folgenden keine einzige Frau am Hof erblickt. Irgendwann langweilte mich die Parade der Vornehmen und ihrer Söhne, und ich wurde zunehmend rastloser. Eines Nachts, während mein Mann schlief, stieg ich auf das Dach hinauf und breitete meine Arme im Wind aus.

»Dido«, rief ich und ließ den Wind meine Worte weitertragen. »Vater!«

Ich schloss die Augen und dachte daran, wie Dido und ich auf die Felsen geklettert waren. Im weichen heißen Wind hatten wir unsere Kleider ausgezogen und auf die Felsen geworfen und mit erhobenen Armen unsere Brüste von Aschera liebkosen lassen. Dido hatte den Kopf in den Nacken gelegt und ihr Haar dem Spiel des Windes überlassen. Als der Wind stärker geworden war, hatte sie ihre Hüften im Rhythmus Ascheras gewiegt. Wir hatten getanzt und unsere Lippen, Brüste und Schenkel gestreichelt. So wollte Aschera uns haben – so frei und wunderschön wie der Wind. Kleine silberne Flammen im Mondlicht auf den dunklen Felsen.

Ich öffnete die Augen und lauschte auf Ascheras Lied im israelitischen Wind. Als meine Zunge über die Lippen strich, schmeckte ich Hitze und Safran. Was Dido wohl gerade tat? Und wie ging es Annana und meinem Vater, nachdem auch die jüngste Tochter den Palast verlassen hatte? Nacht für Nacht stahl ich mich aus dem Bett davon und lauschte auf dem Dach Ascheras Gesang. Ich ließ mir den heißen Safranwind durch die Haare wehen und stellte mir vor, wie das Rot und das Gold des Feuers meinen Körper einhüllten. Aber in Sichem gab es auch windstille Nächte. Und dann, wenn Aschera schlief, fühlte ich mich einsamer und verlassener denn je.

Einmal, als wir unser Lager wegen der starken Hitze oben auf dem Dach aufgeschlagen hatten, um nicht qualvoll zu ersticken, fiel Ahab auf, dass ich ständig nur ins Leere starrte, und sofort schlang er seine starken Arme um mich.

»Bist du traurig?«, fragte er, aber ich schüttelte den Kopf.

»Nein, ich bin nicht traurig.«

»Was ist es dann, meine Königin?«

Als ich ihn ansah, spiegelte sich mein Gesicht in seinen Augen. »Ich bin müde«, gab ich zur Antwort. »Ich bin es müde, wie ein vergoldeter Streitwagen jedem Mann in Israel vorgeführt zu werden, nur weil er einen Blick auf die Königin werfen möchte.«

Ahab strich mir über das Haar. Dabei fiel eine Strähne über die Brust. »Dein Tempel ist so gut wie fertig«, sagte er tröstend. »Er wird das schönste Bauwerk in ganz Israel werden. Größer jedenfalls als alle anderen Tempel, und ein gutes Werk ist er in jedem Fall.« Ahab blinzelte. »Deine Priester und Priesterinnen essen uns nämlich allmählich den Haushalt kahl.«

Ich lächelte, während seine Hand zu dem breiten Gürtel wanderte, den ich um die Taille trug. Obwohl schon drei Monate vergangen waren, hatte sich mein Bauch bisher noch nicht gerundet. Ich legte den goldenen, mit Juwelen besetzten Haarreifen ab. Das in Falten gearbeitete Gewand aus feinem Leinen, das ich aus Tyrus mitgebracht hatte, rutschte mir von der Schulter. Und dann liebten wir uns beim Schein des Mondes auf dem Dach des Palasts.

Eines Abends jedoch nahm Ahab mich nicht wie gewohnt in seine Arme, und als ich später in der Nacht erwachte, sah ich, wie er zu den Sternen hinaufsah und an der Unterlippe nagte. Eine schlechte Angewohnheit, die er sich vermutlich von mir abgeschaut hatte.

»Ahab«, flüsterte ich und hörte, wie sich einige der Wachen im Schlaf bewegten.

»Ja, Isebel?«

»Ist irgendetwas nicht in Ordnung?«

»Nein, meine Königin.«

Aber das war nicht die Wahrheit. Ich hörte es an seiner Stimme. Ich schwieg einige Augenblicke und überdachte die Probleme Israels.

»Es geht um den Tempel, nicht wahr?« Ich sah, wie sich seine Augen weiteten. »Dein Volk will keinen Baaltempel in Jahwes Land. Habe ich Recht?«

Ahab hielt einen Augenblick lang den Atem an und ließ ihn dann ganz langsam entweichen. »So ist es, meine Liebe.«

»Wann wird der Tempel fertig werden? Befinden sich meine Priester und Priesterinnen in Gefahr?«

»Das Bauwerk wird in einigen Wochen vollendet sein«, versprach Ahab. »Und deine Priester und Priesterinnen sind genauso wenig bedroht wie du. Oder fühlst du dich bedroht, meine Königin?«

Ich konnte mit diesen beruhigenden Worten wenig anfangen.

»Irgendwie ja«, antwortete ich. »Wenn Menschen befürchten müssen, dass sich ihre Lebensumstände ändern könnten, werden sie unter Umständen auch töten, um ihr eigenes Überleben zu sichern.«

»Dein Vater war ein kluger Mann, dich so gut zu unterrichten.«

Ich lächelte. »Aschera war so klug, ihm das einzugeben«, entgegnete ich, worauf Ahab für Augenblicke in Schweigen versank.

»Wenn Aschera eine Frau wie dich erschaffen hat, so kann ich das nur bestätigen.« Mit dem Finger zeichnete er mein Profil nach und hielt bei den Lippen inne. Als ich sanft an seinem Finger saugte, schloss er die Augen. »Meine Mutter war eine starke Frau.« Seufzend beschwor Ahab ein Bild, das er nie gekannt hatte, denn seine Mutter war bei seiner Geburt gestorben. »Angeblich war sie so klug wie ein Mann. Mein Vater hat immer auf ihren Rat gehört. Du bist mit Sicherheit kein Mann, meine Königin, aber ich denke, dass wir unseren Frauen wirklich mehr Freiheit gewähren sollten.«

»Wir sollten nicht auf die Ängstlichen hören, die alle Veränderungen fürchten. Weshalb sollte sich dein Volk vor Aschera fürchten? Hatte ich nicht auch Angst, in ein fremdes Land zu gehen? Wir müssen unsere Ängste akzeptieren.«

An diesem Abend berichtete ich Innascha, was ich meinem Mann geantwortet hatte.

»Das habt Ihr gut gemacht, meine Königin. Ihr habt Israel in die Arme geschlossen, und das Land hat Euch aufgenommen. Seht Euch doch nur die Frauen auf der Straße an, die sich inzwischen kleiden und schminken, als ob sie Tyrerinnen wären.«

Lächelnd bürstete ich meine Haare. »Das stimmt. Du hast wie immer Recht.«

»Ihr kamt als starke Frau in dieses Land und seid nicht auf meinen Rat angewiesen«, bemerkte Innascha bescheiden.

Ich drehte mich zu ihr um. »Dabei bist du alles, was ich habe,

Innascha! Nur wegen dir bin ich nicht sofort umgekehrt, als Ahab mir die Schleier überreicht hat.«

»Im Gegenteil. Ihr habt auch die Schleier akzeptiert und seid mit offenen Armen auf alles zugegangen.«

»Nicht auf alles«, erinnerte ich sie. »Auf Jahwe zum Beispiel nicht.«

»Und auch nicht auf das gemeinsame Bad«, sagte Innascha lächelnd.

»Richtig!« Im Spaß drohte ich ihr mit der Bürste. »Stell dir nur vor – alle Frauen in einem Becken! In Tyrus baden nur die armen Frauen zusammen.«

Innascha zog die Brauen hoch. »Ja, aber in Israel ist es Vorrecht der Reichen.«

»Ich finde es abstoßend.«

»Aber es ist eine gute Möglichkeit, die Frauen der Vornehmen zu treffen. Vielleicht solltet Ihr Euch doch besinnen und einmal hingehen. Womöglich würden die Frauen dann nicht mehr glauben, dass Ihr sie ablehnt.«

»Das denken sie doch überhaupt nicht«, widersprach ich.

Innascha zuckte nur die Achseln. Doch das tat sie nur, wenn sie Recht hatte – ich hasste diese Geste.

Trotz aller Vorbehalte entschloss ich mich an diesem Abend zu einem Besuch im Bad. Ich fragte Innascha, ob sie mich begleiten wollte, aber sie lehnte ab. Das sei nur etwas für vornehme Frauen.

»Aber vornehme Frauen bringen ihre Dienerinnen mit«, entgegnete ich.

»Ja, ihre Dienerinnen. Aber nicht ihre Ammen.«

Also begleiteten mich einige schweigsame Dienerinnen des Palasts. Sie hatten Angst, sich in meiner Gegenwart zu äußern, und ich hatte die ständigen Ermutigungen satt. Wir verließen den Palast durch das südliche Tor, von wo aus man direkten Zugang zu dem Wasserbecken hatte. Die Frauen der Vornehmen erreichten das Bad über einen von Soldaten bewachten Zugang von der Stadt her. Ich nickte den Wächtern zu und schritt meinen Dienerinnen voraus zum Becken.

Aufgrund meiner sehr viel helleren Haut und der auffälligen Spangen an meinen Armen und Fußgelenken war allen Frauen im Becken schnell klar, wer sich hier zu ihnen gesellt hatte. Einige Schönheiten stiegen heraus und legten sich zum Trocknen mit dem Gesicht nach unten auf die sonnenwarmen Steine. Ich streifte die Kleider ab und spürte, wie das kühle Wasser an meinen Schenkeln in die Höhe stieg. Meine Haare breiteten sich wie ein Fächer auf der Oberfläche aus. Das Wasser war tief! Aber ich hatte keine Angst, denn eine tyrische Prinzessin kann selbstverständlich schwimmen. Ich schloss die Augen, um Scham und Verachtung auszublenden, und genoss die angenehme Kühle, die aus einer Quelle in den Bergen stammte. Ursprünglich hatte Omri dieses Bad für seine Nebenfrauen angelegt. Aber seit Ahab König war, durften die Frauen der Vornehmen hier baden.

»Seid Ihr zum ersten Mal hier, meine Königin?« Eine alte Frau schwamm auf mich zu und musste ein wenig blinzeln. Im Wasser wirkte ihre schrumpelige Haut wunderbar glatt. Ich lächelte. Wasser war die Grundlage allen Lebens und besaß heilende Kräfte.

»Ja«, antwortete ich.

Ich sah der Frau nach, wie sie zum Rand schwamm und sich auf die Stufen zu ihren Töchtern gesellte. Dann blickte ich zu den Frauen hinüber, die sich auf den Steinen sonnten. Auf *meinen* Steinen. Wollte mich die Frau beleidigen, indem sie weder ihren Namen nannte noch mir ihre Töchter vorstellte? Eine solche Szene war in Tyrus unvorstellbar. Jeder wollte doch seine Königin kennen lernen, oder nicht? Dann merkte ich, dass noch andere Frauen das Wasser verließen und dabei leise miteinander flüsterten.

Etwas entfernt von mir vergnügte sich eine Gruppe Frauen unter lautem Gelächter, aber als sie mich erkannten, erstarb das Lachen, und sie schwiegen betreten. Eine von ihnen lächelte mir zu, eine andere nickte, aber niemand stellte sich vor oder richtete gar das Wort an mich. Ich starrte ins Wasser. Ob der Wind die Ursache war, weiß ich nicht, jedenfalls meinte ich plötzlich Hry in der Spiegelung zu sehen. Heißes Feuer durchpulste meine Adern. Ich verließ das Becken, verlangte nach meinen Gewändern und kehrte in Begleitung der stummen Dienerinnen in den Palast zurück. Im Hof ließ ich sie stehen und stieg allein auf das Dach hinauf.

»Aschera!«, schrie ich vom höchsten Punkt aus in den Wind. Ich öffnete die Arme, und der Wind trug das Gesagte in die Nacht hinaus. »Aschera!« Mir gegenüber stieg der Mond am Himmel empor, aber vor lauter zornigen Stimmen in meinem Kopf konnte ich Ascheras Lied nicht hören. Heiße Tränen, so heiß wie der nördliche Wind, brannten auf meinen Wangen. »Warum?«, schrie ich laut. Doch statt einer Antwort heulte nur der Wind. Ich schloss die Augen und schmeckte, was er mitbrachte. Der Wind war heiß. Heiß und trocken. Und er schmeckte nach Safran, heißen Nächten und ausgetrocknetem Boden.

»Meine Königin.«

Ich wandte mich um und erkannte Innascha.

»Sie haben mich überhaupt nicht beachtet. Sie sind mir aus dem Weg gegangen, als ob ich ein wildes Tier wäre!« Ich starrte den silbern schimmernden Mond an. »Dido behauptet, dass Löwen angreifen, sobald man ihnen den Rücken kehrt. Deshalb tragen Jäger Gesichtsmasken auf den Haaren. Die Löwen sollen glauben, dass der Jäger sie immer sieht. Genauso haben es die Frauen im Bad gemacht. Sie wandten mir nie den Rücken zu. Und falls eine es trotzdem tat, fixierten mich die anderen. Ihre Gesichter sahen aus wie Masken. Ich konnte nicht erkennen, was sie dachten.«

»Meine Königin.« Innaschas Stimme klang tröstend. Sie führte mich an die Brüstung, und dort standen wir, bis der Wind meine Tränen getrocknet hatte. »Ihr erregt Euch über nichts von Bedeutung.«

»Du hast keine Ahnung, Innascha! Du hast ihre Masken nicht gesehen. Sie *waren* Jägerinnen!«

Innascha lächelte. »Wenn das stimmt, so seid Ihr die Löwin, Ascheras dritte Inkarnation.«

Trotz der letzten Tränen sah ich sie prüfend an. »Willst du mich glücklich machen?«

»Keineswegs. Ich will es Euch nur erklären. Seht einen Hund, ein Zebra oder eine Ziege an. Alle diese Tiere leben mit den Menschen. Aber der Löwe ist zu mächtig. Er hat nur Freunde unter seinesgleichen. Euer Ehemann liebt Euch, meine Königin. Selbst wenn alle Frauen in Israel Masken trügen, seid Ihr die Königin, und diese Frauen sind nichts weiter als Dienerinnen. Sie sind und bleiben die Sklavinnen ihrer Männer. Geht zu den heiligen Stätten und dankt Aschera für das, was sie Euch geschenkt hat. Lasst die Menschen sehen, wie Ihr Aschera verehrt. Es wird sie überzeugen und begeistern, und irgendwann werden sie Euch dafür lieben. Ihr gehört zu den Löwen und damit zu Aschera. Verschwendet Eure Zeit nicht mit Zebras und Hunden.«

Ich bedachte Innaschas Rat und nickte. Und während der nächsten Wochen ging ich in Begleitung des Königs auf die Hügel und opferte der Ahnfrau der Menschen Statuen aus Zedernholz und Tauben. Anlässlich dieser Zeremonien versammelten sich immer Hunderte Israeliten und begeisterten sich zunehmend für mein Tun. Als die Diener und Dienerinnen die Reaktion ihrer Landsleute auf die seltsamen *Beduinen des Meeres*, wie sie mein Volk nannten, erlebten, lösten sich sogar ihre Zungen.

Als ich eines Tages auf dem Ölberg eine goldene Ascherastatue errichtete, ließ ich meinen Schleier im Wind wehen und sah zu, wie er sich wie eine gerade abgelegte Schlangenhaut um meine Finger wand. Ein Zeichen, dass Aschera mir zusah. Zum ersten Mal zeigte ich Ahab, wie man auf den Wind lauschte.

»Was schmeckst du?«, fragte ich ihn.

Er schloss die Augen und atmete tief ein. »Safran.«

Ich nickte. »Und was noch?«

»Gewürze. Gewürze aus fernen Ländern.«

Ich lächelte. »Das ist der Wind des Erwachens.«

Mit jedem neuen Opfergang gewann ich weitere Anhänger für Aschera. Und als der Baaltempel am Ende des Monats, wie Ahab versprochen hatte, vollendet war, fanden meine Priester und Priesterinnen endlich eine neue Heimat inmitten des fremden Landes. Und wieder einmal sollte Innascha Recht behalten. Ich fand meine Erfüllung in Gesellschaft der Löwen – in Gesellschaft von Ahab und den Hohepriestern – und nicht in der Gesellschaft von Zebras und Hunden.

Am Tag der Einweihung erwartete uns ein goldverzierter Streitwagen, gezogen von zwei sandfarbenen Pferden, vor dem Tor des Palasts. In Begleitung des Palaststatthalters Obadia zogen wir zum heiligen Tempel. Singende und tanzende Israeliten folgten uns und priesen Ahab und Aschera im selben Atemzug. Sogar aus Megiddo waren Musiker gekommen, um unserem Wagen voranzugehen. Ihre knöchernen Finger schlugen die Trommeln und zupften die Saiten von einem Dutzend Harfen. Ich beobachtete, wie zwei Musiker, die Flöten aus Schilfrohr bliesen, ihre Köpfe seitwärts neigten, als ob sie einer Melodie folgten, die sonst niemand hören konnte. Ich spürte die wehmütige Klage und das freche Aufflackern der Zimbeln in meinen Knochen und in meinem Blut. Zum schrillen Auf und Ab der Flöten löste sich eine Tänzerin aus einer der Gruppen, wirbelte ein großes Seidentuch über ihren Kopf und enthüllte in ihrem Tanz mit herausforderndem Blick jeden einzelnen Muskel ihres Körpers. Zum ersten Mal fühlte ich mich ganz wie zu Hause.

Der Baaltempel war ein überwältigendes Gebäude aus mächtigen Quadersteinen und schimmerndem Elfenbein. Ich hätte den Tempel vom Palast aus sehen können, doch Ahab hatte mir das

Versprechen abgenommen, niemals nach Norden zu blicken. Der Tempel sollte eine Überraschung sein. Und das war er. Sobald ich die gewaltigen Pfeiler erblickte, kam Frieden über mich. Endlich waren Aschera und ihr Gefährte Baal hier bei mir in Israel angekommen. Zusätzlich hatte Ahab Ascherapfähle aus Akazienholz anfertigen lassen, damit man die Tochter des Re auch auf den Hügeln und unter jedem Baum in Israel verehren konnte.

Im Gefolge meiner Priester und Priesterinnen inspizierte ich auch die verborgenste Nische des neuen Tempels. Mit der Hand strich ich über den Altar des Baal aus Kalkstein und über die vier mit Lapislazuli eingelegten Hörner, die an jeder Ecke angebracht waren. Genau wie in Tyrus sollte auch hier jeder Mensch innerhalb des Tempels Schutz finden, wenn er nur eines dieser Hörner berührte. Als ich das Ahab sagte, nickte er zustimmend. Ich schnupperte an Kelchen voller Öl und roch Myrrhe, Zimt und Kassiarinde.

Der innerste Bereich war kleiner, als ich ihn mir gewünscht hätte. Die goldene Statue der Aschera, die ihre Brüste umfasste, füllte ihre kleine Nische völlig aus und reichte fast bis zur Decke empor. Es gab sogar einen Raum, in dem die Priesterinnen kleine Abbilder für die Pilger gießen konnten. Ich nahm drei Spangen von meinem Arm.

»Lass mir noch eine goldene Baalstatue machen«, sagte ich zu Ahab.

»Morgen bei Sonnenaufgang wird sie fertig sein, meine Königin.«

Ich war so stolz auf das Werk meines Mannes, dass ich weinen musste.

»Bist du unglücklich?« Im strahlenden Licht schimmerten Ahabs Augen wie Obsidian.

»Nein, Ahab. Das sind Tränen der Freude. Noch nie wurde ein König so sehr von seiner Königin geliebt.«

Im Anschluss an die erste Besichtigung wurde ein großes Fest gefeiert. Körbe, gefüllt mit Feigen, und Platten mit geröstetem Lammfleisch wurden aufgetragen. Und dann weihten der Hohepriester Baals und die Hohepriesterin Ascheras den Tempel, wie das in Sidon und Tyrus üblich war. Zu wilden Rhythmen entkleideten sie einander und liebkosten ihre jungen Körper. Die Brustwarzen der Priesterin reckten sich ekstatisch in die Höhe, als der Priester vor ihr kniete und mit dem Mund ihren Körper erforschte. Mit einem Freudenschrei warf sie den Kopf in den Nacken, so dass der dünne Schleier von ihrem Haar glitt und zu Boden sank. Mit großen Augen und offenem Mund sah Ahab zu, wie der Priester und die Priesterin zuerst auf dem Altar der Aschera und dann auf den anderen dem Kult der Fruchtbarkeit huldigten und den Tempel weihten.

Zahllose Israeliten waren zu dem Fest herbeigeeilt. Einige entsetzte das Schauspiel zutiefst, aber die anderen sahen zu ihrem König und ihrer Königin hinüber und akzeptierten das Gesehene als Zeichen dafür, dass Jahwe Israel verlassen hatte. Die Männer waren von der Zeremonie besonders angetan, aber ich sah auch einige Frauen, die ihren Glauben an Jahwe in kürzester Zeit hinter sich lassen würden. Ich stieg zum höchsten Punkt des Tempels empor und streckte meine Hände aus. Der Safranwind wehte durch die Täler und nahm dabei den Geruch der Erde auf. Ich schloss die Augen und lauschte auf den Gesang. Aschera war zufrieden.

Aber in Sichem hatte dieser Frieden noch nicht überall Einzug gehalten. Eine Gruppe Männer hatte sich vor dem Tempel versammelt und wartete darauf, dass der König das Fest verließ.

»Ihr habt den einzig wahren Gott Israels verraten!« Der Prophet Jahwes spuckte aus und traf die Sandalen meines Mannes. Ausgerechnet die kostbaren Sandalen aus Walrosshaut, die ich aus Tyrus mitgebracht hatte. »Wie ein zahnloser Löwe lasst Ihr Euch von der sittenlosen Königin vorführen!«

Die anderen Propheten nickten eifrig. Ich bemerkte, wie die

Ader an Ahabs Hals anschwoll. Entrüstet reckte ich mich empor, doch Ahab fasste einfach nur meinen Arm fester und geleitete mich zum Wagen, ohne auf die Empörung des Mannes im Ziegenhaarumhang einzugehen.

»Du lässt ihm das durchgehen?«, schrie ich so laut, dass meine Stimme von den Mauern widerhallte. »Dieser Prophet sollte eingesperrt werden. In Tyrus wäre er längst getötet worden.«

Ahab schüttelte den Kopf. »Jeder Mann muss seinen Grundsätzen folgen. Wie kann man einen Mann nur wegen seiner Überzeugung töten? Er hat ein Recht auf sie.«

»Und wenn der Mann der Überzeugung ist, dass der König ermordet werden muss?«

»Was könnte ich dagegen unternehmen?«

»Aber Überzeugungen führen irgendwann zu Taten«, gab ich zu bedenken.

Ahab küsste mich auf die Wange. »Die Anhänger Jahwes sind friedfertige Menschen«, versicherte er. Doch ich konnte die Gräueltaten der Israeliten gegen Aschera im Reich meines Vaters nicht vergessen.

Stunden, nachdem die Sonne wie ein rotes Juwel hinter dem Horizont versunken war, führte man einen Boten in den Thronsaal.

»König Ahab, Führer von Israel!« Der Bote verbeugte sich, bis seine Stirn den Boden berührte. »Es gibt Neuigkeiten aus dem Tempel.«

»Sprich!« Ahab nickte, worauf der Bote sich erhob, die Hände rang und wie ein Fisch auf dem Trockenen nach Luft schnappte.

»Was gibt es?«, herrschte ich ihn an.

Der Bote zuckte erschreckt zusammen. Er war noch ein Junge. Besser hätten sie einen Mann geschickt. »Jahwes Anhänger«, quiekte er mit heller Stimme. »Sie haben ...« Ahab rutschte unruhig nach vorn. »Sie haben die Tempeldienerinnen gesteinigt, so dass die Hohepriester die Tore schließen mussten, weil sie um ihr Leben fürchteten.«

Langsam wandte ich mich zu Ahab um, und unsere Blicke trafen sich.

»Ich danke dir«, sagte Ahab, und der Bote verschwand, so schnell seine Füße ihn trugen.

Mein Blick ruhte auf Ahab. »Waren das dieselben Männer, die mich sittenlos genannt haben?«

Ahabs junges Gesicht wirkte plötzlich spitz und bleich. »Diese Propheten verlieren eine ganze Menge, wenn sich die Israeliten der Göttin Aschera zuwenden.«

Ich beugte mich auf meinem vergoldeten Thronsessel nach vorn. »Sie müssen getötet werden«, sagte ich.

Der Statthalter Obadia räusperte sich. »Wenn Ihr sie töten lasst, wird das einen Aufstand nach sich ziehen.«

Ich begegnete seinem Blick. »Und wenn man sie *nicht* tötet, fordern wir einen Aufstand unter meinen Leuten heraus, und die Israeliten werden sie töten.« Ich funkelte Ahab an, um seine Entscheidung zu fördern.

»Die Königin hat Recht. Wir müssen ein Exempel statuieren, dass in Israel jedes Menschen Gott willkommen ist. Niemand wird geduldet, der gegen dieses Gesetz verstößt. Findet die Missetäter, und setzt sie fest, Obadia.«

»Und falls sie noch weiteres Unheil angerichtet haben, bevor Ihr sie findet«, fügte ich hinzu, »so tötet sie.«

Ahab nickte, doch Obadia öffnete den Mund, um zu protestieren.

Da überkam mich das Feuer. »Ihr habt gehört, was ich gesagt habe, Obadia. Findet die Männer, und tötet sie.«

Der Statthalter nickte kurz, doch seine Augen blitzten so hell wie die Lichter im Thronsaal. Ich wandte mich an Ahab, der finster dreinblickte.

»Es gefällt mir nicht, dass Obadia sie ohne Strafe davonkommen lassen will«, erklärte der König. Da wusste ich, dass der Mann mit den Rabenaugen mein Feind werden würde. Dem

Statthalter passte die Macht nicht, über die ich verfügte und die vermutlich er bis zu meiner Ankunft innegehabt hatte. Ich werde Obadia im Auge behalten müssen, dachte ich, doch dem König sagte ich nichts davon.

Als wir an diesem Abend zu Bett gingen, fragte ich meinen Mann nach Jahwes Stellung im Haus des Omri. Und auf dem Höhepunkt unserer leidenschaftlichen Umarmung erwiderte Ahab, dass der Gott, der die wunderschöne Isebel erschaffen hatte, in seinen Augen der einzig wahre Gott Israels war.

Jericho

Es war ungerecht, dass selbst die einfachste Dienerin im Hause Omris jedes Jahr dick und rund wurde, während ich schlank wie ein Stock blieb und immer noch kein Kind erwartete. Mein erstes Jahr im fremden Land war vorüber, und während dieser zwölf Monate waren ungefähr hundert Anhänger Jahwes wegen Aufruhr hingerichtet worden. In der Hoffnung auf einen Erben liebte Ahab mich Nacht für Nacht, doch Monat für Monat kehrte das Blut des Mondes wieder, und ich weinte verzweifelt in Innaschas Schoß. Dabei weinte ich nicht nur um einen Erben.

»Sie verachten mich, Innascha«, jammerte ich wie ein Kind.

»Aber nein, meine Königin. Die Menschen lieben Euch.«

»Du irrst, Innascha!« Heftig schüttelte ich den Kopf. Doch unverdrossen wischte Innascha mir die schwarzen Streifen der zerlaufenen Schminke ab und trocknete meine Augen. »Wenn du wüsstest, wie der Statthalter mich verachtet! Wie er jeden Rat verabscheut, den ich Ahab bei den Thronsitzungen gebe!«

»Dann nehmt doch nicht mehr daran teil.« Für Innascha war die Lösung höchst einfach.

»Aber das muss ich doch!«, protestierte ich. »Was soll ich denn sonst tun? Etwa *weben*?«, fragte ich sarkastisch. »Ich bin an einem Hof zur Welt gekommen und kenne nichts anderes. Außerdem bin ich Königin und keine Schäferin.«

»Dann benehmt Euch auch wie eine Königin«, entgegnete Innascha.

Ihre Worte trafen mich im Innersten, und meine verschmierten Augen funkelten zornig. Doch Innascha sah gar nicht erst hin.

»Was würde die Königin von Sidon und Tyrus an Eurer Stelle tun? Würde sie auf dem Weg zum Hohepriester wie ein Kind jammern und klagen? Nein.« Innascha nahm meine zitternden Hände in die ihren. In ihre Hände, die durch zahllose Geburten und erlebte Schmerzen stark geworden waren. »Verlange von den Menschen Respekt, Tochter der Aschera! Euer Volk braucht Euch.«

»Mein Volk hasst mich.«

»Euer Volk hasst allein die Macht, die Ihr besitzt. Die Männer beugen sich, weil sie wissen, dass Ahab Euren Worten folgt. Sie ärgern sich, weil Ahab Eurem Rat vertraut. Dieser Rat hat sich schon oft als klug erwiesen. Wer hat denn den Schuldigen entlarvt, als die Wachen zwei streitende Männer vor Ahabs Gericht gezerrt haben? Wem sonst ist es eingefallen, ein System zu errichten, das die Bauern vor Stürmen warnt, damit sie Ernten und Häuser rechtzeitig sichern können? Das wart Ihr, meine Königin. Voll Klugheit habt Ihr erkannt, dass sich einige Propheten mit dem Wetter beschäftigen, und dem König geraten, diese Männer in Dienst zu nehmen, damit sie dem Volk nützlich sind.«

»Aber die Menschen vermuten hinter solcher Klugheit nur Arglist.«

»Achtet nicht darauf, meine Königin. Hört nur auf Aschera. Denn niemals würde die Göttin wollen, dass ihr schönstes Kind vom Wüstensturm davongeweht wird. Ihr müsst stark sein wie eine Löwin. So stark wie der Palast, den Euer König für Euch errichtet hat.«

Ich beherzigte Innaschas Worte und ging am nächsten Morgen zum Tempel. Eine ganze Stunde lang flehte ich die Göttin um Erleuchtung an. Dabei war es mir ein großer Trost, dass inzwischen schon vier Tempel für Aschera, die Tochter des Re, errichtet worden waren. Ich entzündete Weihrauch, und mir wurde ein wenig schwindlig, als die Duftwolken mich einhüllten. Der Hohepriester fragte, ob ich gesegnet werden wollte, aber ich wollte nur Ahab und verneinte. Auf dem Heimweg vom Tempel rannte ein Kind direkt vor meinen Wagen. Ich konnte die galoppierenden Pferde nicht mehr bändigen, doch die Mutter riss ihren Sohn gerade noch rechtzeitig vom sicheren Tod zurück. Ihre Freudentränen peinigten mein geschundenes Herz, denn ich besaß kein Kind, das ich küssen und beschützen konnte.

Nach meiner Rückkehr begab ich mich nicht wie sonst direkt in den Thronsaal, sondern wanderte lange durch die kühlen gefliesten Räume. Selbst die glänzenden Mosaiken, die Ahab für mich in Auftrag gegeben hatte und die den Ozean und das Land um Tyrus darstellten, konnten mich nicht aufheitern. Ein Diener, der nach mir ausgeschickt wurde, fand mich auf dem Dach, wo ich auf Ascheras Stimme lauschte. Ich hatte die Augen geschlossen, denn ich war den Safranwind unendlich leid und sehnte mich nach Salz und Mondlicht.

»Meine Königin«, unterbrach eine Stimme den Gesang der Göttin. Ich wandte mich um und erblickte den wartenden Diener. »Der König verlangt nach Eurer Anwesenheit.«

Als ich den Thronsaal betrat, tat ich das nicht unbedingt mit sicherem Schritt. Ich bemerkte den Seitenblick des Statthalters sehr genau. Ob er hoffte, dass ich den Platz geräumt hätte, der seiner Meinung nach einer Ausländerin ohnehin nicht angemessen war?

»Isebel!« Ahab erhob sich. »Bist du krank, meine liebe Isebel?« Er legte die Hand gegen meine Wange.

»Nein, Ahab«, erklärte ich bekümmert. »Ich wünschte, ich wäre es. Ich wünschte, ich wäre schwanger, aber inzwischen sind zwölf Monate ohne die geringsten Anzeichen verstrichen.«

Immer wieder hatten meine Priesterinnen mit den Tamburinen getanzt und Ascheras Segen für mich erfleht. Ich hatte alles getan, hatte vom heiligen Wein getrunken, Aschera ein Lamm und eine

Taube und Baal einen Ochsen geopfert. Aber vergeblich. Nun fürchtete ich, dass eine andere Frau an meine Stelle treten würde. Es war Ahabs Recht.

Ich schloss die Augen und lauschte auf den Luftzug, der durch den Raum strich. Aschera sang von Schmerzen und von Bedauern.

»Schluss damit! Ich werde dich auf andere Gedanken bringen, Isebel«, versprach Ahab. »Obadia«, befahl er, worauf der Mann mit den eng stehenden Rabenaugen die Stirn runzelte, »bereite die Kamele vor. Die Königin und ich werden Hiel aus Bethel und seine Söhne in Jericho besuchen.«

Bei diesen Worten vollführte mein Herz einen gewaltigen Satz, und wie versprochen vergaß ich schnell allen Kummer. Stattdessen erinnerte ich mich an die vielen Geschichten, die Annana mir über die Kämpfe um Jericho und den Fall der Stadt erzählt hatte.

»Wirst du mir auch den Ort zeigen, wo Rahab König Josuas Spione versteckt hat?«, fragte ich.

»Aber natürlich.« Ahab lächelte. Angesichts seiner strahlend weißen Zähne fiel mir wieder einmal auf, dass Obadia vermutlich auch deshalb neidisch war, weil er selbst nur verrottete Reste zu bieten hatte. Gar zu gern hätte ich Ahab in meinen Verdacht gegen den Statthalter eingeweiht, doch mein Vater hatte mir immer eingeschärft, nie gegen jemanden zu sprechen, solange ich keine Beweise besaß. Also musste ich mich vorläufig noch gedulden.

Die Reise nach Jericho dauerte drei ganze Tage. Die brütend heiße Lehmlandschaft dehnte sich bis zum Horizont, und die mit Dornen bewehrten Büsche zerrten an Gewändern und Beinen. Von Sichem aus gesehen lag Jericho im Südosten. Es war entsetzlich heiß, und der Horizont veränderte sich nicht, so dass ich schon nach kurzer Zeit den zweiten Tag herbeisehnte, an dem wir bei Ahabs Vetter Station machen wollten. Aus trockenen Salzstellen stieg puderfeiner Staub empor, und einmal verursachte ein

Sturm eine so dichte Sandwolke, dass man den Tag nicht mehr von der Nacht unterscheiden konnte.

Als der Sturm sich legte, schmerzten meine Knöchel ganz entsetzlich, weil der Wind winzig kleine Steinchen gegen meine Haut gepeitscht hatte. Ich unterdrückte meinen Zorn und biss mir auf die Lippen, um Innascha nicht anzuschreien. Sie hatte nämlich darauf bestanden, dass ich mich einer Königin entsprechend in ein langes Leinengewand kleidete. Doch in der unerträglichen Hitze klebte mir das Kleid auf der Haut. Ich kannte kein Land, wo es so heiß und so öde war. Erschöpft schloss ich die Augen und suchte nach Mondlicht und Salz, aber wieder schmeckte ich nur Safran.

Fassungslos fragte ich mich, wie man in dieser Gluthitze leben konnte, aber die Ölbäume gediehen ganz offensichtlich gut. Schon ein einziger Baum lieferte genügend Öl für die Zubereitung der Mahlzeiten und für die Lampen einer Familie.

»Oliven können geerntet werden, wann immer Zeit dafür ist«, erklärte Ahab, um mich ein wenig abzulenken. »So können sich die Bauern auch noch um ihre anderen Arbeiten kümmern. Je reifer Oliven sind, desto dunkler werden sie.« Er deutete auf einige Frauen, die die Früchte mit Stöcken von den Bäumen schlugen und aufsammelten.

»Und warum lassen sie immer einige liegen?«, fragte ich.

»Die sind für die hungrigen Witwen bestimmt.«

In Tyrus kannten wir keine hungrigen Witwen. Wenn der Mann starb, kehrte die Frau in das Haus ihrer Mutter zurück. Wenn die Mutter zu arm war, um sie aufzunehmen, wurde sie Tänzerin im Tempel. War sie zu alt, um der Göttin zu dienen, durfte sie trotzdem im Tempel wohnen und Statuen gießen oder weben. Aber sich selbst wurde sie nicht überlassen. Und wie eine Bettlerin verdorbene Früchte auflesen musste sie auch nicht. War ich etwa die Einzige, die die israelitische Sitte als ungerecht empfand?

Ich rutschte unruhig auf meinem Sattel hin und her. Östlich von Tyrus hatte ich früher hin und wieder einmal ein Kamel gesehen, aber erst mein Mann hatte mich gezwungen, darauf zu reiten. Ein Kamel ist ein übellauniges Biest mit schlechtem Charakter. Ahab hatte mich gewarnt, dass sie spuckten, wenn man sich ihnen direkt von vorn näherte. Und diese Spucke stank mindestens einen ganzen Tag lang. Sie kamen lange ohne Wasser aus, aber wenn sie tranken, dann schien eine Oase nicht genügend Wasser zu haben. Als ich zum ersten Mal erlebte, wie der Höcker wie eine vertrocknete Feige schrumpfte und schließlich auf die Seite kippte, schrie ich laut auf.

»Ich habe es getötet!«

Doch die Männer lachten nur, und Ahab unterdrückte ein breites Grinsen. »Aber nein, das Kamel hat lediglich seinen Vorrat aufgebraucht. Sobald es genügend Ruhe hat, wird der Höcker wieder wachsen und genauso groß werden wie vorher.«

Schreckliche Geschöpfe, dachte ich und seufzte. Aber dann beschloss ich, mich nicht länger mit dem faulen Tier zu beschäftigen, das mich unbeirrt weiter nach Süden trug. Wie es Dido wohl seit meiner Hochzeit ergangen war? Ich hatte Nachricht erhalten, dass sie nach Zypern gereist und mit zweihundert Priestern und dreihundert Priesterinnen zu einem fernen Kontinent aufgebrochen war. Wahrscheinlich hatte sie längst eine Stadt erbaut und den Menschen den Glauben an Aschera gebracht. Ob ich in Ascheras Augen jemals etwas so Großartiges zustande bringen würde? Unwillkürlich seufzte ich, so dass Innascha, die unmittelbar neben mir ritt, mir einen Blick zuwarf. Ich konnte Kamele nicht leiden, aber Innascha hasste diese Biester mehr als alles andere. Ihre beachtliche Köperfülle quoll nach allen Seiten über, und bei jedem Schritt schwankte sie wie Röhricht im Wind.

Irgendwann tauchte eine eintönige Stadt vor uns auf. Eine Stadt ohne Farben – nur unzählige Schattierungen sandfarbener Mauern. Die Häuser der Armen unterschieden sich in nichts von denen der Wohlhabenden. Auch die Menschen sahen ganz anders aus als in Sichem. Sie trugen überwiegend wollene Umhänge in düsteren Farbtönen, als ob sie die Winde beklagten, die ihre Städte ständig mit unvorstellbarer Wucht heimsuchten. Schon ein einziger Windstoß wirbelte den Sand mit solcher Kraft in die Höhe, dass ich keine drei Kamele weit sehen konnte. Die Männer und Frauen, die vor der Stadt Körbe und Stoffe feilboten, waren von Kopf bis Fuß in dicke Stoffe gehüllt, um sich vor der Unbill zu schützen.

Was suchte Ahabs Vetter nur in einer so öden Gegend? Als wir endlich das Haus der Verwandten erreichten, atmete ich befreit auf. Endlich ein Unterschlupf!, jubelte mein Herz, und ich rutschte hastig aus dem Sattel.

Zahlreiche Kinder drängten sich im Eingang, und ich fragte mich ungläubig, ob sie wirklich alle Nana-Dirats Kinder waren. Von Ahab wusste ich, dass sie die erste Frau von Adeodatus war. Hinter der kreischenden, hüpfenden Kinderschar erschienen einige verschleierte Frauen und baten uns herein, während andere die Diener in den Hof führten, wo sie die Tiere versorgen konnten.

Das Haus entpuppte sich als wesentlich geräumiger, als es auf den ersten Blick den Anschein gehabt hatte. Die Wände waren bis auf einige Statuen des Stiergottes El und ein bronzenes Abbild der Aschera, die ich mit einer Verbeugung begrüßte, weiß und schmucklos. Ich legte den Schleier ab und schüttelte den Sand aus den Kleidern. Adeodatus' Frauen enthüllten ebenfalls ihre geschminkten Augen und musterten mich neugierig und ohne Vorurteile.

»Ahab!« Adeodatus' Stimme eilte ihm lange voraus. Als er erschien, war klar, dass man ihn auch sonst nicht übersehen hätte – er war mindestens dreimal so dick wie Innascha. Wie er auf einem Kamel aussah, mochte ich mir gar nicht erst vorstellen. Im Vergleich zu ihm waren seine drei Frauen viel zu klein geraten. Zwei waren schlank und zart, und nur eine war mit Ascheras Üppigkeit beglückt. Ich fragte mich wirklich, wie sie es zusammen auf mindestens zwanzig Kinder gebracht hatten, die ich bei meiner Ankunft gezählt hatte. Inzwischen hatte sich die Horde weitgehend über das Haus verteilt. Nur ein kleiner Junge betrachtete fasziniert meine helle Haut und den Goldreifen in meinem Haar. Lächelnd schloss mein Mann seinen dicken Vetter in die Arme, und Adeodatus' Gelächter hallte von den Wänden wider. Dabei bebte sein mächtiger Bauch.

»Es tut gut, Euch wieder einmal zu sehen, Vetter! Das letzte Mal war Euer Kinn noch so zart wie Nebats kleines Hinterteil!« Dabei deutete er auf das Kind, das eine seiner Frauen im Arm hielt.

Ich erwartete, dass Ahab ärgerlich reagieren würde, doch mein Mann lachte nur und schlug seinem Vetter auf die Schulter. Die Frauen musterten mich, weil ich keine Miene verzogen hatte. Mein Vater hätte niemals gestattet, dass ein Vetter so familiär mit ihm redete. Da ich mich jedoch in Israel befand, lachte ich endlich auch. Allerdings reichlich spät. So war ich plötzlich die Einzige.

Als Diener Wein und Feigen auftrugen, verschwanden die Frauen. Ich nahm an, dass sie mit irgendwelchen Speisen zurückkehren würden, doch dann fiel mir ein, dass Frauen in Israel ja nicht im selben Raum mit den Männern speisten. Als mir klar wurde, dass sie nicht zurückkommen würden, ging ich ihnen nach. Sie saßen im Kreis um einen wunderschönen Tisch und flüsterten leise miteinander.

Als ich erschien, verstummte die Unterhaltung, und beklommenes Schweigen breitete sich aus. Endlich besann sich Nana-Dirat auf ihre Höflichkeit. Im Haus unseres Vetters konnte man mich ja schlecht einfach ignorieren wie im Bad.

»Königin Isebel, ich bin Nana-Dirat, Mutter von acht der Kinder. Dies ist Esther, sechs Kinder, und dies Michal mit fünf.«

Die Frauen verbeugten sich der Reihe nach.

»Aschera hat euch reich beschenkt«, sagte ich höflich.

Nana-Dirat lächelte fast ein wenig mitleidig. »Ja, Aschera meint es gut mit uns.«

Ich ließ mich gegenüber von Esther und Michal nieder. Der Mond am Nachthimmel hatte nie einsamer ausgesehen. Esther nestelte an ihrer Kette aus Silber und Obsidian.

»Und wie gefällt meiner Königin ihr neues Land?«, fragte sie.

Ich lächelte. »Es ist alles so, wie ich es mir erträumt habe.«

Die drei Frauen tauschten einen kurzen Blick, als ob sie wüssten, dass ich es mir niemals so heiß, so arm und so barbarisch vorgestellt hatte.

»Und die Israeliten?« Nana-Dirat neigte den Kopf ein wenig, so dass ihre lange Nase fast etwas Wölfisches bekam. »Sind sie genauso freundlich wie die Tyrer?«

»Alle waren sehr freundlich zu mir«, antwortete ich zurückhaltend. »Ich fühle mich hier wirklich wie zu Hause.«

Nana-Dirat zog die Brauen hoch und kräuselte die Wolfsnase. »Und vermisst Ihr Eure Heimat nicht?«

»Ich vermisse nur das Meer und seinen Geruch.«

Esther grinste. »Hier gibt es nichts anderes als Sand und Staub.«

»Das ist leider wahr.« Ich lachte.

Aber Nana-Dirat war noch nicht zufrieden. »Und sonst vermisst Ihr nichts? Ist es hier denn genauso schön wie in Tyrus?«

»Viele Bräuche sind mir noch fremd«, gestand ich ein. »Aber ich lerne täglich dazu.«

Nana-Dirat nickte zufrieden, als ob sie dem Dieb endlich das Geständnis abgerungen hätte. Mit einem Mal sehnte ich mich nach der Gesellschaft der Männer. Ich konnte ihre Stimmen durch das dünne Tuch hören, das unseren Raum abschirmte. Aber die Frauen hätten es sicher als Beleidigung empfunden, wenn ich aufgestanden und nach nebenan gegangen wäre.

»Und ihr? Wart ihr schon einmal in Tyrus?«, fragte ich stattdessen, um den Gesprächsfaden weiterzuspinnen.

Nana-Dirat rümpfte die Nase. »Meine Königin, wir reisen nicht wie tyrische Frauen. Wir sind immer bei unserem Mann und schenken ihm wunderbare Kinder.«

Ich erstarrte, doch Nana-Dirat schien über jede Boshaftigkeit erhaben zu sein. Trotzdem wünschte ich, dass Innascha neben mir säße und nicht bei der Dienerschaft.

Unser Essen verlief in großem Schweigen, während von nebenan lautes Gelächter herüberschallte. Einige Male war ich vor Wut und Einsamkeit den Tränen nahe. Zebras und Hunde, dachte ich. Die Löwen saßen auf der anderen Seite des Vorhangs. Doch die Schwelle zu überschreiten hätte bedeutet, eine unüberwindliche Mauer zwischen mir und Adeodatus' Frauen zu errichten. Also konzentrierte ich mich ganz auf das Essen, das zu allem Übel auch noch fremd und langweilig schmeckte.

Als wir uns nach dem stummen Mahl in unsere Zimmer zurückzogen, merkte Ahab sofort, dass etwas geschehen war.

»Sie haben dich nicht akzeptiert, nicht wahr?«, stellte er fest.

Ich runzelte die Brauen, als ob alles seine Schuld gewesen wäre. »Wie konntest du mich nur mit ihnen allein lassen. Kein einziges Mal hast du nach mir gerufen.«

»Aber du bist mir doch immer willkommen! Das muss ich dir doch nicht sagen.«

Ich wollte meinen Zorn unbedingt loswerden, doch Ahab war natürlich im Recht. Es war ganz allein meine Schuld, zu glauben, dass ich durch das Ausharren unter Zebras und Hunden ihre Herzen gewinnen könnte.

Am nächsten Tag wiederholte ich meinen Fehler nicht noch einmal. Wenn die Frauen mich ablehnten, konnte ohnehin keine Macht der Welt sie daran hindern. Adeodatus zog die Brauen hoch, als er mich neben Ahab sitzen sah, aber er sagte nichts. Sogar Adeodatus wusste, wann er besser den Mund hielt.

Die beiden Männer unterhielten sich über den Handel und

Reisen – beides typisch tyrische Themen. Offenbar gab es in der Stadt Kaufleute, die heimlich ihre Gewichte verminderten, um auf diese Weise höhere Preise zu erzielen.

»Als dieses Problem in Sidon auftauchte«, meldete ich mich zu Wort, »hat mein Vater für jede Stadt einen Handelswesir bestimmt.«

Statt über meinen Einwurf hinwegzugehen, wie ich befürchtet hatte, war Adeodatus ganz begeistert. »Und wen hat er als Wesir bestellt?«

»Einen ehrenhaften Händler. Er muss den Handel überwachen und für Gerechtigkeit sorgen.«

»Ein einleuchtender Gedanke. Er gefällt mir«, sagte Adeodatus. »Und wie wird erreicht, dass der Mann ehrlich bleibt?«

»Von Zeit zu Zeit versucht der König, ihn durch andere Händler bestechen zu lassen. Wenn der Wesir das Geld annehmen würde, wäre er augenblicklich dem Tod geweiht. Der Wesir weiß also nie, ob nicht vielleicht doch der König hinter einem Bestechungsversuch steckt.«

Ahab und Adeodatus wechselten nur einen stummen Blick – und von diesem Tag an gab es in Israel Handelswesire.

Ich genoss die Gesellschaft der beiden Männer – auch auf die Gefahr hin, dass im Raum hinter dem Vorhang wahrscheinlich nur Bitterkeit herrschte. Wir blieben noch eine weitere Nacht, und am Morgen danach sattelten die Diener die Kamele für das letzte Stück der Reise nach Jericho. Ich wünschte Adeodatus alles Gute und nickte seinen mürrisch dreinschauenden Frauen zu. Die Kinder bedauerten sehr, dass wir so schnell wieder abreisten, und an den ehrfurchtsvollen Blicken der Nachbarn war abzulesen, welche Ehre der Besuch des Königs für die Stadt bedeutet hatte.

Schon nach kurzem Ritt hatte der Wind uns wieder eingeholt. Erst gegen Abend flaute er ab, und die Luft wurde feucht und heiß. Als wir schließlich die Oase nahe bei Jericho erreichten, wurden wir von Hiel und seinen beiden erwachsenen Söhnen begrüßt. Die beiden jungen Männer sahen ihrem Vater unglaublich ähnlich. Alle drei besaßen sie mächtige Schultern, so mächtig wie die Stadt, die sie wieder errichten wollten, und blaue Augen, so blau wie das tyrische Meer. Die strahlend hellen Augen in Verbindung mit dunkler Haut hatten eine verblüffende Wirkung auf mich. Ahab registrierte meine Blicke sehr genau und hielt sich von nun an immer dicht an meiner Seite, als ob ich ihm im nächsten Augenblick davonlaufen könnte. In dieser Beziehung bestand jedoch keinerlei Gefahr, denn ich liebte Ahab über alles. Eine Trennung von ihm wäre genauso schlimm gewesen wie eine Trennung von Aschera.

Während wir durch ein Tor die ehemalige *Stadt der Palmen* betraten, dachte ich an die Dirne Rahab, die durch das Verstecken der israelitischen Spione die mächtige Stadt zu Fall gebracht hat. Was ihr immerhin einen Platz als Ehefrau von Prinz Salman eingetragen hat. Der Mann aus Schittim war nämlich einer der beiden, die sie unter den zum Trocknen ausgebreiteten Flachsbergen auf ihrem Dach versteckt hatte. Ich bat meinen Mann um einen Besuch in dem winzigen Haus, das wie ein Adlernest auf der Stadtmauer klebte. Ich wollte den berühmten Ort unbedingt mit eigenen Augen sehen. Leider waren jedoch nur noch die Grundmauern übrig. Ich starrte auf die Steine, die einmal das Haus getragen hatten, und dachte an die Freier, die dort Tag und Nacht ein und aus gegangen waren. Aus diesem Grund waren die Spione auch niemandem besonders aufgefallen.

Von der Mauer aus blickte ich in die Täler um Jericho hinunter und wunderte mich nicht länger, dass Israel dieses fruchtbare Stück Land unbedingt hatte besitzen wollen. Wie sollten sie angesichts des Jordantals auch nicht von einem mit Palmen bestandenen Paradies geträumt haben? Ich konnte aber auch Rahabs Verrat verstehen. Die arme Frau hatte weder Freunde noch Familie. Sie gehörte jedem Mann, der sie besitzen wollte, und musste sich von den Frauen der Stadt als Dirne beschimpfen lassen. Und das, obwohl sie mit ihren Liebesdiensten und mit dem Flachs, den sie zu Leinen webte, ihre heranwachsenden Töchter ernährte.

»Arme Rahab.« Ich seufzte, und Innascha senkte ebenfalls betrübt den Kopf.

In Gedanken beschwor ich das Bild herauf, wie König Josua außerhalb der Mauern stand und beobachtete, wie die Soldaten auf der Mauerkrone paradierten. Die großen Handelswege endeten vor den schweren Metallgittern der Tore, die Hiel und seine Söhne gerade rekonstruierten. Niemand, der nicht willkommen war, konnte die Stadt betreten. Die Einwohner von Jericho mussten geahnt haben, dass Josua Truppen hinter den bewaldeten Hügeln versteckt hielt, und vermutlich wurde jeder Händler von außerhalb genauestens befragt. Ich konnte mir lebhaft vorstellen, wie Josua immer mehr verzagte, als er keine Möglichkeit fand, in die undurchdringliche Festung einzudringen. Obendrein konnte er die Stärke der Verteidiger nicht abschätzen. Ein genialer Schachzug, sich im Haus einer Dirne zu verstecken.

Ich blickte auf die Reste des Hauses hinunter, und mein Herz schlug für Rahab, die als Einzige den Fall der Stadt überlebt hatte. Eigentlich hätte es mich freuen sollen, dass sie den Tod ihrer Peiniger erleben durfte. Die Frauen, die sie so verachtet hatten, starben in ihren Betten, und die Männer, die sie missbraucht hatten, wurden auf den Schwellen der Häuser niedergemetzelt. Dennoch haftete Rahabs Geschichte etwas Tragisches an. Nachdem die Israeliten die Stadt erobert hatten, wurde Rahab in der eigenen Stadt zur Fremden und war einsamer denn je.

Meine Amme, deren Kinder allesamt kurz nach der Geburt gestorben waren, kniete nieder und küsste den Boden. Ich hörte, wie sie leise für die Mütter betete, deren Töchter ihre Körper vor den Tempeln feilboten, was in Tyrus streng verboten und absolut undenkbar war.

Anschließend spazierten wir mit Hiel und seinen Söhnen durch die verfallene Stadt und hörten zu, wie sie den Wiederaufbau besprachen. Es ging dabei hauptsächlich um Kieselsteine für den normalen Fußboden, Kalksteinpflaster für Zisternen und Holz für die Konstruktion der flachen Dächer. Abends saßen wir dann zusammen am Feuer und labten uns an Heuschrecken, Lamm und Früchten.

In Jericho fühlte ich mich sehr viel wohler als im Haus von Ahabs Vetter. Erstens gab es hier nur Frauen, die uns ohnehin auf der Reise begleiteten. Ich musste also niemanden beeindrucken. Und zweitens gab es keine schwangere Konkurrenz, die im Gegensatz zu mir ihrem Mann einen Erben nach dem anderen schenkte. Und keine Neider, die über meine Kleidung, meine Art, mich zu schminken, und über meinen Wunsch, mit meinem Mann zu speisen, tuschelten.

Jericho gab mir alles zurück, was Sichem mir genommen hatte. Wenn ich auf den Mauern herumspazieren wollte, so tat ich es. Und wenn ich mit Hiel oder seinen Söhnen sprechen wollte, so tat ich es ebenfalls, ohne bespitzelt oder misstrauisch beäugt zu werden. Ich hatte Innascha erzählt, wie die Frauen unseres Vetters mich aufgenommen hatten, und musste mir wieder einmal anhören, dass ich mich lieber an Ascheras dritte Inkarnation halten sollte, wenn Zebras und Hunde mich nicht mochten.

Und so wurde ich wieder zur Löwin. Ich legte den Schleier ab und drehte meine Haare nicht länger ein. Stattdessen ließ ich meine dunkle Mähne frei über den Rücken fallen, schminkte meine Augen mit Kohle und schmückte meine Handgelenke mit Süßwasserperlen aus Tyrus und meine Ohren mit geschliffenen Kristallen und silbernen Schlangen. Nur im Schmuck meiner Haare und silberner Spangen tanzte ich nachts wie ein goldener Schatten im Zelt meines Mannes, um ihm zu zeigen, wie sehr ich ihn begehrte. Er sollte an schwarze Seide denken, wenn er mich sah. Nackt, mit offenem Haar und mit verführerisch geöffneten Lippen.

»Das ist wieder meine Königin, an die ich mich seit Tyrus erinnere«, stöhnte er, als ich ihn auf unserem weichen Lager liebkoste. »Meine Löwenkönigin, bleib immer so!«

»Immer«, versprach ich.

Zwei Wochen später verließen wir die alte Stadt und verabschiedeten uns von Hiel und seinen Söhnen Abiram und Segub. Ich war wieder ganz die Tochter der Muttergöttin und eine mutige Gefährtin des Sturmgottes Baal, die in Israel noch immer missachtet wurden. Möglich, dass diese Missachtung der Grund für die große Dürre während der beiden nächsten Jahre war, in denen es so selten regnete, wie ich von meiner liebsten Schwester in der Ferne hörte.

Die Rückkehr nach Sichem verlief sehr viel besser als der Aufbruch. Die stürmischen Winde schliefen, so dass ich den Schleier abnehmen und die Landschaft betrachten konnte. In der heißen Sonne konnte ich zwar nicht lange ohne Schutz bleiben, aber es genügte, um die Oasen und die Händler entlang des Weges zu betrachten. Lange Sklavenkarawanen kreuzten unseren Weg. Nackte Gestalten stolperten mit an den Hals gefesselten Händen barfuß durch den glühend heißen Sand. Wen von ihnen ich wohl im Palast in Sichem wieder sehen würde? Manche waren kräftig und stark. Als sie den Kopf hoben und uns aus zusammengekniffenen Augen musterten, dachte ich, dass es Aramäer sein könnten, aber sicher war ich mir nicht.

Im Palast fanden wir alles unverändert vor. Beflissen begrüßte der Statthalter meinen Mann, während er vor mir kaum den Kopf neigte. Noch am selben Nachmittag machten wir zum ersten Mal Bekanntschaft mit dem Propheten aus Thisbe. Wie eine Ein-Mann-Armee stürmte er ohne vorherige Anmeldung in den Thronsaal.

Mit seiner kräftigen Statur hatte er die Wachen des Königs einfach überrannt. Später hat Ahab seine Männer aufs Schärfste zurechtgewiesen, doch wenn ich Gardist gewesen wäre, wäre ich diesem wilden Gesellen in einem Umhang aus Kamelhaar und einem uralten Gürtel, so runzelig wie sein Gesicht, auch lieber aus dem Weg gegangen. Er brauste wie eine Sturmwolke daher, wie Israel sie lange nicht mehr gesehen hatte, und der Gestank, der ihn begleitete, war mindestens so bestialisch wie sein Zorn.

»Wer betritt den Thronsaal ohne meine Erlaubnis?« Ahab erhob sich vom Thron, falls dieser verrückte Hirte auch noch eine Waffe mit sich führen sollte. Zum ersten Mal seit meiner Ankunft in Israel fürchtete ich um mein Leben. Doch der wilde Mann hatte nichts unter seinem Umhang versteckt, und er kam auch nicht weiter auf uns zu. Seine hellen Augen musterten mich voll Hass.

»Eure Königin hat Schande über dieses Land gebracht!«, brüllte er. Obadia, der auf der anderen Seite Ahabs saß, beugte sich aufmerksam nach vorn.

»Wer bist du?«, fragte Ahab, und der wilde Mann antwortete mit einer Stimme wie Donnerhall. »Ich bin Elia aus Thisbe, der Prophet Jahwes.« Das allerdings erklärte alles.

Ein mörderischer Hass stieg in mir hoch. Ich hatte seinen Namen in Zusammenhang mit der Ermordung der Tempeldiener und Tempeldienerinnen gehört und Männer ausgeschickt, die ihn töten sollten. Aber diese Männer waren nie zurückgekehrt.

»Das Haus Omris hat einhundertundfünf meiner Propheten umgebracht!«, empörte sich der Mann weiter.

Mein Mann schüttelte den Kopf, doch ich antwortete an seiner Stelle. »Und Eure Propheten haben dreiundzwanzig meiner Priester und neunzehn Priesterinnen umgebracht.« Ich packte die Lehnen des Thronsessels fester. »Ihr müsst verrückt sein, Euch in die Klauen des Löwen zu begeben! Glaubt Ihr vielleicht, dass Ihr diesen Hof als freier Mann verlassen werdet? Ihr werdet ebenso getötet werden wie die Männer und Frauen, die Ihr auf dem Gewissen habt!«, schleuderte ich ihm entgegen.

Aber keiner der Wachen machte Anstalten, den Verräter festzusetzen. Irgendwie schien Ahab sich mit seinen Männern verständigt zu haben, den Kamelhaarpropheten gewähren zu lassen. Ich schnappte nach Luft.

»Wenn Ihr diese verruchten Tempel nicht niederreißt, wird der wahre Gott das an Eurer Stelle tun!«

»Verruchte Tempel?« Ich sprang auf und sah aus dem Augenwinkel, dass Obadia lächelte. Er lehnte Aschera ab, weil er die Macht ablehnte, die sie mir über Israel verliehen hatte. »Wie könnt Ihr es wagen, so über die Priesterinnen der Aschera ...«

Doch der Prophet fiel mir ins Wort. »Eure Huren locken die Anhänger Jahwes in ihre sündigen Tempel!«, rief er anklagend. »Sie nehmen den Männern ihre Frauen weg und rauben den Familien die Väter!«

»Wenn die Menschen sich so entscheiden, dann soll es so sein!«, schrie ich. »Euer Gott ist doch nur eifersüchtig, Prophet! Er ist wütend und nachtragend – und das ziemt sich nicht für einen Gott!« Ich holte Luft, doch Ahab gebot mir mit erhobener Hand zu schweigen.

»Wir haben deine Klage vernommen, Thisbiter. Du kannst gehen«, erklärte er.

Doch der Kamelhaarprophet war noch nicht fertig. »Ich werde erst gehen, wenn Eure Königin Jahwe als den einzig wahren Gott Israels anerkannt hat.«

Er wollte nicht gehen? Er sollte lieber froh sein, dass er überhaupt noch gehen durfte! In Tyrus hätte sein Kopf längst mit leeren Augen vom Tor des Palasts herabgeblickt! Ich wurde immer wütender. Feuer entzündete mein Blut, und der Safranwind fachte es noch zusätzlich an.

»Eher werden die Mauern einstürzen«, schrie ich, »bevor Jahwe als König in Sichem regiert!«

Ahab warf mir einen eher nervösen Blick zu. Als der Prophet merkte, dass sein König mich weder mit Gesten noch Worten zurechtwies, stürmte er aus dem Saal, und die Wachen folgten ihm auf dem Fuße.

Dies war mit Sicherheit nicht das Letzte, was wir von dem Verrückten sehen sollten. Aber Obadias triumphierendes Lächeln, als der Prophet meine Priesterinnen beschimpft hatte, konnte ich genauso wenig vergessen.

Während der darauf folgenden Tage war ich ständig gereizt und ungehalten. Das Feuer in meinen Adern brannte noch immer lichterloh. Ahab versuchte auf jede Weise, mich zu beruhigen, aber ich war von Angst besessen, dass Elias Fluch noch weitere Priesterinnen das Leben kosten könnte. In jugendlichem Überschwang hätte ich am liebsten alle Propheten dieses Gottes beseitigen lassen, doch zum Glück war Ahab der Besonnenere von uns beiden. Auch wenn mich in diesem Fall seine Ruhe fast wahnsinnig machte.

»Du lässt einen Mörder frei herumlaufen!«, hatte ich gebrüllt, nachdem der Prophet den Raum verlassen hatte. Wollte Ahab meine Stellung untergraben? Obadia hatte mich nur ausdruckslos angesehen.

Mein Mann war verunsichert gewesen. »Aber Elia ist ein mächtiger Mann unter seinen Leuten.«

»Er ist ein Mörder!«

»Wir haben keinerlei Beweise und keine Zeugen, dass er für den Tod der Priester und Priesterinnen verantwortlich ist«, hatte Ahab erklärt.

»Aber er hat den Vorwurf nicht bestritten!«

»Das ist richtig, aber er hat die Schuld auch nicht auf sich genommen. Es tut mir Leid, Isebel.«

Obadia hatte es nicht im Geringsten Leid getan.

Am Morgen nach diesem Vorfall hatte ich meine Dienerinnen angeherrscht, als sie mir wieder Früchte brachten, obwohl ich ausdrücklich nach Feigen verlangt hatte.

»Jeden Morgen und jeden Abend bekomme ich immer nur Früchte. Geht es denn nicht in euren Kopf, dass ich unmöglich immer nur Früchte essen kann?« Es war gemein, das zu sagen. Es konnte gar nicht in ihren Kopf gehen, denn Früchte waren der Inbegriff von Luxus. Ich hob die Hand, um dem Mädchen den Korb aus der Hand zu schlagen, doch dann ließ ich sie seufzend wieder sinken. Entsetzt starrte die Kleine mich an.

Als abends ein Diener Wein verschüttete, verfluchte ich seine ungeschickten Hände. Der Junge schrie wie am Spieß, weil er fürchtete, dass ich den Fluch auf ihn gelenkt hätte. Wortlos sah Ahab der Szene zu, und das war Tadel genug. Ich bereute mein Benehmen zutiefst, aber das brachte mich nur noch mehr außer Fassung.

Nacht für Nacht träumte ich von Elia, obwohl Ahab sich alle Mühe gab, um den Schatten von meiner Seele zu nehmen. Aber nichts konnte diesen Namen aus meinem Gedächtnis löschen. In meinen Träumen kam er als Heimsuchung über die Erde, und ich sah sein Gesicht auf den Flügeln der Heuschrecken. Warum nur beunruhigte mich ein verrückter Prophet so tief? Wahrscheinlich ließ mich seine Verbindung zum Tod meiner Priester und Priesterinnen nicht mehr ruhig schlafen. Ahab war zutiefst beunruhigt.

Doch dann, als ich schon gar nicht mehr weiterwusste, verschwand der Thisbiter urplötzlich wie ein Schiff unter prallen Segeln aus meinem Kopf. Aschera, die Göttin des wachsenden Mondes, hatte mich endlich erhört!

»Innascha!«, schrie ich, nachdem eine ganze Woche vergangen war und ich noch immer nicht blutete. »Innascha! Komm und sage mir, dass ich ein Kind erwarte!«

Bedächtig nahm Innascha meine Hand. »Erregt Euch nicht zu sehr, meine Königin. Ein Körper ist unberechenbar.« Meine Amme hatte oft genug erlebt, dass Frauen um ungeborene Kinder weinten.

»Sage mir, dass ich schwanger bin«, flüsterte ich mit angehaltenem Atem. Ich war zwar gerade erst sechzehn, aber mein Körper wollte Ahab endlich einen Erben schenken.

»Ihr müsst einen weiteren Monat lang Geduld haben.«

»Etwas Besseres kannst du mir nicht sagen?«

»Ohne Zweifel ist es ein Kind, meine Königin«, sagte Innascha. »Aber Ihr wart viele Monate unfruchtbar. Freut Euch also nicht über ein Kind, das Euch noch nicht ganz gehört. Es würde Euer und Ahabs Herz brechen.«

Ich nahm mir Innaschas Rat zu Herzen und wahrte das Geheimnis, was so gar nicht meine Art war. In diesem Monat erlebte Ahab eine völlig veränderte Frau.

»Komm, Ahab, lass uns in den Garten gehen. Ich möchte endlich wieder einmal Lachen hören.« Die Kinder unserer Diener und Dienerinnen pflegten den Garten, planschten in den Brunnen und reinigten die Kacheln oder spielten einfach nur in der Sonne, wenn sie zum Arbeiten noch zu klein waren.

Ahab lächelte. »Du bist ja bester Laune, Isebel.«

Lächelnd summte ich vor mich hin, während wir uns im Garten ergingen. In diesen Tagen gingen wir oft dort spazieren. Nicht einmal der Lärm der Stadt störte mich mehr, obwohl ich natürlich das Rauschen der Brandung vorgezogen hätte.

Wahrscheinlich hatte Ahab schon eine Vorahnung, als ich ihn eines Tages bat, mit mir in den Bazar zu gehen, um einen Weidenkorb und Stoff zu kaufen.

Er lachte. »Aber wir haben doch Diener, die solche Besorgungen erledigen. Seit wann mischst du dich gern unter das Volk?«

»Seit heute, mein lieber Mann. Und auch nur dieses eine Mal.«

Grinsend rief Ahab nach den Wachen, und dann verließen wir den Palast. Er *musste* etwas ahnen. Weshalb sonst kam eine Frau auf die Idee, freiwillig den schmutzigen Bazar zu betreten – wenn nicht für ihr zukünftiges Kind?

Ich streichelte die weichen Ohren der störrischen Mulis, die uns zum Bazar trugen. In den Straßen jagten Kinder hinter jaulenden Hunden her, während Sklaven die stinkenden Abfälle einsammelten. Es kostete mich einige Überwindung, nicht laut zu schreien und gleich wieder umzukehren. Als ich jedoch daran dachte, was mich hierher geführt hatte, riss ich mich zusammen.

Am Eingang zum Bazar erkannte ich einige der Frauen, die mich im Bad geschnitten hatten. Und auch die Palastdiener, die unsere Vorräte an Öl, Früchten und Oliven ergänzten. Ich schloss die Augen und roch den Duft von Kardamom, Anis und Weihrauch. Ahabs Wachen kümmerten sich um die Mulis, während wir von Stand zu Stand gingen und einen Blick auf die Waren warfen. In kürzester Zeit hatten sich viele Menschen um uns geschart, und ich beobachtete, wie die Händler rasch Dinge hervorzauberten, die für normale Sterbliche viel zu kostbar waren. Zum Beispiel boten sie geschnitzte kleine Truhen mit kunstvollen Einlegearbeiten aus Walrosszahn und Körbe aus Ägypten an. Rasch wählte ich einen der schiffsförmigen Körbe aus. Sobald wir dem Stand den Rücken drehten, sah ich, dass einige Frauen ebenfalls Körbe erstanden.

Alles in allem war ich keine exotische Fremde mehr, die sich von den Israelitinnen unterschied. Immer häufiger imitierten die Frauen meine Kleidung und meine Art, mich zu schminken, was sie sich vermutlich im Tempel oder bei meinen Opfergängen auf die Hügel abgeschaut hatten. Ahab entging dies alles nicht, und mehr als einmal drückte er mir bedeutungsvoll die Hand. Meine Handlungen jedoch erregten noch immer Aufsehen und manchmal sogar Anstoß. Jedenfalls hatte ich den Eindruck, als ob mich die Frauen im Bazar ebenso misstrauisch wie die von Adeodatus beäugten. In meiner euphorischen Stimmung kurz vor Ende des Wartemonats war ich mir jedoch sicher, dass sich das im Lauf der Zeit ändern würde.

»Will die Königin von Israel vielleicht diesen Lotosblütenduft versuchen?« Ein einäugiger Händler übertönte das allgemeine Stimmengewirr, während seine mit Lapislazuli geschmückte

Hand mir ein kleines Fläschchen darbot. Ich schnupperte daran. Der Duft war schwer wie Moschus und gleichzeitig frisch wie Quellwasser. Ich schloss die Augen und sah das Gesicht meiner Mutter vor mir.

»Ich kaufe es«, entschied ich, und der Händler geriet sichtlich in Panik, weil sein Vorrat für die vielen Frauen, die meinem Beispiel folgen würden, nie und nimmer ausreichte. Als wir dem Laden den Rücken drehten, traten bereits die ersten Frauen an den Stand.

Auf dem Rückweg zum Palast betrachtete ich den Korb für mein Kind genauer. Die Enden waren kunstvoll mit Sphingen, Schwänen und ägyptischen Lebenssymbolen bemalt, und ich träumte davon, wie ich die Kleider meines Kindes in dieses kleine ägyptische Boot legte. Mit Sicherheit wird mein Sohn oder meine Tochter ein ebenso großer Baumeister wie Ahab oder die Pharaonen im weit entfernten Ägypten werden, dachte ich und summte ein Loblied auf Aschera vor mich hin.

Als ich einige Tage später zu Innascha rannte, klopfte mein Herz wie die Trommeln im Tempel.

»Innascha!«, schrie ich außer mir. »Es ist noch immer nichts passiert!«

Meine Amme vergoss ein paar Tränen über das neue Enkelkind, und dann ließ sie Ahab rufen.

»Mein lieber Mann, mein König, noch in diesem Jahr werde ich dir einen Erben schenken«, sagte ich und küsste meinen Mann auf die Lippen.

Einige Augenblicke lang stand Ahab stumm wie ein bronzenes Standbild im Raum. Dann stiegen ihm die Tränen in die Augen, und er bedeckte mein Gesicht mit Küssen. Kurz darauf wurde zu Ehren des zukünftigen Erben im Bauch von Israels Königin ein großes Fest gefeiert. Die Frauen behängten sich mit Perlen, steckten sich Kämme aus Sandelholz ins Haar und flochten silberne Bänder in ihre Zöpfe. Neben den weiß gewandeten Israeliten wirkten meine Priesterinnen in ihren gelbroten Gewändern wie die aufgehende Sonne.

»Möge Euch Ascheras Segen beschieden sein«, wünschten die Frauen der Vornehmen und berührten meinen Bauch, um an meiner Fruchtbarkeit teilzuhaben.

Im Hause Ahabs gab es keine Trennung der Geschlechter, und den Frauen gefiel das. Die Männer waren anfangs verblüfft, bis sie feststellten, dass die offene Unterhaltung mit einer Frau sehr viel Spaß machen konnte. Eifersüchteleien entwickelten sich, und Herzen, die jahrelang vor sich hin gedämmert hatten, entflammten zu neuer Glut, wenn ein Mann entdeckte, dass die Bewunderung eines anderen seine Frau wie ein Schleier umfing.

»Sieh nur, wie Baalyaton seine Frau ansieht!«, flüsterte Ahab mir zu und deutete dabei auf einen kleinen Mann mit hellem Haar und goldfarbenen Augen.

»Ja.« Es gefiel mir, wenn ein Mann seine Frau so voller Glück ansah.

»Die beiden hatten sich monatelang entfremdet.«

Ich starrte meinen Mann an, als ob ihm Baalshörner gewachsen wären. »Aber sie turteln doch wie die Tauben.«

»Ja – seit Nebat ihr wegen ihrer Augen Komplimente gemacht hat.«

»Halten Männer nur dann etwas von ihren Frauen, wenn andere sich für sie interessieren?«

»Manche Männer schon«, erwiderte Ahab. »Aber verstehen kann ich das nicht.«

Das Fest dauerte bis spät in die Nacht. Das Licht der Öllampen glitt über die geschmeidigen Körper, die vor dem König tanzten, und ließ wirbelnde, springende Schatten über die schimmernden Elfenbeinwände huschen. Seit meiner Jugend in Tyrus hatte ich keine so eleganten Tänzer mehr erlebt. Die Frauen trugen Schleier aus unendlich vielen Münzen, die bei jeder Bewegung klimperten, und dazu Spangen an Armen und Beinen. Die

Männer waren muskulös wie Sklaven, aber trotzdem bewegten sie sich mühelos.

Außerdem erinnere ich mich an Wein, Bier und Honig und an einen Strudel von klingenden Münzen, Gesichtsmasken, silbernen Glöckchen und roten Perlen, Perlmuttohrringen, indigofarbenen Röcken, Safran und Sumach. Die Dienerschaft feierte und tanzte ebenfalls, und von weitem sah ich, wie Innascha die Frauen mit ihren wilden Geschichten erheiterte.

Unzählige Frauen machten mir Komplimente über mein Kleid und beglückwünschten mein ungeborenes Kind. Irgendwann stand ein junges Mädchen mit Augen wie unreifer Weizen vor mir und streckte zögernd die Hand nach meinem Bauch aus.

»Mögen die Götter die Königin von Israel mit vielen starken Söhnen beschenken«, sagte sie.

Ich lächelte. »Und mit schönen Töchtern.«

Verdutzt sah sich das Mädchen nach ihrer Mutter um, die sich im Hintergrund hielt.

»Aschera liebt Töchter genauso sehr wie Söhne«, erklärte ich.

Leicht gezwungen und ungläubig lächelnd verbeugte sich das Mädchen. »Ja, meine Königin.« Rasch machte es einer anderen Frau Platz.

»Möge Jahwe Euren Kindern großen Wohlstand und Glück bescheren.« Die Frau eines Soldaten sank auf die Knie, und die seidenen Troddeln ihres Gewands schleiften über den Boden.

Ich nickte. »Du solltest mir lieber in Ascheras Namen Glück wünschen, denn sie hat mich mit diesem Kind gesegnet.«

Verunsichert wiederholte die Frau ihre Glückwünsche und ersetzte dabei Jahwes Namen durch den der einzig wahren Gottheit. Am Ende des Abends war auch dem letzten Gast klar, dass Jahwe im Hause Omris nicht länger willkommen war.

Zusammen mit Ahab wanderte ich von einem Besucher zum nächsten und erkundigte mich nach dem Namen, den Kindern und den Feldern. Als ich irgendwann nicht mehr stehen konnte, ließ ich mich nieder und sah zu, wie Ahab unermüdlich die Vornehmen seines Landes begrüßte. Schon jetzt schien mein Kind mir alle Kraft zu rauben. Jeder Muskel meines Körpers schmerzte, und meine Schläfen pochten. Oder war es der Wein? Irgendwann gesellte sich ein junges Mädchen zu mir, während sein Vater mit dem König sprach. Es fixierte mich, bis unsere Blicke sich schließlich trafen.

»Euer Haar ist so wunderschön, meine Königin«, sagte die Kleine und neigte den Kopf.

»Ich danke dir für das Kompliment.« Ich lächelte. Das Haar des Mädchens war trocken und glanzlos. »Ich wasche es immer mit Öl«, sagte ich. »Das solltest du auch einmal versuchen.«

»Ja, meine Königin.« Die Kleine seufzte. »Aber ich bin nun einmal nicht so wie Ihr.« Sie lächelte unsicher wie alle jungen Dinger.

»Wie bin ich denn?«, fragte ich.

»So schön.«

Ich hob die Brauen. »Aber Schönheit kann man lernen«, sagte ich. Ich betrachtete ihr Gesicht genauer. Hässlich war sie wirklich nicht. Sie besaß eine gut geformte Nase und große Augen. »Deine Diener sollen dir Schminke besorgen, die deinem Gesicht schmeichelt. Nimm dir ein Beispiel an den Ägyptern. Sie beschäftigen sich schon seit Jahrhunderten mit der Schönheit.«

»Sind die Ägypter denn schön?« Vermutlich war die Kleine in einer Höhle zur Welt gekommen – so naiv, wie sie war.

»Sehr schön sogar«, erwiderte ich und dachte an die exotischen Schönheiten, die in den Häfen meines Vaters auf vergoldeten Barken angekommen waren. »Ihre Kräuter sind die besten der Welt. Ebenso ihre Pasten. Sie wissen, dass Schönheit nicht natürlich ist, sondern erarbeitet werden muss.«

Die Kleine war in Schweigen versunken, und ich spürte deutlich, dass sie kein Wort von alledem verstanden hatte. Aber gleichzeitig war sie zu schüchtern, um mir Fragen zu stellen. Besorgt beobachtete uns die Mutter aus der Ferne. Es war ihr ganz offensichtlich nicht recht, dass ihre Kleine so lange mit der ausländischen Königin redete, die ihre Augen mit Kohle bemalte und Bernstein zwischen ihren Brüsten trug.

»Ich danke Euch für Eure weisen Worte, meine Königin.« Das Mädchen stand auf und verbeugte sich. Dann gesellte es sich rasch wieder zu den anderen Frauen, die in Trauben beieinander standen und kein Gespräch mit den Männern wagten.

Wenn die Königin von Sidon einem tyrischen Mädchen derartige Ratschläge gegeben hätte, so hätte das Kind sie wie einen kostbaren Schatz gehütet. Aber in Israel fielen meine Weisheiten auf ausgetrockneten Boden, den nur eine Sintflut wieder zum Leben erwecken konnte. Ich ließ mir das Fest von diesem Vorfall jedoch nicht verderben.

Am Ende des Abends war ich ein klein wenig beschwipst. Als ich Ahab fragte, ob er müde sei und wir uns zurückziehen sollten, lachte er, als ob es das Komischste wäre, was ich jemals gesagt hatte.

Am nächsten Morgen dröhnte mein Kopf wie eine Trommel. Ich musste mir unbedingt merken, dass ich in Zukunft nicht mehr so viel Bier wie ein Mann trinken durfte.

In meinem augenblicklichen Glück ging der Prophet aus Thisbe völlig unter, und statt seiner geisterten Bilder von Aschera und fruchtbaren Tälern durch meine Träume.

Obadia

Während der ersten Monate meiner Schwangerschaft habe ich meine Pflichten als Königin von Israel nie vernachlässigt. Obgleich meine Füße anschwollen und ich unerklärliche Lust auf Zimt, Lavendelöl und Granatäpfel bekam, verging kein Tag, an dem ich nicht neben Ahab im Thronsaal gesessen hätte. Wie der König selbst erteilte ich Ratschläge, wenn man mich darum bat. Ich sorgte zum Beispiel dafür, dass Ahab seine Baumeister anwies, die Palastmauern zu verstärken, weil Gerüchte zu uns gedrungen waren, dass der König von Aram wieder einmal die Eroberung Israels vorbereitete. Da ich mehr als einmal Kriegsvorbereitungen meines Vaters erlebt hatte, konnte ich meinem Mann wertvolle Tipps geben. Doch der Ausdruck des Missfallens in Obadias dunklen Augen war deutlich. Und ebenso die kleine Hoffnung, dass die Schwangerschaft mir die Herrschaftsallüren möglichst schnell austreiben würde. Doch mein wachsender Leib bestärkte mich darin, das Beste für Israel zu tun. Einige Male hatte mir Aschera im Traum ein Mädchen vorhergesagt, das einmal als Königin über viele Länder herrschen würde.

Sogar Ahabs General Jehu nahm den langen Weg aus Megiddo auf sich, um die »runde Königin von Israel« zu besuchen. So nannte Ahab mich voll Zärtlichkeit, wenn wir unter uns waren. Aber leider entging mir der legendäre General, weil mir an dem Tag übel war und Innascha mich in duftendem Wasser badete. Von meinen Räumen aus erspähte ich jedoch den flammend rot und gelb bemalten Wagen, als der Lenker nach kurzem Aufenthalt wieder Richtung Norden davonbrauste. Seit unserer ersten Begegnung in Megiddo waren mir so viele Geschichten über Jehu zu Ohren gekommen, dass ich unsere Bekanntschaft nur zu gern aufgefrischt hätte. In Zukunft würde mir jedenfalls nie wieder eine Unpässlichkeit in die Quere kommen!

Im Lauf der Monate hatte ich nicht mehr an den Kamelhaarpropheten gedacht. Doch eines Tages erschien ein Bote in Sichem.

»Sprich«, verlangte Ahab.

Die Augen des Boten glitten unentwegt hin und her – wie Sand, der auf den leisesten Lufthauch reagierte. »König Ahab von Israel, Königin Isebel von Tyrus, ich komme mit schlechten Nachrichten.«

Ich richtete mich kerzengerade auf und starrte den Gesandten an. Er räusperte sich und war bemüht, die Sache möglichst schnell hinter sich zu bringen.

»Mein König, im Süden haben sich unschöne Vorfälle ereignet. Zwei Baalpriester wurden gesteinigt. Die Mörder bezeichnen sich als Gefolgsleute eines gewissen Elia.«

Obwohl die Schwangerschaft mich sanft gestimmt hatte, verfinsterte sich meine Miene, und mein Blut erhitzte sich. »Ahab!«, schrie ich auf, besann mich aber sofort. »Ergreift die Mörder meiner Landsleute!«, verlangte ich mit klarer, kalter Stimme.

»Wachen!«, rief Ahab, worauf sechs Mann in den Thronsaal marschierten. »Bis Sonnenuntergang erwarte ich einen Bericht, warum der Thisbiter Baalpriester umbringen lässt.«

Ahab streckte die Hand nach mir aus, um mich zu beruhigen. Offenbar hatte ihn mein Gesichtsausdruck erschreckt. »Meine liebe Isebel, du schwitzt und bist ganz blass.«

»Wie kann ich ruhig bleiben, wenn dieser Mann meine Landsleute ermordet!«

»Isebel, bitte bleib ruhig. Du schadest dem Kind!«

»Ruhig?«, kreischte ich unbeherrscht.

Ahab wandte sich an Obadia. »Hole Innascha. Die Königin braucht Ruhe. Rasch!«

Den Nachmittag verbrachte ich in Innaschas Obhut.

»Beruhigt Euch, meine Königin«, flüsterte sie, während sie mir den Rücken einölte. Mein Bauch war so dick, dass ich wie ein gestrandeter Wal auf der Seite lag. Entsprechend hässlich fühlte ich mich. Außerdem war ich voll Hass und Bitterkeit.

»Schließt die Augen«, sagte Innascha leise.

Ich gehorchte, und Innascha entzündete ein paar Sandelholzspäne. Kleine, fast durchsichtige Duftwölkchen zogen durch den luftigen Raum. Sie sehen aus wie die Geister meiner ermordeten Priester, dachte ich.

Als die Wachen eine Stunde vor Sonnenuntergang zurückkehrten, rechnete mein Mann nicht mit mir. doch klug wie ich war, hatte ich mir von Innascha die Rückkehr melden lassen.

Zuerst hatte sie sich widersetzt. »Ihr werdet Euch nur unnötig aufregen, meine Königin. Wollt Ihr, dass das Kind zu früh geboren wird oder, schlimmer noch, dass es krank wird?«

»Mein Kind wird stark wie ein Bulle sein. Geh jetzt. Ich muss wissen, wann die Wachen zurückkehren. Ich will hören, was sie Ahab mitzuteilen haben.«

Als sich die Sonne langsam dem Horizont näherte, kam Innascha mit besorgter Miene zurück. »Sie sind wieder da.«

Mühsam erhob ich mich von der Liege und griff nach meinem Gewand. »Sorge dich nicht, Innascha.«

Ahab saß aufrecht auf dem Thron, und die Wachen berichteten ihm mit sorgenvollen Gesichtern.

»Weshalb zürnt Elia der Aschera?«, fragte Ahab.

»Seine Frau hat ihn verlassen und ist Priesterin im Tempel geworden«, erklärte einer der Männer. Die Farbe seiner Augen ließ mich an einen regnerischen Himmel denken. »Sie wollte nicht länger im Zelt aus Ziegenhaar und Kamelfell wohnen, mein König.«

In diesem Augenblick trat ich vor. Die schwarzen Perlen und silbernen Glöckchen an meinen Armen klimperten bei jedem Schritt. »Und habt ihr seine Frau besucht?« Bei meiner Frage runzelte Ahab die Stirn. Er wollte nicht, dass ich mich einmischte, denn er sorgte sich wirklich um das Kind.

»Ja, meine Königin, wir haben sie im Tempel besucht.«

»Und wie sah sie aus? Wie ging es ihr?«, fragte ich.

»Sie ist noch jung«, antwortete der Soldat. »Höchstens fünfzehn.«

»Und was hatte sie an?«

»Ein Leinengewand und Goldschmuck.«

Ich lächelte. Elias Frau hatte ihren Mann also wegen eines Leinengewands und einiger Goldspangen verlassen, und er war verbittert, dass sie ein besseres Leben gewählt hatte. Ich setzte mich zu meinem Mann auf den Thron.

»Demnach hat also Eifersucht den Thisbiter getrieben?«

»Eifersucht und Hass, meine Königin. Er predigt jedem, der ihm zuhört, vom Zorn Jahwes und vom Ende der Welt.«

»Er ist verrückt.« Traurig schüttelte Ahab den Kopf.

»Er ist ein Feind«, korrigierte ich und sah zum Statthalter hinüber, doch dessen Miene war undurchdringlich. Wie die der Teilnehmer bei Didos Wettspielen. »Ihr müsst mehr über ihn herausfinden«, erklärte ich. »Ich will, dass der Thisbiter stirbt.«

Ahab hob die Hand. »Das hat Zeit. Bringt ihn her. Falls ihr ihn nicht findet, so verkündet im ganzen Land, dass Elia gesucht wird. Nicht, um ihn zu bestrafen, sondern weil ich endgültig Frieden stiften will.«

Der Soldat sah mich an.

»Was?«, schrie ich.

Ahab wiegte den Kopf. »Der Prophet hat großen Einfluss. Die Anhänger Jahwes hören noch immer auf ihn.«

Fragend starrte ich den grauäugigen Wächter an, ob er diesen Satz bestätigen konnte.

»Von nah und fern pilgern die Stämme zu dem Thisbiter und bitten um seinen Rat. Er ist zwar verrückt, meine Königin, aber er ist auch genial.«

Ich runzelte die Stirn. »Genial?«

Nervös wanderte der Blick des Soldaten wieder zum König. »Richtig, meine Königin. Er hat sich schon früh zum Propheten berufen gefühlt und sich von klein auf mit dem Wetter befasst. Mit solchen Vorhersagen hat er sein Geld verdient. Zuerst hat er gepredigt, dass Jahwe eine Dürre schicken wird, doch angesichts der nahenden Sturmwolken – und der Zahlungen – war sein Gott rasch wieder besänftigt. Eine geniale Täuschung. Als Ihr, meine Königin, die offiziellen Vorhersagen eingeführt habt, wollte niemand mehr den Thisbiter bezahlen. Warum auch, wenn der Palast den Dienst umsonst bietet? Und den Zehnten müssen Euch die Bauern ja in jedem Fall abliefern.«

»Das hat ihn ruiniert«, bemerkte Ahab.

»Die Menschen suchen zwar immer noch seinen Rat, doch heute bezahlen sie ihn mit Decken und Brot. Ihr Geld geben die Leute im Baaltempel aus, schlafen vielleicht sogar mit Elias Frau. Elia ist außer sich vor Eifersucht und Wut. Und unbelehrbar. Er verachtet die Göttin Aschera, und er zieht den Namen der Königin von Israel in den Schmutz. Er ist gefährlich«, warnte der Soldat.

Ahab nickte feierlich. »Und nun ist er obendrein auch noch ein Mörder. Trotzdem sollte Israel sich diesen Mann nicht so einfach zum Feind machen. Er hat viele Anhänger.«

»Ja. Wahrscheinlich Tausende. Allesamt Anhänger Jahwes.«

Ahab stieß mit seinem Zepter dreimal auf den Boden. »Ich danke euch für den Bericht.« Daraufhin verbeugten sich die Wachen und verließen den Thronsaal.

In dieser Nacht lag ich lange wach und dacht über Elias blinden Hass auf Aschera nach. Irgendwann wurde mir klar, dass er damit nicht nur die Göttin, sondern vor allem *mich* treffen wollte. Vor meiner Ankunft hatten in Israel nur einfache Ascherapfähle aus Tamarisken in Gärten und an Kreuzungen gestanden. Und es hatte keine Priesterinnen der Muttergottheit, keinen Baaltempel und erst recht keinen jährlichen Fruchtbarkeitskult wie bei uns in Tyrus gegeben. Erst meine Ankunft hatte den Menschen die Segnungen der Priester und Priesterinnen gebracht, und nun war ich auch noch schuld, dass Elia seine Frau verloren hatte. Aber war das alles wirklich so furchtbar?

Elia ist ein verbitterter alter Mann, dachte ich. Er war schon immer so, und wird sich auch in Zukunft nicht ändern. Er hat Aschera verspottet und alte Geschichten aufgewärmt, um die Muttergottheit in Misskredit zu bringen. Dabei war er nicht der Erste, der *Hawwa* hasste, was in seiner altmodischen Sprache Aschera *und* Eva bedeutete. Schon lange vor Elia hatten die Männer *Hawwa* gehasst und die Geschichte über die Erschaffung von Mann und Frau nur erfunden und in Jahwes kümmerlichen Tempeln verbreitet, damit die Menschen von Aschera abließen. Außerdem haben sie ganz bewusst Ascheras Symbol benutzt, um ihre Lebenskraft zu diskreditieren. In Elias Geschichte wurde die unschuldige Eva durch den Pakt mit der verräterischen Schlange befleckt und brachte die Sterblichkeit ins unsterbliche Paradies, als sie sich ihrer erwachenden Weiblichkeit bewusst wurde. Weil die Männer den Frauen die Macht und die Freiheit neideten, die Aschera ihnen brachte, benutzten sie deren Namen und Symbol, um die Frauen mit Lügen einzuschüchtern.

Voller Wonne hatte sich Elia die alten Geschichten zu Eigen gemacht. Eine Aschera, die sich der Kraft und der Fruchtbarkeit ihres Körpers und ihrer Schönheit bewusst war, war in jeder Weise gefährlich. »Frauen müssen ihren Männern dienen«, predigte er. »Wenn sie *Hawwa* nacheifern, wird Jahwe, der einzig wahre Gott Israels, sie bestrafen.« Wie viele Frauen hatte er wohl schon durch solche Reden dazu gebracht, sich zu unterwerfen? Wie vielen Mädchen den Stolz auf die Schönheit ihres Körpers genommen, die sich seitdem verhüllten, weil Jahwe das angeblich gefiel?

Elia nannte mich die Schlange Israels, was in meinen Augen ein Lob, in seinen jedoch Verdammung bedeutete. Ich konnte nur schwer akzeptieren, dass Evas Geschichte schon lange vor meiner Ankunft existierte. In meinen Träumen war Elia Ascheras größter Feind auf Erden, so wie Anat Ascheras größte Feindin unter den Göttern war, seit sie deren Kinder getötet und Aschera vor Baal bloßgestellt hatte. Und was war mit Baal? Elia verspottete den Sturmgott gern, indem er seine Stierhörner als Symbol für Primitivität und Unmoral verunglimpfte. Nun, die Hunde sollen dich fressen, Elia, fluchte ich. Wir werden ja sehen, wer in der Erinnerung der Menschen überdauert – Aschera, die wahre Göttin der Menschheit, oder Jahwe, dessen *Hawwa* nichts weiter als eine Sklavin war.

Trotz alledem machte mir der Kamelhaarprophet Angst. Solange er lebte, würde er sein Tun fortsetzen und die Menschen beunruhigen. Aber mein Mann weigerte sich, den Anführer der Schafherde zu töten. Ich musste also warten und wachsam bleiben, bis Elia irgendwann seine Hände nach Sichem ausstreckte. Nicht mit Waffen, wohlgemerkt – noch nicht. Aber mit Hilfe seiner Spione. Und wer wäre dazu geeigneter als Obadia, der mich ohnehin vom ersten Augenblick an abgelehnt hatte?

»Du hast nichts zu befürchten, meine Königin«, erklärte Ahab, als wir nachts beim Schein einiger Öllampen auf dem Dach des Palasts saßen. »Meine Wachen haben berichtet, dass du im Schlaf Elias Namen gerufen hast.« Er strich mir die Locken aus der Stirn. »Hast du Angst?«

»Nicht um mich, Ahab, aber um unser Kind. In Israel gibt es Hungersnot.« In Tyrus beteten die Seeleute um Sonne, aber in Israel betete das Volk um Regen. »Was soll unser Kind essen? Welchen Tempel soll es besuchen, wenn Elia Aschera endgültig getötet haben wird?«

»Aschera wird leben – jedenfalls solange ich in Israel herrsche«, versprach mein Mann. »Freue dich lieber auf morgen, Isebel, denn wir erwarten Prinzessin Pemay mit ihrer Karawane aus Ägypten. Magst du auch die Frauen Israels noch immer befremdlich finden – die Tochter des Pharaos wird dir eine wunderbare Gesellschafterin sein.«

Ahab wusste, wie sehr wir Tyrer die Ägypter bewunderten. Und er sah natürlich auch, wie einsam ich war und wie die Frauen der Vornehmen mich noch immer wegen meiner Fremdheit mieden. In dieser Nacht fand ich kaum Schlaf. Ich malte mir aus, wie die Tochter des Pharaos wohl aussah, und welche Gewürze sie mitbringen und mir und Innascha zeigen würde. Mitten in der Nacht schlich ich in einen der Höfe, breitete die Arme aus und hob mein Kinn in den Luftzug. Mit zurückgeworfenem Haar lauschte ich auf den Wind. Auf den Wind der Veränderung.

Am nächsten Morgen kleidete Innascha mich in ein weißes Gewand und einen goldenen Gürtel. Silberne und elfenbeinerne Armreifen mit eingelegten Schmetterlingen aus Karneol und Lapislazuli schmückten meine Handgelenke. Zwischen meinen Brüsten glitzerte eine wunderbare Kette aus Korallen und Perlen mit dem Meer um die Wette, und ein zarter Schleier mit kleinen goldenen Perlen schmückte mein Haar.

»Isebel!« Als Ahab mich sah, holte er ganz tief Luft. Und die Blicke, die mich umschmeichelten, sagten alles.

Sobald ich mich bewegte, glitzerte das Gold. Außerdem hatte Innascha mich ganz in ägyptischem Stil geschminkt. Prinzessin Pemay kam nach Israel, um den Handel ihres Vaters zu kontrollieren und zu fördern. Eine Frau als Anführerin einer Karawane! Bestimmt war sie wie Dido, dachte ich, aber schon beim ersten Blick sah ich, dass ich mich getäuscht hatte.

Die Karawane näherte sich Sichem von Süden her und wurde schon lange vor der Ankunft von den Wachen gemeldet. Das Singen und die Musik waren weithin zu hören. Ich stieg auf das Dach, um nichts zu versäumen, und staunte gewaltig, als ich die vielen Tiere erblickte. Hinter Gittern fauchten ausgewachsene Löwen und schlugen mit den Tatzen nach den Gaffern, und Paviane kreischten in ihren hölzernen Käfigen. Die Diener trugen goldene Brustplatten, und selbst die Kinder glitzerten wie Re persönlich. Zahllose Kamele waren mit Teppichen, Stoffen und prall gefüllten Körben beladen.

Zusammen mit Ahab und Innascha begab ich mich anschließend nach unten, um die Prinzessin zu begrüßen. Wir mussten nicht lange warten, bis die Sänfte unter Trompetenfanfaren und Lyraklängen in den großen Empfangssaal getragen wurde. Mit angehaltenem Atem verfolgte ich, wie hinter einem dichten Schleier zuerst die Füße, geschmückt mit Ringen, zum Vorschein kamen. Es folgten lange schlanke Beine, dann kräftige, aber sehr weibliche Arme und schließlich das Gesicht – zart wie schmelzender Honig. Und ein leinenes Gewand, das mehr enthüllte, als es verdeckte. Insgeheim schmunzelte ich. Endlich konnten die Israelitinnen Vergleiche anstellen. Nicht einmal in Tyrus hätte man sich so offenherzig gekleidet. Das Haar der Prinzessin war mit zahllosen goldenen Perlen geschmückt, und ihre Augenlider schillerten wie Regentropfen. Im Verhältnis zu ihren fünf riesigen Begleitern, allesamt doppelt so breit wie Ahab, wirkte die Prinzessin fast schmächtig. Dabei war sie nur einen Kopf kleiner als ich.

»Prinzessin Pemay von Ägypten, König Ahab von Israel und Königin Isebel von Sidon und Tyrus«, verkündete Obadia.

Wir verbeugten uns, und zusammen mit uns auch alle hundertfünfzig dienstbaren Geister, die die Prinzessin mitgebracht hatte. Ein Fest wurde vorbereitet, und die Hohepriesterin und siebzig Tempeldienerinnen sollten unseren Gast mit Gesang und Tanz unterhalten. Ohne jede Scheu betrachtete die Tochter des Pharaos die Statue der Aschera und das Götterbild Baals. Die Schminke ließ ihr Gesicht in Schönheit erstrahlen, obwohl die Natur es nicht so gut mit der Prinzessin gemeint hatte.

An den Wasserspielen im Innenhof vorbei geleiteten wir die Prinzessin in ihre Räume, wo wir uns auf weichen, mit Vögeln, Palmen und Zypressen bestickten Kissen niederließen.

Mit sichtlicher Bewunderung strich Prinzessin Pemay über die Kissen. »Euer Name ist in Ägypten wohl bekannt«, sagte sie zu mir.

»Ich hoffe, man erzählt sich nur Gutes«, erwiderte ich amüsiert und erhielt als Antwort ein strahlendes Lächeln. Dabei zeigte die Tochter des Pharaos ungewöhnlich große Zähne.

»Man sagt, dass Königin Isebel schön und klug ist. Die Schönheit sehe ich, und ich bin überzeugt, dass ich die Klugheit bald genug kennen lernen werde. Aber sagt, wie steht es mit mir? Was habt Ihr über mich gehört?«

»Von der Tochter des Pharaos bisher leider noch nichts, dafür aber umso mehr von den Kindern des Re. Euren Gewürzen werden Wunderdinge nachgesagt, und Eure Baumeister müssen nur die Rivalen im Land meines Vaters fürchten. Außerdem sagt man, dass Euer Fluss der größte der Welt sei.«

»Das alles entspricht der Wahrheit.« Die Prinzessin lächelte voll Stolz. Waren etwa alle Ägypter so direkt, überlegte ich. »Vermutlich möchte auch König Ahab hören, was in Ägypten über ihn gesagt wird?«

Mein Ehemann errötete.

»Man sagt, dass König Ahab trotz seiner Jugend ein weiser Mann ist. Und er sieht besser aus als König David. Was seine Kampfkraft angeht, so kann er sich nur mit seinem Vater vergleichen. Wie ich unterwegs festgestellt habe, herrscht augenblicklich eine Hungersnot im Land.«

»O ja. Baal ist offenbar nicht mit den Israeliten«, bestätigte Ahab förmlich.

»Nun, wenn Euer Gott augenblicklich nichts ausrichten kann, so kann vielleicht Ägypten Eurem Land zu Wohlstand verhelfen.« Prinzessin Pemay lächelte. Die Diener servierten Wein und vergaßen dabei auch das Gefolge nicht. Die ägyptischen Dienerinnen glitzerten um die Wette, und ich hätte die Prinzessin nicht von ihnen unterscheiden können, wenn sie nicht noch ein wenig prächtiger angezogen gewesen wäre.

»Mein Vater, Pharao Osorkon II.«, fuhr die Prinzessin fort, »ist ein reicher Mann. Obgleich zu Beginn seiner Regierung zahlreiche Überschwemmungen unser Land und unsere Tempel heimgesucht haben, waren die Götter meinem Vater stets wohlgesonnen. In diesem Jahr hat er aus Anlass seiner dreißigjährigen Regierungszeit das Sed-Fest gefeiert und am Tempel von Bubastis ein Eingangstor aus Granit mit Bildern dieses Fests errichten lassen. Die Götter lächeln Pharao Osorkon zu. Aber leider wachen nicht alle über ihn. Unsere Verbündeten sind schwach, und die Assyrer sind zu einer gefährlichen Bedrohung geworden. Unsere Händler fürchten Schalmanesers Männer. Wir Ägypter wissen, wie barbarisch die Assyrer sind. Eine Handelsstraße durch Israel wäre in diesem Fall die beste Lösung. Ich kann nur sagen, hütet Euch vor den Assyrern, König Ahab. Falls sie uns eines Tages überfallen, werden sie irgendwann auch vor Israel nicht Halt machen.«

Ahab nickte. »Wir hören diese Drohungen seit vielen Jahren. Aber bisher ist nie etwas gefolgt«, sagte er. »Eine Handelsroute durch Israel nach Tyrus würde Ägypten großen Reichtum bescheren.« Bedeutungsvoll zog er die Brauen in die Höhe. Natürlich erwartete Israel, an diesem Reichtum zu partizipieren.

»Das ist richtig. Viele ägyptische Händler segeln zwar nilabwärts nach Sidon und Tyrus, aber wer kein Schiff besitzt, ist auf den Landweg angewiesen.«

Sinnend stützte Ahab das Kinn in die Hände. »Israel könnte eine solche Karawanenstraße bauen, aber im Gegenzug für sicheres Geleit müsste Ägypten ein Zehntel aller Erlöse im Norden an uns abführen.«

Israel litt regelmäßig unter Hungersnöten, so dass ein jährlicher Zehnter aus Ägypten die Ernährung der Bevölkerung sicherstellen könnte. Falls Israels Bauern Ernteausfälle erlitten, konnte man sich am ägyptischen Ertrag schadlos halten.

»Wir sind mit Eurem Vorschlag einverstanden«, erklärte Prinzessin Pemay. »Mein Vater wird den Zehnten einmal jährlich zahlen. Als Gegenleistung erwarten wir sicheres Geleit und Schutz durch das Haus Omris.«

»Dafür bürge ich«, entgegnete Ahab.

Diener erschienen und riefen uns zum großen Fest. Beim Gang durch den Palast bewunderte die Prinzessin die kostbaren Seidenstoffe und Teppiche, worauf ich stehen blieb und so tat, als ob ich Staub von meinen Sandalen wischen wollte. So konnte sie die kostbaren Webarbeiten genauer betrachten. Ich wusste, dass sie der elfenbeinerne Palast beeindruckt hatte, und als sie nach den geschnitzten Tischen und Hockern fragte, war ich stolz, dass ich sagen konnte, dass sie aus Tyrus stammten.

Im weiten Innenhof waberte die Musik wie eine Duftwolke durch die Luft. Frauen zupften achtsaitige Instrumente und sangen Loblieder auf Aschera. Die Prinzessin hielt sprachlos inne, und auch mir und den übrigen Ägyptern verschlug es angesichts der zahllosen Öllämpchen über den schimmernden Becken die Sprache.

Ich lächelte. »Ich glaube, heute kann ich ein ganzes Lamm allein verspeisen, Ahab.« Mein Bauch rundete sich von Tag zu Tag mehr, so dass ich manchmal befürchtete, Zwillinge zu bekommen, die ihre Mütter oft bei der Geburt töteten. Ich aß jeden Tag so viel wie ein Kamel nach mehrwöchigem Fasten.

»Euer Land ist sehr trocken«, bemerkte die Tochter des Pharaos, als sie sich neben mich setzte und dem Tanz der Priesterinnen zusah. »Für ein Kind des Meeres ist es sicher nicht einfach, sich in die Wüste zu verlieben.«

Mein Herz vollführte einen kleinen Sprung. »Das kann man wohl sagen«, erwiderte ich. »Aber was kann ich tun, außer Zuflucht bei Aschera zu suchen? Ich lebe in Israel, weil mein König und mein Kind hier leben.« Seufzend blickte ich auf meinen dicken Bauch hinunter. »So gesehen entbehre ich nicht allzu viel. Mein Mann ist ein liebenswerter Mensch. Und er liebt mich genauso, wie mich ein Tyrer geliebt hätte.«

»Ihr seid sehr stolz auf Eure Herkunft«, bemerkte Prinzessin Pemay.

»Genau wie Ihr.« Ich lächelte. In diesem Augenblick trugen einige Sklaven eine Truhe in den Hof – ein Geschenk Ägyptens an Israel. Die Truhe aus Akazienholz war mit Gold beschlagen, auf dem Deckel ruhten kleine Göttergestalten, und Sphingen schmückten jede der vier Ecken. Eine herausragende handwerkliche Arbeit. Die ägyptische Vorliebe für Truhen hatte die Israeliten zum Bau ihrer Bundeslade bewogen, die nun im Tempel Jahwes in Jerusalem stand. Nicht einmal in Tyrus hatte ich jemals ein so wunderschönes Exemplar gesehen. Pemay nickte zustimmend, als meine Hand über den ägyptischen Totengott in Gestalt eines Hundes und über die Augen des Horusfalken glitt. Die Truhe selbst war leer und mit feinster Seide ausgeschlagen.

Ich drehte mich zu Prinzessin Pemay um. »Die Ägypter besitzen vieles, worauf sie stolz sein können.« Ahab nahm das Geschenk mit einer kleinen Dankesrede entgegen, worauf die Gäste in Hochrufe ausbrachen. Ich merkte, dass einige der vornehmen Damen gern mit der Prinzessin gesprochen hätten, aber nachdem sie mich bisher so abweisend behandelt hatten, wagten sie keinen Vorstoß.

Obwohl Pemay schon nach wenigen Wochen wieder zu ihrer langen Rückreise aufbrach, haben wir sehr viel voneinander gelernt. Zum Beispiel erklärte sie mir, was man aus Krokodildung und Kamelmilch alles herstellen konnte. Die kostbaren Kräuter wie Lavendel, Myrrhe und Galbanum waren uns natürlich beiden vertraut, aber weder in Israel noch in Tyrus hatte ich jemals von Balanosöl gehört, aus dem die Ägypter feinste Schönheitsprodukte herstellten. Es wurde aus der Frucht eines Dornenstrauchs gewonnen, und spontan schenkte mir Pemay ihren Vorrat. Innascha interessierte sich ganz besonders für das Kraut Fenugreek. Pemay holte eine bitter schmeckende Pflanze aus einem ihrer Körbe und erklärte sie uns. »Ein Tee aus diesen Samen fördert den Milchfluss und die Gesundheit des Kindes.«

Innascha sah mich viel sagend an. »Seht nur, meine Königin, die Ägypter haben nicht nur Öle und Duftstoffe zu bieten.«

»Was können die Samen sonst noch?«, fragte ich, während Innascha die Pflanze befingerte.

Pemay lächelte. »Frauen wie ich, die – wie Ihr das nennt – von Aschera nicht unbedingt mit großen Brüsten gesegnet wurden, reiben sich mit der Lösung ein, um das Wachstum anzuregen.« Sie deutete an, wie wir uns das vorstellen mussten. »Außerdem hat ein Wickel aus pulverisierten Samen fantastische Heilwirkung bei Schnittwunden und geschwollenen Drüsen.« Pemay strich über ihr Gesicht. »Obendrein wird die Haut wunderbar zart.«

Innascha saugte Pemay aus wie einen Schwamm. Als die Prinzessin jedoch irgendwann am Ende ihrer Weisheit angekommen war, wurde eine der Frauen gerufen, um uns weiter zu unterrichten. Sie war jung und schlank und besaß eine feine Nase und gewölbte Brauen. Ihre Kleidung war einfach – ganz im Gegensatz zu ihrem Haar. Es war nicht ihr eigenes, sondern eine Perücke aus schwarzem Rosshaar mit eingewebten Goldfäden. Aber so jung, wie ich anfangs vermutet habe, ist sie auch nicht, sondern sicher ein ganzes Stück älter als ich, dachte ich, während die Frau meiner Amme ein uraltes Verjüngungsrezept erläuterte.

»Man braucht dazu einen Sack voll Fenugreekpflanzen. Sie müssen in der Sonne trocknen, dann werden sie gedroschen, gesiebt und in Samen«, dabei schob sie die eine Hand nach links und die andere nach rechts, »und Schoten geteilt. Zwei gleiche Teile werden vermischt, mit etwas Wasser verknetet und gekocht, bis nur noch trockene Krümel übrig sind. Nach dem Auskühlen werden sie einige Male gewaschen, bis die Bitterstoffe verschwunden sind. Anschließend werden die Krümel wieder getrocknet und zum Schluß fein gemahlen. Unter Zugabe von Wasser wird das Pulver langsam gekocht, bis irgendwann das Öl an die Oberfläche steigt.« Dabei hob die Frau die Hände, als ob sie das Steigen des Nils andeuten wollte. »Zum Schluss wird das Öl abgeschöpft und vollbringt seine Wunder.« Als sie sich über die Haut strich, wusste ich, was sie meinte.

Als Gegenleistung erfuhren die Ägypterinnen alle Geheimnisse der Israelitinnen, und Innascha verriet Pemay auch die unseren.

»Dieses Kraut unterdrückt die Schmerzen bei der Geburt«, erklärte Innascha und reichte der Tochter des Pharaos eine Pflanze mit kleinen weißen Blüten und eingerollten Knospen.

»Soll man einen Tee daraus kochen?«, fragte Pemay. Der mit goldenen Perlen bestickte Schleier schimmerte im Licht, und das dritte Auge auf ihrer Stirn ließ sie unendlich weise erscheinen.

Innascha lächelte. »Genau.«

Ich wurde immer neugieriger, je länger ich die Prinzessin ansah. Sie war wirklich nicht hässlich, und dumm war sie auch nicht. Aber warum hatte sie keinen Mann? »Ist es eigentlich üblich, dass die Tochter eines Pharaos eine Karawane durch die Wüste führt?«, wollte ich wissen.

Pemay drehte den Kopf zu mir, wobei die kleinen Perlen in ihrem Haar leise klimperten. »Das gilt nur für die, die keinen Schreiber oder Wesir geheiratet haben.«

»Ist eine Ehe in Ägypten zweitrangig?«

»Nein, nein, ganz und gar nicht«, antwortete Pemay. »Mein Vater wollte, dass ich heirate. Und er wollte einen Sohn. Einen legitimen Sohn, um den Handel zu überwachen. Als ihm alle seine Frauen jedoch immer nur Töchter schenkten, gab er sich schließlich damit zufrieden, dass ich – sozusagen wie ein Sohn – seine Karawanen führte.«

»Wie ich sehe, ist Euer Vater nicht wie andere Väter«, bemerkte ich.

»Wenn ich richtig informiert bin, trifft das auch auf König Ethbaal zu.«

Ich zog die Brauen in die Höhe. »Das ist richtig.« Dann sank meine Stimme zu einem Flüstern herab. »Hier in Israel werden Frauen wie Kinder behandelt. Schlimmer noch. Man sperrt sie ein, verschachert sie und wirft sie schließlich sogar weg.«

Das ohnehin schon dunkle Gesicht der Prinzessin verfinsterte sich noch mehr. »In Ägypten regiert die Frau im Haus. Ist das hier denn nicht so?«

»Nein«, antwortete ich. »Und man erwartet von mir, dass ich mich anpasse.«

»Deshalb also gehen Euch die meisten Frauen aus dem Weg, nicht wahr? Sogar in Eurem eigenen Palast!«

Ich sah die Prinzessin nur stumm an, worauf sie mir sacht über die Knie strich. »Keine Sorge. In den Ländern, die ich besuche, behandelt man mich genauso. Aber meine starken Sklaven würden für mich töten. Schließlich bin ich eine Tochter der Götter. Es ist undenkbar, eine Tochter des Pharaos von etwas abhalten zu wollen. Ich möchte Handel treiben und reisen. Nach meiner Rückkehr wird der Pharao mich für meine Treue mit Titeln und Land belohnen. Dies alles kann mir kein Mann mehr nehmen.«

»Wie können zwei Königreiche nur so unterschiedlich sein!«

»Meiner Meinung nach erklärt sich das allein durch das Wasser«, erläuterte Pemay. »Wasser spendet Leben und symbolisiert die Fruchtbarkeit der Götter. Ein Königreich ohne Wasser ist gleichbedeutend mit dem Nichts.«

Pemays Worte hallten noch in mir nach, als die lange Karawane mit Geschenken des armen Israel an den mächtigen Nachbarn in Form von Öl, Weizen und Balsam Sichem längst verlassen hatte.

»Du siehst traurig aus, meine Königin.« Als ich vom Dach aus dem Zug der Karawane nachsah, trat Ahab zu mir.

»Ich bin nicht traurig, mein lieber Mann. Im Gegenteil. Ich bin sehr glücklich. Ich trage unser Kind in meinem Leib, oder hast du das vergessen?« Ich lächelte.

Doch schon in der nächsten Woche lächelte ich nicht mehr. Mein Kind war eine große Last geworden, und jeder Schritt schmerzte mich. Morgen für Morgen erbrach ich mein Frühstück in eine Schüssel, und abends war ich vom langen Tag so erschöpft, dass ich sogar einschlief, bevor Ahab zu mir kam.

Eines Abends brachte Ahab eine Schüssel Feigen in unser Zimmer. »Ich habe dir etwas mitgebracht, Isebel, um deine Leiden zu lindern.« Mit mitleidigem Lächeln sah er mich an.

Dieses Mitleid machte mich wütend. »Nur Aschera kann meine Not lindern«, entgegnete ich knapp. »Opfere eine Taube. Sie soll meine Schmerzen auf ihren Flügeln zu Aschera tragen.«

Ahab tat, was ich von ihm verlangte. Als er zurückkehrte, ging es mir besser, und ich bedankte mich mit Küssen. Die nächsten Monate vergingen ohne größere Ereignisse. Ich aß, ich übergab mich, und ich stöhnte. Und die arme Innascha musste das alles aushalten. Ich hatte Aschera versprochen, dass mich nichts vom Thronsaal fernhalten würde, doch leider musste ich meinen Schwur brechen. Mir war ständig übel, und je länger der Zustand andauerte, desto misstrauischer beäugte ich den Statthalter des Palasts.

Ganze zwei Wochen lang war mein Siegel verschwunden – ein Skarabäus aus grauem Opal, der an einem Band um die Taille getragen wurde. Im oberen Teil war eine Sphinx mit dem ägyptischen Lebenskreuz in den mächtigen Klauen dargestellt, im unteren ein Falke, flankiert von Schlangen und einer geflügelten Sonnenscheibe. Unterhalb der Schlangen war mein Name eingraviert. Eines Tages hing das Siegel plötzlich an der Tür zu meinen Räumen. Allerdings hatte jemand das Gesicht der Sphinx mit Gewalt herausgekratzt. Als eine Dienerin mir das Siegel brachte, sah ich es lange Zeit schweigend an. Dann enthüllte sich mein Zorn, wie sich eine Braut enthüllt, und ich schwor, dass der Schuldige zu Tode gesteinigt würde. Meiner Überzeugung nach war der Statthalter der Schuldige, aber ich wusste auch, dass so etwas schwer zu beweisen war. Ich ließ ein neues Siegel schneiden, und zwar aus genau demselben grauen Opal, den ich so sehr liebte.

Während ich ständig an Umfang und Gewicht zunahm, ging das Gerücht um, dass Elia bereit wäre, sein Versteck zu verlassen und im Palast von Sichem zu erscheinen. Ich konnte kaum abwarten, dass er sich äußerte, aber der Feigling zeigte sich nicht. Nur durch Zufall fand man heraus, dass er sich in der Stadt aufhielt. Zur morgendlichen Stunde, als die Sonne bereits den staubigen Boden erhitzte und der Tau auf den Olivenblättern längst getrocknet war, betrat ein Bote den Thronsaal. Zum Glück war es einer der Tage, an dem mir nicht übel war.

»Sprich«, sagte Ahab.

»Mein König. Vor dem Tempel der Aschera hetzt ein Mann zu Gewalttätigkeiten auf.«

»Das ist Elia.« Ich umklammerte die Lehnen meines Sessels und erhob mich. Doch plötzlich wurde mir schwindlig und ich schwankte ein wenig, so dass Ahab mich stützen musste.

Dann wandte er sich an den Boten. »Wer ist er?«, fragte er völlig ruhig.

Der Bote kannte den Mann nicht, beschrieb aber das weiße Haar und den langen wehenden Umhang.

»Das ist Elia!« Ich war meiner Sache sicher. »Ahab, er verleumdet das Haus Omris. Bei uns werden Männer schon für weniger getötet. Zumindest sollten wir ihn ausspionieren lassen. Sobald er das Geringste gegen dich sagt, muss er gefangen gesetzt werden.«

Damit hatte ich meinen Mann, wo ich ihn haben wollte. Er

wollte den verrückten Thisbiter nicht einfach beseitigen, aber wenn der Prophet sich gegen den König wandte, konnte Ahab ihn festsetzen und büßen lassen, falls es in der Folge zu einem Aufstand gegen den König kam. Wenn man Elia die Schmähungen des Königs durchgehen ließ, konnte man es auch den Söhnen der Vornehmen und dem Militär nicht länger verbieten. Doch was, wenn die Spione Ahab nicht überzeugten? Ich sah meinen Mann an und bemerkte, dass seine Augen so wie damals im Schacht unterhalb von Megiddo leuchteten.

»Ich habe eine bessere Idee«, sagte ich. »Wir verkleiden uns als Sklaven und hören mit eigenen Ohren, was der Prophet zu sagen hat.« Tapfer schluckte ich meinen Abscheu gegen zerlumpte Kleidung hinunter.

Entsetzt starrte der König mich an. Ein König als gewöhnlicher Diener? Seine Augen glitzerten, und ich schmeckte Safran und Kümmel im Luftzug.

»Aber Isebel!« Innascha schnalzte vorwurfsvoll mit der Zunge. »König Ethbaal würde tot umfallen, wenn er die Königin von Israel in Lumpen gekleidet sähe.«

Trotz ihrer Einwände vertauschte ich mein leinenes Gewand gegen alte Lumpen. Meine Füße blieben nackt. Außerdem schlang ich mir ein Wolltuch so fest um den Kopf, dass mein goldener Kronreif völlig verdeckt wurde. »Ich will mit eigenen Ohren hören, wie Elia gegen den König hetzt!«

Innascha schüttelte missbilligend den Kopf. »Und was werdet Ihr tun, wenn dieser Thisbiter das Haus Omris beleidigt?«

»Wir werden die Wachen alarmieren und Elia ins Gefängnis werfen lassen.« Entschlossen ballte ich die Fäuste und watschelte wie eine aufgebrachte Ente durch die Räume. »Ich werde Erfolg haben, Innascha. Ich will hören, wie er mich eine Schlange und meine Priesterinnen Huren nennt. Sobald Elia seine Stimme gegen den König erhebt, muss Ahab ihn ins Verlies werfen lassen – oder er schafft einen gefährlichen Präzedenzfall.«

In seiner Verkleidung und seinem Turban aus grobem braunem Stoff sah Ahab genauso aus wie die, die sonst das Knie vor ihm beugten. Das königliche Siegel hielt er sorgfältig unter seinem Umhang verborgen. Für den größten Teil des Wegs zum Tempel benutzten wir Mulis, denn trotz der Verkleidung war es einfach undenkbar und lächerlich, wenn der König und die Königin von Israel auf Eseln geritten kamen.

Nur wenige Menschen nahmen überhaupt Notiz von den zwei Bettlern, die ganz offensichtlich auf den Tieren ihrer Herrschaft unterwegs waren. Die meisten starrten nach vorn auf die große Gestalt im Umhang aus Ziegenhaar und Kamelfell. Einige Händler waren gekommen, um der Monotonie des Nachmittags zu entfliehen, Kinder und Frauen drängten sich aneinander. Ganze Familien waren herbeigeeilt, und sogar einige Sklaven, die eigentlich Besorgungen machen sollten, lauschten auf das, was der fremde Prophet zu sagen hatte.

Dass sich Prediger rund um den Tempel versammelten, war völlig normal. Aber Elia war anders. Er war nicht nur größer als Ahab, sondern faszinierte durch das lange weiße Haar und den machtvollen Blick, der seine Zuhörer in Furcht erstarren ließ. Aber mir jagte der Prophet keine Angst ein, denn ich war entschlossen, ihn festsetzen zu lassen. Ich zog mein Tuch enger vor mein Gesicht, damit meine Haare mich nicht verrieten, und reckte mich auf Zehenspitzen in die Höhe.

»Die Hurerei in Israel muss endlich ein Ende haben!«, schrie der Kamelhaarprophet. Vom Stumpf eines umgestürzten Baums aus predigte er den Jungen, den Alten und den Lahmen. Mit viel sagendem Blick sah Ahab mich an.

»Jahwe hat Israel *sein* Land genannt. Und Jahwe ist ein eifersüchtiger Gott. Alle, die sich vor Baal und Aschera verneigen, sind nichts weiter als geknicktes Schilf. Besinnt euch, sagt Jahwe! Das Wasser ist rein, aber das Ufer unter dem Schilf ist schmutzig. Fremdländische Frauen besudeln die Erde Israels. Zuerst die

Frauen Salomos. Und nun die Frau von Ahab! Sie ist eine Schlange! Eine Hure!«

Die Menschen erschraken, und einige gingen eilig ihrer Wege, um solch schändliche Reden nicht länger hören zu müssen. Ich hielt an mich und wartete, dass Elia sich steigerte und Ahab nicht mehr darüber hinweghören konnte.

»Ist es wahr, was der Prophet sagt?«, fragte mich eine Witwe mit kleinen Kindern. Ich wusste, dass ich mich mit Sicherheit verraten würde, sollte ich darauf antworten.

»Der Prophet ist verrückt«, antwortete Ahab an meiner Stelle. »Der König sucht ihn wegen Mordes.«

»Der König oder die Königin?«, fragte die Frau. »Man sagt, dass der König seiner Frau hörig ist.«

Ich spannte alle Muskeln an, doch Ahab packte meinen Arm fester.

»Ob König oder Königin«, antwortete Ahab. »Elia ist in jedem Fall ein Mörder. Er hat unschuldige Menschen auf dem Gewissen. Er ist verrückt.«

Schaudernd drückte die Witwe ihre Kinder an sich. »Er ist ein Schwein!«, zischte sie. »Ich hatte schon gehört, dass er ein Mörder sein soll. Das macht es mir leicht, seine Reden zu vergessen.«

Ich holte tief Luft. Ahab wirkte betroffen. Offenbar hörte er zum ersten Mal, welch großen Einfluss Elia bei seinem Volk genoss. Auf diese Sinnesänderung hatte ich gehofft. Geduldig wartete ich, dass Elia etwas sagte, das ihn für Jahre in die Dunkelheit des Kerkers verbannen würde. Schon wenige Augenblicke später war es soweit.

»Erhebt euch, Anhänger Jahwes, die ihr an den einzig wahren Gott glaubt! Erhebt euch gegen den König und seine fremdländische Schlampe, die ihre Huren ins Heilige Land gebracht hat. Jahwe wird eure unsicheren Hände führen. Jahwe wird eure Augen sein, wenn der Feind sie ausgebrannt hat, euer Arm, wenn der Feind ihn abgehackt hat.« Der Westwind summte in meinen Ohren, und ich wusste, dass Ahab dem allen bald ein Ende machen würde. »Jahwe ist allwissend! Und er ist klug!«, rief der Kamelhaarprophet. »Er triumphiert über Baal, und er macht sich über Aschera lustig. Die beiden sind nichts weiter als Götzenbilder aus Gold und Bronze!«

Endlich konnte Ahab es nicht länger mit anhören. »Halte augenblicklich inne, Beleidiger der Aschera! Beleidiger des Königs von Israel!«

Die Menschen drehten sich um und flüsterten miteinander. Wer war dieser zerlumpte Sklave, dass er dem großen Propheten aus Thisbe den Mund verbot?

»Wer bist du, dass du es wagst, deine Stimme gegen Jahwe zu erheben?«, rief Elia. Die Menge stand inzwischen so dicht gedrängt, dass er Ahabs Gesicht nicht erkennen konnte, obwohl er seine Augen beschattete. »Wer will Königin Isebels Huren schützen?«

»Der König von Israel.« Während ich das Tuch zurückschlug, damit jeder meinen Kronreif sehen konnte, hob Ahab das Königssiegel in die Höhe. Respektvoll wichen die Menschen zurück, während andere davonrannten. Ahab rief die Wachen herbei, die am Eingang zum Tempel auf Posten standen, und befahl, den Propheten festzusetzen.

»Jahwe wird mich rächen!«, schrie der Prophet, als er gefesselt und abgeführt wurde. »Der unsichtbare Gott wird euch alle richten! Ich liebe Jahwe«, fauchte er mich an, »wie Ihr Eure Huren und Hunde liebt!«

Die Männer waren fassungslos, und die Frauen drängten ihre Kinder in Richtung des Bazars davon. »Vergesst, was ihr gesehen habt«, flüsterten sie hastig und trösteten ihre Kinder mit Leckereien.

Ich jedoch fühlte keinerlei Scham. Ich empfand nur Wut, Hass und grenzenlose Bitterkeit – sowie ein Gefühl des Triumphs.

Beflügelt und erleichtert schwebte ich von diesem Tag an wie ein Schmetterling durch den Palast. Didos Priesterinnen waren in Sicherheit. Und sie mussten auch nicht mehr um ihr Leben fürchten, wenn sie im Bazar seidene Gewänder und allerlei Salben kauften. Ahab war ebenfalls sehr erleichtert.

»In diesen drei Stunden in Lumpen«, vertraute er mir an, »habe ich mehr gelernt als in all den vielen Unterrichtsstunden meiner Erzieher.«

Elia war endlich im Gefängnis. Er war zwar noch nicht tot, aber er war vom Leben abgeschnitten. Und dann geschah etwas für mich völlig Unerwartetes, womit Ahab aber offensichtlich gerechnet hatte. Elia wurde zum Märtyrer. Unzählige Menschen wandten sich an den Hof und baten um die Freilassung des Propheten. Tag für Tag pilgerten Anhänger Jahwes in größeren und kleineren Gruppen zum Palast, bis ich den Wachen untersagte, sie in den Thronsaal vorzulassen. Auf der Stelle änderten die Anhänger des Thisbiten ihre Taktik und erfanden triftige Gründe, um vorgelassen zu werden. Drei Männer gaben zum Beispiel an, einen Streit schlichten zu wollen. Doch als sie vor dem Thron standen, warfen sie sich zu Boden, küssten Ahabs Füße und flehten um Elias Freilassung. Ich an seiner Stelle hätte sie augenblicklich alle drei ins Gefängnis werfen lassen.

»Wenn sie ihm nahe sein wollen, können sie ja seine Zelle teilen«, schimpfte ich.

Seufzend sah Ahab mich an. »Isebel, er ist ihr Anführer.«

»Und du bist der König!« Bei meinem Ausbruch zuckten die Männer zusammen, aber der König ließ sie unbestraft ziehen.

Jeden Tag trafen unzählige Bittgesuche ein, und die Diener übermittelten Gesuche von Stammesältesten nach einem Gespräch mit dem König. Die Zahl der Besucher steigerte sich immer weiter, bis sie den Palast von morgens bis abends wie ein Heuschreckenschwarm belagerten. Ich fühlte mich stark genug, die Bittsteller zu ignorieren. Sie interessierten mich nicht, denn ich war mir sicher, dass Israels Soldaten sie hindern würden, Elias Ideen mit Waffengewalt in die Tat umzusetzen.

Doch ich musste erleben, wie meinen Mann jede Nacht heftige Zweifel plagten. Was, wenn die Soldaten ihm nicht gehorchten? Wie viele Söhne aus vornehmen Familien, die leitende Posten in der Armee bekleideten, verehrten Baal und Aschera? Es waren viele. Aber waren es auch genug, um einen Aufstand zu verhindern? Obgleich jedes meiner Worte einen bitteren Nachgeschmack hinterließ, war ich eines Tages einverstanden, dass Ahab den Gefangenen freiließ.

»Ich fürchte, es ist die einzige Möglichkeit.« Ahab hielt mich in den Armen. »Vielleicht wird es ihm ja eine Warnung sein.«

»Bestimmt nicht.« Ich schüttelte den Kopf. »Es wird ihn vielmehr bestärken. Er weiß jetzt, dass der König von Israel ein zahnloser Löwe ist und keine Macht über ihn hat.«

»Wenn er den Palast verlässt, werden wir ihn beschatten, und sobald er auch nur die Hand gegen eine Priesterin erhebt, werden meine Soldaten ihn töten.«

Als Elia das Gefängnis verließ, blinzelte er in die grelle Sonne und schlich gebeugt davon, obwohl er gerade eben noch stark wie eine Eiche vor uns gestanden hatte. Aber mich täuschte er nicht. Sein Stolz würde wiederkehren, und mit ihm die Mordlust. Ohne jedes Aufsehen macht er sich davon, aber unsere Spione folgten ihm, beschatteten jeden seiner Schritte und merkten sich alle Häuser, in denen er Unterschlupf suchte. Doch eines Nachmittags, mitten zwischen feilschenden Menschen und dem Rauch der Küchenfeuer, verlor sich seine Spur im überfüllten Bazar.

Bestimmt hätte mich diese Schlappe weit mehr erregt, wenn nicht gleichzeitig neue Probleme meine Tage getrübt hätten. Tag für Tag spannte sich über Israel ein endlos blauer Himmel. Seit mehr als einem Jahr war kein Tropfen Regen mehr auf die dürre Erde gefallen. Die Bauern berichteten, dass sogar die starken Zebuochsen den harten Boden nicht mehr durchdringen konnten. Eine grausame Hungersnot forderte große Opfer unter den Viehbeständen. In der Stadt und auf dem Land wurde gleichermaßen gehungert. Reiche Bauern verarmten, und arme wurden durch die Dürre heimatlos.

Zur Zeit der Ernte war ich sehr nervös, denn es war heiß, und die Menschen waren hungrig und erschöpft. Wie eine endlose Karawane reihten sich die Tage aneinander. Bei Hof wurden so gut wie keine Streitfälle mehr geschlichtet, denn wenn das Wasser knapp war, konnte sich keiner die Reise nach Sichem leisten. Niemand verließ freiwillig den Schatten der Zelte oder Häuser oder ließ gar seine Herden im Stich, die vor Durst und Hunger blökten. Selbst die Ochsen und Schafe des Königs hungerten und verendeten.

Anfangs war ich fasziniert. In Tyrus war Regen eher lästig, denn er verhinderte, dass Schiffe in den Häfen anlegten. Auch die Brieftauben mussten auf besseres Wetter warten, bis sie die an ihren Flügeln befestigten Botschaften in alle Welt tragen konnten. Nie hätte ich mir träumen lassen, dass sogar mein eigener Mann eines Tages seine Tiere zu besseren Weiden führen müsste. Als Ahab beschloss, zusammen mit Obadia das Vieh wegzutreiben, um neuen Weidegrund zu suchen, geriet ich in Panik. Ich schloss die Augen und schmeckte Salbei im Wind.

»Etwas Schreckliches wird passieren«, sagte ich.

Ahab umfasste meine Schultern und sah mir in die Augen. »Warum sagst du so etwas?«

»Das fühle ich in meinem Inneren«, antwortete ich.

Lächelnd ließ Ahab die Arme sinken. »Das ist nur das Kind, Isebel.«

»Nein!«, rief ich lauter als beabsichtigt, so dass Ahab erschrocken einen Schritt zurück trat. »Ich fühle es. Ich schmecke es im Wind. Es ist eine Warnung, Ahab.«

»Und wonach schmeckt der Wind?«, fragte er leise.

»Nach Verrat.« Nachdenklich sah Ahab mich an. »Gehe du nach Norden, Richtung Megiddo«, schärfte ich ihm ein, »und sende Obadia nach Süden.«

»Und warum?«

Ich konnte es nicht sagen. Oder hätte ich sagen sollen, dass die Antwort bitter und stark wie Salbei schmeckte? Die Tyrer sind Meister des Himmels, denn sie haben als Erste den Lauf der Sterne erforscht. Sie kennen die Phasen des Mondes, die die Gezeiten steuern. Außerdem lesen sie im Wind. Wie hätte ich Ahab den unterschiedlichen Geschmack des Windes erklären können, wo er doch nur Safran und Hitze kannte?

»Vertraue mir, Ahab. Bitte!«

Ahab schickte nach Obadia.

»Ich werde nach Norden gehen, und du führst die Herden nach Süden«, erklärte er.

Deutlich machte sich Enttäuschung auf Obadias Gesicht breit. In diesem Augenblick wusste ich, dass er mit dem Propheten Elia unter einer Decke steckte.

Als mein Mann und Obadia den Palast verlassen hatten, legte ich mein prachtvollstes Gewand an und trotz meines umfangreichen Leibs einen Gürtel mit wertvollen Juwelen und meinem neuen Siegel. Bevor ich meine Räume verließ, flüsterte ich Innascha meinen Plan ins Ohr.

»Seid vorsichtig, meine Königin.« Sie rang die Hände.

»Versprochen.«

Ich begab mich in den westlichen Flügel des Palasts, wo Obadias Räume lagen. Einige seiner Männer standen vor der Tür Wache.

»Tretet zur Seite!«, befahl ich mit finsterem Blick.

»Aber, meine Königin …«

»Tretet zur Seite!«, schrie ich, worauf die in Leder und Metall gekleideten Soldaten hastig gehorchten.

Ich hatte nicht die leiseste Ahnung, wonach genau ich in den

Räumen suchen sollte. Ich erblickte Tische, einige Stühle, Kommoden und Amphoren, doch nichts, was auf den ersten Blick verdächtig gewesen wäre. Und erst recht nichts, was auf eine Zusammenarbeit mit dem Thisbiter hindeutete. Trotzdem überkam mich ein Gefühl der Macht, als ich Schubladen öffnete, die mir nicht gehörten, und zwischen Wäsche und unter Öllampen, löwenköpfigen Gefäßen und Schachteln suchte. Ich drehte jeden Gegenstand um, aber stets fand ich nur Ahabs Siegel – *lmlk* als Abkürzung für *la-melekh* – Eigentum des Königs.

Je länger sich die Suche hinzog, desto größer wurd meine Sorge. Natürlich würden die Soldaten Obadia Bericht erstatten. Und wenn ich nichts fand und der Statthalter sich bei Ahab beklagte, würde mein Mann mir nie mehr glauben, dass ich im Wind lesen konnte. Verbissen suchte ich weiter. Unter Decken, Körben und sogar unter dem purpurfarbenen Teppich. Je mehr Zeit verstrich, desto verzweifelter wurde ich. Vielleicht war mein Verdacht ja wirklich unbegründet, überlegte ich. Auf dem Weg zur Tür hielt ich kurz inne, um mein Haar zu richten, und erblickte im Metall einer Dose eine junge Frau mit entschlossener Miene und durchdringenden schwarzen Augen. Im selben Moment fiel mein Blick auf eine leere Tonflasche auf dem Tisch. Ich hatte sie nicht überprüft, weil sich nichts darin befand. Doch was, wenn das Geheimnis nicht in der Flasche war? Wenn es sich ganz woanders befand?

Ich umschloss die Flasche mit beiden Händen. Sie war zart wie eine Eierschale und mit einer stellenweise glänzenden Glasur überzogen. Sie war völlig anders als die übrigen sandfarbenen Gefäße, die ohne Zweifel aus den Brennöfen von Megiddo stammten. Dass die kleine Flasche leer war, hatte ich gleich zu Beginn meiner Suche festgestellt, doch als ich sie umdrehte, entdeckte ich auf der Unterseite eine winzige Schrift. *Eine Botschaft!* Fast hätte ich es hinausgeschrien. Zum Glück konnte ich so gut wie jeder Mann lesen. Schließlich waren die Phönizier unter den Ersten, die aus Zeichen ein Alphabet formten. Mein Herz schlug wie die Schwingen eines Raben, als ich die groben Zeichen entzifferte. Es ging um hundert Männer in einer Höhle, allesamt Propheten Jahwes. Offenbar ein Hinterhalt für den König. Ich drehte die Flasche weiter und entdeckte seitlich weitere Zeichen. *Elia* las ich und *Süden.* Hastig drehte ich noch einmal jedes Gefäß und jede Amphore um. Mein Kopf dröhnte. Wie hinterhältig, so mit Elia zu kommunizieren! Wer verdächtigte schon einen Diener, der mit einem Gefäß im Arm den Palast verließ?

Noch während ich suchte, wurde mir klar, dass der Statthalter mit Sicherheit nicht so dumm war, die Beweise in seinen Räumen aufzubewahren. Das Fläschchen, das ich in Händen hielt, war der *einzige* Beweis! In großer Eile verließ ich daraufhin Obadias Räume und rief auf der Stelle die vertrautesten Diener und Soldaten meines Mannes zusammen.

»Meldet dem König, dass Obadia ein Verräter ist.«

Der Älteste der Männer schüttelte vehement den Kopf. »Ein Verräter?«

»Ja. Sieh her!« Ich zeigte ihm das Beweisstück, worauf der Mann augenblicklich verstummte. »Sprecht mit niemandem darüber«, schärfte ich den Männern ein. »Ahab muss Obadia damit überraschen.«

Als ich in meine Räume zurückkehrte, konnte ich Innascha nirgends finden. Was, wenn Elia und seine Männer nach Norden marschierten? Konnte Ahab einen solchen Ansturm abwehren, da ihn ja nur zwanzig Soldaten begleiteten? Was hatte Elia Obadia für den Verrat geboten? Etwa den Thron? Mein Herz pochte wie wild, und in meiner Verzweiflung richtete ich ein erstes stummes Gebet zu Anat. Wo um alles in der Welt war Innascha? Unruhig lief ich auf und ab. Wahrscheinlich saß sie bei den anderen Frauen, oder sie half bei einer Geburt. Die Frauen hatten Innascha längst als eine der Ihren akzeptiert, was sie ja auch war. Ich dagegen war ganz anders als die Frauen dieses Landes – ganz gleich, ob arm oder reich.

Genau wie die Königin von Saba war ich eine Fremde im fremden Land. Ich hatte Ahab einmal gebeten, mir zu erzählen, wie König Salomo die Königin in seinem Palast in Tirsa verführt hatte, wo auch Ahabs Vater Omri lange Jahre regiert hatte. Damals hatte Ahab versprochen, mir den Palast einmal zu zeigen. Doch was sollte werden, wenn Ahab ermordet wurde? Was, wenn er von Obadia gestürzt wurde? Dann waren ich und mein Kind in größter Gefahr. Ahabs Kind, das in meinem Bauch heranwuchs und womöglich nie das Licht der Welt erblickte.

Meine Angst schmeckte plötzlich so bitter wie der Wind, dass ich mich aus dem Fenster beugen und mich übergeben musste. Noch im gleichen Moment wischte ich mir die kleinen Spuckeflecken vom Kleid und schämte mich. Ich – eine Tochter der Aschera! Eine Tochter Baals! Aber wo war der Gott des Regens und des Sturms? Hatte er mich verlassen? Hatte er Ahab auf der Suche nach fruchtbarem Land in den Tod geschickt? Mein Zorn gegen Baals Untätigkeit wuchs. Wo blieb das Wasser? Wo die Stürme? Ich schleuderte den Kronreif zu Boden und rannte barfuß wie eine Bettlerin aus dem Palast.

Die Wachen versuchten zwar, mich in den Palast zurückzubringen, damit ich ruhen konnte. Aber genau das konnte ich nicht. Im Gegenteil. Ich harrte die ganze Nacht in ihrer Gesellschaft aus. Und als meine Augen gegen Morgen den Frühdunst noch kaum durchdringen konnten, sah ich jemanden kommen. Eine hohe Gestalt inmitten der Männer, die ich nach ihm ausgeschickt hatte.

»Ahab!«, schrie ich so laut, dass mir meine eigene Stimme in den Ohren schrillte. »Öffnet die Tore!« Wie abgezehrt er war! Und wie verzweifelt angesichts der Nachricht. Ich rannte zu ihm und schloss ihn in die Arme. Er sah mir lange in die Augen, und auf dem Weg in den Palast flüsterte er mir seinen Dank ins Ohr.

Statt die Einzelheiten zu besprechen, sanken wir einander nur wortlos in die Arme und liebten uns wieder und wieder. Vor Erlösung strömten mir die Tränen über das Gesicht und tilgten auch den letzten Rest von Schminke.

Doch selbst der überwältigendste Augenblick findet irgendwann ein Ende. Und so kleideten wir uns an und sahen den Tatsachen ins Auge. Der eindeutige Beweis betrübte Ahab zutiefst, und ich bereute schon fast, dass ich dazu beigetragen hatte. Aber ich bereute nicht, dass ich Ahabs Leben gerettet hatte.

Als der Statthalter mit der Herde zurückkehrte – drei Ochsen und vierzig Schafe hatte er unterwegs eingebüßt –, schickte man vergeblich nach mir. Ahab berichtete mir später, dass Obadia behauptet hätte, Elia in den Hügeln südlich von Sichem aufgespürt zu haben. Auf die Frage nach den Anhängern hätte Obadia nur den Kopf geschüttelt. »Keine Anhänger? Keine Soldaten?«, hatte Ahab gefragt, aber wieder nur Kopfschütteln geerntet. Daraufhin hatte Ahab Obadia mit einem einzigen Satz seines Postens enthoben und zum Tode verurteilt. »*Mot Yumat.*«

Noch am selben Tag übernahm ein junger, sehr engagierter und verlässlicher Mann Obadias Posten. Er hieß Jachin und trug einen gepflegten Bart und praktische Kleidung. Trotz seiner kühlen, nüchternen Art gefiel er mir vom ersten Augenblick an. Dieser Mann hatte keine Ambitionen auf den Thron und offenbar auch keine Vorbehalte gegen mich als Königin an Ahabs Seite.

Ich hasste Elia inzwischen so sehr, als ob er mein Kind hätte töten wollen. Trotzdem gestattete Ahab mir nicht, dieselben Worte auszusprechen, die Obadias Leben beendet hatten. Diese Auseinandersetzung war der einzige Streit, den wir jemals hatten. Man konnte es bis in die Küche hören, als ich den Tod des Thisbiters forderte. Aber Ahab saß nur still da und schüttelte den Kopf.

»Aber er hat versucht, dich zu töten! Und er wollte deinen Thron dem *Statthalter* zuschanzen!«

Ahab sagte noch immer nichts. Erst als ich meine Stimme zum

Flüsterton gemäßigt hatte, kam er zu mir und nahm mich in die Arme. Ich weinte vor Wut, und mein Zorn fraß mich dermaßen auf, dass Innascha sich während der nächsten Wochen ersthaft um mich sorgte.

»Ihr esst nicht, Ihr schlaft nicht, und Ihr sagt kein Wort, meine Königin. Das ist ungesund und schadet dem Kind.«

Ich gab keine Antwort. Stattdessen drehte ich mein Gesicht zur Wand und schloss die Augen. Ich hatte das Gefühl, im Safranwind zu ersticken. Seit Wochen, seit Obadias Verrat, war Ascheras Stimme verstummt.

Am Tag darauf schlug Ahab wütend seine Faust in die Handfläche. »Genug!«, hörte ich ihn draußen vor der Tür schimpfen, als Innascha ihm berichtete, dass ich wieder nichts gegessen hatte. »Wir reisen in den Palast von Jesreel. Dort wird sie Obadia ein für allemal vergessen.«

Als ich das hörte, war mein Appetit augenblicklich wieder da. Ich stützte mich auf und kehrte in die Welt zurück. Jesreel? Ich schloss die Augen und stellte mir vor, wie ich mein elfenbeinernes Gefängnis verließ. Dabei lag Jesreel nur ein paar Stunden von Sichem entfernt.

Ahab kam herein und berichtete mir von seinem Plan. »Du wirst Obadia schnell vergessen. Außerdem werden wir auf dem Weg nach Jesreel den ersten Palast meines Vaters in Tirsa besuchen.«

Dorthin war die Königin von Saba mit ihrer Karawane, fremden Menschen und wilden Tieren gereist. In kürzester Zeit gewann ich meine Kräfte wieder. Ich freute mich sehr, Sichem hinter mir zu lassen, und überlegte, was alles für die Reise eingepackt werden musste.

»Bin ich froh, dass du endlich wieder etwas zu dir nimmst.« Erleichtert legte Ahab mir die Hand auf den Bauch, in dem sein Kind heranwuchs. »Ich habe schon um dein Leben gefürchtet, liebe Isebel. Als du geweint hast, meinte ich zu sehen, wie Mot sich über dich beugte.« Inzwischen war der Gott der Unfruchtbarkeit und des Todes und Mörder Baals verscheucht. Und so wie Baal auferstanden war, besserte sich auch meine Stimmung. In Kürze würden wir Sichem wie eine abgelegte Schlangenhaut hinter uns lassen!

Am Nachmittag, als die Diener und Dienerinnen packten und die Kamele beluden, ergingen Ahab und ich uns im Garten. Von weitem vernahmen wir die Schreie einer Frau, die öffentlich wegen Ehebruchs beschimpft wurde. Stück für Stück riss man ihr die Kleider vom Leib und stellte die Schamlose vor aller Augen zur Schau. Männern drohte nichts dergleichen. Doch mit Ahabs Königssiegel hatte ich zumindest untersagt, dass Frauen bis zum Hals eingegraben und zu Tode gesteinigt wurden. Gegen die öffentliche Empörung ließ sich jedoch nichts ausrichten, weil die Ältesten der Familien auf einer gewissen Bestrafung bestanden, um ihre Frauen Sitten und Anstand zu lehren.

Im Palast rannten die Diener durcheinander und packten die letzten Kleider und Salben in Körbe und Kisten.

»Wurde meine Schminke auch verpackt?«, fragte ich, und ein Mädchen erklärte mir, auf welchem Kamel sich meine Sachen befanden.

Im Lauf der Zeit hatte ich mich immer besser an den wiegenden Gang und den seltsamen Höcker der Tiere gewöhnt und sah der Reise voll Zuversicht entgegen. Als wir die Stadt Richtung Norden verließen, fühlte ich mich an meine Reise von Tyrus nach Sichem erinnert. Wieder einmal fragte ich mich, was wohl inzwischen aus Dido geworden war. Ich hatte König Ethbaal durch Boten von meiner Schwangerschaft unterrichtet und sah sein glückliches Gesicht im Geiste vor mir. Bei diesem Gedanken stimmte ich nur zu gern in die Loblieder der Priesterinnen und Priester ein, die uns auch auf dieser Reise Gesellschaft leisteten. Der Geruch von Kameldung und verbranntem Holz machte mir allerdings klar, dass ich mich noch immer nicht an diese Gerüche gewöhnt hatte. Dafür erblickte ich an jeder größeren Wegkreuzung grob behauene Ascherapfähle aus Olivenholz, was mich sehr glücklich machte.

»Du wirst sehen, die vornehmen Familien besitzen wunderbare, seidenweich polierte Ascheras aus Akazienholz«, sagte Ahab.

Als Tirsa in der Ferne vor uns auftauchte, erinnerte mich die massige Erscheinung unwillkürlich an den Riesen, den David einst besiegt hatte. Als ich beeindruckt Luft holte, schmunzelte Ahab. Sphingen bewachten den Eingang des Palasts, in dem König Salomo vor dreihundert Jahren regiert hatte, und auf dem Weg zum Thronsaal starrten goldene Abbilder des Stiergottes El von ihren erhöhten Nischen auf uns herab.

Heute war von der damaligen Pracht allerdings nichts mehr übrig, denn der größte Teil der Schätze war als Tribut an die Eroberer gezahlt worden. Nur der Thronsessel stand wegen seines Gewichts noch an seinem Platz. Geflügelte Kreaturen trugen den Sitz, und ihre weiblichen Gesichter starrten demütig auf die Vorderpfoten hinunter. Ahab nannte sie Engel, aber für mich waren es Sphingen. Ich war mit allem, was König Salomo anging, sehr vertraut, denn während seiner Regierungszeit hatte der Handel mit Tyrus geblüht. Außerdem war König Salomo der Bundesgenosse von König Hiram, meinem berühmten Vorfahren.

Ahab machte es sich auf dem Thron von Salomo bequem, aber ich wanderte weiter durch Dutzende von Zimmern, die sich an den Thronsaal anschlossen. Irgendwie erinnerte mich der Palast an einen Bienenstock, allerdings ohne die Königin. Salomo hatte dreihundert Frauen besessen. Und siebenhundert Geliebte. Wie wohl damals das Leben am Hof gewesen war? Ich suchte nach Überbleibseln, nach einer Haarlocke zum Beispiel, einem Stückchen Faden oder vielleicht sogar einem Webstuhl. Doch vergeblich. Nicht eine einzige Truhe hatte die langen Jahre überlebt. Trotzdem sah ich wunderschöne fremde Frauen vor mir, als ich das Becken im Innenhof erblickte, wo sie wahrscheinlich gebadet hatten. Das Wasser war klar und der Boden mit bemalten Fliesen belegt. Ich ging nach draußen und tauchte meine Hände ins Wasser. Meine Diener beäugten mich misstrauisch, aber sie sahen nicht, was ich sah. Im reflektierenden Wasser spiegelten sich die Gesichter lachender Frauen mit onyx-, topas- oder perlmuttfarbenen Augen. Kein Mensch konnte ahnen, wie nahe ich mich diesen fremden Schönheiten fühlte, die vor so langer Zeit in diesen Räumen gelebt hatten. Wo hatte wohl die Königin von Saba gewohnt? Sicher nicht in Salomos Harem.

Im Inneren des Palasts stand ich irgendwann in einem Zimmer, das mit Sicherheit König Salomo bewohnt hatte. Ich betrachtete das riesige geschnitzte Bett und malte mir aus, wie die Königin von Saba ihn verführt hatte. Sie musste eine mächtige Frau gewesen sein, dass sie so viele Jahre in der Erinnerung der Israeliten überdauert hatte. In einem wehenden Vorhang erkannte ich die Bewegung ihrer Hüften, und auf dem Bett meinte ich das schwere schwarzseidene Haar zu sehen. Ich schickte nach Innascha. Mich interessierte, was Ahabs Volk von der Königin hielt, die aus Marib bis nach Israel gereist war, um einen reichen und weisen König zu besuchen. Salomos Ruhm war damals sogar über das Rote Meer hinaus bis ins Goldland Ophir gedrungen.

»Ihr bestaunt die Königin«, antwortete Innascha lächelnd. Sonnenstreifen fielen durch die Öffnungen in der Mauer und beleuchteten kunstvoll bemalte Kacheln. Innascha ging es wie mir. Auch sie sah das wunderschöne Gesicht von Salomos Geliebter im Widerschein der Sonnenstrahlen vor sich. »Die Königin von Saba kam hierher, um mit König Salomo über Karawanenstraßen und Gewürzlieferungen zu sprechen. Man sagt, dass nicht einmal König Salomo die gehaltvollen Kräuter und Gewürze vertragen hat. Sie wurden damals in großen Kisten bis in die Häfen von Sidon und Tyrus geschickt und dort verkauft.«

Ich verrenkte mir den Hals, um die großen Stierstatuen zu bewundern. Überall standen Körbe voll weggeworfener Statuetten und beschädigter Amphoren herum. »Man erzählt sich, dass ihre Karawane so groß war wie keine zuvor«, sagte ich und dachte dabei an die vielen fremdländischen Frauen, mit denen Salomo sich umgeben hatte. Sogar Pharao Herihor von Ägypten hatte König Salomo eine seiner Töchter zur Frau gegeben, was Israel als Mitgift den Hafen von Gezer eingebracht hat. Im Gefolge dieser Prinzessin waren auch die ersten Paviane nach Israel gelangt, die damals in Ägypten als Haustiere gehalten wurden.

»Wusstet Ihr«, bemerkte Innascha, »dass die Diener der Königin ganz in Gold gekleidet waren und ihre Frauen so viele Juwelen trugen, dass sie sogar die Sonne blendeten?«

Wo waren nur alle diese Reichtümer geblieben? Nur die Götterbilder hatten bis in unsere Tage ihren Platz behauptet. »Haben die Israeliten die Königin eigentlich geachtet?«, fragte ich.

Meine Amme wusste sehr genau, was mich quälte, und schüttelte warnend den Kopf. »Die Geschichte vergisst zuweilen, dass sich im Leben Gutes und Böses ergänzen, und erinnert sich nur an das eine oder das andere. Die Königin von Saba war nur eine unter vielen fremdländischen Frauen. Ihr dagegen werdet immer die einzige ›fremde‹ Königin bleiben, denn Ihr seid Ahabs einzige Frau.«

War das ein Fluch? Oder ein Segen? Ich strich Innascha zärtlich über das Haar und kehrte zu meinem Mann in den Thronsaal zurück. Mir war klar, dass es nicht nur mein Aussehen war, was mich von den Menschen in Israel unterschied. In Tyrus hatte ich unterschiedlichste Haarfarben gesehen. Auch Haare, die wie reines Gold schimmerten. Man hatte wilde Tiere entladen, die mich bis in meine Träume verfolgten, und unglaubliche Schätze aus dem weit entfernten Ägypten. Wenn es hier ein Meer gäbe, dass solche Dinge irgendwo anschwemmt, wäre ich längst nicht mehr so fremd. Aber diese geheimen Gedanken vertraute ich niemandem an. Nicht einmal meinem Mann.

In dieser Nacht schlief ich sehr unruhig. Im Traum hörte ich

Stimmen, bis ich völlig verschwitzt aufwachte, weil mir plötzlich kalt war. Ich zündete eine Öllampe an und schlich in den Hof, wo ich am Nachmittag noch meine Hände im kühlen Brunnen gebadet hatte. Unzählige Sterne flimmerten wie verstreute Juwelen auf der Palette der Götter, und die Nachfahren von Salomos Pfauen spreizten ihr blau schillerndes Gefieder. Als sie aus dem Brunnen tranken, bemerkte ich aus dem Augenwinkel eine Bewegung und zuckte zusammen. Von der Dienerschaft war weit und breit niemand zu sehen. Ich stand wie erstarrt – vermutlich nur kurze Zeit, aber mir war, als ob es die ganze Nacht gedauert hätte.

Und dann sah ich sie. Aus einem bleichen Gesicht blickten mich über die dunkle Wasserfläche hinweg sehnsuchtsvolle Augen an. Ohne dass sie etwas sagte, wusste ich, wer sie war. Sie winkte, doch ich hatte Bedenken, ihr zu folgen. Was, wenn sie ein Dämon war? Was, wenn sie mich in die Unterwelt entführen wollte, wo man mir die Kleider herunterreißen und meinen Leib wie den der Anat zur Schau stellen würde, wie es die alten Geschichten des Tempels berichteten? Doch ganz gegen meinen Willen setzten sich meine Füße in Bewegung, und ich folgte der Gestalt wie ein Kind seiner Mutter folgt.

Die durchsichtige Gestalt glitt durch die Räume und führte mich bis in ein kleines Gemach links vom Thronsaal, wo sie auf einen rot und blau bemalten Korb deutete. Ich sah sie an, sah eigentlich durch sie hindurch und stellte fest, dass ihre Ausstrahlung schöner war als ihre Züge. Das blasse Gesicht nickte. Ich griff in den Korb, obwohl ich insgeheim fürchtete, dass sich plötzlich eine Schlange um meinen Arm winden würde. Stattdessen ertastete ich etwas Hartes. Im Licht meiner Öllampe entpuppte es sich als wunderschönes Döschen mit Perlmutteinlagen. Ich starrte noch wie gebannt darauf, als plötzlich ein Lufthauch durch den Raum wehte und meine Lampe löschte. Ich hob den Kopf, doch der Geist war verschwunden.

Als Ahab mich am Morgen darauf mit Küssen weckte, erinnerte ich mich augenblicklich wieder an meine Träume und den sagenhaften Reichtum, den König Salomo auf Kosten seines darbenden Volkes angehäuft hatte.

»Aber Isebel, wo kommt denn das her?«, fragte Ahab verwundert.

Ich war noch viel zu schläfrig, um die Augen zu öffnen. »Was denn?«, murmelte ich. Doch dann siegte die Neugier. Ich sah, wie Ahab die kleine Dose mit Perlmuttintarsien öffnete und eine rabenschwarze Haarlocke hervorholte. Bei genauerem Hinsehen waren es jedoch zwei kunstvoll verbundene Locken, wie Braut und Bräutigam sie gern in ihrer Hochzeitsnacht flochten. Ich streckte meine Hand nach der Dose aus und strich sacht über den lange vergessenen Schatz. Ich wusste, dass eine der Locken ihr gehört hatte.

»Wo hast du das her?«, fragte Ahab.

Ich lächelte. »In der vergangenen Nacht hat sie mich besucht.«

Ahab war verwirrt. »Wer?«, fragte er dann vorsichtig.

»Die Königin.«

»Die Königin von Saba?«, fragte er ungläubig.

»Ja, Ahab.« Ich lachte. Ich legte die Locke in die Dose zurück und brachte diese wieder in ihr Versteck, wo sie bleiben sollte, so lange Tirsa existierte. Ahab sagte zwar nie, dass ich das seiner Meinung nach geträumt hätte, aber ich wusste, dass er alles meiner Wut auf den Propheten aus Thisbe zuschob. Mir war das einerlei, denn Innascha glaubte mir. Bis zu unserer Abreise sieben Tage später sah ich die Gestalt nicht wieder. Doch ich bin mir sicher, dass sie mir auch zur Seite gestanden hat, als die Ältesten des Hauses Schehan um Gerechtigkeit nachsuchten.

Am Morgen, als die Ältesten in den Palast kamen, war ein Ochse geopfert worden, und ich musste den beißenden Gestank ertragen, bis der Statthalter den Kadaver sieben Stunden später endlich beseitigen ließ. Nicht einmal der Weihrauch, der Tag und Nacht verbrannt wurde, konnte den Gestank vertreiben. Wenn die Ältesten nicht genau in diesem Moment erschienen wären, hätte ich die Verantwortlichen persönlich zur Rechenschaft gezogen.

Obwohl ich mein Gesicht mit einem Schleier bedeckte und mir ein Tuch gegen den Mund presste, stank es schlimmer als verbranntes Fleisch. Die Ältesten verneigten sich vor Ahab. Einer verbeugte sich außerdem vor mir, was ich darauf zurückführte, dass sie von meinem Einfluss erfahren hatten.

»Von Schehan bis Tirsa ist es ein weiter Weg«, sagte Ahab.

»Das ist wahr«, bestätigten die Männer.

Schließlich trat der nach vorn, der seinen Ärger nur mühsam beherrschte. »Mein König, unserer Familie ist großes Unrecht geschehen.«

»Sprich«, entgegnete Ahab.

»Ich bin Arza, der erste Sohn von Anan.«

Ich hob die Brauen und nahm den Schleier ab, denn von diesem Arza, Sohn des Anan, hatte ich schon gehört. Er genoss großes Ansehen bei seiner Familie, hatte neun Söhne gezeugt und drei Häuser gebaut. In Tyrus wäre ein so vornehmer Mann Hoherpriester geworden.

»Der Sohn dieses Mannes hier hat meine Tochter verführt«, klagte der Mann und lief vor Zorn rot an. »Trotzdem weigert er sich gegen den Willen seines Vaters und gegen den Willen meiner Familie, meine Tochter zu heiraten.«

»Entspricht das der Wahrheit?«, wollte Ahab wissen.

Der Sohn, der durchaus intelligent aussah, nickte. »Mein König, ich möchte Baalpriester werden und nicht der Ehemann von Arzas Tochter.«

Ahab runzelte die Brauen. »Du wolltest dich also schon einmal auf deine Rolle vorbereiten?«

Ich lachte, aber die beiden Ältesten konnten mir nicht folgen. Der junge Mann starrte auf seine Sandalen hinunter.

»Sohn des Anan, willst du wirklich, dass dieser Mann zu deiner Familie gehört?«, fragte Ahab ungläubig.

»Er hat meine Tochter verführt, und sie hat ihm gehorcht. Mir bleibt keine andere Wahl.«

»Und wie steht es mit dem Vater dieses jungen Mannes? Warum hat er sich nicht vorgestellt?«

»Mein König, ich bin Jamin, der Sohn von Jamin.«

»Willst du, dass dein Sohn die Tochter des Nachbarn heiratet?«, fragte Ahab.

»Er hat mit ihr im Bett gelegen, und deshalb muss er sie zur Frau nehmen.«

Ahab öffnete den Mund, und ich wusste, dass er die Eheschließung verkünden wollte.

»Warte«, sagte ich. »Wo ist das Mädchen?«

Schweigend und ratlos sahen die Männer einander an.

»Das Mädchen!«, rief ich, als sie nicht antworteten.

»Sie befindet sich in der Obhut der Diener«, erklärte ihr Vater. Das Wort »natürlich« verschluckte er gerade noch.

»Und warum ist nur der junge Mann hier«, fragte ich, »und nicht auch das Mädchen, wo es doch um ihre Zukunft geht? Hat sie etwa keinen Grund, bei diesem Gespräch anwesend zu sein?«

Die beiden Familienoberhäupter rissen die Augen auf, und ihre Bärte zitterten.

»Bringe Arzas Tochter herein«, befahl ich, und der *mazkir* beeilte sich, meinem Wunsch zu entsprechen. Als das Mädchen eintrat, wurde der junge Mann sichtlich unruhig, als ob Flöhe ihn bissen. Das Mädchen war fast noch ein Kind. Mit offenem Mund bestaunte sie die getäfelten Wände und das viele Gold. Der Vater sah seine Kleine mit scharfem Blick an, worauf sie ergeben den Kopf senkte.

»Wie heißt du?«, fragte ich.

Die Kleine sah nicht auf. »Sarai.«

»Sarai, möchtest du den Mann heiraten, der dich verführt hat?«

»Ich habe mit dem Sohn Jamins das Bett geteilt, also muss ich seine Frau werden.«

Ich schwieg, während die anderen einander ansahen und Sarai weiterhin zu Boden starrte.

»Sarai«, begann ich noch einmal, »komm mit.«

Ich stand auf und ergriff die Hand der Kleinen. Ihr Vater stürzte auf mich zu, um sein Kind zu schützen, doch ich funkelte ihn nur an und ging mit seiner Tochter in den kleinen Raum, wo ich in der vergangenen Nacht gewesen war.

»Sarai, sieh mir in die Augen«, sagte ich. »Liebst du Jamins Sohn?«

»Ich habe sein Bett geteilt.«

»Das bedeutet nicht, dass du ihn auch liebst. Möchtest du mit ihm Kinder bekommen?«

Sarai schwieg.

»Was möchtest du, Sarai?«

Wieder schwieg die Kleine. Ich wurde nervös, doch dann überkam mich plötzlich eine unglaubliche Ruhe. Woher sollte dieses Kind wissen, was sein Herz begehrte? Hatte man ihm schon jemals die Wahl gelassen?

»Sarai, möchtest du vielleicht gar nicht heiraten?«

»O doch! Ich möchte Kinder bekommen. Viele Jungen.« Die Kleine lächelte mich an.

»Wenn du willst, wirst du heute mit Jamins Sohn verheiratet, obwohl er dich nicht liebt. Denn wenn der König deinem Liebhaber die Entscheidung überließe, würde dieser dich verlassen, und du könntest nicht mehr heiraten, weil du schon einen Mann hattest. Du kannst allerdings auch Priesterin im Tempel werden.«

Sarais Augen leuchteten auf. »Priesterin?«

»Ja. Im Dienst der Aschera wirst du Liebe spenden, so oft du möchtest. Du kannst Kinder haben oder heiraten, ganz wie du willst, und den Tag lang singen und Wein ausschenken. Wofür entscheidest du dich?«

»Meine Königin.« Das Mädchen fiel auf die Knie und küsste meine Sandalen. »Ich wähle den Tempel der Aschera.«

»Das wird deinem Vater nicht gefallen, Sarai. Willst du aus freien Stücken seinem Wunsch zuwiderhandeln?«

Mit tränennassem Gesicht sah das Mädchen zu mir auf. Sarai war ein einfaches Mädchen, das ihrem Liebhaber nicht gewachsen war.

»Dein Vater wird dich verstoßen und dich eine Hure nennen«, erklärte ich ihr. »Du wirst wie ein Kind ohne Familie sein. Wenn du damit leben kannst, dann kannst du gern Priesterin werden.«

Das Mädchen überlegte einige Augenblicke. Dann formten ihre Lippen ein leises: »Das will ich.«

Ich nickte. »Dann erhebe dich.«

»Nach einiger Zeit«, flüsterte sie, »wird mein Vater seinen Zorn vergessen.«

Ich sah sie lange an. »Ich hoffe es, Sarai«, sagte ich dann. Nach kurzer Rücksprache mit Ahab wurde Arzas Tochter in den Tempel gebracht, in Myrrhe gebadet und in frisches Leinen gekleidet. Ihr Vater schimpfte und wütete gegen den Beschluss, aber ausrichten konnte er nichts. So wurde Jamins Sohn Baalpriester und Arzas Tochter eine Priesterin der Aschera. Ich dachte an die vielen Ehen, die in diesem Land erzwungen wurden, weil die Frauen keinen Tempel hatten, der sich ihrer annahm, wenn sie einen Mann nicht haben wollten. Obwohl die beiden Ältesten weder Ahab noch mich verfluchten, war das neue Leben für Sarai genau das Richtige.

Ahab und ich gingen durch die offene Säulenhalle in den Garten hinaus, wo uns der goldäugige Pfau begrüßte, und wanderten weiter über die Wege voller Sonnenflecken.

»Er mag dich.« Lachend deutete Ahab auf den Vogel, der mir überallhin folgte.

»*Er?*«, fragte ich überrascht, da in meinen Augen nur ein weibliches Wesen so schön sein konnte.

»Aber ja. Bei den Pfauen haben nur die Männer eine Schleppe. Wenn sie erwachsen sind, breiten sie die Federn zu einem Fächer auseinander und stolzieren wie die Könige um den Brunnen.« Ahab streckte seine Brust heraus, und ich brach in Lachen aus.

»Du lügst«, scherzte ich, doch Ahab schüttelte völlig ernst den Kopf.

»Ich schwöre, dass das wahr ist!«

Lächelnd atmete ich die herrlichen Düfte ein. »So muss es gerochen haben, als die Sabäer den Damm gebaut haben, um die Gewürze zu bewässern.«

»Du denkst sehr oft an die Königin von Saba, nicht wahr, Isebel?«

»Ich fühle mich an vieles erinnert. In Saba gab es auch so viele Gärten wie in Tyrus, und die Königin kam genau wie ich aus einem fremden Land nach Israel.«

»Das hat auch die Tochter des Pharaos getan. Und die anderen fremdländischen Ehefrauen Salomos ebenfalls.«

»Aber die Königin von Saba kam nicht hierher, um Salomo zu heiraten. Sie hat eine Karawane nach Israel geführt, um Handel zu treiben. Das ist ein großer Unterschied. Außerdem war sie klug.«

Lächelnd nahm Ahab meine Bewunderung zur Kenntnis.

Nach dem Zwischenspiel mit den Stammesältesten verbrachten wir einige ruhige Tage. Abgeschirmt hinter kunstvollen Gittern aus Holz genossen wir die Ruhe unter den Feigenbäumen im innersten Hof. Ein durchdringender, süßer Duft nach Feigen und Limonen hing in der Luft. Als wir am Brunnenbecken vorbeispazierten, pflückte ich mir eines der großen Feigenblätter und fächelte mir Kühlung zu. Wir tauchten unsere Füße ins silbrige Wasser und schlummerten sogar zeitweise beim melodischen Geplätscher.

Nach endlosen Gesprächen über König Salomo und die ausländische Königin schickte Ahab einen Boten nach Megiddo und ließ den klügsten Schreiber zu uns rufen. Der Mann, der uns weitere Geschichten über das Paar und Tirsa erzählen sollte, war ganz in Blau und Gold gekleidet. Breite Silberspangen schmückten seine Handgelenke, sein Bart war sorgfältig gestutzt, und farblich passende Edelsteine schmückten seine Finger. Während seines Vortrags hielt ich Ahabs Hand.

»Königin Bilkis von Saba traf als Führerin einer langen Karawane in Israel ein. Sie führte einhundertzwanzig Talente in Gold in großen polierten Kästen mit sich. Zusammen mit den Gewürzen und wertvollen Steinen war dies die kostbarste Fracht, die je nach Israel gelangt ist. In Gesellschaft der Königin reisten außerdem zahlreiche Händler und Priesterinnen. Damals war es unter Königen ein beliebtes Spiel, sich gegenseitig Rätsel aufzugeben, um Klugheit und Weisheit auf die Probe zu stellen.«

Ahab und ich wechselten einen bedeutsamen Blick.

»Und welches Rätsel hat Königin Bilkis Salomo aufgegeben?«, fragte Ahab lächelnd.

Der Schreiber schmunzelte. Diese Reise nach Tirsa würde ihn in seiner Heimat zu einem berühmten Mann machen. Natürlich würde er überall von seinem Aufenthalt im Palast des Königs berichten. Was er wohl über die Königin zu sagen hatte? Der Schreiber räusperte sich und beugte sich nach vorn.

»Am dritten Tag ihres Aufenthalts stellte die Königin folgendes Rätsel: Sieben gehen heraus, neun gehen hinein, zwei spenden den Trunk, aber nur einer trinkt.«

Ahab nagte an seiner Unterlippe, doch ich wusste die Antwort bereits.

Mein Mann gab sich geschlagen. »Und was hat Salomo geantwortet?«

»Folgendes: Sieben steht für die Tage der Menstruation, neun für die Monate der Schwangerschaft, zwei Brüste der Mutter geben Milch, und ein Kind trinkt.«

Ahab klatschte in die Hände. »So einfach!«, rief er begeistert. Dann wandte er sich zu mir um. »Du wusstest das bestimmt, nicht wahr?«

Ich lächelte. »Die Königin von Saba war eine Frau, mein lieber

Mann. Wenn ich diese Antwort nicht wüsste, hätte ich Israels Krone nicht verdient. Aber sprecht doch weiter«, forderte ich den Schreiber auf.

»Als Nächstes dachte sich die Königin eine sehr viel schwierigere Herausforderung aus. Und zwar ging es darum, Mädchen von Jungen zu unterscheiden. Angefangen von den Haaren bis zu den Schuhen kleidete sie einige Kinder völlig gleich an.« Ich kicherte bei dieser Vorstellung. »Aber König Salomo war schlau.« Die Blicke des Schreibers wanderten zwischen Ahab und mir hin und her. »Er ließ sich Nüsse und geröstete Maiskörner bringen und streute sie vor die Kinder auf den Boden. Die Jungen hoben die Nüsse und Körner auf und steckten sie sofort in den Mund, die Mädchen jedoch hockten sich hin und sammelten Nüsse und Maiskörner gewissenhaft in ihre Mützchen. Auf diese Weise konnte König Salomo die Kinder unterscheiden, und die Königin musste sich seiner Klugheit geschlagen geben.«

Ich staunte nicht schlecht. »Kein Wunder, dass Israel damals so plötzlich mächtig und groß geworden ist.«

Beim Abendessen erzählte uns der Schreiber auch Geschichten vom schändlichen Betragen König Davids, der einst in Juda gelebt hatte. Angeblich hatte er nackt auf den Straßen getanzt, den Mann seiner späteren Frau niedergestochen, der sein bester Soldat war, und eine andere Frau von ihrem Mann und ihrer jungen Familie weggerissen, nachdem er sie vorher viele Jahre lang völlig vernachlässigt hatte.

»Und Omri?«, fragte ich lächelnd. »Was gibt es von König Omri zu berichten?«

Ahab richtete sich auf, als der Name seines Vaters fiel.

Der Schreiber sah ihn an und wählte seine Worte mit Bedacht. »König Omri war ein weiser, großherziger Mann. Als Baumeister hat er den berühmten Ägyptern Konkurrenz gemacht, und als Vater wurde ihm ein wunderbarer Sohn und Erbe geschenkt.«

Ahab schnaubte in seinen Becher mit Wein. »Alles Schmeichelei«, wehrte er ab, aber er wusste, dass es der Wahrheit entsprach. Doch in Israel erachteten Könige sich nicht für besser als Schreiber oder Statthalter – als ob nicht Reichtum und Macht sie ganz klar voneinander unterschieden. Mein Vater hätte sich über solche Bescheidenheit herzlich amüsiert.

An diesem Abend ergötzten wir uns an Lamm und gewürztem Wein. Anschließend begleitete uns der Schreiber auf das Dach des Palasts, wo wir Weihrauch für die Urmutter der Menschen entzündeten. Während ich den Rauchwölkchen nachsah, hätte ich nicht glücklicher sein können. Nach vielen Monaten der Unfruchtbarkeit trug ich dank Aschera endlich ein Kind in meinem Leib. Ich meinte sogar, das Gesicht der Göttin im Mond zu sehen, und spürte, wie sie mich mit den silbrigen Strahlen streichelte.

Am Morgen bereitete der Statthalter von Tirsa die Karawane für die Reise nach Jesreel vor. Ich hatte meine feinsten Gewänder und meinen schönsten Schmuck für einen längeren Aufenthalt einpacken lassen, und war sehr aufgeregt und gespannt.

Wir verließen den Palast noch in der morgendlichen Kühle, doch von da an wurde es ständig heißer. Die zerklüfteten Berge in der Ferne schimmerten wie Wassertropfen auf einem blauseidenen Himmel. Es war keine lange Reise. Wir ritten bis Mittag, wobei Ahab sich ständig dicht neben mir hielt. In meinem Zustand auf einem Kamel zu reiten war eigentlich unmöglich. Meine Waden verkrampften sich, meine Schenkel schmerzten, und ich sehnte den Abend herbei, wenn Innaschas geölte Zauberhände meinen Rücken massierten. Manchmal hätte ich vor Ungeduld am liebsten auf jemanden eingeprügelt, aber ich besann mich. So wie die Sonne jeden Morgen unverdrossen ihr Haupt erhob, so würde auch ich die Reise nach Jesreel überstehen.

Trotz des grellen Lichts bei unserer Ankunft riss ich mir den Schleier herunter, denn ich wollte nichts verpassen. Beim Betreten der Stadt bemerkte ich als Erstes, dass hier der Opferplatz auf einem mit Gras bewachsenen Hügel lag und keine Steine die Füße meiner Diener verletzen würden, wenn sie meine Sänfte nach oben trugen. Auf dem steinernen Altar des Baal lagen die Knochen eines Lamms ohne Kopf, und direkt daneben erhob sich ein Ascherapfahl aus Zedernholz. Vom ersten Augenblick an fühlte ich eine starke Verbundenheit mit dieser Stadt und bat meinen Mann, mich unverzüglich auf die Türme des Palasts zu führen.

Auf dem höchsten Punkt breitete ich meine Arme in den Wind. Ich warf den Kopf in den Nacken und schmeckte zum ersten Mal seit meiner Ankunft in Israel wieder Salz und Mondlicht. Dann öffnete ich die Augen und betrachtete das hügelige Panorama. Ahab wies nach Westen, wo Megiddo lag, und nach Galiläa im Norden. Blendend hell glitzerte das Auge des Re auf dem Wassergraben, der den Palast umgab, und vergoldete die wehrhaften Mauern und Erdwälle.

»Wie wunderschön!«, rief ich.

»Der Graben ist zwanzig Ellen breit und zehn Ellen tief«, erklärte Ahab voller Stolz und strahlte mich an, als ob mir diese Zahlen irgendetwas sagen müssten. Ich merkte aber nur, wie stolz mein Mann auf seine Errungenschaft war. Als Nächstes erzählte er, dass er dasselbe Prinzip vor zwei Jahren auch in Hazor angewendet hätte, allerdings sei der Graben dort hundert Ellen breit und zwanzig tief.

»Du bist ein großartiger Baumeister, Ahab. Noch besser als dein Vater.«

Für meinen Mann gab es kein größeres Lob.

Wir blieben noch einige Minuten auf den Türmen und genossen den Blick über die belebten Gassen und den Bazar voller Menschen und feilschender Händler, von wo aus ein stickiger, würziger Geruch bis zu uns nach oben drang. In der Hitze des Tages flimmerte die Luft über den staubigen Tälern wie Wasser in der Wüste und stieg wie die Weihrauchsäulen im Tempel zum Himmel empor. Esel wieherten, Kinder lachten, und dazwischen hörte ich kleine Glöckchen, die die Kinder nach Hause riefen. In dieser »Stadt des Lichts«, wie Jesreel genannt wurde, würde es mir gefallen – so viel stand fest. Und tatsächlich verbrachten wir dort hinreißende Tage.

»Jesreel trägt diesen Beinamen, weil die Stadt die ganze Nacht hindurch hell erleuchtet ist. Die Öllampen verlöschen nie, und die Menschen sind immer wach und munter und freuen sich des Lebens«, erklärte Ahab.

Während des nächsten Monats wich Innascha nicht mehr von meiner Seite. Wir sprachen und lachten sehr viel und erinnerten uns oft an das frühere Leben in Tyrus.

»Damals habe ich mich stark gefühlt«, sagte ich. »Ich dachte, die Welt sei mein.«

»Und jetzt regiert Ihr die Welt, meine Königin.« Innascha massierte meinen Rücken mit ihren Händen, die sich wie weiches, geschmeidiges Leder anfühlten.

Ich lachte verlegen. »Nein, das glaube ich nur. Selbst in Jesreel fürchten sich die Leute vor der fremden Königin. Wie kann ich die Welt regieren, wenn ich nicht einmal die Herzen meiner Untertanen gewinnen kann?« In meinen Adern und in denen meiner Vorfahren floss zypriotisches Blut, das uns so fremd aussehen ließ. Ich schloss die Augen und stieß einen tiefen Seufzer aus.

Als Innascha einmal meine Füße einölte, fragte ich sie, was die Israeliten von ihrer Königin hielten. »Mag man mich eigentlich?«, wollte ich wissen, aber meine Amme lachte nur.

»Eure Diener beten Euch an«, versicherte sie, aber ich wusste, dass dies gelogen war.

»Komm, Innascha, sei ehrlich!«, drang ich eines Abends auf meine Amme ein. »Was sagen die Leute wirklich über mich?«

Innascha ließ ihre nach Thymianöl riechenden Hände sinken

und schnaufte. Als ich ihr aufmunternd zunickte, verzog sie den Mund.

»Sie haben Angst vor Euch, meine Königin.«

Ohne an meinen dicken Bauch zu denken, schoss ich in die Höhe und wäre fast vom Stuhl gefallen. Innascha eilte mir zu Hilfe und schnalzte missbilligend mit der Zunge.

»Vorsichtig, meine Königin!«, mahnte sie.

Ich konnte es einfach nicht verstehen. »Aber wovor fürchten sie sich denn?«

»Die Leute glauben, dass Ihr mächtiger seid als der König. Sie denken, dass er Euch hörig ist und Ihr in Wahrheit der König von Israel seid.«

»Aber wie ist das möglich! Du hast doch selbst gehört, was er mir geantwortet hat, als ich den Tod des Propheten gefordert habe! Des Mannes, der ihn töten wollte, Innascha!«

»Ich war nicht dabei, aber ich habe es gehört.« Innascha grinste über das ganze Gesicht und stemmte die Arme in die Hüften. »Gibt es noch ein weiteres Beispiel, dass er Euch etwas abgeschlagen hat?«

Ich dachte scharf nach, konnte mich aber auf nichts besinnen. Ich war seine einzige Frau, seine Ratgeberin und die Herrin seines Hauses. Nur Kommandeur seiner Soldaten war ich nicht. Aber ich war die Königin. Dies war mein Platz und meine Pflicht. Mein Schicksal, für das Aschera mich, laut meiner Mutter und Dido, ausersehen hatte. Und mein Vater hatte es bekräftigt. Ich konnte mir diese irrationalen Ängste wirklich nicht erklären.

Aber ich ließ nicht locker. »Wäre es ihnen lieber, wenn ich tot wäre?«

»Aber nein, meine Königin! Sie bewundern doch Eure Jugend, Eure Schönheit und Euren Mann.«

»Soll ich dann vielleicht Israelitin werden?«, presste ich heraus und war schon jetzt mit der Antwort unzufrieden.

»Sie möchten doch nur …« Lächelnd beugte sich Innascha zu

mir hinunter. »Sie wünschten, sie stünden an Eurer Stelle«, flüsterte sie mir ins Ohr.

Im Frühling brachte ich mein Kind ohne jede Komplikation auf die Welt. Ich schrie und stöhnte, Innascha ermunterte mich pausenlos, und die Hohepriesterin der Aschera sang eine Hymne auf das fruchtbare Kind des Re, in deren Hand mein Leben während der langen qualvollen Stunden lag.

Stehe ihr bei, Aschera, in deren Namen Königin Isebel
ihr Kind gebiert.
Stehe ihr bei, Aschera, Göttin des Leibes.
Stehe ihr bei, Aschera, denn du hast unsere Herrin
fruchtbar gemacht.
Stehe ihr bei, Aschera, Göttin der Geburt.

Als Ahabs Tochter geboren war, sah ich sofort, dass sie schön war. Keine Missbildungen, keine Muttermale, keine gespaltene Lippe und auch keine deformierten Ohren. Ich dankte der Göttin für dieses Geschenk, und ich dankte ihr, dass ich mein Kind behalten konnte und nicht sterben lassen musste, wie arme Mütter das mit missgestalteten Kindern taten.

Innascha wusch mein Haar, rieb meine Füße mit duftenden Essenzen ein und wickelte mich in ein Tuch, das bis zu den Sandalen herabfiel, aber meine Schultern nackt ließ. Dann tauchte sie den Pinsel tief in meine Tiegel, strich mir Kohle in ägyptischer Manier auf die Lider und schmückte meinen Hals mit Gold und Karneolen. Ich war wirklich überrascht, wie hübsch ich so kurz nach der Geburt aussah.

Ahab war überglücklich über seine erste Tochter. Wir nannten sie Athalia. Tochter der Sonne, weil noch immer kein Tropfen Regen gefallen war und die Weinberge, für die Jesreel berühmt war, völlig vertrocknet waren. Innascha war inzwischen zu alt, um ein

Kind zu nähren, aber sie fand eine Amme für das kleine rosige Mäulchen. Wenn ich das warme Hälschen meiner geliebten Tochter küsste und die Fingerchen liebkoste, die an meinen Haaren rissen, dachte ich an meine Brüder in Tyrus. Ich bedauerte es zwar ein wenig, dass Athalia nicht von einer besonders dafür ausgebildeten tyrischen Amme gesäugt wurde, aber die Israelitin Uschna, deren Brüste meine hungrige Tochter nährten, war ebenfalls eine erfahrene und kluge Person.

Uschna hatte sieben eigene Kinder zur Welt gebracht. Sie hatte breite Hüften und einen faltigen Bauch, aber ihr Gesicht war hübsch – auch wenn ihr ein paar Zähne fehlten. Vor ein paar Wochen hatte sie als siebtes Kind einen Jungen geboren. Die Nabelschnur hatte sich um seinen Hals geschlungen, so dass die olivfarbenen Wangen knallrot und seine kleinen Lippen bereits blau waren. Doch kundige Finger hatten die Nabelschnur gerade noch rechtzeitig gelöst, und heute brüllte der Kleine genauso kräftig wie jedes andere Kind.

»Es ist eine große Ehre für mich, Euch zu dienen, meine Königin. Ihr seid ja mindestens so bekannt wie König David.« Uschnas Schnabel stand keine fünf Minuten still. Viele vornehme Frauen schickten gerade deswegen nach ihr, weil das ständige Geplapper sie die Schmerzen und Qualen der Geburt schneller vergessen ließ.

Ich lächelte. »Ich hoffe doch, dass man mir nicht ganz so viele Untugenden nachsagt.«

»Das kommt ganz darauf an, wen Ihr fragt.« Uschna lachte laut. »Meine Schwester dient im Tempel der Aschera. Aber es gibt Leute, die sie beschimpfen, obwohl Priesterinnen doch eigentlich heilig sind.«

»Hast du schon von Elia gehört?« Mühsam richtete ich mich auf, weil die Erinnerung mir die Ruhe raubte.

»Meint Ihr den Mann, der in Umhängen aus Ziegenhaar und Kamelfellen herumläuft?«

»Genau den! Den Kamelhaarpropheten«, zischte ich zwischen zusammengebissenen Zähnen hervor.

»Aber natürlich kenne ich den.« Uschna war die erste Frau, die völlig freimütig mit mir sprach. »Ein Verrückter, wenn Ihr mich fragt. Er isst die Hinterlassenschaften der Hunde als Beweis für seine Hingabe an seinen Gott. Die Leute sollen glauben, dass Gott ihn als Vorbild zu den Menschen geschickt hat.«

»Und was halten die Leute davon?«

»Die Anhänger Jahwes folgen ihm wie die Schafe. Aber alle, die an Aschera glauben, machen einen großen Bogen um ihn. Jeder in Jesreel weiß, dass die tyrische Königin der größte Feind des Verrückten ist. Mir ist es ein Rätsel, dass er noch am Leben ist.«

Ich sah zu, wie meine Kleine an ihrer Brust saugte, und seufzte. Mir war es ebenfalls ein Rätsel.

Wenn Uschna Athalia stillte, hörte ich allerlei hübsche und unterhaltsame Geschichten. Zum Beispiel über Jungen, die bei der Geburt die Hebamme bepinkelten, und Mütter, die beim Anblick ihres eigenen Bluts in Ohnmacht sanken. Doch wenn Innascha nachts bei meiner kleinen Tochter wachte, erzählte sie ihr von Baal, der seine Gefährtin Aschera in einer einzigen Nacht achtundachtzigmal geliebt hatte.

Ich gesellte mich öfter zu den beiden, und dann erzählte Innascha auch andere Geschichten. Geschichten über Fehlgeburten und über ihren Mann mit den verzauberten Händen, der sehr früh gestorben war. Ich konnte mich fast nicht mehr an ihn erinnern, aber ich erfuhr, dass sein Können nichts mit Zauberei zu tun hatte. Er kannte sich nur bestens mit Heilkräutern, Essenzen und Ölen aus und rührte wirksame Mittel gegen Magen- und Kopfschmerzen an. Innascha erinnerte sich noch gut daran, wie ihr Mann im Hafen seltene Kräuter für den König besorgt, ihre Wirkungsweise erforscht und niedergeschrieben hatte. Obwohl ich die Geschichte schon auswendig kannte, bat ich meine Amme, mir noch einmal zu erzählen, wie sie sich kennen gelernt hatten.

Innascha lächelte. »Ich war fünfzehn, als meine Mutter mich auf die Schule nach Sidon schickte, damit ich Hebamme bei vornehmen Leuten werde. Meine Eltern hatten viele Jahre gearbeitet, damit ich diese Schule besuchen konnte, aber als ich dort ankam, war ich eine Außenseiterin. Ich wurde wegen meines tyrischen Akzents verspottet. Ich war immer nur die ›kleine‹ Innascha, weil ich aus dem ›kleinen‹ Tyrus kam. Meine Mitschülerinnen stammten alle aus vermögenden Familien. Zweite oder dritte Töchter, die nicht besonders hübsch waren, so dass nicht sicher war, dass man sie gut verheiraten konnte. Ich verriet niemandem, dass mein Vater Bauer war und meine Mutter in einem Zelt Flachs webte. Doch selbst wenn ich die Tochter König Ethbaals gewesen wäre, hätte mir das nicht geholfen. Man schloss mich aus, weil ich aus Tyrus stammte.

Eines Tages kam ein junger Mann in unsere Schule. Man muss sich das vorstellen!« Innascha lachte. »Ein einziger Mann unter lauter Hebammen! Der König hatte ihn nach Sidon beordert, damit er uns über Kräuter zur Erleichterung der Geburt unterrichtete. Dieser Mann war jung, und er stammte aus Tyrus, das inzwischen zu Wohlstand gelangt war und mit dem Hafen von Sidon wetteiferte. Sidons Töchter hörten dem Mann nur mit halbem Ohr zu, aber ich lauschte seinen Worten, als ob Aschera persönlich zu mir spräche.

Nach dem Unterricht ging ich zu ihm und wollte weitere Einzelheiten über geheimnisvolle Kräuter wissen. Der junge Mann starrte mich an, als ob er mich zum ersten Mal sähe. Offenbar hatte er nicht mit solch großem Interesse an seinem Fachgebiet gerechnet. Als unsere Blicke sich trafen, war mir plötzlich, als ob mein Körper in Flammen stünde, und als er mich anlächelte, wusste ich, dass auch er sich in mich verliebt hatte. Er blieb bei mir in Sidon, bis ich Hebamme war, und brachte mir alles über Kräuter und Wurzeln bei. Wir lachten damals viel, was bei Paaren ja ein gutes Zeichen ist, und als ich ihn mit nach Hause brachte, war mein Vater mit unserer Verbindung einverstanden. Ein annehmbarer Brautpreis wurde entrichtet, und dann heiratete ich meinen Liebhaber.«

Die Geschichte rührte mich jedes Mal aufs Neue zu Tränen. Lange hielt ich Innaschas Hand in der meinen, und unsere Gedanken wanderten weit zurück in unser früheres Leben in Tyrus. Ob ich eines Tages mein Schicksal ebenso gefasst ertragen würde, sollte ich meinen König überleben? Ich mochte gar nicht daran denken, weil ich bestimmt nicht so tapfer sein würde wie Innascha.

Aus Anlass von Athalias Geburt veranstalteten wir ein großes Fest. Unzählige Menschen, die ich noch nie zuvor gesehen hatte, versammelten sich im Palast. Gäste aus Juda, Dan und Sichem brachten Öl, Balsam und Ketten, die mein Kind allerdings erst sehr viel später würde tragen können.

»Möge Aschera die Kleine segnen und ihr ein langes Leben und große Reichtümer schenken«, wünschte die Frau des älteren Joasch aus Sichem und verbeugte sich.

Ich nickte. »Ich danke Euch, Himilco«, sagte ich, worauf die Frau die Augen aufriss. Offenbar hatte sie nicht erwartet, dass ich ihren Namen kannte.

»Euer Ruf eilt Euch weit voraus.« Ich schmunzelte, denn Himilco hatte ihrem Mann neun Kinder geschenkt.

»Möge die Göttin mit ebensolcher Gnade auf Euch blicken wie auf mich.« Himilco lächelte. Doch als ich ihr gedankt hatte, zögerte sie und blieb dann neben mir stehen. »Ich habe gehört, dass sich die Königin von Israel über die israelitischen Frauen stellt, aber ich glaube das nicht.«

»Wenn das wahr wäre und ich dieses Land so sehr verachtete, wäre ich schon vor Jahren als Hohepriesterin in meine Heimat zurückgekehrt«, erklärte ich. Seit der Geburt meiner kleinen Tochter war dies das zweite Mal, dass jemand so offen mit mir gesprochen hatte.

Himilco verabschiedete sich mit einer Verbeugung, und ich fühlte mich erfrischt wie nach einem langen Bad.

Der eindringliche Klang der Flöte schwebte durch die Räume, als Ahab meinen Arm nahm und mich zum Gastmahl führte, das verschwenderisch auf goldenen und silbernen Platten angerichtet worden war. Inzwischen hatten sich die Ältesten des Landes und ihre Familien daran gewöhnt, dass im Palast Männer und Frauen gemeinsam speisten. Süß und rein perlten die Töne von den Harfensaiten, und Zimbeln klangen durch die Nacht, als der Abend schließlich in allgemeines Singen und Tanzen mündete. Im Gegensatz zu manch anderen Frauen brauchte ich keinen Wein, um den ersten Geburtstag meiner Tochter glücklich zu feiern, denn Himilco hatte diesen Tag für immer zu meinem schönsten Fest gemacht.

Als Ahab und ich uns in der darauf folgenden Woche morgens liebten, klopfte plötzlich ein Diener an unsere Tür.

Die Nachricht, die der junge Mann überbrachte, war schrecklich, und ich weinte lange Zeit in Ahabs Armen und Innaschas Schoß.

Meine Mutter war gestorben. Einige Wochen lang hatte sie Blut gehustet, aber das hatte man mir verschwiegen. Eines Nachts hatte sie im Schlaf ihre Arme nach Mot ausgestreckt und den Gott des Todes umarmt.

»Isebel«, hauchte Ahab tröstend in mein Ohr. »Oh, Isebel!« Seine Augen standen voller Tränen. Und das wegen einer Frau, die er nur ein einziges Mal gesehen hatte und die ich kaum besser kannte. »Auch ich habe Mutter und Vater verloren«, sagte er. »Es ist ein schlimmer Augenblick, aber irgendwann müssen wir alle Mot in unsere Arme schließen. Deine Mutter ist jetzt glücklich und singt mit Aschera.«

Ich hörte seine Worte überhaupt nicht.

»Sie wird meine kleine Tochter niemals sehen«, schluchzte ich. »Und wenn ich dir noch einen Sohn schenke, wird sie das auch nie mehr erfahren.«

»Aber natürlich wird sie es erfahren. Sie kann doch jetzt immer bei dir sein.«

Ahab war sanft und zartfühlend, aber Innascha reagierte sehr viel pragmatischer.

»Eure Mutter war sehr krank, meine Königin. Wie lange kann ein Mensch solche Schmerzen ertragen?«

Ich ging zum Tempel und vergoss ein Trankopfer auf dem Altar. Dabei sah ich, dass um mich herum unzählige andere Menschen trauerten. Sie jammerten, als ob sie sterben müssten. Weshalb hatte ich nie gesehen, dass die Frauen sich die Haare rauften und sich verzweifelt vor dem Altar entblößten? Wie hatte ich nur die ernsten Gesichter der Männer übersehen können, die nicht ihres Vergnügens wegen in den Tempel kamen, sondern einfach nur weinen wollten? Um verstorbene Geliebte, um Frauen, die im Kindbett gestorben waren, um verstorbene Kinder und um Alte, deren Zeit sich erfüllt hatte. So viel Kummer und Trauer an einem Ort, den ich nur als Ort des Glücks und des Friedens kannte – und ich hatte bisher nichts davon wahrgenommen.

Eine Frau hatte sich die Wangen blutig gekratzt, wie das Schönheiten in Kriegszeiten taten, wenn sie in die Hand der Feinde gefallen waren und einer Vergewaltigung entgehen wollten. Um sie zu hindern, fesselte man sie wie Tiere und kürzte ihnen die Nägel. Diese Frau jedoch betrauerte ein totes Kind. Leblos hatte es die Hebamme aufgefangen.

»Eine neue Geburt wird deinen Schmerz lindern und den Tod ungeschehen machen«, tröstete ich die junge Frau. Dabei legte ich eine meiner goldenen Spangen über ihr Handgelenk. Die Frau war arm und ausgemergelt, und ich wusste, dass sie lange von diesem Armreif zehren konnte. Sie musste essen, um neue Kräfte zu sammeln. »Wenn du deine Schönheit zerstörst, wird dein Mann sich eine neue Frau nehmen. Sei dankbar, dass er dich liebt und dir Kinder schenken möchte. Geh zu den Priesterinnen, und lass dir Salbe für deine Wunden geben.«

»Meine Königin!« Die Frau schluchzte laut auf, so überwältigt war sie. »Ich bin viel zu arm, um Salben zu kaufen.«

»Schicke die Hohepriesterin zu mir«, bat ich eine der Tempeldienerinnen.

Während ich die schluchzende Frau tröstete, erschien die höchste Dienerin der Aschera in einem purpurfarbenen Gewand und goldenem Kopfschmuck. Die Frau verstummte, als sie die Heiligste der Heiligen vor sich stehen sah.

»Nehmt diese Frau mit, und gebt ihr ihre Schönheit zurück.« Ich erhob mich, aber trotzdem war ich noch einige Köpfe kleiner als die Hohepriesterin. »Gebt ihr genügend Salben und Heilkräuter mit nach Hause. Die Unglückliche hat ihr Kind verloren und bedarf Ascheras Segen.«

Die Hohepriesterin ergriff die Hand der Frau, und ich kehrte in den Palast zurück. Meine Trauer war vorüber. Ich berichtete Ahab von dem Vorfall, und er lobte meine großherzige Geste. Noch nie hatte mich jemand großherzig genannt. Entweder fürchtete man mich oder nannte mich streng. Aber niemals großherzig. Das hatte ich nicht beabsichtigt. Ich hatte der Frau nur helfen wollen. Aber genau das war großherzig, wie Ahab sagte.

Ich legte Kronreif und Gewänder ab, und dann liebten wir uns in der Hoffnung auf ein zweites Kind. Zwei Wochen nach Athalias Geburt war ich wieder schlank und schön, doch das sollte nicht allzu lange so bleiben. Als ich mit meinem zweiten Kind schwanger war, strahlte Ahab vor Glück. Er sang sogar Hymnen und pries Ascheras Namen, denn nach dem bangen Warten zu Beginn unserer Ehe war diese Nachricht mehr als willkommen.

Im Lauf der nächsten Monate wurden zahlreiche Streitfälle vor Ahabs Thron entschieden. Familienälteste trugen ihr Anliegen vor, und einmal suchte sogar eine Priesterin um Hilfe nach.

»Eine Priesterin?«, flüsterte ich Ahab zu. »Was ist ihr Begehr?«

»Das werden wir gleich sehen.« Er stieß sein Zepter dreimal auf den Boden, damit man die Frau vorließ.

Die Priesterin trug ihre roten und goldenen Tempelgewänder. Sie war groß und besaß üppige Brüste und Hüften wie eine Mutter.

»Sprich. Du stehst vor dem König von Israel«, sagte Ahab, doch die Frau wandte sich an mich.

»Ich habe mein Leben der Göttin Aschera geweiht. Doch heute wurde ihr Name verunglimpft.«

Ich rutschte ein Stück weit auf meinem Sessel nach vorn und fixierte die Frau mit durchdringendem Blick. »In welcher Form und von wem?«, fragte ich.

»Ich habe einen reichen Mann erfreut, der der Göttin Aschera goldene und bronzene Statuen versprochen hat. Aber er hat sein Versprechen nicht gehalten.«

»Und wer war dieser reiche Mann?«, fragte Ahab.

»Der zweite Sohn von Zacharia. Er heiratet noch heute die Tochter seines Onkels.«

»Gibt es Zeugen für sein Versprechen?«, wollte Ahab wissen.

»Die Hohepriesterin«, antwortete die junge Frau. »Mein Zimmer wurde nach versteckten Sachen durchsucht, aber natürlich wurde nichts gefunden. Nicht einmal ein Töpfchen Balsam, und erst recht kein Gold.«

»*Tsaddiq*«, sagte Ahab, was bedeutete, dass die Frau unschuldig war. Also musste der Schuldige bezahlen. »Überbringt dem Zacharia folgende Botschaft«, wandte sich der König an die Wachen. »Falls die Zahlung nicht noch vor der Hochzeit im Tempel eingeht, wird der Brautpreis im Namen Ascheras beschlagnahmt.«

Die Priesterin seufzte erleichtert, weil die Schuld von ihr genommen war, und ich hätte nur zu gern Zacharias Gesicht gesehen, wenn er erfuhr, dass er den Brautpreis für das ausschweifende Leben seines Sohnes an den Tempel entrichten musste. Ein höchst unerfreulicher Beginn einer Ehe, dachte ich. Ein solcher Bund stand ganz sicher nicht unter Baals Segen.

An diesem Abend, als die Sonne wie ein Stück erlöschende Glut aus dem blaugoldenen Himmel herabsank, tauchten plötzlich kleine Gestalten am Horizont auf. Ägyptische Händler. Ich eilte nach unten, um sie persönlich zu begrüßen. Die Wachen kündigten mit Hörnern das Eintreffen der Karawane an, und ich sah zu, wie körbeweise Leinenstoffe und Öle in den Hof geschleppt wurden. Ich hüllte meine Tochter in eine mit geflügelten Sonnenscheiben, Löwen und ägyptischen Lebenssymbolen bestickte Decke ein und gab ein Vermögen für hölzerne Truhen und Seiden für Kleidchen aus.

»Sie wächst so schnell aus allem heraus«, sagte ich zu Ahab, während die Händler ihre Sachen zusammenpackten und abzogen. Er küsste Athalia auf das kleine Näschen.

»Sie ist groß geworden! Wie ich sehe, versorgt Innascha sie gut. Nur hoffentlich nicht zu gut«, sagte er und lachte. »Sonst ähnelt sie eines Tages eher ihrer Amme als ihrer schönen Mutter.«

Ich fiel in sein Lachen ein. »Nun ja, Innascha ...«

»Sie ist ein wunderbarer Mensch«, nahm mir Ahab die Worte aus dem Mund. »Was ist eigentlich aus ihren eigenen Kindern geworden?«, fragte er dann mit weicher Stimme.

Ich schüttelte bekümmert den Kopf. »Sie sind alle bei der Geburt gestorben.«

»Wie schrecklich! Und trotzdem sind ihre Hände wie geschaffen für Kinder.«

»Das ist richtig. Aschera verschenkt ihre Gunst auf undurchschaubare Weise. Wie sonst könnte eine Frau neun Kinder bekommen und eine andere nur unter Mühen und Qualen ein einziges zustande bringen? Manchmal bringen breite Hüften die Mütter um, und schmale Frauen überleben sogar eine Zwillingsgeburt.«

Ahab schüttelte etwas unsicher den Kopf, aber ich sprach sehr gerne so offen mit ihm.

So vergingen die Monate, ohne dass ich später hätte sagen können, wo sie geblieben waren.

Eines Tages erreichte uns die Nachricht von einem Konflikt im Süden Judas. Edom kämpfte um seine Unabhängigkeit, doch Juda wollte das Gebiet um den reichen Handelshafen nicht gegen alle Talente des Ostens aufgeben. In diesem Winter trat außerdem der Nil über die Ufer, und ich stellte mir vor, wie Pemays Tempel in Theben im Wasser standen. Ich hörte, dass man den Palast nur in Booten erreichen konnte, und Händler aus Luxor berichteten von großen Opfergaben, damit die Götter das Land nicht ganz verschlangen.

Im darauf folgenden Frühling überbrachte uns ein ägyptischer Händler Neuigkeiten und Geschenke von Prinzessin Pemay, und wir sandten ihr tyrische Schnitzereien und goldenes Olivenöl als Gegengabe. Das schönste Geschenk war eine Sänfte voll allerliebster kleiner Katzen! Goldgelb wie kleine Löwen. Lebendige Sphingen ohne Frauenköpfe. Athalia hatte ihren Spaß, wenn die kleinen Kreaturen den Palast unsicher machten und die streunenden Hunde anfauchten, die überall nach Futter suchten. Im Lauf der Zeit machten sie zunehmend die Stadt unsicher und kehrten nur noch zu den Fütterungen in den Palast zurück. Zwei der kleinen Kerle jedoch waren weniger abenteuerlustig und blieben bei uns im Garten. Wir nannten sie Baal und Anat, weil sie entweder friedlich nebeneinander schliefen oder wie die Wilden miteinander kämpften.

Liebend gern sah ich zu, wie sie im Gras herumtollten oder auf Bäume und Büsche kletterten. Die Diener waren zwar nicht so begeistert, weil sie die Hinterlassenschaften beseitigen mussten, aber manchmal blieb sogar einer von ihnen stehen, streichelte das zarte Fell und lauschte dem behaglichen Schnurren in der kleinen Brust. Insgesamt machten uns die kleinen Fellknäuel große Freude, und wenn ihre Augen im Dunkel glühten, jauchzte meine kleine Tochter.

Einige Wochen später brachte ich mein zweites Kind zur Welt. Diesmal war es ein kleiner Sohn, den wir Ahazia nannten. Erneut hatte Aschera mit Wohlwollen auf mich herabgeblickt und mich gesegnet.

Nicht nur für mich, sondern auch für Israel war eine Zeit der Fruchtbarkeit angebrochen. In den darauf folgenden Monaten regnete es hin und wieder. Zwar nicht ausgiebig, aber es regnete, und die vertrocknete Erde schöpfte neue Hoffnung. Vielleicht hatte Baal sich ja über den neuen Tempel gefreut, den Ahab in Jesreel hatte bauen lassen, und schenkte mir noch einen weiteren Sohn – auch wenn ich mir nach dieser schweren Geburt nicht unbedingt noch weitere Kinder wünschte.

Selbst in den letzten Monaten der Schwangerschaft hatte sich Ahabs Aufmerksamkeit nie von mir abgewandt. Er liebte meinen Körper in seinen mütterlichen Ausmaßen und meine sehr viel weicheren Züge. Meine hohen Wangenknochen hatten sich jedoch nicht verändert, und auch mein Haar glänzte so üppig wie immer. Als sich kurze Zeit später ein drittes Kind ankündigte, reagierte ich keineswegs so besorgt, wie ich mir das anfangs vorgestellt hatte. Ich schminkte mich sogar sehr viel weniger als früher, als ich noch nicht schwanger war.

Ahazia wuchs sehr viel schneller heran als mein erstes Kind. Angeblich folgte einer dramatischen Geburt immer auch eine dramatische Entwicklung, aber ich glaubte nicht an solche Weisheiten. Ahab trug Ahazia im Tempel und im Palast umher und erzählte ihm, wie man Bogen konstruierte und Steine zu Mauern aufeinander schichtete, als ob ein Säugling so etwas schon begreifen könnte. Als der Kleine jedoch immer wieder hemmungslos brüllte, war frühzeitig entschieden, dass Ahazia kein großer Baumeister werden würde.

Wenn ich Zeit fand, um mit meinem Sohn zu spielen, nahm ich ihn mit hinauf auf das Dach und hielt ihn in den Wind. »Du musst lernen, auf Ascheras Stimme zu lauschen«, flüsterte ich.

»Dann wird sie deine Tage mit ihrem Gesang begleiten.« Wir spazierten auch öfter durch den Garten, und ich zeigte ihm die Bäume, die Blumen und die flachen Brunnenbecken. Am liebsten spielte er jedoch mit Pemays kleinen Katzen. Er konnte noch nicht verstehen, dass die Tiere mit den klugen Augen den Ägyptern heilig waren, aber er kuschelte sein Gesicht in das weiche Fell. Die tönernen Rasseln aus Megiddo ließ er achtlos liegen, wenn die Katzen ihn an seiner Wiege besuchten. Innascha war der festen Überzeugung, dass Ahazia eines Tages wie eine Katze werden würde – genau das bedeutete ja Pemays Name in ihrer Sprache.

Wie man sich denken kann, hatte ich jedoch meistens Wichtigeres zu tun. Es war Innaschas Aufgabe, Athalia und Ahazia zu Erben dieses Landes zu erziehen, und den Dienern oblag es, die ägyptischen Katzen vor den aufdringlichen Hunden zu schützen. Ich dagegen kümmerte mich den größten Teil meiner Zeit darum, für Gerechtigkeit in Israel zu sorgen.

Eines Nachmittags stürmte ein völlig verschwitzter Bote mit verrutschtem Lendentuch in den Thronsaal. Ich räusperte mich und sah den Mann viel sagend an, worauf er errötete und verschämt das Tuch zurechtzog.

Amüsiert erkundigte ich mich nach seiner Botschaft.

»Meine ... meine Königin«, begann er stammelnd. Demnach brachte er keine guten Nachrichten. »In Sichem wurden zehn Tempeldienerinnen getötet. Die Männer haben sich auf Jahwe berufen. Offenbar hat sie der Prophet Elia angestiftet.« Der Mann zuckte zusammen, als ich meinen Becher gegen eines der Reliefs schleuderte. Zum Glück wurde Ahab nicht Zeuge dieser Szene, denn er wanderte wieder einmal mit Ahazia durch den Palast, um ihm die verschiedenen Steinsorten zu erklären.

»Elia!«, rief ich empört.

Der Bote nickte nur wortlos.

»Und weiter?«

»Sie … sie wurden im Schlaf ermordet, meine Königin. Die Tochter des älteren Manasse befindet sich ebenfalls unter den Toten.«

Als Ahab mit unserem Sohn auf dem Arm den Thronsaal betrat, bedeutete ich einem der Soldaten, Ahazia unverzüglich zu seiner Amme zu bringen. Dann entließ ich den Boten und wartete, bis Ahab sich zu mir gesetzt hatte.

»Meine Priesterinnen sterben«, sagte ich. Ahab erbleichte. »Wir müssen Männer ausschicken und den Propheten töten lassen.«

»Aber du weißt …«

»Ich will, dass er getötet wird!«, schrie ich so laut, dass nicht nur Ahab zurückschrak. »Er muss endlich für seine Morde bezahlen! Ich will, dass er für den Verrat am König und an seinem Land gesteinigt wird!«

Ahab widersprach mit keiner Silbe, sondern schickte Soldaten aus, um den Propheten zu suchen. Aber er war unauffindbar. Vielleicht war er ja gestorben, denn damals war der Hunger wieder in die Städte zurückgekehrt. Ich betete sogar darum – was für eine schwangere Frau nicht ungefährlich war. Aber da man von meinem Kind noch nichts sehen konnte, riskierte ich es.

»Der Hunger tötet die Israeliten zu Hunderten«, stöhnte Ahab, nachdem die Soldaten unverrichteter Dinge zurückgekehrt waren. »Wir müssen uns um unser Volk kümmern. Die Menschen leiden große Not.«

»So wie wir«, bemerkte ich. Seit Wochen hatten wir weder Fisch noch Fleisch zu Gesicht bekommen, und ohne unser Abkommen mit Ägypten hätten wir selbst im einst fruchtbaren Jesreeltal hungern müssen.

Ein Streitwagen erwartete uns vor dem Tor des Palasts, da Ahab das Ausmaß der Hungersnot mit eigenen Augen sehen wollte. Als seine Frau begleitete ich ihn natürlich. Doch der Anblick der Not war überaus schmerzlich, so dass ich wünschte, ich hätte nur davon gehört und das Elend nicht mit eigenen Augen sehen müssen.

Außerhalb der Palastmauern schmeckte der Wind nach Hitze und Hunger, nach ausgetrockneten Brunnen und versiegten Quellen. Am meisten jedoch bedrückte mich die Stille. Das Geschrei der Gemüsehändler und Metzger war verstummt, als ob der Wind ein Leichentuch über die Stadt gebreitet hätte. Der Geruch nach Sandelholz und Weihrauch wirkte abgestanden, und es roch nach Tod. Nach Kadavern verhungerter Hunde und verbranntem Fleisch. Sterbende Kinder mit hungrigen Augen und aufgeblähten Bäuchen starrten unserem Wagen nach. Nirgendwo wurde gearbeitet, denn die meisten Männer saßen wie betäubt auf den Straßen und wiegten ihre toten Kinder in den Armen. In der Schmiede war das Feuer erloschen, und die Werkzeuge hingen nutzlos an der Wand. Jesreels Statthalter Jachin verteilte Öl und Getreide an die Bedürftigen, die sich in einer langen Reihe im Sonnenschein drängten. Auf den immer wieder durchwühlten Abfallhaufen waren sogar die Hunde verhungert. Doch der Anblick der leidenden Kinder war schlimmer als alles andere und trieb mir die Tränen in die Augen. Was konnten wir tun, was wir nicht schon getan hätten? Mütter reckten uns die Hände entgegen und bettelten für ihre hungernden Kinder. Ich verschenkte alle meine Armbänder und meinen restlichen Schmuck, auch wenn das niemandem wirklich nützte. Kein Gold der Welt kann in einer Hungersnot Korn herbeizaubern. Nicht einmal in Omris Haus.

Wir kamen an einem Haus mit einer schwarz bemalten Ascherastatue vorüber. Sechs Bänder waren um den Sockel gewunden. Als wir erfuhren, dass eine Mutter ihre sechs Kinder verloren hatte, erhob ich meine Stimme zu Baal, dem Sohn des Erntegotts Dagon.

Lass Öl vom Himmel regnen,
fülle die Täler mit Honig,
lass dein Mitleid über Israel walten,

öffne deine Kehle und lache,
erhebe deine Stimme und rufe:
Ich sitze hier auf dem Thron und ruhe mich aus,
denn Baal ist siegreich,
der Prinz der Erde lebt und betrachtet
sein Volk mit Wohlwollen.

Von nun an sprach ich das Gebet vor jeder Aschera und jedem Haus, in dem Kinder gestorben waren. Wie war die Tochter des Meeres nur in dieses ausgedörrte Land geraten! Alle Farben waren verblichen, und es gab kein Meer und keine Flüsse, um den Menschen ihr Auskommen zu sichern. Meine Welt war nur noch ein Meer aus Sand, Schmutz und hungrigen Augen in ausgemergelten Gesichtern.

Dabei hatte ich das Schlimmste noch gar nicht gesehen.

Ein durchdringender Klagelaut hallte durch die Straßen. Ein machtvoller Ton wie aus einer hohlen Muschel, die jeden Windhauch verstärkte. Wir folgten dem sägenden Laut und traten durch einen völlig verrotteten Vorhang in ein kleines Haus. Beim Anblick des Königs und der Königin sank eine Frau auf die Knie.

»Warum weinst du?«, fragte Ahab mitfühlend.

Wahrscheinlich hat sie eine Tochter oder ihren Mann durch die Hungersnot verloren, dachte ich, aber ihre Geschichte war noch viel schlimmer. Sehr viel schlimmer.

»Mein König, man hat mich betrogen!«, jammerte die Frau zu Ahabs Füßen.

Ich strich ihr über das spröde, leblose Haar. »Warum hast du nicht im Palast um Gerechtigkeit nachgesucht?«

Mit angstvollen Augen sah die Frau zu mir auf. Es waren hungrige Augen. »Ich dachte nicht, dass Ihr mich verstehen würdet. Ich habe geglaubt, Ihr wüsstet nicht, wie schlimm es außerhalb der Palastmauern schon ist. Aber Ihr seid gekommen!« Sie weinte immer lauter. »Ihr seid gekommen!«

»Was ist geschehen?«, fragte ich leise.

»Meine Tochter ist alles, was mir geblieben ist, aber sie fürchtet um ihr Leben, weil ihr Bruder getötet wurde.«

Ich warf Ahab einen Blick zu. Seine Miene war ernst. »Wer hat deinen Sohn getötet?«, flüsterte ich.

Die Frau wimmerte nur noch und schaukelte auf ihren Fersen hin und her.

»Wer hat es getan?«, wiederholte ich meine Frage.

Sie sah zu mir auf, und ich wusste die Antwort, bevor sie den Mund aufmachte.

»Ich habe es getan.«

Der Statthalter, der uns begleitete, trat einen Schritt nach vorn, um die Frau festzunehmen, doch Ahabs Hand bremste ihn. Jachin war noch jung und kannte nur Gut und Böse. Ich bewunderte ihn dafür, aber es war auch der Grund, warum ein Mensch wie er nie König sein konnte.

»Erkläre es mir«, verlangte Ahab.

»Vor zwei Wochen habe ich einen Handel mit einer Witwe verabredet, der Aschera beschämt hätte.«

»Weiter«, drängte Ahab.

Dabei hatte es schon lange gedauert, um diesen einen Satz aus der verängstigten Frau herauszubekommen. »Dir wird nichts geschehen«, versprach ich. »Ganz gleich, was du verbrochen hast. Sprich weiter!« Später allerdings sollte ich diese Entscheidung bedauern.

»Unsere Familien verhungerten!«, wimmerte die Frau.

Ich strich ihr über das Haar. »Wie lautete der Handel?«

Mit erloschenen Augen sah die Frau zu mir auf. »Ich kann nicht!« Sie barg ihr Gesicht in den Händen.

»Du musst!«, flüsterte ich. »Sprich!«

Sie holte tief Luft, um Kraft zu finden. »Wir haben einander geschworen, unsere Söhne zu opfern, um unsere Töchter zu retten. In solchen Zeiten sind Söhne eine große Last, denn sie essen zu viel. Töchter dagegen bekommen Kinder, so dass wir später wieder Söhne haben können.«

Ich erbleichte, und Ahab ebenfalls.

»Also habe ich meinen Sohn getötet«, stammelte die Frau unter Tränen. »Er war ohnehin schon fast verhungert. Wir haben ihn aufgegessen. Als nichts mehr von dem Jungen übrig war, den ich einmal geboren hatte, war meine Nachbarin an der Reihe. Aber sie hat ihren Sohn versteckt! Und jetzt ist er verschwunden, und wir haben nichts zu essen. Jetzt wird meine einzige Tochter auch noch sterben.«

Ich rannte um das Haus herum und übergab mich wieder und wieder, bis nichts mehr in mir war. Ahab eilte mir nach, um mich zu trösten, aber das war unmöglich. Diese Frau hatte ihren Sohn an ihre Tochter und an ihre Nachbarin verfüttert! Ich wollte ihre Hände, ihren Kopf, ihre Knochen verfluchen, aber ich erinnerte mich an mein Versprechen. Was hätte ich an ihrer Stelle getan? Der Sohn wäre vermutlich ohnehin gestorben. Doch was, wenn Baal am nächsten Tag Regen geschickt hätte? Was, wenn es eine Woche später wieder etwas zu essen gegeben hätte? Oder in einem Monat? Nein, diese Hoffnung war so schmal wie die Sichel des Mondes. Es gab nichts mehr – einfach nichts mehr. Was konnte ich also tun?

»Wir werden die Frau nicht ins Gefängnis werfen«, entschied Ahab. »Sie ist ehrlich. Und sie leidet genug.«

Ich senkte den Kopf und schluckte den bitteren Geschmack hinunter. Ohne nachzudenken und entgegen aller Vernunft kehrte ich in das Haus zurück und schenkte der Elenden meine Ohrringe. In den Augen Ascheras hatte die Frau gesündigt, doch als Königin vergab ich ihr. Wie hätte ich auch eine Mutter bestrafen sollen, die ohnehin für den Rest ihrer Tage büßen musste? Doch was sollte mit der anderen Frau geschehen? Offenbar quälte Ahab diese Frage genauso.

»Wer ist die Frau, die ihren Sohn versteckt hat?«, fragte er die weinende Frau. Von der Tochter war nichts zu sehen. Vermutlich lag sie sterbend in einem anderen Raum.

»Sie wohnt ganz unten an der Stadtmauer.«

»Wir werden jetzt zu ihr gehen und ihren Sohn genauso behandeln wie deinen.«

Während wir durch die Stadt fuhren, starrte ich Ahab an und fragte mich, was seine Worte zu bedeuten hatten. Die Alten waren gestorben, an den ausgetrockneten Brunnen lungerten verlassene Kinder herum, und ich nahm ein Mädchen auf den Arm, das weinend auf der Schwelle eines Hauses saß. Die Menschen waren so apathisch und schwach, dass sie nicht einmal mehr zur Tür kommen konnten, um den König zu grüßen. Zum Glück waren noch keine wilden Hunde über die Kleine hergefallen. Ich übergab sie einem meiner Diener.

»Wir werden die Kleine aufziehen, damit sie später ihrer Mutter eine Stütze sein kann, wenn die Zeiten noch schlimmer werden.«

Verblüfft starrten die Soldaten mich an, als ob mir Baalshörner gewachsen wären, aber ich ignorierte sie. Ich vermisste das Gelächter, das sonst aus den Höfen auf die Straße gedrungen war. Doch wie hätte man auch lachen oder gar singen können? Mot hielt die Stadt in seinen Armen. Niemand holte Wasser, weil es kein Wasser mehr gab, und unter den Akazien saßen keine alten Männer mehr, um aus ihrer Jugend zu erzählen. Sie waren längst gestorben, und jung zu sein war in solchen Zeiten eher ein Fluch. Es gab keine Zukunft, wenn die Schwachen dahinschwanden und die Starken verelendeten. Mein Herz blutete für Israel, denn ich hatte nicht geahnt, dass der Tod so grausam sein konnte.

Wir verteilten auf den Schwellen, was wir im Palast erübrigen konnten. Doch an wen hätte sich Israel wenden können, wenn es kein Abkommen mit Pemay gegeben hätte? Vielleicht an Tyrus, dachte ich, weil dieses Land niemals unter Trockenheit litt.

Als Jachin den König ankündigte, geriet die Frau, die ihren

Sohn vor dem sicheren Tod versteckt hatte, in Panik, denn sie wusste genau, weshalb wir gekommen waren. In Lumpen fiel sie vor Ahab auf die Knie und küsste seine Füße. »Bitte!«, flehte sie. »Mein Sohn ist noch ein Kind.«

»Das war auch der Sohn deiner Nachbarin«, entgegnete Ahab kühl.

»Was werdet Ihr tun?« Bang drängten sich ein Mädchen und ein Junge an die Mutter.

Mir wurde angst. »Ahab«, flüsterte ich.

Mein Mann tat jedoch so, als ob er mich nicht gehört hätte, und verlangte mit Donnerstimme: »Gib deinen Sohn heraus!«

Kreischend rannte der Junge ins Haus und die Tochter hinter ihm her. Er versuchte, sich zu verstecken, und weinte, weil er nicht sterben wollte.

»Ich bitte Euch, haltet ein!«, flehte die Frau im Schmutz der Straße. »Ich wollte meine Nachbarin nicht betrügen! Aber als ich sah, wie sehr sie weinte, als sie das Fleisch ihres Kindes aß, wusste ich, dass ich meinen Sohn niemals würde töten können! Bitte«, schluchzte sie hilflos, »bitte, verschont meinen Sohn!«

»Für ihn gibt es keine Hoffnung«, erwiderte Ahab ungerührt, als seine Männer den Jungen aus dem Haus zerrten. Seine Mutter zerriss ihre Kleider und hätte sich einen Stock ins Herz gerammt, wenn Ahabs Soldaten sie nicht daran gehindert hätten.

Starr blickte Ahab auf die Frau. »Du hast das Leben deines Sohnes nicht geschützt, als du diese Abmachung getroffen hast. Versuche jetzt nicht, das nachzuholen.«

Als wir gingen, nahm ich das schluchzende Mädchen beiseite und versprach, dass ihr Bruder nicht für die Sünden seiner Mutter büßen müsste. Ich konnte mir nicht vorstellen, dass Ahab den Jungen tatsächlich töten wollte. Aber falls doch, so sollte den Frauen wenigstens diese Hoffnung bleiben.

Der Junge wurde in Fesseln in den Palast gebracht und das verlassene Kind an Innascha übergeben.

Meine Amme hatte den Palast seit Monaten nicht mehr verlassen, weil Athalia und mein quirliger Sohn ihre ganze Zeit beanspruchten. »Steht es denn schon so schlimm?«, fragte sie, als ich den Thronsaal verließ und sie im Vorzimmer vorfand.

»Mehr als nur schlimm«, sagte ich. »Die Alten sterben, und sogar ein Kind wurde gegessen, um seine Familie am Leben zu erhalten.«

Abscheu malte sich auf Innaschas Gesicht. »Gegessen?«, rief sie entsetzt. »Wie kann eine Mutter …«

»Es ist sinnlos«, sagte ich und schüttelte den Kopf.

»Und der Junge?«, fragte sie mit bebenden Lippen. Sie hatte gesehen, wie man ihn wie einen Kriegsgefangenen gebunden in den Thronsaal geschubst hatte.

»Seine Mutter wollte ihn opfern, um sich und ihre Familie zu ernähren. Sie und ihre Nachbarin hatten einander versprochen, ihre beiden Söhne zu töten. Aber nachdem die eine Frau die Abmachung eingehalten hatte, wollte die andere nichts mehr davon wissen.«

»Kein Wort weiter!« Innascha hielt dem Findelkind die Ohren zu. »Sonst wird die Kleine zeit ihres Lebens traurig sein.«

»Sie wird vielleicht nicht einmal überleben, wenn Baal nicht bald Regen schickt.« Ich setzte mich und barg das Gesicht in den Händen. »Ich habe so viele Tauben in den Tempel gebracht, und in Sichem wurde Baal sogar ein Kind geopfert!« Ich schüttelte den Kopf. »Alles umsonst!«

In diesem Moment hallte ein lauter Schrei durch den Thronsaal. Ich eilte hinein und sah, wie Ahab die Fesseln des Jungen löste. Dieser lag auf den Knien und schluchzte jämmerlich. »Tötet mich nicht!«, weinte er. »Ich werde Euer treuester Diener sein. Ich kann Wasser holen, und meine Schwester hat mir das Weben beigebracht.«

Mein Herz schlug heftig für dieses Kind, das der eigenen Mutter nichts wert gewesen war.

»Was kannst du noch?«, fragte Ahab.

Der Junge riskierte einen vorsichtigen Blick durch seine dichten schwarzen Haare. »Ich kann singen.«

»Singen?«, fragte ich.

Voll Hoffnung sah der Junge zu mir auf. »Ja! Ich kann singen«, versicherte er.

»Dann sing uns etwas vor«, sagte ich und setzte mich neben Ahab auf den Thron.

»Was … was würde dem König und der Königin gefallen?« Der kleine Kerl war sicher noch nicht älter als neun Jahre.

»Irgendetwas«, sagte Ahab. »Irgendein Lied.«

Im nächsten Augenblick erschollen Töne, so klar und rein wie Tempelglocken. So klar und rein wie das Meer, dass sogar die Götter träumten. Das Kind, das in mir heranwuchs, schien sich zu bewegen, zu flüstern, als ob es den Zauber spürte, der in der Luft lag. Überrascht sah Ahab mich an, und die Diener hielten in ihrem Tun inne, um zu lauschen. Sogar die eigensinnigen Katzen, die nie kamen, wenn man sie rief, schienen von diesem Kind verzaubert zu sein.

»Wie heißt du?«, fragte Ahab, als das Lied zu Ende war.

»Josia«, antwortete der Junge und verbeugte sich. Er wusste, dass er gut gesungen hatte. Es stand in unseren Augen zu lesen.

»Josia, möchtest du Baal dienen? Möchtest du dein Leben lang für Aschera singen?«

»Ich tue alles, was mein König von mir verlangt.«

»Dann gehe nach Sichem und werde Sänger. Zu gegebener Zeit wirst du mit göttlicher Stimme im Palast für uns singen, Josia.«

Der Junge weinte vor Erleichterung. »Ich danke Euch«, flüsterte er. »Ich danke Euch.«

»Das war eine gute Tat«, sagte ich, als wir im Bett lagen und Ahab sein drittes Kind in meinem Leib streichelte.

»Auch nicht besser als das, was Salomo oder Omri an meiner Stelle getan hätten.«

Ich dachte darüber nach. »Bei uns in Tyrus herrschen ganz andere Sitten.«

»Hätte dein Vater das Kind denn nicht gerettet?«

»Mein Vater hätte gar nicht erfahren, dass das Leben des Kindes in Gefahr war. Der König von Sidon und Tyrus kümmert sich nicht so wie du um seine Untertanen.«

»Aber woher weiß er dann, wenn sein Volk aufgebracht ist oder unter einer Hungersnot leidet?«

»Mein Vater hat Männer, die ihm Bericht erstatten. Boten und Statthalter. Der König ist viel zu beschäftigt, um sich persönlich um sein Volk zu kümmern.«

Ahab überlegte lange, sagte aber nichts.

Am nächsten Tag, als der Junge mit der guten Stimme schon unterwegs nach Sichem war, trafen neue Schreckensnachrichten ein. In all dem Leid hatte ich immer die leise Hoffnung gehegt, dass der Prophet die Hungersnot nicht überlebt hätte. Vielleicht war er ja wie ein Bettler irgendwo in Israel auf der Straße gestorben. Aber so viel Glück war Israel nicht beschieden.

Am frühen Nachmittag, als die ganze Welt schlief, kam ein Diener in unser Zimmer und teilte uns mit, dass jemand auf uns wartete. Ohne jede Vorwarnung war der Kamelhaarprophet im dritten Monat meiner Schwangerschaft in mein Leben zurückgekehrt.

Wir hasteten in den Thronsaal, und wenige Augenblicke später stand tatsächlich der Thisbiter wie ein unerwünschter Bettler vor uns. Diesmal trug er einen sehr viel wärmeren Umhang aus Ziegenhaar, was in Israel absolut unüblich war. Ich nahm an, dass er irgendwo an der Küste gewesen war, doch als er dem König berichtete, *wo* er die ganze Zeit über gelebt hatte, musterte ich ihn voll Abscheu. Hatte er sich doch in Sarepta, nur zwei Stunden vom Palast meines Vaters entfernt, versteckt! Vor Wut ballte ich die Fäuste. Wörtlich bedeutete der Name der Stadt »sich rot färben« – wenn ich es nur früher gewusst hätte, hätte ich dafür gesorgt, dass die Soldaten meines Vaters die Straßen mit Elias Blut rot gefärbt hätten!

»Warum kommst du hierher, wenn du doch weißt, dass du hier nur den Tod finden wirst?«, fragte Ahab.

»Weil ich nicht glaube, dass Ihr mich töten werdet. Außer mir hat Jahwe noch siebentausend Anhänger, und so viele Feinde wollt Ihr Euch sicher nicht machen. Erst recht nicht in einer Hungerzeit wie dieser.«

Beschwichtigend legte Ahab seine Hand auf die meine.

»Du bist für den Tod von zweihundertdreiunddreißig Priestern und Priesterinnen verantwortlich«, erklärte er ruhig, während ich reglos neben ihm saß und vor Wut kein Wort herausbrachte. Er war hier! Einfach hier! Der Mörder meiner Landsleute! Und trotzdem wollte mein Mann ihn unbehelligt lassen!

»Und Ihr seid der Mörder von zweihundert Propheten Jahwes!«, brüllte Elia.

»Eure Propheten haben in Jahwes Namen getötet!«

»Und Ihr in Baals Namen«, gab der Prophet zurück.

Ahab wurde zusehends wütender. »Unsere Priester haben dir nie etwas getan.«

»Aber sie haben Jahwes Ansehen beschädigt.«

»Dabei meint Ihr nur Eure Taschen!«, bellte ich vom Thron herunter. »Ihr verachtet meine Priester, weil sie Eure Einkünfte geschmälert haben. Aber weshalb sollten die Leute Euch für etwas bezahlen, das der König ihnen umsonst zur Verfügung stellt? Warum sollten sie sich an Euch wenden, wenn sie in den Tempeln alle Freuden genießen können und kein Bettler sie belästigt? Ihr seid ein Narr, Elia, Euch immer auf Euren Gott zu berufen. Ihr seid ein armer Mann, Elia, und lebt nur von den Wohltätigkeiten Eurer Anhänger. Ihr begehrt Ruhm und Geld. Doch so lange Ihr lebt, Thisbiter, wird Jahwe Aschera nicht verdrängen. Geht mir aus den Augen, Ziegenprophet«, zischte ich,

»und schätzt Euch glücklich, dass mein Mann Euch nicht töten lässt.«

Elia rührte sich nicht vom Fleck. »Ich möchte Euch einen Wettstreit anbieten.«

Vor Überraschung musste ich einige Male blinzeln, um diesen Traum – diesen Albtraum – zu verscheuchen.

»Einen Wettstreit?« Ahabs Stimme klang interessiert.

Erregt schüttelte ich den Kopf. »Nein!«, fuhr ich auf, doch die Männer beachteten mich nicht.

»Einen Wettstreit auf dem Berg Karmel, um zu sehen, wessen Gott antwortet.«

Ein Kribbeln kroch mein Rückgrat empor. Das klang ganz nach einem Plan. »Nein!«, wiederholte ich. »Er wird vollenden, was Obadia nicht gelungen ist«, warnte ich meinen Mann, aber Ahab wollte nichts davon hören.

»Ich werde hundert Soldaten mitnehmen«, erklärte er mir mit leuchtenden Augen.

Ich nagte an meiner Unterlippe, bis ich Blut schmeckte, und funkelte Elia an, als ob ich ihn so verschwinden lassen könnte, aber er beachtete mich überhaupt nicht und hatte nur Augen für Ahab.

»Kommt morgen mit Euren Priestern und Priesterinnen zum Berg Karmel. Ich werde fünfzig Propheten mitbringen. Dann wird sich entscheiden, wessen Gott der wahre Gott Israels ist.«

»Es ist eine Falle, Ahab«, sagte ich. »Meine Priesterinnen werden auf keinen Fall mitgehen.«

»Dann nehme ich eben nur Priester mit«, bot Ahab mir an.

»Genau!«, rief Elia. »Sie werden zu Baal um Regen beten! Wie vor zwei Jahren. Doch wo«, er drehte sich zu mir um und grinste, »ist der Regen geblieben, meine Königin?«

»Sagt es mir doch! Ihr seid der Prophet.« Ich spuckte wie ein Kamel. »Wann wird es regnen?«

»Wenn mein Gott antwortet«, erwiderte Elia. Ahab und ich

tauschten einen viel sagenden Blick. Was hatte Elia vor? Und warum nur hatte Ahab zugestimmt?

Den ganzen Abend über wechselte ich kein Wort mit meinem Mann, sondern saß grübelnd in meinen Räumen. Sogar als er klopfte und nach mir rief, reagierte ich nicht. Du Narr, dachte ich. Du schaffst es noch, dass wir beide getötet werden. Und nicht nur wir, sondern auch Athalia, Ahazia und das ungeborene Kind in meinem Leib. Mitten in der Nacht schlich ich aufs Dach und lauschte dem Gesang der Aschera. In Israel blies der Wind nur, wenn er etwas zu sagen hatte. Ich drehte mein Ohr in den Wind und meinte zu hören, dass Aschera von Verrat und Tod sang.

Am nächsten Morgen schickte Ahab mir Pflaumen, um mir eine Freude zu machen. Ausgerechnet Pflaumen! Sollte ich sie als Geschenk oder als Beleidigung verstehen? Jeder wusste doch, welche Wirkung diese delikaten Früchte auf die Eingeweide hatten. Als ich es Innascha erzählte, lachte diese nur und meinte, dass mein Mann mir ganz sicher nicht übel wollte. Verunsichert rümpfte ich die Nase und schenkte ihr die Früchte.

Als ich meine Räume verließ, bereitete sich Ahab zusammen mit hundert Baalpriestern und fünfzig Soldaten für den Ritt zum Berg Karmel vor. Von Jesreels Türmen aus konnte man das Massiv erkennen, wie es im Dunst aus der mit Olivenbäumen bestandenen Ebene aufragte. Ich bezweifelte, dass Baal ihre Gebete erhören würde, und sagte es auch. Schließlich reagieren Götter nicht auf menschliche Versprechungen.

»Ich halte dein Vorhaben für leichtsinnig«, redete ich meinem Mann ins Gewissen. »Du weißt doch, dass Elia dich am liebsten tot sehen würde. Er wünscht sich einen König, der Jahwe respektiert. Damit er wie früher seine Taschen mit dem Geld der Armen füllen kann. Der einzige Grund, warum er nicht selbst den Thron anstrebt, ist seine mangelnde militärische Ausbildung. Elia ist froh, nur ein Prophet zu sein, Ahab, aber unterschätze seinen

Einfluss auf deine Offiziere nicht!« Ich war wütend, und gleichzeitig hatte ich schreckliche Angst.

»Es gibt keinen loyaleren Mann als zum Beispiel Jehu«, entgegnete Ahab.

Ich zog die Brauen in die Höhe. Falls der General der Streitwagen so loyal war, weshalb hatte er mich dann in Megiddo ständig angesehen? Warum hatte er sogar die Reise nach Sichem auf sich genommen, als ich mit meinem ersten Kind schwanger war? Ich nickte jedoch nur und ließ weder Ablehnung noch Zustimmung erkennen.

»Ich halte dieses Experiment für völlig verrückt«, sagte ich noch einmal.

»Im Gegenteil. Es wird den Thisbiter ein für alle Mal als Lügner entlarven.«

»Und wenn er dir eine Falle stellt, oder wenn er versucht, dich umzubringen?«

»Doch nicht in Begleitung von fünfzig Soldaten! Von hundert Priestern gar nicht zu reden! Falls Baal keine Antwort gibt, wie du meinst, werde ich sofort umkehren. Ich werde nicht abwarten, bis Elia seinen Gott anruft.«

Ich seufzte aus tiefstem Herzen, denn ich war mir sicher, dass Elia etwas im Schilde führte. Doch warum gerade heute, fragte ich mich. Warum war er genau jetzt aus dem Königreich meines Vaters herbeigeeilt, um den Sturmgott herauszufordern? Ich blickte zum Himmel empor. So klar und blau, wie er sich über uns wölbte, sah es ganz bestimmt nicht nach Sturm und Regen aus. Keine Spur von dicken, dunklen Wolken. Also warum heute? Ich sah zu, wie Ahab seinen Streitwagen bestieg und zum Berg Karmel aufbrach.

Als die Dämmerung anbrach, hielt ich Ausschau nach meinem Mann und meinen Priestern. Ich blinzelte, um ihre Gestalten in der Dunkelheit auszumachen, konnte aber nur ganz vage das Massiv des Berges in der Ferne erkennen. Von den Männern keine Spur. Irgendwann begab ich mich in meine Räume und starrte lange in den flackernden Widerschein der Öllampen auf den bemalten Wänden. Nach einiger Zeit kam plötzlich meine alte Innascha angerannt, obwohl sie für derartige Übungen inzwischen viel zu alt war.

»Ein Wunder!«, schrie sie und klatschte begeistert in die Hände. »Es regnet!«

Ich rannte zum Fenster und sah, dass eine große Wolke den Mond und die Sterne verdunkelte. Was hatte das zu bedeuten? Sofort stürzte ich, gefolgt von Innascha und einigen Dienern, zum Tor. Es dauerte nicht lange, bis die stampfenden Hufe der Pferde und Ahabs Wagen durch die Straßen dröhnten. Bevor der Wagen noch richtig stand, raste Ahab wutentbrannt auf mich zu. Er zerrte mich an der Hand in den Palast, während hinter uns der erste Regen seit langem vom Himmel prasselte.

»Was ist los?«, rief ich. Die Soldaten waren sichtlich aufgeregt, und Ahabs Gewand und der Griff seines Schwerts waren blutverschmiert. »Wo sind meine Priester?«

Aber ich kannte die Antwort, bevor ich die Frage gestellt hatte.

»Tot«, sagte Ahab mit wildem Blick.

Meine Ruhe täuschte über den Sturm hinweg, der sich in mir anbahnte. Ich atmete einige Male ganz tief ein und fragte dann ruhig, wie sie gestorben waren. Durch die stürmische Heimkehr des Königs alarmiert, starrte uns die Dienerschaft an, worauf Ahab mich in unsere Räume zog und die Tür hinter uns schloss.

Anfangs hatte sich der Wettstreit zufrieden stellend angelassen. Aber das wahre Ausmaß von Elias Heimtücke war schnell ans Licht gekommen. Die Baalpriester hatten einen Altar aus Steinen errichtet, dann einen Bullen geschlachtet und ihn Baal als Opfer dargeboten. Stundenlang hatten sie gefleht, dass Baal das Opfer entflammen und das Feuer anschließend mit Regen löschen sollte. Aber als es immer heißer wurde und nichts geschah, hatten Elia und seine Propheten gespottet und gehöhnt, dass Baal womöglich noch schlief, jagte oder an einen unbekannten Ort verschwunden war, wo er die Gebete nicht hören konnte. Das Gespött hatte die Anstrengungen der Priester beflügelt, und sie hatten getanzt und gesungen, aber ohne Erfolg. Zu dieser Zeit war der Tag bereits weit fortgeschritten, und da Baal nicht reagierte, hatten Ahab und seine Soldaten zur Rückkehr gerüstet. Keinesfalls wollte er mit ansehen, wie Elia seinen Altar aufbaute. Wenn die Priester Elias Misserfolg bezeugten, war das genug.

Man kann sich seine Überraschung vorstellen, als plötzlich – sie waren gerade erst zur Hälfte vom Berg herabgestiegen – dunkle Wolken aufzogen, erste Blitze zuckten und Donner zu hören war. Elia hatte den König mit seinen Himmelskenntnissen zum Narren gehalten! Er hatte sich im Land meines Vaters mit den tyrischen Winden vertraut gemacht und wusste, wann der nächste Sturm zu erwarten war. Er wusste, dass es an diesem Abend regnen würde! Und kurz nach Ahabs Rückzug war es tatsächlich so weit! Alle Welt musste glauben, dass Jahwe Elia erhört hatte. Und es war sogar noch schlimmer gekommen. Elias Gott hatte das Opfer des Propheten in Brand gesetzt und den Altar samt dem halb verhungerten Bullen verkohlt.

Als Ahab an den Ort des Geschehens zurückgekehrt war, waren alle Priester tot. Die Anhänger Jahwes hatten Waffen unter ihren Umhängen versteckt und meine Priester bis zum Fluss Kischon getrieben und sie wie Lämmer abgeschlachtet. Ahab war über die glitschige Flanke des Berges nach unten gestürmt und hatte alle Jahweanhänger getötet, deren er habhaft werden konnte. Die anderen waren mit dem Propheten geflüchtet.

»Wir haben keinen mehr gefunden«, sagte Ahab. »Die Soldaten suchen noch immer.«

Als Ahab geendet hatte, stieß ich die Tür auf und schrie durch den Palast. »Falls ich Elia bis morgen um diese Zeit noch nicht getötet habe, soll sein Gott mit mir genau wie mit seinem Opfer verfahren!« Alle im Palast waren Zeuge meines Schwurs.

Am Morgen, als Ahab schlaftrunken die Augen öffnete, war ich bereits hellwach und zu allem entschlossen.

»Wie hat er es nur gemacht?«, fragte ich. »Wie hat er den Altar in Brand gesetzt?«

»Ich habe keine Ahnung. Die Priester sind alle tot, und ich war ja bereits fort. Aber der Erdboden um den Altar war so verkohlt, dass er das unmöglich selbst bewerkstelligen konnte.«

»Erzähle mir mehr. Ich werde ihn steinigen lassen!«

»Mehr gibt es nicht zu berichten.«

»Nein, das kann nicht sein!« Ich schüttelte so heftig den Kopf, dass mein Haar aus dem mit Gold durchwirkten Netz herausrutschte. »Es muss etwas geben! Wir werden beweisen, dass er gelogen hat! Elia ist ein Mörder, und er zieht Ascheras Namen in den Schmutz!«, schrie ich unbeherrscht. Ein Triumph des Kamelhaarpropheten war mir unerträglich. »Ich werde mir den Ort selbst ansehen«, erklärte ich.

Ahab sprang auf. »Aber du bist schwanger, Isebel! Die Königin kann unmöglich …«

»Besorge mir einige Soldaten! Der Regen hat nachgelassen. Ich muss alles mit eigenen Augen sehen!«

Und genau das tat ich. Trotz meines dicken Bauchs machte ich mich schwer atmend an den Aufstieg. Irgendwann streifte ich die Sandalen ab und stieg barfuß und ohne Stock den glitschigen Abhang bis zu der Stelle empor, wo meine Landsleute ermordet worden waren. Ahab folgte mir voll Sorge, um mich zu stützen, falls ich ausglitt.

Überall lagen blutige Kleidungsfetzen herum, und die Felsbrocken von Baals Altar waren weit verstreut. Doch Jahwes Altar schien bis auf die schwarzen Schmauchspuren auf den Steinen und der Erde unberührt zu sein. Offenbar war der Altar vom Blitz getroffen worden.

Doch wie war das möglich? Von meinem Schlafzimmer in Tyrus aus hatte ich viele schwere Unwetter beobachtet und gesehen, wie das Meer die Blitze anzog. Auch das Metall, mit dem der Palast meines Vaters gedeckt war, hatte Blitze angezogen. Nach dem vierten Einschlag hatte mein Vater das Dach völlig auswechseln müssen. Zum letzten Mal, wie meine Mutter damals erklärt hatte.

»Was ist das hier?« Ich deutete auf einen Graben, den man um den Altar gezogen hatte.

Einige der Soldaten berichteten, dass Elias Gott ihm aufgetragen hätte, diesen Graben zu ziehen und mit Wasser zu füllen. Das machte mich misstrauisch. Ich riss mir die Fingernägel ab, als ich zwischen den Steinen des Altars und den Knochen des Opferstiers herumwühlte.

»Ahab«, flüsterte ich. Vor Entsetzen klang meine Stimme ganz belegt.

Er trat zu mir und sah mir über die Schulter. Staunend betastete er die kupferne Kette, die der Prophet um das Tier geschlungen hatte. Es war dasselbe kostbare Metall, das das Leben im Palast meines Vaters damals so gefährlich gemacht hatte. Ich öffnete den Mund, um mir den Geschmack des Todes für immer einzuprägen, und schmeckte verkohlten Salbei und Rauch.

»Aschera ist meine Zeugin!«, schrie ich so laut, dass jeder es hören konnte. »Ich werde dafür sorgen, dass Elia unter Steinen begraben wird, bevor noch der nächste Baalpriester an Altersschwäche stirbt!«

Aber wie es schien, hatte der Erdboden den Propheten verschluckt. Doch er sollte unser Königreich noch lange Zeit voll Heimtücke bekämpfen.

Ben-Hadad

Einige Monate später musste ich ernsthaft befürchten, dass ich mich bei meinem Ausflug zum Berg Karmel womöglich doch übernommen und meinem Kind Schaden zugefügt hatte. Jedenfalls wurde mein Körper von Schmerzen geschüttelt, und meine Seiten stachen, dass ich fast keine Luft mehr bekam und Innascha nach Kräutern, Wasser und Tüchern rief.

»Innascha, ich glaube, ich muss sterben!« Ich werde bestimmt nicht mehr erleben, dass Ahab sein Kind auf die Stirn küsst, dachte ich voller Panik.

»Wasser!«, schrie Innascha noch einmal energisch, aber da kamen die Dienerinnen bereits mit Schüsseln und Tüchern angelaufen.

»Legt Euch zurück, und schließt die Augen, meine Königin!«

»Aber es ist doch noch viel zu früh. Es dauert doch noch ein paar Wochen!«

Innascha ließ sich nicht beirren. »Nein, meine Königin, es ist alles in Ordnung. Beunruhigt Euch nicht. Es ist so weit.«

»Jetzt schon?«, schrie ich entsetzt.

»Bald, meine Königin.«

Die Wehen dauerten ganze dreiunddreißig Stunden. Ich schluckte zahllose der braunen Körner, die mir Pemay zur Erleichterung der Geburt dagelassen hatte. Außerdem trank ich bitteren Tee und den Aufguss verschiedener Kräuter. Ich wollte nicht schreien, aber als der Schmerz zu groß wurde, hörte ich mich so laut wie ein verletzter Löwe brüllen. Man richtete mir aus, dass Ahab in den Tempel gegangen sei, um Aschera alles anzubieten, was er besaß, wenn sie nur seine einzige Frau errettete. Sämtliche Dienerinnen waren blass vor Angst. Als Innascha einmal in die Küche ging, um weitere Kräuter zu holen, ließ ich Uschna holen, damit sie mir endlich die Wahrheit sagte. Die Hebamme kam und sah mich mit ernster Miene an.

»Uschna, sag mir die Wahrheit!«

»Dazu muss ich Euch untersuchen.« Die Frau ölte ihre Hände ein und führte sie mit erstaunlicher Fertigkeit in meine Gebärmutter ein.

»Was ist?«, fragte ich, während ich mich wie eine gebärende Kuh krümmte.

»Das Kind liegt nicht richtig«, antwortete Uschna. Sie sah mich an, und ihre Augen verrieten großes Mitgefühl.

»Sieh mich nicht an, als ob du dich schon von mir verabschieden wolltest!«, schimpfte ich mit energischer Stimme. »Ich habe nicht die Absicht zu sterben!«

Als Innascha aus der Küche zurückkam, war sie sichtlich erleichtert und für die fachmännische Hilfe dankbar. Die beiden Frauen zogen sich in eine Ecke des Zimmers zurück und flüsterten miteinander, während Mot insgeheim über meine Schwäche lachte und mich zu sich winkte.

»Niemals!«, schrie ich mit neu erwachter Energie.

Entsetzt starrten die beiden Frauen mich an, als ob ich mit einem unsichtbaren Geist gesprochen hätte. Innascha eilte an meine Seite, und Uschna strich mir das feuchte Haar aus der Stirn.

»Du hast Baal ermordet!«, verfluchte ich den Totengott. Die Luft im Zimmer war stickig und roch nach Blut. »So schnell wirst du mich nicht bekommen!«

»Seid Ihr bereit, meine Königin?« Innascha sah mich an, und ich dachte, dass ihr liebes Gesicht vielleicht das Letzte war, was ich in diesem Leben sah.

»Holt ihn heraus«, flehte ich die beiden Frauen an. »Holt ihn endlich heraus! Und zwar schnell!«

Ich fühlte, wie Innaschas Hand in mich eindrang, und dann blendete mich strahlend helles Licht. Ein grauenvoller Schmerz schoss von meinen Schenkeln bis hinauf in meinen Kopf. Das Kind drehte sich, und in einem Blutschwall und unter lautem Schreien wurde es geboren. Uschna fing die Nachgeburt mit den Händen auf, und das Kind brüllte, als ob es wüsste, dass es beinahe seine Mutter getötet hätte.

Plötzlich war es totenstill im Zimmer. Ich lag reglos da, weil ich im Augenblick nicht genau wusste, ob ich schon ein Geist war oder noch unter den Lebenden weilte. Dann hob sich meine Brust, und gleichzeitig holte ich zögernd Atem. Lautes Lachen verdrängte den Tod aus dem Raum.

»Schickt nach Ahab!«, schrie Innascha. »Er hat einen Sohn!«

Die Frauen stimmten laute Gesänge an, und das Echo hallte durch die Gänge des Palasts. Die Diener freuten sich, dass dem Land ein zweiter Sohn geboren worden war. Mit Tränen in den Augen eilte Ahab an meine Seite.

»Sie waren sicher, dass du das nicht überleben würdest«, schluchzte er. Ich bemerkte die Asche in seinen Haaren und auf seinen Brauen und fühlte, wie er meinen leeren Bauch küsste und die Tränen meinen Schoß benetzten.

Nachdem das Kind gewaschen und in leinene Tücher eingeschlagen worden war, hielt Ahab seinen Sohn zum ersten Mal in den Armen und blickte gerührt auf das regelmäßige kleine Gesicht hinunter. Während Innascha meine starken Blutungen versorgte, verkündete Ahab, dass unser Sohn Jehoram heißen sollte.

Ein wunderschöner Name, dachte ich.

Zwei Wochen lang musste ich eisern Bettruhe einhalten. Man brachte mir Früchte und Nüsse und andere Köstlichkeiten, die angesichts der Hungersnot noch kostbarer waren als sonst. Dies war schon das zweite Kind, das ich während einer Zeit des Hungers zur Welt gebracht hatte. Zuerst Athalia und nun Jehoram. Nach Ahabs Meinung war dies aber kein schlechtes Vorzeichen.

»Hunger ist in Israel ganz alltäglich. Wenn jedes Kind, das in einer solchen Zeit geboren wird, dem Tod geweiht wäre, kämen wir aus dem Weinen und Klagen nicht mehr heraus.«

»Und wie steht es mit Elia und seinem Regen?«, fragte ich spöttisch. »Hat er inzwischen wieder aufgehört? Oder wird die Hungersnot demnächst vorbei sein?«

»Es regnet noch immer. Zwar nicht unbedingt viel, aber genug, um die Brunnen zu füllen und die Felder zu bewässern. Fühlst du das?« Er beugte den Kopf herunter, dass ich seine feuchten Locken befühlen konnte. Ich schloss die Augen und roch Erde und Wasser.

Als ich aufstehen durfte, sah ich zum bewölkten Himmel empor. Offenbar freute sich Baal über meinen Sohn. Nur einen Monat später, und Jehoram wäre nicht in einer Hungerperiode zur Welt gekommen.

Wie seine älteren Geschwister, so wuchs auch Jehoram rasch heran. Am liebsten spielte er mit Pemays Katzen. Die armen Kreaturen! Sie wurden nicht nur von wilden Hunden traktiert, sondern auch von wilden Kindern, die sie an den Schwänzen zogen, sie auf dem Arm wiegten oder ihr Fell gegen den Strich streichelten. Voll mütterlichem Stolz wachten Innascha und die Amme über die Kinderschar, zu der auch Uschnas Kinder gehörten. Das Lachen meiner Kleinen und Innaschas Glück waren allein Ascheras Werk und ließen mich den Vorfall auf dem Berg Karmel und alle meine Schmerzen rasch vergessen.

»Athalia wird einmal so schön wie ihre Mutter werden, und Ahazia und Jehoram werden so gut aussehende Männer wie ihr Vater«, sagte Innascha, als wir wieder einmal den spielenden Kindern zusahen. Sie tanzten durch den Garten, sangen und kullerten zwischen den Pflanzen herum. Ich dankte Aschera, dass

Athalia und Jehoram die dunklere Haut ihres Vaters und nur Ahazia mein zypriotisches Blut geerbt hatten. Vielleicht würde meine Tochter eines Tages leichter Anschluss finden, überlegte ich, weil sie eher wie eine Israelitin aussah. Außer Innascha, Uschna und dem König besaß ich keine Freunde in diesem Land, und wer respektierte mich schon so rückhaltlos wie meine Priester und Priesterinnen?

Nach Jehorams Geburt herrschte über ein Jahr lang Frieden. Von Elia gab es nichts Neues, und auch eine neue Hungersnot stand nicht zu befürchten. Die Weinstöcke gediehen, die Brunnen spendeten Wasser, und die Früchte auf den Feldern wuchsen prächtig heran. Doch so wie alles vergänglich war, so war auch diese friedliche Zeit nicht von Dauer.

Wieder einmal bedrohte uns der König von Aram, doch diesmal war er mächtiger denn je und seine Kriegskasse gut gefüllt. Wir hatten uns während der friedlichen Tage in Sicherheit gewiegt und nicht im Traum mit einem solchen Vorstoß gerechnet. Doch wie man sah, gab es für ein Land nichts Gefährlicheres.

Auf der Suche nach Gold, Frauen und dem zehnten Teil unserer Ernte marschierte Ben-Hadads Streitmacht aus Osten heran. Die Zahl seiner Soldaten war so gigantisch, dass Ahab gar nicht erst mit Vorbereitungen begann. Ben-Hadad hatte zweiunddreißig Könige unter seinem Kommando vereinigt, und alle wollten sie sich an Israel bereichern. Wir besaßen jedoch nichts, was wir als Tribut hätten zahlen können. Außerdem widerstrebte es mir zutiefst, dass unser größter Schatz, unsere israelitischen Mädchen, von einem ewig betrunkenen Idioten nach Aram entführt und vergewaltigt werden könnten. Ich eilte in den Tempel und erflehte Anats Beistand.

»Gib, dass Ahab im Blut Ben-Hadads watet«, betete ich, doch umsonst. Ahab sah sich angesichts der übermächtigen Tributforderungen zur Aufgabe gezwungen, und als ich nachts ins Bett sank, träumte ich von Blutvergießen und Vergewaltigungen. Am Morgen jedoch änderte sich Israels Situation so vollkommen, dass ich schon glaubte, Anat wollte mich zum Narren halten.

»Ben-Hadad hat noch einmal mehr Tribut gefordert!«, schrie Ahab empört.

Jehu stand vor dem Thron und schüttelte den Kopf. Seine an der Spitze aufgerollten Stiefel glänzten wie polierter Onyx, und die weißen Troddeln an seinem Lendentuch vibrierten vor unterdrückter Wut.

»Ihr solltet die Zahlung verweigern«, riet Jehu dem König. »Die Forderungen sind völlig überzogen! Was wird als Nächstes kommen? Wollen sie vielleicht Euren Palast durchsuchen und Königin Isebel entführen?« Jehu wandte sich mir zu, und seine Augen glitzerten so blau wie der wertvolle Stein, den Ahab mir in der Nacht von Jehorams Geburt geschenkt hatte.

»Ich werde ihrem Angriff zuvorkommen!«, verkündete Ahab. »Du hast Recht, Jehu. Richte ihnen aus, dass wir keinerlei Tribut entrichten werden.«

Ich schnappte nach Luft und fragte mich, was Ahab da tat, aber Jehu lächelte zufrieden. Ein paar Stunden später war er mit dringenden Nachrichten wieder da.

»Der König von Aram lässt ausrichten, dass seine Männer ganz Israel wegtragen könnten und dabei auf jeden seiner Männer nicht mehr als eine Hand voll Sand entfiele.«

»Bestelle ihm, dass ein leeres Gefäß den meisten Lärm macht. Nur Schwächlinge protzen mit dem, was sie noch nicht haben. Der König von Aram sollte sich nicht so aufspielen, wenn jedes seiner Worte ihn gleichzeitig Lügen straft.«

Ich war hingerissen, wie rasch und geschickt Ahab argumentierte. Dabei war unsere Lage mehr als ernst. Diesmal bat ich Anat, unsere Armee zu stärken. »Gib unseren Männern Kraft, wenn sie sie am nötigsten brauchen, und wache über den geheimen Angriff gegen Ben-Hadad.« Denn genau das war unser Plan.

Der Überraschungsangriff sollte während der Nacht stattfinden, wenn Ben-Hadad noch viel zu betrunken war, um seine Männer kommandieren zu können. Von den Mauern aus sah ich zu, wie Ahab und sein General den Palast verließen und in der tintenschwarzen Nacht verschwanden. Von diesem Augenblick an schickte ich stündlich Boten aus, um mich über den Fortgang der Schlacht zu informieren. Von den Türmen aus konnte ich den Berg Karmel in der Ferne ausmachen, doch ich wandte mich enttäuscht in die andere Richtung und hoffte inständig, dass Anat dieses Mal helfen würde. Aschera hatte offenbar für mich getan, was in ihrer Macht stand, und ich hätte die Zeichen der Zeit viel früher erkennen sollen.

Der erste Bote kehrte ohne Neuigkeiten zurück.

»Kehre um, und komme erst wieder, wenn du etwas melden kannst«, sagte ich.

Ein zweiter Bote berichtete drei Stunden später vom Beginn der Schlacht. Ben-Hadad schien völlig überrascht gewesen zu sein und zusammenhanglose Befehle erteilt zu haben. Ich grinste genüsslich.

»Wiederhole, was der König von Aram gesagt hat«, befahl ich. »Und zwar Wort für Wort.« Ich wollte mich an seiner Schwäche weiden.

Der Diener deutete wild hierhin, dann dorthin, und taumelte dann wie ein betrunkener Narr. »Ergreift sie!«, schrie er. »Ergreift sie lebend! Tod den Israeliten! Nein ... Ja, ergreift sie tot! Habt ihr mich verstanden? Ich will sie lebend – oder ich bringe jeden Soldaten einzeln um und ersetze ihn durch eine Frau.«

Die Nachrichten besserten sich von Stunde zu Stunde. Ahabs Bogenschützen hatten die Rammböcke der Aramäer in Brand geschossen. Obgleich Ben-Hadad fast bis Sichem vordrang, hatte die Stadt durch die frühere Verstärkung der Mauern so gut wie nichts zu befürchten.

Einige Zeit später wurde der Sieg gemeldet. Allerdings nicht für Ben-Hadad, sondern für das kleine Israel und seinen klugen König, der seine Männer in der Schlacht mitgerissen hatte.

Die Straßen füllten sich mit jubelnden Menschen, die Jehus Können priesen und Ahab unter die größten Könige der Geschichte einreihten. Zur Feier des Sieges gaben wir abends ein großes Fest. Ich hatte den Eindruck, dass jede israelitische Familie im Palast vertreten war. Musiker füllten die Räume mit Trommelschlag und Lyraklängen, und die großen silbernen Ohrringe der Frauen glitzerten beim Tanz mit herrlichen Edelsteinketten um die Wette.

Seit die Nachricht von Ahabs Sieg den Palast erreicht hatte, war Innascha geschäftig hin und her geeilt. Ich hatte mich für mein offenherzigstes Gewand aus ägyptischem Leinen entschieden, das sich meiner Figur anschmiegte und im Flackerlicht der Öllampen die Schatten meiner Rundungen noch betonte. Seit Stunden hörte ich die Diener auf nackten Füßen treppauf und treppab eilen und das Fest zum Empfang des Königs vorbereiten. Ahab würde zwar hungrig und erschöpft zurückkehren, aber trotzdem wollte er die ganze Nacht hindurch mit seinen Männern tanzen und feiern.

Silberne Enten und Pfauen schmückten die Tische in den Höfen, wo Fleisch und Wein auf die Hungrigen warteten. Die marmornen Wände und Böden der Höfe schimmerten im Licht der Fackeln, und Lotos- und Jasminblüten schwammen auf dem sanft bewegten Wasser der Brunnen. Ahab trug noch seine lederne Kampfkleidung, doch der Palast war so festlich geschmückt, dass er eines tyrischen Königs würdig gewesen wäre.

Die ganze Nacht hindurch tanzte ich nur mit Ahab. Meine Locken waren mit Perlenschnüren durchwirkt, und noch der älteste der Soldaten träumte von meinem Körper. In der Hoffnung, dass ich ihm einen Tanz – oder vielleicht sogar mehr – gewährte, machte Jehu einige Vorstöße, aber ich hatte nur Augen für den König.

»Ihr seid sogar schöner als Aschera«, schmeichelte mir der General. Im Fackellicht waren seine Augen nicht länger blau, sondern so schwarz wie Obsidian.

Ich lächelte. »Und Euch hat Anat zum Sieg getragen«, erwiderte ich. »Gut gemacht, General.«

Noch bevor Jehu antworten konnte, flüchtete ich mich für den nächsten Tanz in Ahabs Arme. Ich spürte, dass der General mich die ganze Zeit über nicht aus den Augen ließ. Ein Gewand wie ein Futteral, ein durchsichtiger Schleier, Jasminblüten und Perlenschnüre im Haar und goldene Spangen an den Armen – das Abbild einer tanzenden tyrischen Prinzessin. Damals in Megiddo hatte ich ihn nur reizen wollen, weil er fremde Frauen unattraktiv fand. War Hry etwa nicht schön? Neideten die Israelitinnen mir denn nicht mein offenes Haar, und imitierten sie nicht meine Art, mich zu schminken? Heute jedoch schien ein einziger Blick von mir den General entflammt zu haben. Innascha hatte einmal bemerkt, dass er mich auch begehren würde, selbst wenn ich ihn kein einziges Mal angesehen hätte. Als tyrische Prinzessin, als Ahabs Frau und als Königin von Israel war ich für ihn unerreichbar.

Innascha hatte Recht. Jehu war es nicht gewohnt, dass Frauen ihm etwas abschlugen – ganz gleich, ob es sich dabei um Essen, Wasser, Geheimnisse oder Liebe handelte. Als Ahab unseren Tanz unterbrach, um sich mit einem Schluck Wein zu erfrischen, starrte ich zum Sternenhimmel empor und dachte über Innaschas Worte nach. Plötzlich war Jehus Stimme ganz nah an meinem Ohr.

»Ihr strahlt heller als der Mond, Königin Isebel.«

Ich wandte mich um und sah, dass Jehu meine Brüste anstarrte, die seit Jehorams Geburt noch voller geworden waren. »Meint Ihr mich – oder *sie*?«, fragte ich, aber Jehu legte mir meine Keckheit prompt als Interesse aus.

»Beide, meine Königin. Ihr seid wirklich ungewöhnlich schön.« Er grinste lüstern. »Verratet Ihr mir, weshalb Ahab solches Glück hatte?«, fragte er und rückte mir dabei so nahe, dass ich die Hitze seines Körpers spürte. »Womit hat er eine so wunderschöne Frau verdient?«

Ich lächelte höflich, weil ich mir den General nicht unbedingt zum Feind machen wollte. »Weil er der König von Israel ist und ich eine Prinzessin des bedeutendsten Königsreichs im Osten bin.« Nach einer kleinen Verbeugung flüchtete ich zu Ahab, der sich mit einigen anderen Männern unterhielt, und trank einen Schluck Wein aus seinem Becher. Obwohl ich Jehu den Rücken zuwandte, spürte ich den entschlossenen Blick der Lapislazuliaugen auf meiner Haut und dachte an die Wölbung unter seinem Lendentuch.

In dieser Nacht liebte Ahab mich wieder und wieder, und ich stöhnte so laut, dass er mir den Mund zuhalten musste.

»Die Wachen denken sonst, dass ich dich umbringe«, sagte er.

Ich lachte, und Ahab liebkoste meinen Körper mit den Lippen. Später ruhte ich mich mit dem Kopf auf seinem Bauch aus und zeichnete mit dem Finger eine Narbe nach, die von seinem Nabel bis zu einer Brustwarze reichte. Mich schauderte.

»Wie ... wie ist es eigentlich im Krieg, Ahab?«

Ahab bedeckte meine Haare mit Küssen. »Ich glaube nicht, dass du diese Schrecklichkeiten hören willst, Isebel.«

Einen Moment lang verschlug es mir die Sprache, was Ahab nicht entging. »Wann habe ich mich jemals vor etwas gefürchtet?«

Ahab nickte ganz in Gedanken. »Es ist einfach entsetzlich, Isebel. Frauen werden vergewaltigt, Paläste niedergebrannt und Familien für immer zerstört.«

»Siehst du einem Mann ins Gesicht, wenn du ihn tötest? Denkst du in diesem Moment an seine Kinder?«

»Isebel«, flüsterte mein Mann kaum hörbar und schloss mich eng in seine Arme.

Ich musste es wissen. »Antworte mir, Ahab.«

»Nein.« Ahab ließ den Kopf sinken. »Ich sehe nur Sieg oder

Niederlage. Wenn ich an Frauen und Mütter denken würde, wäre ich verloren.«

Bei diesem Gedanken zuckte ich zusammen und presste mein Gesicht ganz dicht an Ahab, als ob ich ihn für immer festhalten wollte. »Und wenn du in den Krieg ziehst«, fragte ich leise, »empfindest du dann Wut?« Nachdem ich rachedurstig Elias Kopf gefordert hatte und Ahab so ruhig geblieben war, konnte ich mir das nicht recht vorstellen.

»Nein, eigentlich nicht«, meinte Ahab nachdenklich. »Als Heerführer appelliere ich lieber an das Gerechtigkeitsgefühl meiner Soldaten. Wenn ich töten muss, dann nur, um mich selbst zu retten. Männer wie Jehu kämpfen, weil sie wütend und zu allem entschlossen sind. Ich kämpfe nur, weil ich möchte, dass Israel überlebt.«

»Jehu.« Insgeheim verwünschte ich die Lapislazuliaugen. »Nun, er ist ein leidenschaftlicher Mann«, sagte ich mit bedeutungsvollem Unterton. Ich wartete auf Ahabs Frage, weil ich ihm von dem Fest erzählen wollte, doch er nickte nur.

»Das ist wahr. Aber nun musst du dich ausruhen, Isebel.«

Ich runzelte die Brauen. »Und du – wirst du nach diesem Blutvergießen Ruhe finden?«

»In deinen Armen, meine liebe Isebel, werde ich wie ein Kind schlafen.«

Ich zog die Stirn kraus. »Bist du sicher ...«

Ahab lächelte. »Aber ja, ich lüge dich doch nicht an.« In dieser Nacht hielten wir uns eng umschlungen.

Am nächsten Tag gingen die Siegesfeiern weiter. Der Duft nach gebratenem Fleisch und Honig, der mit Eukalyptus- und Pflaumenblüten aromatisiert war, zog durch den Palast. Ich glaubte mich nach Tyrus versetzt und erinnerte mich an die ausschweifenden Feste und die wunderschönen Frauen, die nachts unter den Arkaden der offenen Höfe tanzten. Karren voll Orangen und geröstetem Getreide rollten in den Palast, und Tänzer unterhielten die vielen hundert Gäste, die teilweise auf Bänken oder sogar auf dem frisch gekehrten Fußboden übernachtet hatten.

Doch allzu lange durften sich diese Feierlichkeiten nicht hinziehen. Man hatte Ben-Hadad einen gewaltigen Strich durch die Rechnung gemacht, und er hatte sicher nicht die Absicht, sich die Beute noch einmal entwischen zu lassen. Er hatte es unvorsichtigerweise in den Hügeln zum Kampf kommen lassen. Das war ein Fehler gewesen.

»Spätestens im Frühjahr wird er versuchen, uns in der Ebene anzugreifen«, prophezeite Ahab düster und bereitete die Armee umso intensiver auf neue Kämpfe vor.

Jehus erster Offizier klang entmutigt. »Aber einen weiteren Angriff können wir nicht mehr überstehen.«

Ahab saß mit verschränkten Armen auf dem Thron. »Umso besser müssen wir uns vorbereiten«, erklärte er pragmatisch.

»Aber die Zahl unserer Soldaten ist viel zu klein. Im Vergleich zu Ben-Hadads Streitmacht gleicht die unsere eher einer Ziegenherde.«

Aber Ahab ging gar nicht darauf ein. »Seid auf alles gefasst«, sagte er noch und beendete damit die Diskussion.

Wie prophezeit kehrte Ben-Hadad im Frühling mit einer noch größeren Armee zurück. Obwohl wir uns gut vorbereitet und sogar dreihundert Streitwagen aus Megiddo herbeibeordert hatten, zweifelte ich, dass Israel die Herausforderung bestehen würde. Mit Tränen in den Augen sah ich zu, wie Ahab seine Männer um sich sammelte, um Richtung Norden nach Aphek zu reiten. Oder in seinen Tod?

»Wirst du zurückkehren?«, fragte ich leise.

»Ja, und zwar siegreich«, versprach Ahab.

»Für Athalia und Ahazia?« Ich streichelte seine Wange und fragte mich unwillkürlich, ob es wohl das letzte Mal war, dass ich seine Haut unter meinen Fingern fühlte.

»Und für den kleinen Jehoram natürlich auch. Er wird einmal ein großer Baumeister werden wie sein Vater.«

Zweifelnd sah ich Ahab an.

»Ist dir denn noch nie aufgefallen, dass er im Gegensatz zu anderen Kindern mit Steinen und Stöckchen immer nur kleine Festungen baut?«

Ich lächelte. »Nein, Ahab, das ist mir offensichtlich entgangen.«

Er strich mir sacht über das Haar. »Falls mir etwas passiert, Isebel ...«

»Nicht, Ahab.«

»Nein, hör mir zu. Falls mir in der Schlacht etwas zustoßen sollte, dann sorge für unsere Kinder. Und lasse Jehoram eine gute Ausbildung zukommen. Solange du ihn hast, wird immer ein Stück von mir bei dir sein.«

Ich spürte, wie meine Unterlippe zitterte, und biss so heftig darauf, dass ich Blut schmeckte. »Kein Kind kann dich ersetzen«, flüsterte ich. Es war undenkbar, dass wir uns heute noch so nahe waren – so voller Liebe und voller Leben –, und morgen schon die Einsamkeit ertragen mussten. »Versprich mir, dass du zurückkommen wirst.«

Ahab legte die Faust auf sein Herz und nickte. »Ich verspreche es, Isebel.« Gleich darauf war er zwischen den singenden, tanzenden Menschen auf der Straße verschwunden.

Von nun an pilgerte ich täglich in den Tempel und betete vor Anat um den Sieg. Ich stimmte die große Hymne der Kriegsgöttin an und malte mir aus, dass Ahab die Aramäer vernichtend schlug, wie Anat vor langer Zeit den Gott der Unfruchtbarkeit und des Todes besiegt hatte.

Mit dem Schwert sollst du sie zerschlagen,
mit der Mistgabel sie durchbohren,
mit dem Feuer sie verbrennen,

mit Mühlsteinen sie zermahlen,
auf dem Acker sollst du die Reste ausstreuen,
damit die Vögel sie aufpicken
und auch die Hühner ihren Teil bekommen.

Die frühere Hohepriesterin, die schlank und groß wie eine Weide gewesen war, war im jährlichen Wechsel durch eine andere Priesterin ersetzt worden. Diese junge Frau war ebenso rothaarig wie Dido.

»Meine Schwester hat auch feuerrotes Haar«, sagte ich.

Die junge Frau neigte den Kopf. »Dann bin ich gesegnet.«

»Meine Schwester ist eine große Heerführerin, denn sie hat zusammen mit ihren Brüdern die Kriegskunst erlernt. Dass Aschera Euch als Hohepriesterin erwählt hat, ist für mich ein Zeichen, dass Israel sich durchsetzen wird.«

Und so geschah es.

Eines Tages saß ich bis auf die Wachen allein im Thronsaal. Wie viele Wochen hatte ich hier nur in Gesellschaft der Katzen verbracht, während meine Kinder bei Innascha waren? Jeden Moment hatte ich darauf gewartet, vom Sieg oder von der Niederlage meines Mannes zu hören. Als die Trompete endlich erklang, atmete ich tief ein und suchte zu erspüren, ob Ahab noch lebte. Die Türen öffneten sich, und die Wachen kündigten mir einen Boten an. Ich bat ihn herein und erkannte am purpurfarbenen Lendentuch und den gesiegelten Sandalen, dass es sich um einen persönlichen Abgesandten des Königs handelte.

»Diesmal war die Schlacht entscheidend, meine Königin.«

Bebend hielt die Hand, die die schlafende Katze auf meinem Schoß gestreichelt hatte, inne, und ich sah den Mann an. Ich kannte ihn. Es war derselbe, der mir Ahabs ersten Sieg über die Aramäer gemeldet hatte. »Sprich«, forderte ich ihn auf. Mein goldener Kopfschmuck drückte schwer.

Der Bote lächelte. »Der König von Israel hat gesiegt.«

Ich sprang so hastig auf, dass die Katze auf dem Boden landete. Beleidigt sah sie zu mir hoch. »Und wie?«, rief ich. Wie hatten sie die Aramäer besiegt? Ben-Hadad hatte bessere Waffen und erfahrenere Bogenschützen. Außerdem hatte er als Schlachtfeld diesmal die Ebene gewählt.

»König Ahabs Streitwagen waren sehr viel stärker als die entschlossenen Reiter der Aramäer. Dreitausend Männer haben ihr Leben verloren, meine Königin.«

»Und wie viele waren Israeliten?«

»Vierhundert. Der König von Israel hat gesiegt.« Der Mann grinste. »Er hat Jehu bestens ausgebildet.«

Ich stockte. »Habe ich richtig gehört? Soll das heißen, dass mein Mann Jehu unterrichtet hat?«

»Ja«, antwortete der Mann. »Als Kinder haben sie oft zusammen gespielt, und der König von Israel hat Jehu gezeigt, wie man einen Streitwagen fährt.«

»Das war aber lange vor meiner Ankunft in Israel, nicht wahr?«

»Ja, meine Königin.«

Weshalb hatte mein Mann mir das nie erzählt? »Was weißt du vom König der Aramäer?«, fragte ich. »Wo ist Ben-Hadad?«

»Der König von Aram wurde in einem Versteck entdeckt und hat wie ein Kind um sein Leben gefleht.«

Ich lächelte. »Und wie hat Ahab ihn umgebracht?«

Der Bote senkte den Blick. »Der König von Israel hat König Ben-Hadad das Leben geschenkt.«

»Wie bitte?«, schrie ich auf. Der Bote zuckte zusammen, und ich entließ ihn, bevor ich etwas Unüberlegtes tun konnte. An Ahabs Stelle hätte ich Ben-Hadad vermutlich mir bloßen Händen erwürgt, in heißem Öl gekocht oder zusammen mit seinen Soldaten in Flammen aufgehen lassen. Ich ließ mich auf den Sessel fallen und lockte Pemays Katze. Aber sie war noch immer beleidigt. Na wunderbar. Ich zuckte die Achseln und überlegte, was Ahab wohl zu dieser falschen Entscheidung bewogen hatte. Er war ein sanftmütiger Mensch, aber er war doch nicht dumm! Er musste sich etwas dabei gedacht haben, das Leben Ben-Hadads zu schonen. Ob er als Ausgleich eine Karawanenstraße durch das wilde Aram gefordert hatte? Ein solches Abkommen könnte ich verstehen. Mein Vater hatte immer solche Vereinbarungen getroffen. Trotzdem fühlte ich mich irgendwie um den Sieg betrogen.

Die Rückkehr des Königs wurde in allen Straßen der Stadt gefeiert. Frauen begleiteten die Soldaten und tanzten zum Klang der Lyren, Zimbeln und Tamburine. Ahab trank aus einem goldenen Kelch, und als er den Palast erreichte, schloss er mich unter den Hochrufen der Menge in die Arme. Noch bis lange nach Mitternacht hallten die Siegesgesänge durch die Straßen. Auf ihrem Weg in die Verliese wurden die Gefangenen gefesselt durch die Menge geführt und von allen Leuten bespuckt.

»Es wird keine Siegesfeier geben, bevor ich dich nicht geliebt habe«, flüsterte mir mein Mann ins Ohr, und ich kicherte wie eine Braut.

»Zuvor musst du Anat im Tempel deinen Dank abstatten«, mahnte ich.

Unsere Prozession wurde von Hunderten jubelnder Israeliten angeführt. Der König und ich folgten in Ahabs Streitwagen, dessen Räder noch mit dem Blut unserer Feinde bespritzt waren. Als der Wagen vor dem Tempel hielt, waren die Tore bereits weit geöffnet und das Licht, das aus dem Gebäude auf das Pflaster fiel, ließ Ahabs Krone aufleuchten.

Der Hohepriester und die Hohepriesterin bereiteten den Altar für das Dankopfer vor. Wie ein Bienenschwarm drängten die Menschen in den Tempel, damit ihnen nichts von der heiligen Zeremonie entging. In allen Ecken wurde Weihrauch verbrannt, und der Rauch trug die Dankgebete zum Himmel empor. Dann trat der Hohepriester, angetan mit einer mit Rubinen und Saphiren besetzten Brustplatte, an den Altar und blies einige Male in ein Schneckenhorn. Die erregten Stimmen sanken zu einem Flüsterton herab, als ob Wind über Sand striche. Ich nahm meinen Platz am Rand des Podests ein und sah zu, wie Ascheras Hohepriesterin zum Altar schritt. Ihr feuerrotes Haar bildete einen wilden Kontrast zu dem durchsichtigen Schleier, in den sie gekleidet war. Leiser Trommelwirbel begleitete die Lyren- und Harfenklänge der Tempeldienerinnen, als ich mich erhob und die Zeremonie der Entkleidung ihren Anfang nahm.

Ich löste den Schleier von den Schultern der Priesterin und enthüllte den Anwesenden ihre vollen Brüste. Das Gewand glitt bis auf die Hüfte hinunter, während ich über die wie Perlmutt schimmernde Haut strich. Ich sah Ahab erschauern, als meine Finger die erregten Brustwarzen berührten. Wie gebannt starrten die Menschen zu mir empor, als ich hinter die junge Frau trat und den Schleier über die Schenkel zu Boden gleiten ließ. Die Scham der Priesterin war genauso feuerrot wie die Haare auf ihrem Kopf. Atemlose Stille trat ein. Bisher hatten die Israeliten noch nie eine Siegesfeier für Anat erlebt. Selbst Jehu war völlig fasziniert und verfolgte jede meiner Bewegungen.

Es war nicht das erste Mal, dass Ahab oder ich uns an den Tempelzeremonien beteiligten, allerdings nie in der Öffentlichkeit. Am ersten Tag der Regenzeit zum Beispiel vereinigte Ahab sich mit der Priesterin der Aschera, und ich hieß den Baalpriester auf meinem Lager willkommen. Heute jedoch enthüllte sich mein Mann zum ersten Mal vor Tausenden seiner Untertanen. Meiner Ansicht nach war das nichts Ungewöhnliches, da ja schon König David nackt auf der Straße getanzt hatte. Als ich der Priesterin den Kopfschmuck der Kriegsgöttin aufsetzte, quoll ihr rotes Haar wie ein Blutstrom darunter hervor. Ihre Haut roch betäubend nach Thymian. Dann löste ich Ahabs Lendentuch und offenbarte den Zuschauern seine aufrechte Männlichkeit. Als er sich mit der Kriegsgöttin auf dem Altar vereinigte, brach die

Menge in ohrenbetäubende Hochrufe aus. Ich verfolgte die Zeremonie wie gebannt, so dass die Nähe der vielen Menschen zum ersten Mal keine Übelkeit bei mir auslöste. Seinen Samen spendete Ahab jedoch nicht der Priesterin, sondern der israelitischen Erde zu Füßen Ascheras. Nach dem Ende der Zeremonie kleidete ich meinen Mann wieder an, und die Hohepriesterin wurde vom Baalpriester in ihre Räume getragen.

Bei Gesang und Tanz feierte die Menge die ganze Nacht hindurch. Am Tag darauf führte man Arams Offiziere vor unseren Thron. In groben Gewändern und mit Stricken um den Hals fielen sie vor Ahab auf die Knie und flehten um ihr Leben. Obwohl der König sie mit einem Wink hätte töten können, verschonte er sie.

»Im Gegenzug für meine Milde erwarte ich Handelsprivilegien in Damaskus und außerdem die Rückgabe der Städte, die Aram sich während König Baaschas umstrittener Regierungszeit angeeignet hat.« Dann wurden die Söhne der Edlen ebenfalls in Fesseln vorgeführt und schließlich der König persönlich. Ich rutschte auf meinem Sessel ganz nach vorn, um den Herrscher besser sehen zu können, der sogar das mächtige Ägypten erzittern ließ. Ben-Hadad war ein hoch gewachsener, muskulöser Mann mit honigfarbenen Augen und verkniffenem Mund. Seine Wangen glühten. Sehr gut, dachte ich, krieche du nur vor Israel zu Kreuze.

»Erklärt Ihr Euch mit Israels Bedingungen einverstanden?«, fragte Ahab.

Ben-Hadad nickte. Als Zeichen der Gefangenschaft hatte man ihm den Kopf geschoren. Doch in seinen Tigeraugen stand seine ganze Wut zu lesen. Und die Verblüffung darüber, dass das kleine Israel eine Armee von zweiunddreißig Königen nicht nur einmal, sondern gleich zweimal in die Knie gezwungen hatte.

Nach dem großen Sieg über Ben-Hadad folgte ein Fest dem anderen, Frauen mit Tamburinen tanzten auf den Straßen, Männer standen auf den Dächern und bliesen ihre Flöten, und überall wurde zu Ehren der Kriegsgöttin Weihrauch entzündet. Streitwagen fuhren durch die engen Gassen von Jesreel und beschenkten die Bedürftigen mit Nahrungsmitteln. Zwanzig Lämmer und sechzehn Bullen wurden an die armen Dörfer in der Umgebung verteilt, damit auch sie in Anats Namen feiern konnten. Im Palast wurden vierhundertfünfzig Bullen für die Priester und Priesterinnen, die Adligen des Landes und die siegreichen Soldaten geschlachtet, die auf dem Marsch von Aphek nach Jesreel allerorts mit Palmwedeln begrüßt worden waren.

An diesem Abend folgte mir Jehu auf Schritt und Tritt. Er küsste meine Hand und schließlich auch meinen Arm zwischen den goldenen Spangen. Hungrig starrten mich die Lapislazuliaugen an. »Ich brauche Euch, meine Königin.«

»Genau wie mein Mann und mein Kind«, entgegnete ich und entzog ihm meine Hand.

Ohne die Augen von mir zu wenden, hob er seinen Becher an die Lippen. »Ich kann warten.« Er lächelte. »Nicht einmal Könige leben ewig.« Einen schrecklichen Augenblick lang kroch mir die Furcht den Rücken empor, dass Ahab vor mir sterben könnte. Sie verließ mich den ganzen Abend über nicht mehr. Ich beobachtete meinen Mann mit Argusaugen. Was, wenn er krank oder verletzt war und es vor mir verbarg? Als wir in der Nacht endlich allein waren, überzeugte ich mich davon, dass es ihm gut ging. Mit den Händen strich ich über seine Brust und seine muskulösen Arme und verfluchte insgeheim den General. Früher hatte ich seine Aufmerksamkeiten genossen, doch heute machten sie mir Angst.

Im Anschluss an die Schlacht bei Aphek herrschte drei Jahre Frieden. Ich erlebte, wie meine Tochter zu einem wunderschönen Mädchen mit ansteckendem Lachen heranwuchs und meine beiden Söhne sich mehr und mehr zu Abbildern ihres Vaters entwickelten. Ich konnte gar nicht genug davon bekommen, sie beim Spielen zu beobachten. Ihre Lehrer hatten Anweisung, die Jungen und das Mädchen gemeinsam zu unterweisen, was zuweilen zu Unstimmigkeiten führte. Keinesfalls sollte Athalia wie die israelitischen Mädchen aufwachsen. Ich schloss meine Kleine von Tag zu Tag und Woche zu Woche mehr in mein Herz, weil ich viel von mir in ihr wieder fand. Dickköpfig beharrte sie darauf, sich den Jungen nicht unterzuordnen. Sie liebte ihre Brüder, und für beide war sie das große Vorbild, das beide fraglos anerkannten und bewunderten. Die drei liebten einander über alle Maßen, feierten alle Feste miteinander und unterhielten sich in einer Geheimsprache, die nur sie verstanden und die ihnen die anderen Kinder neideten.

Das Frühjahr verging und machte dem honigsüßen Wein des Sommers Platz. Irgendwann machte das Gerücht die Runde, dass Elia einen der Jahwepropheten zu seinem Nachfolger bestimmt hätte. Ich schickte Wachen aus, um in allen Städten des Landes Erkundigungen einzuziehen, und so erfuhren wir, dass dieser Mann Elischa hieß und genau wie sein Vorgänger ein bettelarmer Bauer war. Bedeutete das, dass Elia krank war? Ich dachte allerdings nicht lange darüber nach, da mich Wichtigeres beschäftigte. Innascha wurde zusehends älter. Im Lauf der Zeit hatte sie fast alle Zähne eingebüßt, und ihr Haar war schlohweiß geworden. Es schmerzte mich zu sehen, wie schlecht sie ging, und aus Angst, dass sie stürzen könnte, entband ich sie von allen ihren Pflichten.

»Sie braucht sehr viel Ruhe und darf essen, was sie möchte«, ordnete ich an. Ich wollte, dass sie glücklich war. Sie sollte es nicht bereuen, dass sie mir in dieses Land gefolgt war. Obwohl sie kaum noch Zähne hatte, redete sie so viel wie immer und lächelte, wenn sie mir wieder einmal die neuesten Geheimnisse des Palasts anvertraute. Zu keiner Zeit war ich ihrer Liebe und ihrer Bewunderung würdig. Dabei war Innascha alles für mich – meine einzige Freundin, meine einzige Vertraute, meine treue Gefährtin und die beste Mutter meiner Kinder.

Doch ganz gleich, wie viele Tage vergingen, über wie viele Fälle entschieden wurde, wie viele Karawanen ihre Waren in den Palast schleppten und meine Schränke mit Seiden, Gold, Leinen und Schminken füllten – die Sache mit Elischa ging mir nicht mehr aus dem Sinn. Wahrscheinlich würde er in Zukunft den Platz des Fanatikers übernehmen und weiterhin Unruhe in Israel stiften. Ich spürte, wie mein Blut sich erhitzte, und erinnerte mich an Innaschas Warnung, dass heißes Blut die Schönheit verzehrte. Ich schloss die Augen und dachte an silbriges Eis. Meine Wangen brannten wie die aufgehende Sonne. Nein, ich war keine eisige Schönheit und erst recht nicht kühl oder leidenschaftslos.

Als Ahab und ich eines Nachts auf dem Dach lagen und den Sternschnuppen zusahen, drehte er sich zu mir und streichelte meine Wangen.

»Ich will einen Kräutergarten anlegen«, sagte er, »damit wir uns die nötigen Kräuter nicht immer aus Sichem bringen lassen müssen. Wie wunderbar doch so ein eigener Garten wäre.«

Ein etwas seltsamer Wunsch, dachte ich und lachte leise. »Bist du denn nicht der König von Israel? Du musst doch nicht fragen, wenn du einen Garten anlegen möchtest.«

Ahab seufzte. »Das ist nicht so einfach. Unser Land ist nicht groß genug. Wir müssen ein Stück Land kaufen.«

Ich zuckte die Schultern. »Dann kaufe es doch.«

Ahab biss sich auf die Lippe und sagte dann leise: »Das Land, das wir brauchen, gehört Nabot.«

Verständnislos starrte ich ihn an. Er war der König. Nabot musste das Land eben hergeben. Wie in Tyrus. »Das ist doch ganz einfach«, sagte ich. »Geh zum Familienältesten und erkläre ihm, dass das Land von heute an verkauft ist.«

»Das geht nicht, Isebel. Ich fürchte …« Ahab zögerte, und ich riss die Augen auf. Seine Stimme klang fremd. Ich war irritiert.

»Ich fürchte, dass Nabot das Land nicht gutwillig hergeben wird. Er ist ein Anhänger des Propheten.« Einen Augenblick lang ruhte Ahabs Blick auf meinem Gesicht, dann wandte er die Augen ab.

Meine Stimme klang wie ein erstickter Schrei. »Elia?«

Mein Mann nickte, und ein kleines Lächeln umspielte seine Mundwinkel.

»Woher weißt du das?«

»Es geht das Gerücht, dass er Elia vor nicht allzu langer Zeit bei sich beherbergt hat.«

»*Wie* lange ist das her?«

»Einige Wochen.«

»Dann ist Elia hier? In Israel!« Ich sprang auf, als ob ich seine fliehende Gestalt in den Schatten erkannt hätte.

»Das ist richtig, interessiert aber nicht mehr.« Ahab streckte die Hand aus, um mich zu beruhigen, aber ich wusste, dass er ihn noch genauso verabscheute. »Er ist alt geworden und kann kaum mehr laufen.«

»Und Elischa? Er ist jung und kräftig. Bestimmt verfolgt er die Ziele seines Vorgängers. Die Zeit wird kommen, da er uns Schwierigkeiten macht, Ahab!«

»Wir wollen nicht daran denken«, bat Ahab.

Wie konnte ich *nicht* an diesen Menschen denken? An den Mörder meiner Priesterinnen und Priester? Meiner einzigen Gefährten im fremden Land, wo Frauen nichts galten? »Dann frage Nabot doch einfach, ob er dir das Land verkauft«, schlug ich vor.

Ahab fasste den Entschluss, Nabot im Tausch entweder einen beliebigen Weinberg in Israel oder eine größere Summe Geldes anzubieten. Meiner Meinung nach war das mehr als gerecht, doch als mein Mann am nächsten Tag mit gesenktem Kopf in den Thronsaal zurückkehrte, konnte ich es nicht glauben.

»Nein!«, rief ich.

Mein Mann schüttelte den Kopf. Das Haar fiel ihm über die Augen und verdeckte seine traurige Miene.

»Ich verstehe das nicht.« Meine Stimme klang zwar ruhig, aber ich spürte, wie dieselbe Wut, die ich auf dem Berg Karmel empfunden hatte, in mir hochkochte. Sobald ich von den Türmen aus in Richtung der Berge blickte, meldete sich die alte Wut. Nach Innaschas Meinung sollte eine Königin nicht so empfinden, aber ich schlich zuweilen nach oben und genoss die Erregung. So wie in diesem Augenblick.

»Ahab, du bist der König! Wer ist dieser Nabot schon, dass er seinem König diese Bitte abschlägt?« Ich konnte mir nicht vorstellen, dass mein Vater eine solche Auflehnung hingenommen hätte.

»Er behauptet, dass sein Gott nicht einverstanden ist. Er soll das Land an seine Söhne weitergeben, wie er es von seinen Vätern empfangen hat.«

Nahalah – die geheiligte israelitische Tradition, dass ererbtes Land unantastbar ist. Es klang so harmlos, dass ich mich beinahe hätte überzeugen lassen. Aber die Erwähnung dieses Gottes störte mich. Und noch etwas anderes. Ich befühlte das Siegel an meinem Gürtel und dachte an die Sphinx, die darauf eingraviert war. Von Innascha wusste ich, dass Gedanken nie ohne Zusammenhang entstanden. Ich versuchte also zu ergründen, weshalb mir ausgerechnet jetzt die Sphinx in den Sinn gekommen war. Steckte ein Rätsel dahinter? Oder eine Verschwörung? Vielleicht sogar ein zweiter Obadia?

»Was genau kann man von Nabots Weinberg aus sehen?«, fragte ich.

»Den nördlichen Turm.«

»Also die Nordseite des Palasts? Kann man vom höchsten Punkt aus unsere Fenster sehen?«

Ahab lehnte sich zurück und verschränkte die Hände hinter dem Kopf. »Willst du damit andeuten, dass er den Weinberg nicht verkaufen will, um uns weiter im Auge behalten zu können?« Es klang spöttisch. »Auf diese Entfernung könnte nur ein Adler etwas ausmachen.«

»Das mag sein. Aber Elia könnte am Lichtschein ablesen, ob wir in Jesreel oder in Sichem sind. Oder ob wir nachts in unserem Bett oder auf dem Dach schlafen. Warum war Elia ausgerechnet bei Nabot? Ausgerechnet hier – so nahe bei uns?«

Ahab rutschte unruhig auf dem Thronsessel hin und her. Dann entließ er seinen Statthalter und die Wachen und wandte sich zu mir um. »Und was soll dieses Wissen dem Propheten nützen, Isebel?«

»Eine ganze Menge, falls er unseren Tod oder einen Aufstand gegen uns plant. Er selbst ist nicht stark genug, aber seine Worte können tausend Männer aufhetzen. So groß ist seine Gefolgschaft mindestens. Jehu zum Beispiel«, sagte ich mit besonderer Betonung, »Jehu glaubt nicht an Baal. Und an Aschera auch nicht.«

Ahab grinste. »Jehu glaubt nur an Jehu.«

»Jehu würde an alles glauben, was ihm nützt, wenn er den Thron für sich gewinnen wollte.«

»*Jehu*? Ich glaube, du gehst zu weit, Isebel.«

Ich sah, dass Ahab seinen Ärger nur mit Mühe hinunterschluckte. »Ich habe ihn ja nur als Beispiel erwähnt. Ich bin sicher, Jehu ist sehr loyal und behandelt dich wie einen Bruder.«

Ahab atmete erleichtert auf. Er fürchtete, dass ich verschwörerische Gedanken aufdecken könnte – ausgerechnet im Herzen seines besten Freundes. Ich bin nur froh, dass Jehu mit seinem Verrat an der Familie Omris bis nach Ahabs Tod gewartet hat.

»Geh morgen noch einmal zu Nabot«, riet ich ihm, »und sprich ganz offen mit ihm. Schließlich sollen die Leute nicht meinen, dass wir Jahwes Gesetze ablehnen. Falls Nabot nicht einlenkt, dann frage ihn, warum er mit Elia ausgerechnet einen Feind deiner Familie in seinem Haus beherbergt hat. Falls er dann noch immer nicht verkaufen will, werde *ich* ihn mir einmal vornehmen.«

Am Tag danach kehrte Ahab abermals unverrichteter Dinge in

den Palast zurück. Nabot wollte den Weinberg nicht verkaufen. Auch Ahabs Verratsverdacht hatte er zurückgewiesen. »Jahwe wacht über alles, was Menschen tun. Er wird mich vor allem Übel beschützen und Speere auf die schleudern, die mir zu nahe kommen.«

»Überlasse ihn mir, Ahab!«, forderte ich. »Überlasse ihn einfach nur mir.«

Ahab gab meinem Drängen nach. Ich hatte lange genug in Israel gelebt, um die komplizierten Gesetze, was Landbesitz betraf, zu kennen. Ahab wolle Nabots Weinberg nicht antasten, weil er ihn als Jahwes Geschenk an die Familie verstand. Nichts, was man einfach aufs Spiel setzen oder verkaufen konnte, sondern etwas, das der Freude diente und einen Mann zu einem freien Bürger des Königreichs Israel machte. Aber dies ging einfach zu weit! Hinter Nabots Weigerung steckte niemand anderer als dieser Elia! Er hatte die Sache ersonnen und mit Nabots Hilfe auf die Füße meines Mannes gespuckt! Bei Aschera, niemand spuckte ungestraft auf den Fuß eines Königs! Und auf Ahabs Fuß erst recht nicht!

Am nächsten Morgen suchte ich den Statthalter von Jesreel auf und diktierte ihm einen Brief. Der Mann, der kaum älter als Ahab war, zog einige Male die Brauen hoch, wie Männer das gern tun, wenn sie die Motive einer Frau kritisieren, aber nichts dagegen tun können. Der Brief richtete sich an die Ältesten von Jesreel und forderte sie auf, ein Fest für Nabot zu veranstalten und ihm zum Dank für seine Standhaftigkeit den Ehrenplatz einzuräumen. Ihm gegenüber sollten zwei loyale Männer Ahabs sitzen, die Nabot im Lauf des Abends der illoyalen Äußerungen bezichtigen sollten. Mir war klar, dass die Bevölkerung Ahabs Wunsch nicht abschlagen würde, denn ich hatte den Brief mit seinem Siegel verschlossen und in seinem Namen geschickt. Die Bevölkerung war Ahab einiges schuldig, denn er hatte sie durch sein Bewässerungssystem reich gemacht. Außerdem hatte er den Armen Häuser gebaut und den Sklaven Arbeit verschafft. Am Ende des Briefes stand die Forderung, Nabot zu steinigen, sobald man ihn des Widerstands gegen den König überführt hätte. In dieser Nacht träumte ich von dem gesteinigten Nabot und glaubte, auf seinem blutüberströmten Körper das Gesicht Jahwes zu erblicken.

Auf Beschimpfung des Königs stand in Israel die Todesstrafe, und ich wartete voller Spannung auf die weitere Entwicklung. Nabot für sein Eintreten für Israels uraltes Gesetz auszuzeichnen war in meinen Augen ein genialer Schachzug. Eine solche Ehrung würde er sich nicht entgehen lassen. Und wenn er zu betrunken war, um seine Zunge im Zaum zu halten, würde er mit Sicherheit den König und die Königin verfluchen, die ihm sein Land streitig machen wollten.

Eine Woche später traf die Nachricht von Nabots Tod und dem seiner sieben Söhne ein. Offenbar waren sie außerhalb der Stadt getötet worden. Einerseits bedauerte ich den Tod der Söhne sehr, doch andererseits erleichterte er uns die Übernahme von Nabots Land, weil wir keinerlei Vergeltung befürchten mussten.

An diesem Abend umarmte ich Ahab besonders liebevoll. »Du kannst den Weinberg jetzt haben, Ahab. Niemand erhebt Anspruch darauf. In Nabots Haus leben nur noch Frauen und Mädchen, die nach Jahwes Willen kein Land besitzen dürfen. Nur schade, dass sie nicht an Aschera glauben.«

Ahab hörte die Bitterkeit in meinen Worten sehr wohl, und es war ihm klar, dass ich selbst nach so vielen Jahren Jahwe in keiner Weise akzeptiert hatte. Im Frühjahr wurde der Weinberg in einen Kräutergarten verwandelt, wo ich mich immer wieder lächelnd erging. Nabots Frauen und Töchter hatte ich großzügig für die Tatsache entschädigt, dass sie einen solchen Mann zum Vater hatten oder mit ihm verheiratet waren. Doch einige Wochen später verging mir das Lächeln, und es wurde mir klar, dass ich zwar Nabot in den Tod geschickt, den wahren Unruhestifter des Landes allerdings verschont hatte.

»Ein Besucher erwartet Euch.« Ein Diener verbeugte sich auf der Schwelle zu meinen Räumen. Sein Kopf war nach ägyptischer Mode kahl rasiert, und er trug ein dünnes Leinentuch um die Hüften.

»Wo ist der König? Kann er sich nicht darum kümmern?«

»Der König erwartet Euch im Thronsaal, meine Königin. Der Besucher ist allein wegen Euch gekommen.«

Ich blickte an dem jungen Mann vorbei in den sonnendurchfluteten Gang hinaus, der sehr viel anheimelnder wirkte als die hohen Gänge in Sichem. Trotzdem rührte ein kühler Hauch an mein Herz. »Geh jetzt«, entließ ich den jungen Mann und kleidete mich an. Zuletzt legte ich den Königsreif und üppige Ketten aus Rubinen und Smaragden an, die zwischen meinen Brüsten baumelten. Ich wollte unbedingt als perfekte Königin vor meinem Feind erscheinen.

Als sich die Türen für Israels Königin öffneten, fiel plötzliche Stille wie ein Leichentuch über die Versammlung. Meine Augen suchten Elias Blick und ließen ihn nicht los, während ich zum Thron ging und auf meinem Sessel Platz nahm. Dann senkte ich die Lider und warf meinen Kopf in den Nacken, als ob Elia nur ein Mann wie jeder andere wäre. Ich genoss seine Verwirrung und lächelte ihn an.

»Der Fluch Jahwes wird Euch treffen!«, schrie er empört und steigerte sich immer mehr. »Ihr habt Nabot getötet!« Aber weder Ahab noch ich reagierten in irgendeiner Weise. Offenbar verfügte der alte Löwe noch über seine Zähne und Klauen. »Ihr habt einen Mann Gottes getötet!«, empörte sich der Prophet. »Einen Vater, einen Sohn, einen ehrlichen Mann.«

»Einen *ehrlichen* Mann?«, schnaubte ich verachtungsvoll. »Wisst Ihr das von den Huren? Meine Priesterinnen haben es Euch sicher nicht erzählt, denn Nabot glaubte doch an Jahwe, oder nicht?« Ich grinste über das ganze Gesicht, während der alte Mann rot anlief. Nabot war in Jesreel als hoffnungsloser Frauenheld bekannt. Ich schüttelte den Kopf. Alter Narr! Nicht einmal das Gefängnis schreckte ihn mehr, denn sein Leben war längst vorbei. Fast tat er mir Leid, dass er ohne Frau und Kinder alt werden musste. Er hätte sich ja eine neue Frau suchen können, aber er hatte sich für die Einsamkeit entschieden. Ein verbitterter Mann, der schon immer so gewesen war. Ich spürte, wie meine Wut schwand und nur eine dünne Schicht auf meinem Herzen zurückblieb.

»Ihr werdet auf dem Acker sterben!«, fluchte Elia. »Und die Hunde werden Euer Blut lecken, wie sie das von Nabots Söhnen aufgeleckt haben! Aber ich werde ihn rächen, und wenn nicht ich, dann Elischa!«

Die schon fast erloschene Glut erwachte zu einem brüllenden Inferno. Wer war dieser Elischa? In einer ersten Anwandlung wollte ich die Wachen auf den Propheten hetzen, um endlich diesen Dorn aus Israels Fleisch zu tilgen. Aber dann besann ich mich. Nur wenn er am Leben blieb, würde er uns zu diesem Elischa führen. Anschließend konnte Ahab dann beide auf einmal unschädlich machen.

»Was erwartest du eigentlich von uns?«, fragte mein Mann.

Einen Augenblick lang schwieg Elia verdutzt. Er schob seinen Umhang zurecht und kratzte den langen Bart voller Flöhe. »Ich will, dass ihr den falschen Idolen und Göttern abschwört und die Tempel einreißt. Und dass ihr die Priester und Priesterinnen tötet.«

»Auch Eure Frau?«, giftete ich.

Einen Moment lang schwankte Elia, doch dann biss er die Zähne zusammen und bedachte mich mit finsterstem Blick. »Auch sie, verschrumpelt und zahnlos, wie sie ist, nachdem sie ihre Schönheit den Gläubigen geopfert hat.«

Ich sog hörbar die Luft ein. »Ihr seid alt und verbittert, Elia. Weder Ahab noch ich werden jemals Euren Jahwe anerkennen. Meine Schwester hat im Namen Ascheras Karthago gegründet, und Ahab hat dieses Land im Namen Ascheras groß gemacht und Dämme, Paläste, Häuser und Wasserleitungen gebaut.«

»Im Namen Eurer Göttin habt Ihr in das Gesicht des wahren Gottes gespuckt!«, schrie Elia außer sich.

»Und Ihr auf Aschera! Geht uns aus den Augen, Prophet, und kommt nie wieder! Geht zu Eurem Elischa, und lasst ihn diesen nutzlosen Kampf fortführen. Er wird eines Tages genauso elend sterben wie Ihr! Auch ihm wird es nicht gelingen, Aschera aus Israel zu vertreiben! Kein Bewohner Israels wird diese Göttin für einen gesichtslosen und lieblosen Gott verraten.«

Noch während ich sprach, verließ der Prophet den Saal.

Schalmaneser III.

Als Prinzessin von Tyrus war ich an das ständige Auf und Ab des Palastlebens gewöhnt. Wie Ebbe auf Flut, so folgte auf Verzweiflung auch wieder Hoffnung. Dem Verschwinden von Elia folgte eine relativ stabile Zeit. Dafür erfuhren wir von allerlei Unbill in Ägypten. Der Pharao war gestorben, und Pemays jüngerer Bruder folgte ihm als Takelot II. In Israel blieben wir zum Glück von derlei Schicksalsschlägen verschont. Meine Kinder wuchsen heran, und der Regen segnete unser Land. Doch anschließend folgte ein heftiger Sturm, und das Schiff des Lebens, das bis dahin ruhig dahingesegelt war, geriet in schwere See und kenterte schließlich.

Von Norden drängten die Assyrer unter ihrem König Schalmaneser III. Richtung Süden und bedrängten ein Königreich nach dem anderen. Tributzahlungen waren keine Lösung, denn Schalmaneser III. war nicht nur auf der Suche nach neuen Schätzen, Nahrungsmitteln und jungen Frauen, sondern er strebte nach neuen Reichen. Das Reich der Assyrer im Norden war mächtig, und entsprechend nervös waren die benachbarten Königreiche im Süden – Israel nicht ausgenommen. Eines Morgens betrat ein Bote den Thronsaal, dem die Angst ins Gesicht geschrieben stand.

»Sprich!«, forderte ich ihn auf, aber der Mann war wie gelähmt.

»Schickt einen anderen Boten herein!«, verlangte Ahab. Ganz

offensichtlich duldete die Nachricht keinen Aufschub. In dieser Situation fand der erste Bote seine Sprache rasch wieder, denn jedes weitere Zögern hätte ihn seine Stellung gekostet.

»Die Assyrer haben Ben-Hadads Gebiet von Bit-Adini besetzt, mein König!«, rief er.

Im Thronsaal war es genauso still wie in den Gräbern von Sichem. Der Statthalter flüsterte meinem Mann etwas zu, während ich das Blut meiner Unterlippe schmeckte.

»Ganz Aram befindet sich in Panik«, verkündete der Bote. »Man sagt, dass Israel genauso fallen könnte, falls Ben-Hadad die Assyrer nicht aufhalten kann.«

Die Wachen wurden unruhig, und Ahab holte tief Luft. Ich entschuldigte mich, um in den Garten zu gehen, und ließ den König mit seinem Statthalter allein. Diese Nachricht war einfach zu viel für mich. Die Assyrer – so nahe! Ich konnte den Gedanken nicht ertragen, Israel an bärtige Ungeheuer zu verlieren, die ihre Frauen verkauften und gestatteten, dass Frauen außerhalb des Tempels ihre Körper feilboten. Die teilnahmsvollen Blicke meiner Dienerinnen folgten mir. Überhaupt war die Stimmung sehr gedrückt. Sogar die Kinder waren seltsam still, als ob der Geist des Totengottes Mot schon über ihnen hinge. Dieser Feldzug konnte sowohl das Ende Israels als auch Arams bedeuten, dachte ich. Und falls beide fielen, konnte Sidon und Tyrus dasselbe Schicksal ereilen.

Nachdem ich eine Stunde lang rastlos umhergegangen war und meine verletzte Lippe gepflegt hatte, gesellte sich der König zu mir.

»Es ist ein Pakt gegen die Assyrer geplant«, berichtete Ahab, während wir langsam auf und ab gingen und unser Spiegelbild im Wasserbecken betrachteten. Mit dem dunklen Haar und der weichen Haut sah mein Mann immer noch sehr gut aus, aber in seinen Augen standen Sorge und Unentschlossenheit.

»Wenn du diesem Pakt zustimmst, musst du dich mit Ben-Hadad verbünden«, warf ich ein. »Welche Ironie, dass wir ausgerechnet jetzt die Hilfe Arams brauchen!«

»In der Tat.« Ahab nickte. »Aber Ben-Hadad verfügt über tausend Reiter und zwanzigtausend Soldaten. Dennoch macht es mich krank, dass meine Armee an seiner Seite kämpfen soll. Wenn ich mir vorstelle, dass israelitische Schwerter neben aramäischen Waffen geschwungen werden und unsere Soldaten Unterkunft und Essen mit unseren bisherigen Feinden teilen sollen ...« Er schüttelte den Kopf. »Mir kommt es vor wie eine Beleidigung derjenigen, die im Kampf gegen die Barbaren gefallen sind!« Ahabs Gesicht spiegelte seine ganze Verachtung wider. »Aber wenn ich den Pakt verweigere, riskiere ich, dass Israel überrannt wird.«

Mit Schaudern erinnerte ich mich an Pemays Worte, die uns schon vor Jahren vor den Assyrern gewarnt hatte. Damals war es nur eine Mahnung gewesen, doch inzwischen überflutete die assyrische Armee bereits angrenzende Länder. Schweigend starrten mein Mann und ich in den Brunnen, und ich verfolgte, wie sich die kleinen Wellen einer Ente auf der Oberfläche ausbreiteten. Die Assyrer waren wie diese Ente – irgendwann würden die Wellen Israel in die Vergessenheit spülen. Aber wie konnte man sie aufhalten? Was konnte man ihnen entgegensetzen? Nichts. Man konnte sie höchstens mit noch größeren Wellen brechen. Mit Aram an unserer Seite konnte Israel zum Geier werden, der den assyrischen Leichnam fledderte.

»Demnach bleibt uns keine Wahl. Wir müssen uns mit Aram verbünden«, erklärte ich. Dabei verzog ich die Lippen, als ob ich etwas Bitteres gegessen hätte.

Ahab seufzte aus tiefstem Herzen. »Du hast Recht.« Er nickte. »Demnach ist es also entschieden. Ich werde den Bund mit zweitausend Streitwagen und zehntausend Soldaten unterstützen. Als zweite Kraft hinter Damaskus und Ben-Hadad. Insgesamt verfügt die Armee dann über siebzigtausend Männer.«

»Ich bin sehr stolz auf dich, Ahab.«

»Hebe dir diesen Stolz für die Zeit nach der Schlacht auf.« Ahab lächelte bedrückt. »Schalmaneser befindet sich augenblicklich in Kelach, aber wir planen, seine Armee in Qarqar zu überraschen.«

»Wirst du ebenfalls kämpfen?«

»Ja, aber bestimmt nicht länger als zwei Monate«, versprach Ahab.

Wieder würde ich allein im Thronsaal sitzen. Aber ich weinte nicht oder zeigte meinem Mann meine Sorge. Als Ahab mit den Truppen das Land verließ, war das Volk festlich gestimmt. Auf den Straßen wurde gesungen, aber die meisten Frauen rechneten nicht unbedingt damit, ihre Männer wieder zu sehen. Die Assyrer würden wie Heuschrecken über uns herfallen und die israelitische Ernte vernichten.

In Ahabs Abwesenheit hatte ich weder Zeit für Innascha noch für meine Kinder. Tag und Nacht trafen Boten ein, deren Mitteilungen ich in Empfang nehmen und erwidern musste.

»Wie konnten die Assyrer nur eine so große Armee aufbieten?«, fragte ich den Statthalter.

»Sie zwingen ihre jungen Männer zum Dienst in der Armee.«

»Und warum machen wir das nicht genauso?«

»Falls Damaskus und Aram fallen, wird uns nichts anderes übrig bleiben«, antwortete der Statthalter.

Die ersten Tage von Ahabs Abwesenheit verbrachte ich in großer Angst. Ich hatte nicht den Mut, in den Tempel zu gehen und Anat um Hilfe zu bitten. Stattdessen saß ich vor ihrer goldenen Statue und sprach mit ihr, wie ich mich sonst mit Ahab unterhalten hätte.

»Sei stark, und kämpfe tapfer.« Ich rieb über das goldene Metall und bettete die Statue in meinen Schoß. Die Göttin sah mir zwar nicht ähnlich, aber trotzdem fühlte ich mich mit ihr verwandt. Ihr Haar war kurz geschnitten, das Gesicht rund, und auf dem Kopf trug sie den gehörnten Helm des Sieges. Falls sie meinem Mann den Sieg schenkte, versprach ich, mein Haar abzuschneiden und jeden Tag sieben Tauben aufsteigen zu lassen. Ein optimistisches Versprechen. In den angstvollen Momenten warnte ich sie jedoch mit ernster Stimme, dass ich im Fall einer Niederlage ihre Statuen zerbrechen, das Gold einschmelzen und Sorge tragen würde, dass ihr Name für immer in Vergessenheit geriet. Wie auch immer, ich äußerte die Schwüre nur im Geheimen und hatte auch nicht die Absicht, ihnen in irgendeiner Form Taten folgen zu lassen.

In den ersten drei Wochen klangen die Nachrichten durchaus positiv. Offenbar benahmen sich die Assyrer in der Schlacht wie blinde Schafe, und Anat siegte.

»Und wie sieht es auf dem Schlachtfeld aus?«, fragte ich.

»Assyrische Leichen, so weit man schaut«, berichtete der Bote, und ich dankte Anat für jeden toten Assyrer.

Danach jedoch wendete sich das Blatt, und die Verbündeten mussten Verluste einstecken, als Schalmaneser sie bis Gilzau verfolgte. Der König, gegen den sich zwölf Reiche verbündet hatten, war für seinen hemmungslosen Blutdurst bekannt, und ich konnte mir nur unter Stöhnen anhören, wie er aus toten Soldaten einen Damm gebaut hatte, um den Orontes aufzustauen. Ein Damm aus verfaulendem Fleisch, den kein Soldat überqueren mochte. Alsdann rief Schalmaneser seinen Gott an und bat um einen Sturm, der Ahabs Streitwagen im Schlamm versinken ließ, so dass sich die Truppen zurückziehen mussten.

»Warum gibt es keine Nachrichten mehr?«, schrie ich wenig später, dass sogar die Frauen in der Küche beim Klang meiner Stimme erschauerten. »Ich habe fünfzehn Boten ausgeschickt, aber keiner ist zurückgekommen!«

»Wahrscheinlich steht es im Augenblick unentschieden«, meinte der Statthalter, der ähnlich geduldig war wie Ahab.

»Aber wie kann das sein? Entweder gewinnt man, oder man verliert!«

In der Nacht weckte mich eine Dienerin.

»Im Thronsaal wartet ein Bote auf Euch, meine Königin«, flüsterte sie.

Ich kleidete mich an und eilte in den Thronsaal. Der Bote war völlig außer Atem und einer Ohnmacht nahe.

»Was bringst du?«, fragte ich.

»König Schalmaneser ist auf das Schlachtfeld geeilt, um seine Truppen zu unterstützen. Die Israeliten glauben, dass die Assyrer gewinnen werden, weil ihre Götter mit ihnen sind.«

»Ihre Götter sind ganz und gar nicht mit ihnen!«, brüllte ich. »Anat wird siegen!«

Zusammen mit einigen Wachen begab ich mich unverzüglich zum Tempel, wo man beim Herannahen meines Wagens die Tore öffnete. Der Hohepriester eilte mir entgegen, weil er schlechte Nachrichten befürchtete. Die Nachricht von Ahabs Tod oder von einem assyrischen Sieg.

»Ich möchte Anat ein Opfer bringen«, sagte ich. »Suche eine Jungfrau, damit ihr Blut Anat stärkt.« Da Anat Jungfrau war, durfte ich ihr nicht einfach irgendein Mädchen anbieten.

Die Priesterinnen machten sich auf die Suche und kehrten mit einem neugeborenen Mädchen zurück, das umgehend auf dem Altar geopfert wurde. Noch in der Morgendämmerung dankte Anat uns, indem sie den verbündeten Truppen den Sieg schenkte.

»Die Assyrer rücken nicht länger vor«, meldete der nächste Bote, dessen Sandalen völlig zerfetzt waren. »Beide Seiten haben sich zum Sieger erklärt, und der König ist bereits auf dem Heimweg.«

Nach nur einem Monat räumte der assyrische König die Niederlage ein. Der Feldzug hatte ihm nichts gebracht, aber ich wusste, dass dies auch nicht unbedingt ein Verdienst der Verbündeten war. Schalmaneser würde den Sieg genauso beanspruchen, wie Israel das tat.

Als Ahabs Armee zurückkehrte, wurde im Baaltempel ein Fest

gefeiert. Ich kann mich leider kaum noch an diese Zeit erinnern, denn die Tage und Jahre, die darauf folgten, haben die Oberhand gewonnen und alles, was vorher war, in den Hintergrund gerückt.

Athalia

Bis zu dem Tag, als meine alte, fast blinde Innascha zu mir kam und mir berichtete, dass meine Tochter zum ersten Mal das Blut des Mondes erlebt hätte, war mir nicht klar, dass Kinder so rasch heranwuchsen wie das Schilfgras im Land meines Vaters. Es ist doch erst einige Jahre her, dachte ich, aber mein Gesicht sagte etwas anderes. Ich registrierte einen strengen Zug, der mir bisher noch nicht aufgefallen war. Meine Finger tasteten über das scharf geschnittene Kinn, die hohen Wangenknochen und die winzigen Fältchen um die Augen. Meine Augen. Obsidianschwarz und undurchdringlich – selbst für die, die mich sehr gut kannten.

Eine Dienerin kam und kleidete mich in weißes Leinen und schmückte mich mit einem prächtigen Gürtel und goldenen Armreifen. Sie frisierte mich mit dem Kamm, den ich als junge Frau aus Tyrus mitgebracht hatte, und flocht mir silberne Perlen in die Haare. Als ich meiner Tochter gegenübertrat, war sie ähnlich gekleidet, und in ihrem Gang und ihren Blicken sah ich mich als junges Mädchen.

»Mutter.« Athalia lächelte selbstbewusst und ohne Scham, so wie sie es von Aschera gelernt hatte.

»Athalia.« Ich ergriff ihre Hand und sprach dann wie damals meine Mutter von den Flecken der Leoparden und dem sandfarbenen Fell der Kamele. Und natürlich erhielt ich dieselben Antworten, denn Innascha war ja auch Athalias Mutter gewesen.

In meinen Räumen machte ich meine Tochter mit dem Luxus

einer Königin vertraut und erklärte ihr die kostbaren Schminken, Pasten, Beeren und Öle. Die Hohepriesterin von Jesreel hatte Athalias Hände zur Feier des Tages mit Henna bemalt, und ich schenkte meiner Tochter die sieben Armreifen, die ich damals von meiner Mutter bekommen hatte.

»Ich danke dir«, flüsterte Athalia gerührt.

Voll Stolz präsentierte ich unsere Tochter ihrem Vater, der genau wie ich an früher denken musste. Athalias Haut war zart, ihre Nase fein geschnitten, und ihr Körper versprach so üppig zu werden wie die Ascheras im Tempel.

»Sie ist alt genug, um eine Allianz Israels mit einem anderen Königreich zu garantieren«, sagte ich. Ahab nickte, aber natürlich konnten wir uns kein Land vorstellen, das dieses klugen, schönen und viel versprechenden Unterpfandes würdig gewesen wäre. Ich erinnerte mich noch gut an den stolzen Augenblick, als Ahab meinem Vater eine riesige Kiste voll Gold und unbekannten Gewürzen überreicht hatte. Für unsere einzige Tochter kam nur ein Mann in Frage, der einen ähnlich hohen Brautpreis entrichten konnte. Keinesfalls würden wir unsere Tochter für eine Hand voll Gewürze verschachern. Doch wer war in der Lage, einen solchen Preis zu zahlen?

Die Ereignisse der nächsten Wochen sollten die Lösung bringen. Aus Megiddo, nur zehn Meilen westlich von uns, erreichte uns die Nachricht, dass Ben-Hadad fünfzehn unserer Soldaten getötet hatte und sich weigerte, sein Versprechen aus dem Bündnis einzulösen und die Gebiete zurückzugeben, die seine Vorfahren Israel einst geraubt hatten.

»Muss ich Aram etwa ein zweites Mal erobern?«, erregte sich der König.

»Er ist völlig verrückt«, pflichtete ich Ahab bei.

»Schickt Boten nach Juda zu König Jehoschaphat«, befahl Ahab, »und ruft die Ältesten aus Jesreel und Sichem zusammen. Wir werden uns das Land unserer Väter zurückholen!«

Die Vorstellung, dass Jehoschaphat an der Spitze einer riesigen Armee Israel durchquerte, machte mich unruhig. Ich dachte an Annana, die inzwischen im Kindbett gestorben war, und hoffte, dass ihr Tod den Bund zwischen Ahab und Jehoschaphat nicht belastete. Schließlich hatten König Omri und Jehoschaphats Vater früher ständig Krieg geführt. Solange eine Tochter Judas jedoch in Tyrus lebte, war es nicht sehr wahrscheinlich, dass das Königreich im Süden Israel und seine tyrische Königin angriff. Doch seit Annanas Tod waren wir verwundbar. Nach längerem Nachdenken erläuterte ich Ahab meine Besorgnis.

»Im Augenblick unterstützt der König von Juda unsere Bestrebungen, aber das muss nicht so bleiben«, warnte ich. »Was hältst du davon, wenn unsere Tochter seinen ältesten Sohn ehelichte? Er heißt Jehoram, und das kann ja nur Gutes bedeuten.« Ich lächelte, und Ahab fand diesen Zufall ebenfalls amüsant. Gern griff er meinen Vorschlag auf und sandte einen entsprechenden Vorschlag an Jehoschaphat, der sich bereits auf dem Weg nach Israel befand.

Tags darauf kehrte der Bote mit der Nachricht zurück, dass der Prinz von Juda einen Tag nach seinem Vater eintreffen und uns den Brautpreis präsentieren würde.

»Unsere Athalia ist ungeduldig und möchte gar zu gern wissen, wie ihr zukünftiger Mann aussieht, meine Königin«, vertraute mir Innascha an, als sie mein Haar zum Begrüßungsfest für König Jehoschaphat flocht. »Sie hat Euer Temperament geerbt, denn sie hat geschworen, dass sie nie wieder mit mir spricht, wenn ich Euch nicht wenigstens danach frage. Was soll ich dem Kind nur sagen?«

Ich lachte, weil mir das sehr bekannt vorkam. »Du weißt so viel wie ich. Mag sein, dass er gut aussieht. Und klug ist. Aber vielleicht schlägt er auch seinem Vater nach. Wer weiß. Sage, Innascha«, ich drehte mich zu meiner Amme um, »ist Athalia vielleicht noch zu jung?« Ich kannte meine Tochter so wenig, wie meine Mutter mich früher kaum gekannt hatte.

»Nein, sie möchte sich sehr gern verheiraten, aber sie ist noch ein bisschen jung, um Kinder zu bekommen. Sie muss unbedingt Kräuter zu sich nehmen, damit der Samen des Prinzen von Juda noch nicht in ihr aufgeht – oder sie wird bei der Geburt sterben.«

»Trage unbedingt Sorge, dass sie genügend Kräuter hat und richtig damit umgeht.«

»Sehr wohl, meine Königin«, versprach Innascha. Es blieben ihr nur wenige Tage, bevor Athalia Israel verließ. Voll Mitleid sah ich Innascha an, denn der Verlust dieser Tochter schmerzte sie vermutlich noch sehr viel mehr als mich.

In den nächsten Tagen wurde gepackt. Wir füllten Körbe mit Gewändern, Leinen, Seiden und mit kostbaren Ketten aus Jade und Korallen und hüllten goldene und bronzene Ascherastatuen in große Leinentücher ein. Ich wusste, dass meine Tochter mich nicht enttäuschen und Aschera nach Juda bringen würde, wenn es an der Zeit war. Spätestens jedoch, wenn König Jehoschaphat, der Jahwe verehrte, die Regierung an seinen ältesten Sohn übergab.

Ich umfasste Athalias Gesicht mit beiden Händen. »Der Erfolg gründet auf Geduld und Beharrlichkeit«, sagte ich. Respektvoll blickten ihre großen Augen zu mir empor. Genauso hatte ich damals zur Königin von Sidon und Tyrus aufgeblickt. »Du hast viele Möglichkeiten, um deinen Mann zu beeinflussen, meine Tochter. Du bist jung, du bist schön, und in nicht allzu langer Zeit wirst du von Aschera beschenkt werden. Du wirst sehen, dann wird dein Mann alles für dich tun. Und eines Tages, wenn aus Liebe und Lust Vertrauen erwächst und er begreift, wie klug du bist, werdet ihr in Juda regieren.«

Es klopfte leise an der Tür.

»Kommt herein!«, rief ich. Es waren meine Söhne, die ihrer Schwester Geschenke brachten. Auch sie waren schon so groß geworden.

Ahazia, mein Ältester, fing an zu weinen. Ungeniert umarmte er seine Schwester und wünschte ihr alles Gute.

Athalia schluchzte ebenfalls herzzerreißend. »Wirst du mich einmal in Juda besuchen?«, fragte sie, und er nickte eifrig.

»Wir werden dich bei unseren Spielen im Garten sehr vermissen«, gestand Ahazia.

»Das geht mir ganz genauso.« Athalias Unterlippe bebte. »Ich glaube, ich werde sogar unsere Lehrer vermissen.«

»Ohne dich wird der Unterricht nie mehr so sein wie früher.« Schluchzend griff Jehoram nach den Händen seiner Schwester.

Ich war ein wenig überrascht, denn ich hatte nicht gewusst, wie nahe meine Kinder einander standen.

»Muss Athalia denn unbedingt fort?«, fragte Jehoram.

»Ja, mein Sohn. Deine Schwester ist eine Frau. Und alle Frauen verlassen irgendwann ihr Elternhaus.«

»Ich werde jedenfalls keine fremde Frau heiraten«, schwor Ahazia, »und sie ihren Brüdern und ihrem Land wegnehmen.«

Jehoram war derselben Meinung. »Ich auch nicht.«

Athalia sah zu mir auf. »Warst du damals eigentlich auch traurig, als du dein Land verlassen musstest, Mutter?«

Ich schluckte. War ich traurig gewesen? Genauso hätte sie fragen können, ob in der Wüste die Sonne scheint oder ob das Meer an Tyrus' Küste brandet. »Ein wenig. Es war nicht ganz leicht. Aber der König von Israel war der beste Mann, den ich heiraten konnte. Und dir wird es nicht anders gehen, meine Tochter.«

»Und falls nicht?«, fragte sie leise. Heute fragte ich mich, wie meine Mutter es damals über sich bringen konnte, mich in die Fremde zu schicken. Und ich zweifelte an meiner Stärke, Athalia dasselbe anzutun.

»Dann kannst du jederzeit zurückkehren. Israel wird dich immer willkommen heißen.«

Athalia schien unsicher zu sein, doch ich sah ihr in die Augen und bekräftigte mein Versprechen.

Als ich abends zu Bett gehen wollte, fand ich Innascha im Flur vor Ahazias und Jehorams Zimmer.

»Was …«, wollte ich fragen, doch sie legte den Finger auf die Lippen.

»Psst!«, mahnte sie. »Hört Euch das an.«

»Erhöre mich, Aschera«, hörte ich Jehoram murmeln, »und mache, dass unsere Schwester keine Kinder bekommt, damit sie wieder zurückkommt. Sie soll Juda genauso hassen wie Erbsen, Granatäpfel und gewürzten Wein.«

Stumm sah ich Innascha an, und uns kamen die Tränen. Solange Aschera nicht überall regierte, würden Mädchen ihre Familien verlassen und ins Land ihrer Männer ziehen müssen.

Am nächsten Tag brach der König von Juda wie ein Unwetter über Israel herein. Auf den ersten Blick sah ich, dass Jehoschaphat schon älter war, und folgerte brutal, dass es nicht mehr allzu lange dauern würde, bis sein Sohn und Athalia die Regierung antreten würden. Prinz Jehoram eilte zwar ein guter Ruf voraus. Dennoch gehörte er vermutlich zu den Männern, die mehrere Frauen heirateten, und im Lauf der nächsten Jahre sollte sich diese Einschätzung als richtig erweisen. Schon jetzt sah er ausgesprochen gut aus, und er war von sanftem Wesen. So gesehen war er genau der Mann, den sich eine Mutter für ihre Tochter wünschte. Wenn er auch nur in einigen Punkten nicht meinen Erwartungen entsprochen hätte, hätte ich den großzügigen Brautpreis nicht akzeptiert. Und großzügig ist er, dachte ich, als ich die schweren Truhen voller Juwelen und Elfenbein erblickte. Seit meiner Kindheit hatte ich keine so großen Perlen mehr gesehen. Athalia strahlte, als ich ihr berichtete. Zum ersten Mal sprach ich mit ihr wie mit einer Erwachsenen.

»Hat dir Innascha erklärt, was im Tempel geschehen wird?«

Athalia wurde rot. »Ja.«

»Und bist du bereit dazu?«

»Ja«, antwortete sie, und ich wusste, wie dankbar sie für den Schleier sein würde, der ihre Tränen und die anschließende Erleichterung verbarg.

Ein großes Fest wurde ausgerichtet. Als die Prozession zum Tempel zog, merkte ich, dass Jehoschaphat nur mit Mühe einen Kommentar unterdrückte. Der gegenwärtige Hohepriester war im Vergleich zu dem in Sichem sehr jung. Ob Jehoram unsere Sitten ebenso akzeptierte, wie Ahab das getan hatte? Schließlich glaubte er an Jahwe. Aber der Prinz wartete schweigend, bis meine Tochter, verhüllt von einem schweren, golddurchwirkten Schleier, wieder erschien. Er sah mich sehr genau an, als ob er die Schönheit seiner zukünftigen Frau in meinem Gesicht entdecken könnte. Nun, er wird bestimmt nicht enttäuscht werden, dachte ich.

In Anwesenheit von dreihundert Priesterinnen der Aschera und fünfhundert Baalpriestern wurde es ein gigantisches Fest. Nicht einmal ich hatte eine so große Verabschiedung erlebt. Athalia weinte mit ihren Brüdern, weil sie einander in Kürze verlassen mussten. Dabei würden auch ihre Brüder eines Tages heiraten, und spätestens dann war ihre Schwester nicht mehr der Mittelpunkt ihres Lebens. Für alle Kinder waren Jugend und Freiheit eben irgendwann unwiderruflich vorbei. Zum Abschied schenkte ich Athalia alle meine kostbaren Schminken und ermahnte sie, ihrem Mann erst dann ihr wahres Gesicht zu enthüllen, wenn er ihr zu einem guten Freund geworden war.

»Und wenn er mir nie ein wirklicher Freund sein wird?«

»Vertraue auf deine Schönheit, Athalia. Solange du ihm freundlich begegnest, wird er dir zu Füßen liegen.«

Bevor das Fest zu Ende ging, durfte Jehoram seine junge Braut endlich zum ersten Mal sehen. Von diesem Moment an blieben die beiden drei Tage lang ungestört. In der Zwischenzeit berieten Ahab und Jehoschaphat mit den Ältesten und beschlossen für das späte Frühjahr den Feldzug um Ramoth-Gilead, um das Gebiet um die Stadt zurückzufordern, das Aram Israel einst gestohlen und nicht zurückgegeben hatte. Seit dem Sieg über Schalmaneser war das zarte Band, das Israel und Aram im Krieg verbunden hatte, zerrissen und der alte Streit wieder aufgeflammt, da sich Aram ohne die Bedrohung durch die Assyrer weigerte, das Gebiet herauszugeben, obwohl Ben-Hadad mit seinem Leben dafür gebürgt hatte.

»Dann werden wir das Land der Diebe eben ein zweites Mal erobern«, sagte Ahab zu mir. »Mit Judas Hilfe werden wir die Sache rasch erledigen.«

Schweren Herzens verfolgte ich von den Türmen aus die Abreise meiner Tochter. Mit meinen beiden Söhnen stand ich oben auf den Mauern und winkte Athalia nach, wie Annana mir damals nachgewunken hatte. Ich wusste, dass Athalia weinte, denn ich sah, wie Jehoram sein Kamel neben das ihre dirigierte und zum Trost den Arm nach seiner jungen Frau ausstreckte. Auch Innascha schluchzte, weil Athalia ihr wie eine Tochter ans Herz gewachsen war. Obgleich ich mein Kind längst nicht so gut gekannt hatte, spürte ich bereits jetzt die Leere in meinem Herzen. Was wohl meine Mutter damals bei meiner Abreise empfunden hatte?

Einige Tage lang konnte ich weder essen noch schlafen. Ich träumte von meiner Tochter und fragte mich, ob sie glücklich war und Jehoram sich um sie kümmerte.

»Du kannst nicht für alle Zeiten traurig sein«, mahnte Ahab. »Was sollen Ahazia und Jehoram denken. Sie brauchen deine Liebe doch genauso.«

Natürlich hatte er Recht. Meine Söhne sehnten sich nach meiner Anerkennung.

»Mutter, sieh nur, was ich gemacht habe.« Stolz präsentierte mir Ahazia ein Gedicht auf den Sturmgott. Oder Jehoram zeigte mir seine Zeichnungen von Tempeln, Häusern und Ställen.

»Du wirst einmal ein großer Baumeister werden, Jehoram. Genau wie dein Vater«, lobte ich und strich ihm das lange Haar aus der Stirn.

»Aber werde ich auch Paläste und große Städte wie Jericho bauen dürfen?«

»Jericho«, sagte ich in Gedanken an Hiels hinreißende Söhne Abiram und Segub, die leider bei ihrer Arbeit ums Leben gekommen waren. »Ja, Jehoram, aber du wirst es besser machen als alle anderen.«

»Ist Bauen denn gefährlich?«

»Ja, mein Sohn, manchmal schon, aber du musst ja nicht selbst bauen. Dafür hast du Sklaven. Du wirst die Paläste nur entwerfen.«

Eigentlich hätte ich glücklich sein müssen. Meine Söhne traten in die Fußstapfen ihres Vaters, und meine Tochter würde eines Tages Königin von Juda sein. Doch meine Träume ließen mich nicht zur Ruhe kommen. Immer wieder träumte ich vom Tod und sah, wie eine Sphinx mein Ehebett mit ihren Klauen zerriss und dabei jammervoll und durchdringend schrie. Ich erzählte Ahab davon, als Jehoschaphat noch bei uns weilte, und es wurde beschlossen, die Propheten zu Rate zu ziehen.

Umgehend ließ Ahab den Hohepriester rufen. Der Mann erschien in seinem purpurnen und goldenen Gewand und dem Baalshelm mit Stierhörnern auf dem langen weißen Haar, aber sein Gesicht wirkte längst nicht so alt, wie er war.

»Anat hat den Priesterinnen und Priestern einen großen Sieg verkündet«, sagte er. »Dennoch wird Israel einen hohen Preis dafür entrichten müssen.«

»Wie hoch?«, fragte ich.

»So hoch, als wenn ein Löwe unter Schafen wütet.«

»Sollte sich Israel dann nicht lieber wie die Schafe vor dem Löwen verstecken?«, fragte Ahab, obwohl er längst anders entschieden hatte.

Der Hohepriester wirkte bekümmert und wandelte seine Worte ein wenig ab. »Nein, König Ahab. Israel sollte wie der Hirte um seine Schafe kämpfen.«

Ahab nickte zufrieden, aber Jehoschaphat stöhnte vernehmlich.

»Ich traue diesen Prophezeiungen nicht. Ruft noch die Propheten Jahwes, und lasst uns auch deren Meinung hören.«

Die Propheten Jahwes? Er wollte die Propheten Jahwes in den Palast des Baal einladen? In den Palast der Aschera? Ich warf meinem Mann einen warnenden Blick zu. Aber Athalias wegen hielt ich mich zurück und ließ zu, dass Elias Anhänger in den Palast gebeten wurden. In der zunehmenden Hitze des Tages warteten wir auf ihre Ankunft. Am Nachmittag nahm ich meinen Kopfschmuck ab, weil mein Haar völlig verschwitzt war. Massenweise hatten sich Fliegen in die schattigen Räume des Palasts geflüchtet und wurden von den Dienern mit Palmwedeln und flachen Hölzern erschlagen.

»Die Kamelhaarpropheten sind eingetroffen«, zischte ich eine Stunde später. »Ich kann sie bis hierher riechen.«

Jehoschaphat öffnete den Mund für eine ärgerliche Bemerkung, als die Wachen die Propheten meldeten. Ahab musterte mich mit gerunzelter Stirn, und Jehoschaphat klappte seinen Mund vernehmlich wieder zu.

»Sie stinken doch wirklich zum Himmel«, bemerkte ich.

Jehoschaphat wollte wieder aufbrausen, doch als die Propheten den Saal betraten, strahlte er über das ganze Gesicht. Sie trugen die üblichen Umhänge, und ich freute mich, weil ihnen offenbar ziemlich heiß war. Wahrscheinlich halten sie diese Art Kleidung für heilig, dachte ich. Dabei trug ihr Anführer die Umhänge nur, weil er sich Leinenstoffe nicht leisten konnte.

»Hört mich an, Propheten.« Jehoschaphat erhob sich, aber die Männer achteten nicht auf ihn, sondern starrten mich an, als ob ich mich jeden Augenblick in Anat verwandeln und sie niedergemetzeln würde. »Die Königreiche von Juda und Israel wollen gemeinsam gegen Aram in den Krieg ziehen. Stimmt Jahwe dem zu, oder rät er Juda, sich aus dieser Sache herauszuhalten?«

Nervös rutschte mein Mann auf seinem Sessel hin und her. Ich geriet zunehmend in Panik, je stärker sich der Gestank ausbreitete. Ich hob den Ärmel meines Gewands vor meine Nase, um angenehmere Düfte zu riechen.

Ein älterer Mann trat vor. Offenbar der Anführer der Gruppe. »Jahwe hält Judas Plan für gut. Elias Gott wird Euch die Aramäer ausliefern.«

»Meint ihr das alle?« Jehoschaphat blickte von einem Gesicht zum nächsten, als ob er doch noch auf eine abweichende Meinung hoffte.

»Wir sind alle derselben Meinung«, bestätigten die Propheten.

»Gut«, sagte ich, »dann schickt sie fort.« Die Wächter beeilten sich, dem Befehl zu gehorchen, da sie meine Abneigung gegen die Kamelhaarpropheten kannten.

Aber der König von Juda war noch nicht zufrieden. Murrend schob er die Hände unter die Achseln. »Das ging viel zu schnell. Keiner hatte irgendwelche Einwände.«

Ahab zog die Stirn kraus. »Ihr vergesst, dass sie Propheten sind. Sie kennen die Zukunft und müssen nicht lange überlegen.«

»Wir müssen weiteren Rat einholen«, entschied Jehoschaphat und kraulte seinen grauen Bart.

Ahab starrte den König von Juda an, als ob ihm Baalshörner gewachsen wären. »Noch *mehr*? Die Baalpriester haben unseren Erfolg und die Jahwepropheten die Niederlage der Aramäer geweissagt.«

»Meiner Meinung nach reicht das noch nicht.« Wie ein trotziges Kind verschränkte König Jehoschaphat die Arme vor der Brust.

Ahab warf die Hände in die Luft. »Dann macht, was Ihr wollt!« Mein Mann stand auf und verließ den Raum. Als ich ihm schon folgen wollte, fesselte mich jedoch die Neugier, und ich blieb, wo ich war.

»Wen wollt Ihr denn noch befragen?«

Mit finsterem Gesicht wandte sich der alte Mann an die Wachen. »Schafft Micaiah herbei.«

Micaiahs Prophezeiungen weissagten Ahab stets einen üblen Ausgang, selbst wenn er schließlich siegte. Ich hätte den König von Juda hindern können, ausgerechnet den Propheten zu befragen, den Ahab am meisten hasste, aber eine innere Stimme sagte mir, dass eine mögliche Niederlage die Kriegslust meines Mannes vielleicht dämpfen würde. Die Diener verhängten die Fenster gegen die tief stehende Sonne, und wie schwarzes Wasser breiteten sich die Schatten im Raum aus. Die Stille war bedrückend. Ich hörte, wie mein Herz pochte und wie Jehoschaphat mühsam atmete. Ungefähr eine Stunde später führte man Micaiah und fünf weitere Jahweanhänger in den Thronsaal. Auch sie trugen diese unsäglichen Felle und Umhänge. Ihre Bärte waren zerzaust, und ebenso ihr Haar. Offenbar hatte Ahab sich inzwischen Gedanken gemacht, warum ich ihm nicht gefolgt war. Jedenfalls kehrte er zurück, und ich hörte ihn schon von weitem nach mir rufen.

»Isebel!«, hallte seine Stimme durch die Gänge. Als er den Thronsaal betrat und Micaiah erblickte, lief er dunkelrot an. »Wer hat diesen Mann, diesen falschen Propheten, hierher eingeladen? Ich werde …«

Ich hob die Hand. »Warte, Ahab. Lasst uns erst hören, was er zu sagen hat.« Insgeheim hoffte ich, dass Micaiah meine Träume bestätigen und Ahab vom Krieg abraten würde. Aber Micaiah ging noch weit darüber hinaus, dass sogar ich es übertrieben fand. Er kniete nieder, um seine Prophezeiung für Israel zu verkünden.

»Ich sehe Israel hingeschlachtet. Hingeschlachtet wie eine Herde ohne Hirten. Tod und Zerstörung werden über das Land kommen, und Feuer wird die Ernte vernichten. Regen wird die Unschuldigen wegspülen und die Kinder ertränken.«

Mit gerunzelten Brauen sah Ahab mich an.

»Hunger und Krankheiten werden das Land heimsuchen. Der Krieg wird Israel vernichten, und Jahwe wird keine Gnade walten lassen, wenn Omris Familie untergeht.«

Ich biss die Zähne aufeinander und bereute, dem König von Juda seinen Willen gelassen zu haben. Als ich gerade befehlen wollte, den Propheten wegzuschicken, trat einer der anderen nach vorn und schlug Micaiah so fest ins Gesicht, dass ich zurückzuckte.

»Wie kann Jahwes Geist dir das eingegeben haben?« Der Mann verbeugte sich vor Ahab und dem König von Juda und stellte sich als Zedekia vor. »Zieht in den Krieg, mein König, und hört nicht auf diesen Narren. Micaiah hat weniger Verstand als ein Hund.«

Jehoschaphat wusste nicht genau, was er davon halten sollte. Ich war verdutzt, und Ahab schnaubte verächtlich.

»Bringt diesen falschen Propheten hinaus«, befahl er, »und setzt ihn zwei Wochen lang fest.«

»Warte noch!«, sagte ich.

Ahab und Jehoschaphat drehten sich zu mir um, und auf Micaiahs Gesicht keimte Hoffnung.

Ahab zog die Brauen zusammen. »Meine Königin?«

Ich wollte meinem Mann nur sagen, dass meiner Meinung nach Micaiah nicht gelogen hatte, aber ich brachte die Worte nicht heraus. Damit hätte ich einem Jahwepropheten Recht gegeben. Ich schüttelte den Kopf. »Nein, es war nicht so gemeint.«

Den restlichen Tag über grübelte ich, wessen Prophezeiung nun die richtige war. Mein Lehrer in Tyrus hatte mir beigebracht, dass der beste Prophet derjenige war, der aus eigener Erfahrung sprach. Welche Kenntnisse besaßen meine Priester über den Krieg? Und welche Elias Schafe in ihren stinkenden Umhängen? Priester und Propheten waren im Grunde nur Ja-Sager, die nur ungern unangenehme Prophezeiungen machten. Doch Micaiah wusste, was Krieg bedeutete. Aber stimmte das auch?

Am nächsten Morgen war ich lange vor Ahab wach und stahl mich in den Thronsaal. Selbst in der Morgendämmerung war die

Luft so heiß und trocken wie in einem Brennofen. Die Wachen erschraken und nahmen Haltung an, aber das entging mir, weil sich meine Gedanken allein um Micaiah drehten.

»Geht und findet heraus, was ihr über den Gefangenen Micaiah in Erfahrung bringen könnt. Beeilt euch, bevor der König erwacht.«

Ich wartete fast eine Stunde lang, bis die drei Männer zurückkehrten. Der jüngste schien sehr nervös zu sein, weil er etwas ohne Wissen des Königs getan hatte.

Ich deutete auf ihn. »Was hast du herausgefunden?«

»Der Vater des Gefangenen war General, und er selbst hat als Offizier gedient.«

»Ein Offizier?«, wiederholte ich. »Was ist passiert?«

»Nach Auskunft der Wächter hat er Bekanntschaft mit Elia geschlossen. Angeblich hat er Jahwes Gesicht gesehen, und das hat ihn völlig verändert.«

»Und die Armee hat ihn gehen lassen?«

»Sie konnten ihn nicht länger gebrauchen, nachdem er sich so verändert hat, meine Königin.«

»Wie muss ich mir das vorstellen?«

»Er wurde – nun, irgendwie weich.«

Ich zog die Brauen hoch und schnaubte voll Unmut. »Offenbar im Kopf.« Die drei Wachsoldaten grinsten. Ich lehnte mich zurück und überlegte. Obgleich Micaiah ein Prophet war, war er kein Narr. Er kannte den Krieg. Als Offizier hatte er gelernt, die Chancen seines Handelns abzuwägen. Was interessierte Priester anderes als Liebe und Gold? Ich entließ die Männer und kehrte in meine Räume zurück. Ahab war inzwischen erwacht. Er war bleich, und seine Hände zitterten.

»Ich habe geträumt, dass die Assyrer dich gefangen hätten«, hauchte er. Erleichtert wollte er mich in die Arme schließen, doch mir stand der Sinn nicht nach Zärtlichkeiten.

»Es ist sehr viel wahrscheinlicher, dass die Aramäer mich gefangen nehmen«, gab ich zurück. »Micaiah ist der Sohn eines Generals. Die Priester und Propheten wissen nichts vom Krieg und haben dir zugeraten, aber er, der selbst schon Städte belagert hat, rät dir ab. Auf wen willst du also hören, Ahab? Auf Propheten in stinkenden Umhängen oder auf einen Mann, der einmal dein Offizier war?«

Wortlos kleidete sich Ahab an und legte einen goldenen Gürtel um.

»Ich bitte dich, höre auf ihn«, beschwor ich meinen Mann.

»Ich werde ihn aus dem Gefängnis entlassen.«

»Aber schicke ihn nicht weg, ohne ihn noch einmal anzuhören.«

Ahab gab keine Antwort.

»Du *musst*, Ahab.«

Heftig stieß Ahab die Luft aus und seufzte. In Gedanken war er weit weg. Vielleicht dort, wo Kriegspläne geschmiedet wurden. Oder auf dem Schlachtfeld inmitten des Bluts seiner Feinde. Oder vielleicht stand er schon als Sieger auf dem Streitwagen und verkündete seinem Volk, dass das geraubte Land wieder zu Israel gehörte. Mich schauderte. »Wenn du darauf bestehst«, sagte er schließlich. Auf dem Weg zum Thronsaal hatte ich das Gefühl, als ob Anat längst das Herz meines Mannes gestohlen hätte.

»Bringt Micaiah her«, befahl Ahab. Der König von Juda hatte uns inzwischen verlassen, um, von Zedekias Prophezeiung eines großen Sieges beflügelt, seine Armee zu sammeln.

»Wer wird den Krieg zwischen Israel und Aram gewinnen?«, fragte ich Micaiah, sobald man ihn brachte. Er stolperte etwas und blinzelte in die ungewohnte Helligkeit.

»Israel wird siegen«, antwortete er ohne das geringste Zögern.

Ich hielt die Luft an, und mein Mann schüttelte den Kopf, als ob er sagen wollte, dass es zwecklos sei.

»Wir müssen die Wahrheit wissen, Micaiah!«, beschwor ich ihn. »Ihr werdet nicht wieder eingesperrt.«

Der Prophet warf dem finster dreinblickenden König einen Blick zu.

»Die Wahrheit, Micaiah!«, mahnte ich.

Der Mann nickte. »Ich sehe die Herde, aber keinen Hirten. Blut klebt auf den Fellen. Elischa wird den König von Israel im Kampf zur Seite drängen, und König Ahab wird umkommen. So, wie die Dinge augenblicklich stehen«, fügte er noch hinzu.

Ich sah Ahab an. Offenbar hatte er vergessen, Elischa in die Rechnung einzubeziehen. Entsprechend erschrocken sah er aus. Aber warum sollte sich Elischa nicht auf Ben-Hadads Seite stellen und zusammen mit dem Feind auf günstigere Tage hoffen, sobald das Haus des Omri endgültig am Boden lag?

Mein Mann schien verwundert. »So, wie die Dinge augenblicklich stehen?«, fragte er.

Ich schüttelte heftig den Kopf. »Nein, Ahab. Vergiss diesen Krieg!«

»Aber Ramoth-Gilead gehört zu Israel! Wenn wir Ben-Hadad nicht zuvorkommen, wird er uns angreifen.«

Ich klammerte mich an Ahabs Arm. »Ahab, bitte! Dies bedeutet den Tod.«

Aber er sah mich nur so gleichmütig wie ein Tier an, das wusste, dass es zur Beute geworden war.

Micaiah wurde entlassen, und ich blieb mit der Prophezeiung zurück – und mit der Aufgabe, Ahab davon zu überzeugen, dass er den Krieg nicht gewinnen konnte. Aber Ahab widersetzte sich jedem Versuch.

»Ahab, es ist Wahnsinn!«, sagte ich. »Jede Nacht …«

»Das sind nur Träume.«

Aber die Träume waren deutlich und sehr lebendig. Die Sphinx, die unser Ehebett zerriss und dabei so jammervoll schrie, wie man Tote beklagte.

»Bitte, Ahab, gib mich nicht so einfach auf«, bat ich.

Ich verweigerte ihm meinen Körper, aber Ahab beeindruckte

das nicht. Also schminkte ich mein Gesicht und ölte meine Füße. Dann kleidete ich mich in feinstes Leinen, um den Mann zu verführen, der mir früher alles gewährt hatte. Ich ringelte sogar mein Haar nach neuester Mode, wie es inzwischen sogar die Männer trugen.

Ahab küsste mich leidenschaftlich. »Du bist wunderschön, Isebel«, stöhnte er, aber nichts, was ich sagte oder tat, stimmte ihn um. Er war entschlossen, in den Krieg zu ziehen.

»Nun gut. Aber ich werde keinesfalls hier in Jesreel bleiben, während du weit von mir kämpfst.«

»Ich treffe meine Streitwagen außerhalb von Ramoth-Gilead. Dort gibt es weder einen Palast noch Ställe.«

»Dann werde ich in den Zelten bei deinen Männern warten«, erklärte ich. Ich sah ihn so lange an, bis meine Augen tränten.

Seine Züge wurden weich. »Du musst dir keine Sorgen machen, Isebel.«

»Glaubst du? Der oberste Befehl Ben-Hadads wird lauten, dich zu finden und zu töten.«

»Ich kleide mich wie ein ganz normaler Soldat.«

»Dann werden sie dich genau deshalb töten. Für einen normalen Soldaten bekommt man schließlich kein Lösegeld wie für einen König.«

»Ich werde schon auf mich aufpassen. Keine Sorge. Wann haben diese Arme dich je enttäuscht?«

In dieser Nacht liebten wir uns, und am Tag darauf verließen wir Jesreel, um uns mit dem König von Juda zu treffen. Es waren unendlich viele Vorbereitungen getroffen worden, so dass man an Arams Sieg zweifeln konnte. Doch mein Herz wusste es besser. Außer all den Soldaten und Waffen, die Israel aufbot, außer der Armee von Streitwagen und außer den vielen Zimmerleuten, die gewaltige Katapulte durch die Wüste rollten, besaßen die Aramäer etwas sehr viel Wichtigeres. Sie waren blutdürstig. Damit konnten die israelitischen Soldaten nicht mithalten. Israel kämpfte ums Überleben und für Gerechtigkeit, aber die Aramäer heizten sich durch Mord und Plünderungen an.

Ben-Hadad und seine Soldaten standen eine Tagesreise von Ramoth entfernt. Ahab war siegessicher, doch ich fürchtete Micaiahs Prophezeiung. Die Reise war lang – zwei volle Tage quer über weite Sandflächen, so rot wie nacktes Fleisch. In einer Oase auf halbem Weg zwischen Jesreel und Ramoth-Gilead erkrankten die Kamele, und drei Wagenlenker starben, als sich im Schlaf Schlangen um ihre nackten Beine wanden. Bleiches Mondlicht beschien das Lager. Mitten in der Nacht schreckte ich aus dem Schlaf hoch.

»Hast du auch etwas gehört, Ahab?«, flüsterte ich.

Der König richtete sich auf und lauschte. Dann streckte er den Kopf aus dem Zelt und bemerkte eine Bewegung. Rasch kleideten wir uns an. Ahab ging nach draußen, um die Sache zu überprüfen, und kehrte mit schlechten Nachrichten zurück.

»Drei weitere Männer sind tot.«

Ich zog den Umhang enger um mich. »Und wie sind sie gestorben?«

»Ihre Strohsäcke lagen direkt neben einem Nest voller Skorpione.«

Bevor wir weiterzogen, begruben wir die Männer. Den Familien blieben nur noch die Siegel, um sie statt der Gebeine zu betrauern. Von nun an bewegten sich die Soldaten sehr viel vorsichtiger, aber im Fackellicht konnte man unmöglich jede Schlange ausmachen. Und ein Skorpion war nur ein winziger Schatten im tanzenden Licht. Vor dem Ende der Reise verloren wir noch zwei weitere Männer durch Vergiftungen.

Am zweiten Tag erreichten wir bei Sonnenuntergang die Zelte, wo uns Ahabs Streitwagen aus Megiddo erwarteten. Ein Blick auf die dürftigen Lager und die schmutzigen Böden machte klar, dass ich hier nicht in Luxus leben würde. Auch die Gesellschaft meiner Familie musste ich entbehren, denn meine Söhne waren mit

Innascha in Jesreel zurückgeblieben. Die Räume für den König und die Königin befanden sich im größten Haus außerhalb der Stadt und waren annehmbar. Ahab erzählte mir, dass man den Namen von Ramoth-Gilead in Laban-Anat geändert hatte, was so viel wie »die Kriegsgöttin selbst« bedeutete. Ich musste lächeln und hoffte nur, dass dies ein gutes Omen war. Doch es sollte anders kommen.

Schon zu Beginn des Krieges wurde mir klar, dass Anat die Familie König Omris im Stich gelassen hatte. War ich daran schuld? Oder Micaiah? Oder die vierhundert Jahwepropheten, die auf König Jehoschaphats Wunsch im Palast gewesen waren? Jedenfalls wurde jeder Ausfall, den Ahab wagte, von Ben-Hadad gekontert. Wenn es nur im Geringsten so aussah, als ob Israel die Oberhand behalten könnte, kehrte Ben-Hadad mit immer neuen, noch entschlosseneren Männern in die Schlacht zurück.

»Meine Königin.« Mitten in der Nacht berührte mich eine Dienerin vorsichtig an der Schulter. »Es gibt Neuigkeiten.« Sobald ich ihre Stimme hörte, war ich vollkommen wach. Ich dämmerte ohnehin ständig zwischen Schlafen und Wachen und war jeden Augenblick auf die Nachricht von Ahabs Tod gefasst. Im Licht der Öllampe erkannte ich die junge Frau, deren Mann vor einer Woche umgekommen war. Ihre Augen waren erloschen, und ich erkannte noch die Tränenspuren auf ihrer Wange. Sie wirkte wie versteinert, als ob sie seitdem nicht mehr geschlafen hätte.

Ich folgte ihr in den Raum, der während unseres Aufenthalts in Ramoth-Gilead als Thronraum diente. Wie oft war ich nachts schon diesen Weg gegangen und hatte jedes Mal gefürchtet, dass die Nachricht Ahab betreffen könnte. Der Kampf währte nun schon vier lange Wochen, und die Schreie der Männer wurden vom Wind manchmal bis zu uns geweht. Verwundete ohne Arme, Beine oder Augen wurden nach Laban-Anat gebracht, und es war kein Wunder, dass mich diese schrecklichen Bilder nachts in meinen Träumen heimsuchten.

Der Bote, der mich erwartete, war mir bekannt. Er stammte aus Dan und hieß Adonai. In den letzten vier Wochen hatte ich ihn häufig gesehen. Wie ein Schatten huschte er zwischen dem Schlachtfeld und Laban-Anat hin und her, übermittelte Geheimnisse und berichtete über Verbrechen.

»Wie geht es meinem Mann?« Ich hielt den Atem an und schloss die Augen. Falls Adonai schlechte Nachrichten brachte, wollte ich ihm dabei nicht ins Gesicht sehen.

»Es geht ihm gut, meine Königin.«

Ich seufzte. *Aschera sei Dank*, flüsterte ich und öffnete die Augen wieder. »Warum bist du dann hier, Adonai?«

»Ein Überraschungsangriff der Aramäer hat das Leben von hundert israelitischen Soldaten gefordert. Der König, der wie ein normaler Soldat gekleidet war, wäre beinahe darunter gewesen.«

Ich würgte und mühte mich um Haltung. »Ist er verwundet worden?«

»Er hat vierzehn Angreifer niedergestreckt und zu Mot in die Nachwelt geschickt.«

Ich lächelte. »Vielen Dank, Adonai. Komm, trinke einen Schluck Wein.« Auf meinen Wink hin wurde ein Becher voll gebracht. Ich setzte mich und sah mein Gegenüber an. Adonai schien alterslos zu sein. Seine Frau war vor sieben Jahren gestorben, aber er hatte sich keine neue Frau mehr gesucht. Er besaß auch kein Kind und schien nichts zu vermissen.

»Erzähle mir mehr. Wie sieht es auf dem Schlachtfeld aus?«

Adonai ließ sich nicht lange bitten. Seine Stimme erstarb zu einem Flüstern. »Als ob Mot aus der Nachwelt auf die Erde herabgestiegen sei, um jedem lebenden Wesen die Seele auszusaugen.« Adonai schüttelte den Kopf. »Die Pflanzen sterben, die Männer ebenso und auch die Frauen und Kinder, die auf dem Schlachtfeld nach ihren Verwandten suchen und auf eine letzte Erinnerung, irgendeine Kleinigkeit, hoffen, bevor die Vögel die Knochen sauber genagt haben.«

Mich schauderte, aber ich ließ ihn reden. Adonais Augen brannten, aber sonst war sein Gesicht vom Krieg unberührt.

»Frauen, die ihre Männer gefunden haben, werden direkt neben ihnen erschlagen. Die Aramäer kennen kein Erbarmen.«

»Und die Israeliten? Was machen sie?«

»Wir töten keine Frauen und keine Kinder. Stattdessen bringen wir sie als Gefangene nach Sichem.«

»Und du, Adonai? Warum bist du nicht dabei?«

Er hob die rechte Hand, an der drei Finger fehlten. Aber ich zuckte nicht zurück, wie ich das früher getan hätte, als ich noch nichts vom Krieg wusste. Vor Laban-Anat. Ich fragte mich lediglich, wie er überlebt hatte, weil Mütter ihre missgebildeten Kinder eigentlich sterben lassen mussten.

»Ich bin nicht so auf die Welt gekommen«, erklärte Adonai, als ob er meine Gedanken erraten hätte. »Als ich klein war, hat ein Löwe unser Zelt angegriffen. Meine Mutter wollte mich vor den riesigen Zähnen schützen, aber da hatte er bereits zugeschnappt.«

Entsetzt riss ich die Augen auf. »Und wie hast du überlebt?«

»Meine älteren Brüder und mein Vater kamen gerannt, als sie Mutters Schreie hörten. Sie griffen den Löwen an, aber es war zu spät. Meine Mutter und der Löwe starben.«

Welch grauenvolle Geschichte! Ein Wunder, dass Adonai überhaupt überlebt hatte. Doch in den Armen der toten Mutter überlebt zu haben war ein schreckliches Vorzeichen.

»Und hat dich der Fluch getroffen?«, fragte ich leise.

Adonai wandte die Augen ab. »Manche meinen es. Meine Frau starb am Fieber, und meine drei Kinder starben schon in ihrem Bauch.«

»Hast du deshalb nicht mehr geheiratet?«

»Ja.« Seine Stimme war kaum zu verstehen. »Ich habe Angst,

ihren Tod verschuldet zu haben. Weshalb sollte ich anderen meine Sünden aufladen?«

Ich schwieg einige Augenblicke lang. »Vielleicht solltest du dir eine Witwe suchen.« Ich dachte an die Dienerin, die mich geweckt hatte.

»Und wenn sie ebenfalls stirbt, meine Königin?«

»Es gibt Menschen, die vor Kummer sterben. Ohne die Umarmung eines lieben Menschen sind sie dem Tod geweiht.«

Adonai war nicht dumm. Er wusste, dass ich an eine bestimmte Frau dachte.

»Wen meint Ihr?«, fragte er, und in seinen Augen keimte neue Hoffnung.

»Ich denke an eine meiner Dienerinnen. Sie kann nicht aufhören zu weinen und wird von Tag zu Tag dünner. Geh und tröste sie. Und wenn sie dich lieb gewinnt, werde ich euch meinen Segen geben.«

Ich hatte an Adonais Herz gerührt. Als er das Mädchen traf und sah, wie unglücklich sie war und wie schön, tröstete er sie, wie ich es ihm geraten hatte. Von diesem Moment an waren die beiden unzertrennlich. Aber Adonais Dienst wurde dadurch umso schwieriger. Er wollte mich nicht enttäuschen – und doch verschlechterten sich die Nachrichten von Tag zu Tag. Es schien, als ob Ben-Hadad über unerschöpfliche Reserven verfügte. Erste Zweifel keimten in mir, und als Ahab am Ende der Woche völlig verschmutzt und voller Blut zu mir zurückkehrte, flehte ich ihn an, sich aus Aram zurückzuziehen.

»Warte lieber, bis Ben-Hadad uns angreift, wie du das bisher immer getan hast.«

Ahab schüttelte den Kopf. »Meine Armee würde revoltieren, und Jehu würde die Männer noch aufhetzen.«

»Aber ich denke, er ist dein engster Berater, dein *Freund*«, erinnerte ich ihn.

Ahab seufzte aus tiefstem Herzen. »Im Krieg gibt es keine

Freunde. Nur die Strategie. In dieser Beziehung sind wir einer Meinung. Wenn wir uns zurückzögen, würden die Soldaten ihren König für schwach halten.«

Diese Begegnungen waren alles andere als tröstlich. Wir versuchten, einander zu lieben, und schufen für ein oder zwei Stunden so etwas wie Frieden. Wenn uns ein Bote unterbrach, wurde ich wütend. »Dieser Angriff ist völliger Wahnsinn! Wir verlieren jeden Tag ein Stückchen mehr.« Doch Ahab blieb stur. Rückzug kam für ihn nicht in Frage. Wenn er blieb, wo er war, verlor er seine Männer, doch bei einem Rückzug womöglich seine Krone.

Als die fünfte Woche des Krieges begann, wurde ich immer bitterer und verzweifelter. Selbst Adonai hielt Abstand zu mir. Ich fragte mich sogar, ob Jehu nicht insgeheim Ahabs Tod erstrebte. Flüsterte er ihm die Angst vor einer Revolte seiner Soldaten nur ein? Ich wollte meinen Mann warnen, ihm von den Aufmerksamkeiten des Generals mir gegenüber berichten und von meinem Verdacht wie damals gegen Obadia. Aber es bot sich keine Gelegenheit.

Als Ahab an diesem Tag auf das Schlachtfeld zurückkehrte, wurde er schwer verwundet.

Adonai überbrachte mir die Nachricht. Tränen trübten seinen Blick und brannten auf seinen Wangen. Er konnte die Worte kaum über die Lippen bringen, aber ich kannte sie längst und brach zusammen.

»Nein!«, schrie ich so laut, dass ganz Laban-Anat mich hörte. »Nein!« Ich sprang so ungestüm auf, dass ich zu Boden stürzte und Adonai mir aufhelfen musste.

»Meine Königin«, sagte er leise, »Ihr müsst nicht verzweifeln. Es ist möglich, dass er überlebt.«

Ich stand aufrecht, aber meine Beine zitterten schrecklich. »Bringt mich zu ihm!«, befahl ich.

Einige Männer, die auf die Nachricht von Ahabs Verwundung

hin in den Thronsaal gerannt waren, traten vor. Es waren die Ältesten von Laban-Anat.

»Meine Königin«, wandte sich einer an mich, »ich denke nicht …«

»Bringt mich zu ihm!«, schrie ich völlig außer mir. Als sich niemand regte, raffte ich meine Gewänder und rief nach einem Wagen. Gefolgt von einigen Soldaten raste ich zum Schlachtfeld. Meine königliche Kleidung könnte meinen Tod bedeuten, schrien sie hinter mir her.

»Entweder töten sie Euch, oder sie nehmen Euch wie eine Sklavin gefangen!«, brüllten sie in den Wind.

Aber mir war alles einerlei. Als ich Ahab fand, stand er aufrecht im Streitwagen und umklammerte seinen Bauch. Obwohl ihm das Blut wie Wasser über die Hände rann, erteilte er weiter Befehle.

»Ahab!«, schrie ich. »Ahab, nein!« Ich rannte zu ihm und badete meine Arme in seinem Blut, als ich ihn sanft wie ein Kind umfing. Er hatte seine Männer nicht im Stich gelassen. Er hatte das Schlachtfeld nicht verlassen, um Hilfe zu suchen.

»Ahab!«, schluchzte ich. Im Tal zu unseren Füßen rannten seine Männer noch immer gegen die Aramäer an, aber Ahabs Augen wirkten verschleiert und glanzlos.

»Isebel«, stammelte er, als er stürzte. Ich fing ihn auf, und wir sanken gemeinsam auf den Boden des Streitwagens nieder. »Isebel, sorge für unsere Söhne«, presste er nur unter Mühen heraus.

Ich schüttelte so heftig den Kopf, bis mir schwindlig wurde. Tränen wuschen die restliche Schminke weg, und zum ersten Mal sah Ahab mein nacktes Gesicht. »Verlasse mich nicht! Bitte, Ahab! Ohne dich kann ich nicht leben!«

»Aber du musst leben, Isebel! Für Ahazia und für Jehoram.«

»Nein!«, schrie ich wieder. Ich wollte nicht wahrhaben, was ich doch mit eigenen Augen sah. »Ich werde einen Arzt …«

»Nein, Isebel. Bleibe einfach nur bei mir. Verschwende diese kostbaren Augenblicke nicht.«

»Ahab!«, schrie ich so laut, dass meine Stimme versagte. »Ich liebe dich, Ahab. Ich werde dir folgen!«

»Nein!« Ahab richtete sich auf. Blut sickerte aus seinem Mundwinkel.

»Aschera!«, rief ich, so laut ich konnte, und umschlang Ahab fester. »Aschera, hilf und rette ihn!« Aber die Göttin erhörte mich nicht. Ich flehte zu Baal, zu Jahwe und zu Anat. »Helft meinem Mann, ihr Götter! *Ich bitte euch!*« Aber auch von ihnen kam keine Hilfe. Ich wurde immer verzweifelter. »Ahab! Bitte, nimm mich mit!« Ich wollte nur noch sterben und neben ihm begraben werden, damit wir gemeinsam zu Aschera gehen konnten.

»Nein, Isebel.« Seine Stimme klang hart, aber in seinen Augen las ich nur Liebe. Und Frieden, als ob der Anblick meines ungeschminkten Gesichts sein größtes Glück gewesen wäre.

»Wirst du denn auf mich warten?« Ich schluchzte. Die Sonne beleuchtete das friedvolle Gesicht und ließ mich fast die grausame Szenerie vergessen.

»Immer, Isebel. In jedem Augenblick«, flüsterte Ahab. Und dann starb mein Mann in meinen Armen.

Aschera, warum lässt du mich weiterleben? Warum kommt kein Speer geflogen und beendet diese Qual? In Erinnerung an diesen Augenblick wird mein Ende leicht sein, denn ich weiß, dass ich Ahab wieder sehen werde. Es schmerzte unendlich, meinen Mann so besiegt zu sehen … durchbohrt von einem Speer. Von einem Stück Holz, einer Spitze aus Metall, der Kraft eines menschlichen Arms. Dabei war das Leben so kostbar – und doch genügte nur ein Stück Holz, um es zu vernichten.

An diesem Tag in Ramoth-Gilead endete mein Leben. So, wie ich da lag, niedergesunken auf dem Streitwagen, meinen toten Mann in den Armen, Gesicht und Hände voller Blut, erblickten meine Augen unter Tränen Jehus Gestalt. Er stand ganz ruhig da und kämpfte nicht. Später vergaß ich die innere Stimme, die in diesem Augenblick fragte, ob er nicht vielleicht doch mit den

Aramäern im Bunde wäre und ihnen verraten hätte, wer dieser einfache Soldat in Wirklichkeit war.

Noch vor meiner Rückkehr nach Jesreel erhielt ich die Nachricht von Innaschas Tod. Aber ich war viel zu erstarrt, um weitere Schrecken aufnehmen zu können. Vielleicht stirbt ja im Augenblick die ganze Welt, dachte ich. Doch was änderte das? Weshalb sollte es mich stören, wenn meine Schwestern und Brüder, meine Mutter, mein Vater und meine Söhne wie ein Sandsturm vergingen? Was waren wir denn anderes als Staubkörner in der Unendlichkeit?

An die Rückreise von Laban-Anat nach Jesreel habe ich keinerlei Erinnerung. Als ich Innaschas Hand zum Abschied küsste, war ihr Gesicht bereits eingefallen und kalt. So viel Schmerz konnte ich unmöglich ertragen. Allerdings erleichterte es mich, dass Innascha Ahabs Tod nicht mehr miterleben musste. Meine Not hätte ihre letzten Tage vergiftet. Wochenlang konnte ich nichts essen und wurde wieder so dünn, wie ich als junges Mädchen gewesen war.

Ahazia, mein Erstgeborener, wurde zum König von Israel ernannt, aber da er für die Regierungsgeschäfte noch zu jung war, übernahm ich sie an seiner Stelle. In der ersten Zeit jedoch musste er mich öfter vertreten, weil mein Schmerz mich immer wieder überwältigte.

Jehu kam und wollte mich mit Juwelen und Öl über mein Unglück hinwegtrösten. Ob er sich Hoffnungen machte, den König ersetzen zu können? Der Anblick seines Gesichts verursachte mir Übelkeit und Wut, denn er hatte den Krieg gegen Aram immer befürwortet.

»Ihr Verräter! Ihr habt meinen Mann in den Tod getrieben!« Als ich ihm ins Gesicht spuckte, verschwand er rasch und hielt sich dem Hof fern. Doch er äußerte die Hoffnung, dass ich dieses schreckliche Erlebnis irgendwann überwinden und meinen

Irrtum erkennen würde. Genau das Gegenteil war jedoch der Fall. Trotzdem antwortete ich in versöhnlichem Ton, denn der König war noch zu jung, um mit einer Revolte in der Armee fertig zu werden.

Bei Ahabs Beisetzung trauerte das ganze Land. Der König war äußerst beliebt gewesen. Als der blutverschmierte Wagen am Brunnen von Jesreel gewaschen wurde und sich das Wasser rot färbte, schöpfte ich mit der Hand daraus und trank einen Teil von Ahabs Leben, um ihn für immer in mir zu behalten. Den Streitwagen ließ ich jedoch nicht nach Sichem bringen, wo Ahabs Vater mit seinen wertvollsten Juwelen und seinen Lieblingspferden bestattet war, sondern behielt ihn als Erinnerung an unsere glücklichsten Tage bei mir in Jesreel.

In manchen Ländern begrub man die Könige zusammen mit Frauen und Dienern. Man bettete den Leichnam in Laken gehüllt in eine Höhle und sperrte seine Frauen, Geliebten und Diener mit Nahrung für sieben Tage mit ihm ein. Die Höhle wurde bewacht, so dass niemand entkommen konnte und dem König seine irdischen Freuden auch im Jenseits erhalten blieben.

Israel jedoch kannte derartig barbarische Sitten nicht. Ich hätte mich zwar liebend gern zusammen mit meinem Mann in seinem Grab einsiegeln lassen, aber ich hatte an das Land zu denken. Ahab musste sich noch einige Jahre bis zu unserer Wiedervereinigung gedulden. Ich tröstete mich mit dem Gedanken, dass er nicht allein war und von König Omri und seiner Mutter, die er nie gekannt hatte, erwartet wurde. Dieser Gedanke ließ mich sogar lächeln.

Im Morgengrauen setzte sich der Trauerzug mit meinem toten Mann und mir, den Ältesten und allen Dienern in leuchtend weißen Gewändern nach Sichem in Bewegung. Der Zauber, der mich damals auf meiner Reise zum elfenbeinernen Palast begleitet hatte, war dahin. Überall sah ich nur Tod – verkrümmte Bäume, blattlose Kronen und ausgebleichte Knochen unter sengender

Sonne. Ein Schleier verdeckte meine rot geweinten Augen und meine Tränen. Nirgendwo war Trost, seit Ahab und Innascha von mir gegangen waren.

In Sichem wusch der Hohepriester Ahabs Leichnam und rieb seine Glieder mit duftendem Öl ein. Ein letztes Mal berührte ich den Körper meines Geliebten. Ich erinnerte mich, wie seine Hände über meinen Körper geglitten waren. Ahabs Augen waren geschlossen und sahen mich nicht mehr. Trotzdem spürte ich seinen Blick, als sie ihn auf den kalten Fels neben seinen Vater und seine Mutter betteten. Sein regloser Körper schien nach mir zu rufen, und in diesem Moment begriff ich, dass die Witwen, die ihren Mann geliebt hatten und mit ihm bestattet wurden, nicht an Hunger, sondern an gebrochenem Herzen starben.

Das trockene Wüstenklima hatte die reglosen Körper von Ahabs Vater und seiner Mutter vollkommen erhalten. Obwohl Aschera es vermutlich nicht guthieß, habe ich kurz den Schleier von Ahabs Mutter gelüftet und gesehen, dass sie einst wunderschön gewesen war. Ihr Haar war noch immer dunkel, und die Haut ihres Gesichts straff. Obwohl die Augen geschlossen waren, konnte ich in ihrer obsidianschwarzen Tiefe die Trauer um das Kind erahnen, das sie nicht einmal hatte ansehen dürfen. Die weiter entfernt ruhenden Körper waren vermutlich Geliebte von Ahabs Vater, aber die interessierten mich nicht.

Zu den goldenen Schätzen in der Grabkammer fügte ich Ahabs Königssiegel und die Asche seines geliebten Pferdes hinzu, damit sie ihn in die Nachwelt begleiteten. Vor der Höhle wurden große Mengen Weihrauch verbrannt, und als die Kammer endgültig versiegelt wurde, schluchzte ich auf. Man würde sie erst wieder öffnen, wenn ich nicht mehr lebte. Oder einer meiner Söhne – möge Aschera ihnen ein langes Leben schenken! Ich schlang die Arme um die starken Schultern meiner Söhne. Ahazia war zwar König, doch der Kampf um den Thron würde nicht ausbleiben. Voll Stolz betrachtete ich meinen Erstgeborenen. Und gleichzeitig voll Mitleid. Ahab war genauso alt gewesen, als sein Vater ihm das Land vererbt hatte, und war über dieser Bürde alt und weise geworden.

Ahazia war bereits so groß wie ich und ein tüchtiger Soldat. Jedenfalls hörte ich das allenthalben. Doch die Politik interessierte ihn wenig. Eines Tages würde ihn sein Volk wegen seines Geschicks im Krieg bewundern und lieben. Aber die Älteren würden tadeln, dass er sich nicht genügend um die Gerechtigkeit gekümmert hatte. Im Moment war dies also meine Aufgabe. Ahazia war der Soldat, und Jehoram war wie Ahab. Trotzdem würde er immer der zweite Sohn sein und niemals König werden.

Noch während die Priester beteten, näherte sich ein Wagen, und mein Herz vollführte einen Satz, als ich meine Tochter und ihren Mann Jehoram erblickte.

»Vater!« Weinend sprang Athalia vom Wagen und rannte zum Eingang der Höhle. Aber sie war bereits versiegelt. Mit entsetztem Gesicht wandte sie sich zu mir um. »Ich bin zu spät gekommen!« Schluchzend sank sie zu Boden und schlug die Hände vors Gesicht. Sie waren so schnell wie möglich nach Sichem geeilt. Ihr Mann Jehoram zögerte unsicher, doch dann trat er zu Athalia und zog sie vom Boden hoch.

»Athalia«, sagte ich leise. »Es ist besser, wenn du dich an deinen Vater erinnerst, wie er zu Lebzeiten war.« Lange hielten wir einander in den Armen.

Später im Palast weinte ich in ihrem Schoß, und sie strich mir über das Haar. Tagelang aß ich außer ein paar Granatapfelsamen keinen Bissen. Ohne es zu wollen, erinnerte mich die Frucht an den verdammten Elia und seine lächerliche Geschichte von *Hawwa*, die auf Geheiß der bösen Schlange diese verbotene Frucht gekostet hatte.

Kinder bedeuteten Frieden und Trost, und ohne Athalia hätten mich die Tage in Sichem vermutlich um den Verstand gebracht. Ich hasste diesen Palast. Die elfenbeinernen Schnitzereien erinnerten mich zwar an Tyrus, aber sie gemahnten mich auch an Obadias Verrat. Und an meinen Abschied von Tyrus. An den Abschied von Dido und Annana. Als Braut war ich hierher gekommen, und hier hatte ich das Misstrauen gegenüber Menschen gelernt, die mit allen Mitteln nach dem Thron strebten. Keines meiner Kinder war hier geboren und keines innerhalb dieser Mauern empfangen worden. Den Palast zu verlassen schmerzte mich nicht. Im Gegenteil. Die schweren Erinnerungen machten es mir leichter. Hier hatte ich Ahab zur letzten Ruhe gebettet, und hier verließ mich meine Tochter ein zweites Mal.

»Jehoram und ich müssen unbedingt nach Juda zurückkehren«, sagte sie.

Ich streichelte ihre Wange. »Aber du bist doch erst seit fünfzehn Tagen hier.« Athalia hatte zwar einige Zähne verloren, aber sonst war sie noch so schön wie immer.

»Das ist richtig, aber der König ist krank. Ich denke, dass er nur zu bald meinem Vater folgen wird.« Doch in ihren Augen stand keine Trauer. »Er ist störrisch wie ein Esel, und er verachtet mich. In Juda gilt meine Stimme inzwischen mehr als die seine, und er weiß, dass niemand ihn betrauern wird. Er missbraucht seine Dienerinnen und vergnügt sich mit ihnen, obwohl er krank ist. Ich habe ihm ein Mädchen nach dem anderen weggenommen, bis er nur noch Diener hatte. Aber selbst das konnte ihn nicht aufhalten. Seitdem schicke ich ihm nur noch die ältesten Diener.«

Ich lachte über meine listige Tochter. Meine kleine Athalia. Doch als sie abreiste, weinte ich, als ob sie gestorben wäre.

Das nächste Jahr hätte ich am liebsten vergessen. Als ob der Tod meines Mannes und Innaschas nicht genug gewesen wäre, erklärten nun auch noch die Moabiter ihre Unabhängigkeit von Israel. Es war nicht leicht, mich in dieser Situation an die Worte meines Lehrers zu erinnern, dass Politik nicht persönlich zu nehmen sei.

Ein Fehler, den Frauen nur allzu leicht begingen. Moab hatte einfach die Gelegenheit beim Schopf ergriffen. An König Meschas Stelle hätte ich ebenfalls die Unerfahrenheit meines Sohnes und die Schwäche Israels nach dem verlorenen Krieg für meine Zwecke ausgenutzt. Obendrein war die Armee im Norden viel zu beschäftigt, um sich mit Moab zu befassen. So gingen die Städte leider verloren, und Chemosch, der Gott der Moabiter, siegte über Anat.

Nach Ahabs Tod freute mich nichts mehr, denn mein Mann hatte mir sogar mehr bedeutet als meine Götter und Göttinnen. Sobald ich allein war, wanderten meine Gedanken zu unseren letzten gemeinsamen Tagen zurück. Manchmal hatte ich das Gefühl zu träumen und erblickte wie durch hauchdünne Schleier sein Gesicht auf meinen geschlossenen Lidern. Ich sah es mir sehr genau an, bevor ich es meiner Erinnerung anvertraute. Sein Gesicht war völlig entspannt. Ich sah seinen Körper über mir, wie er mich liebte, mit mir lachte und mich in den Armen hielt. Nachts träumte ich regelmäßig von dem einzigen Freund, den ich in Israel gehabt hatte. Wie Tauben segelten wir über den warmen Sand von Jericho, und die Blicke der seit langen Jahren Verstorbenen folgten uns. All dies war nur schemenhaft zu erkennen, aber Ahab sah ich völlig klar vor mir. Klar und deutlich. Mit dem Erwachen versank das Traumbild hinter den alltäglichen Problemen.

Als ich eines Nachmittags an den Elfenbeinschnitzereien vorüberging, wurde mir ein Bote gemeldet. Die Nachricht klang ernst. Ich nahm auf dem Thron Platz und hob eines der Fellknäuel auf meinen Schoß. Es waren inzwischen die Enkel und Urenkel von Pemays Katzen. Die Kleine krallte sich jedoch so fest an mich und schrie so laut, dass ich sie von meiner Kleidung lösen und einer Dienerin reichen musste, damit ich den Boten überhaupt verstehen konnte. Ahazia war mit Jachin unterwegs, um Bogenschießen und Wagenlenken zu lernen. Ich musste die Nachricht also allein entgegennehmen.

»Meine Königin, ich habe wichtige Neuigkeiten.«

»Sprich, Admetus.« Admetus war nicht nur ein einfacher Bote, sondern fungierte insgeheim auch als mein Spion.

»Hochgestellte Männer planen eine Verschwörung.«

Ich winkte den Mann näher zu mir heran und entließ die Wachen. »Du kannst frei sprechen«, sagte ich, als wir allein waren.

»Meine Königin, seit König Ahabs Tod sind die jungen Offiziere unzufrieden«, vertraute der Bote mir an. Dabei klang seine Stimme seltsam hohl. »Unter König Ahazia sehen sie die Möglichkeit, sich ihre alten Rechte zurückzuholen. Insgeheim tuschelt man über eine Revolte.«

Ich spitzte die Lippen und überlegte kurz. »Wer tuschelt, Admetus?«

»Offiziere des Generals der Streitwagen.«

Mein Herz klopfte wie wild. »Tuschelt der General auch?«

»Nein. General Jehus Name ist in der Angelegenheit noch nicht genannt worden.«

Ich nickte. »Und wer genau sind die Verschwörer?«

»Vier Offiziere der Streitwageneinheiten. Einen davon, fürchte ich, kennt Ihr.«

Ich dachte nach. »Heißt er etwa Cadmus?«, fragte ich mit angehaltenem Atem.

Admetus nickte.

Ich erinnerte mich deutlich an das hübsche Gesicht seiner ausländischen Frau. »Lebt seine Frau Hry noch?«

»Ja, meine Königin.«

Ich schwieg einige Augenblicke. Als Ahazia und Jachin in den Thronsaal zurückkehrten, spürte der Statthalter sofort, dass etwas in der Luft lag. Die Wachen warteten vor der Tür, und meine Stimme klang bedrückt.

»Bringe Cadmus mit seiner Frau nach Jesreel«, sagte ich

schließlich zu Admetus. »Und sieh zu, dass sie an eine Einladung glauben und nichts von dem Verhör erfahren.«

Admetus nickte und verschwand in Richtung der Stallungen. Jachin sah mich an, aber ich wich seinem Blick aus. In solchen Zeiten konnte man nicht sagen, wer Feind oder Freund war. Obadias Beispiel war mir eine Lehre.

Ohne Fragen zu stellen, wusste Ahazia instinktiv, was vor sich ging. In Bezug auf die Armee hatte er ein ebenso gutes Gespür für Intrigen wie ich in den Verhandlungen mit Ältesten und Statthaltern. »Wir werden von einer tyrischen Königin regiert«, tuschelten die Unzufriedenen. »Unsere Macht schwindet dahin, seit König Ahab uns unserer Rechte beraubt hat. Wir müssen seine Maßnahmen annullieren, denn unter Ahazias Herrschaft wird es nur noch schlimmer kommen, wenn er auf die Einflüsterungen der tyrischen Königin hört.«

Zwei Tage darauf trat Admetus wieder vor meinen Thron und meldete die Ankunft des Offiziers Cadmus und seiner Frau. Ich überlegte, ob ich nicht zuerst mit Hry sprechen sollte.

»Cadmus soll noch einen Moment warten«, entschied ich und wandte mich an die nächststehende Dienerin. »Führe seine Frau Hry in meine Räume.«

In meinem Vorzimmer wartete ich auf meine Freundin. Als sie schließlich eintrat, muss ich sie erstaunt angesehen haben, denn sie zögerte ein wenig und senkte den Blick. Die Blumenfrau war verwelkt.

»Hry«, flüsterte ich, worauf sich die kleine Frau verbeugte. Ich ging zu ihr und hob ihr Kinn in die Höhe. Unwillkürlich traten mir die Tränen in die Augen. Es schmerzte mich, sie so zu sehen. »Was ist geschehen?« Hry besaß kaum noch Zähne, und die Haut um ihre Augen herum war dunkel verfärbt. Offenbar hatte man sie geschlagen. Dafür sprach auch die krumme Nase, die wahrscheinlich mehrfach gebrochen war. »Wer hat Euch das angetan?«

»Niemand, meine Königin. Ich bin selbst daran schuld.«

Wortlos sahen wir einander an. Nach jahrelangem Abstand und vielen schmerzlichen Erfahrungen dauerte es eine Weile, bis sich die Kluft zwischen uns wieder schloss.

»Ich weiß, warum Ihr uns herbefohlen habt«, sagte Hry. »Ich habe Gespräche meines Mannes mit angehört, wenn er dachte, dass ich schlief. Ich habe ihn immer wieder gebeten, nicht so oft mit den Gaunern zu trinken, die obendrein auch noch die Mädchen in unserem Haus missbrauchen. Aber er will nicht davon lassen, meine Königin.«

Ich umfasste ihr Gesicht mit den Händen und streichelte ihre Wunden. »Euch ist klar, dass Euer Mann sterben muss, nicht wahr?«, sagte ich.

Ein Tränenstrom war die Antwort. »Er ist ein guter Mann, meine Königin.« Sie schluchzte.

Als ob einer welken Blume zu viel Regen gut täte! Ich schüttelte den Kopf. »Er hat gegen meinen Sohn, den König, intrigiert. Außerdem: Welcher gute Mann schlägt seiner Frau die Zähne aus und prügelt sie grün und blau?«

»Cadmus liebt mich.« Hry schlug die Hände vors Gesicht und weinte. »Und das, obwohl ich ihm keine Söhne geschenkt habe.«

»Keine Söhne?« Ich traute meinen Ohren nicht.

»Genau. Wir haben nur Töchter.« Unter Tränen lächelte Hry, aber es verschönte sie nicht mehr. Ich verspürte großes Mitleid. »Doch wenn er erfährt, was ich Euch gesagt habe, wird er sie töten.«

»Aber Ihr habt mir nichts gesagt, was ich nicht schon wusste.«

»Bitte, meine Königin! Ich bitte Euch um sein Leben«, flehte Hry. Sie biss sich auf die Lippen, um das Zittern zu unterdrücken. »Ich möchte ihm helfen – auch wenn er mich für eine Verräterin hält.«

»Es ist sinnlos, Hry.« Ich bedauerte sie von Herzen. »Doch was wird aus Euch werden, wenn er tot ist?«

»Ich kann das nicht hören! *Wenn er tot ist.*« Unentwegt rannen die Tränen über ihr Gesicht und steckten mich beinahe an. Ich fragte mich, wie Ahab an meiner Stelle entschieden hätte. Aber nicht einmal er hätte in diesem Fall gezögert.

»Hry, Euer Mann hat sein Leben verwirkt. Ihr solltet jetzt nur noch an Euch und Eure Töchter denken.«

Tapfer schluckte Hry ihre Tränen hinunter. »Ich könnte mit meinen Töchtern nach Edom zurückkehren.«

»Als eine Frau, deren Mann sich gegen den König verschworen hat?«

Sie senkte den Kopf, und die Tränen fielen auf ihre Hände hinunter, die sie im Schoß gefaltet hatte.

»Hat Cadmus einen Bruder, der Euch heiraten könnte?«

»Nein«, flüsterte Hry.

»Also gut, Hry. Sagt, wie ich Euch helfen kann. Euer Mann wird sterben, aber was soll aus Euch werden?«

»Lasst ihn leben, meine Königin.« Voll Panik sah sie zu mir auf. »Er ist der Vater meiner Töchter. Er ist ein guter Mann.«

»Ein *guter* Mann?«

»Er war ein guter Mann – früher.«

»Was hat ihn verändert?«

»Er trinkt mit Taugenichtsen.«

»Und Jehu?«

Hry wandte den Blick ab. Obgleich sie den General verabscheute, weil sie als Edomiterin für ihn nicht existierte, antwortete sie in aller Ehrlichkeit. »Ich habe die beiden nie zusammen gesehen. General Jehu hat seine eigenen Vertrauten.«

Ich nickte. Dann sahen wir einander an. Ich, die ich die Macht hatte, ihren Mann zu begnadigen, und sie, die damals der einsamen Braut freundlich begegnet war. Ich dachte daran, wie viel sich seit den Tagen in Megiddo verändert hatte. Wie glücklich und lebendig war Ahab damals gewesen. Und Cadmus war noch anständig und hätte nicht einmal den Blumen seiner Frau ein Leid zugefügt.

»Bitte«, flüsterte Hry. Der schmerzliche Ton ließ meine Hände zittern.

»Geht jetzt zu Eurem Mann, Hry«, sagte ich. »Sagt ihm, dass die Offiziere, mit denen er sich verschworen hat, ebenfalls verhaftet und hingerichtet wurden, während wir hier miteinander gesprochen haben. Euer Mann kann als Verräter weiterleben – oder er kann sich seinen Freunden anschließen und den Tod wählen.« Mehr konnte ich nicht für sie tun.

Hry warf sich zu Boden und küsste meine Füße. Doch ich zog sie hoch, weil ich mich schämte, dass ich ihr nicht mehr bieten konnte.

»Fasst Euch, Hry. Es ist immerhin möglich, dass Euer Mann sich nicht für das Leben entscheidet«, sagte ich in warnendem Ton. »Er kann nie wieder Offizier sein, und sein Name ist von heute an für immer mit Verrat und Schuld belastet.«

»Aber er hat doch seine Familie. Seine Frau.«

Ich fragte mich, wie lange Hry diese Täuschung schon aufrechterhielt und nur den Mann sehen wollte, den sie einst geheiratet hatte. »Hry, Ihr solltet überlegen, ob Ihr Cadmus überhaupt noch als Ehemann haben wollt! Er hat sich verändert. König Ahab hätte nie und nimmer die Hand gegen mich erhoben.«

Ungläubig sah die zarte Frau mich an. »Nicht ein einziges Mal?«

»Nein. Nicht ein einziges Mal.«

Der dünne Stoff ihres Schleiers bauschte sich, als sie heftig ausatmete. »Aber ich liebe ihn«, flüsterte sie.

»Dann geht jetzt.« Ich seufzte. »Sein Leben liegt nun ganz allein in seiner Hand.«

Ich sah der zarten Gestalt nach und erinnerte mich an die strahlende Schönheit, die heute alt und ausgelaugt wirkte. Falls Cadmus das Leben wählte, würde Adonai mitgehen und sicherstellen, dass er sich nie wieder an seiner Frau vergriff. Aber Cadmus, der Feigling, entschied sich für den Tod. Als Hry zurückkam, konnte ich ihr die Entscheidung am Gesicht ablesen.

»Er hat um den Tod gebeten«, flüsterte sie heiser.

»Es tut mir Leid, Hry.« Mein Herz schmerzte. Ich erwartete eigentlich, dass sie auf die Knie fallen und mich anflehen würde, ihren Mann für Frau und Kinder zu schonen. Stattdessen jedoch stand sie aufrecht vor mir und schien sich in ihr Schicksal gefügt zu haben.

»Ich werde nach Megiddo schicken und Eure Kinder holen lassen«, sagte ich. »Anschließend reist Ihr mit einigen Kamelen und Geschenken nach Edom und könnt dort erzählen, dass Euer Mann tapfer gekämpft hat und im Krieg gefallen ist.«

»Ich sollte eigentlich sagen, dass er ein Schwein und ein Verräter war«, schimpfte sie. »Aber wegen meiner Töchter werde ich Eure Hilfe annehmen und seine Ehrlosigkeit mit einer Lüge zudecken.«

Nach dieser Begegnung habe ich Hry nicht wieder gesehen. Weder an dem Tag, als die Knochen ihres Mannes den Hunden vorgeworfen wurden, noch als die verschüchterten Töchter aus Megiddo eintrafen. Wenn ich den Tempel aufsuchte, betete ich jedes Mal für die Blumenfrau und bat Anat um Stärke und Mut und Aschera um einen neuen Mann für sie. Ob meine Gebete erhört wurden, werde ich wohl nie mehr erfahren.

Nach Cadmus' Hinrichtung erließ ich neue Gesetze, um die Vornehmen zu beschwichtigen. Ihr Zehnter wurde um ein Viertel gekürzt, und ich erhob stattdessen Steuern auf das Land der Bauern. Das hatte zur Folge, dass diese unruhig wurden und sich über die habgierigen Händler beschwerten. Kleinere Bauern mussten sogar ihr Land verkaufen. Also rief ich alle Ratgeber meines Mannes und andere Staatskundige zusammen. Einige rieten mir, die Beschwerden der Bauern einfach zu überhören, andere wollten alle Schichten im Zehnten gleichgestellt sehen, aber das Gesetz zur Besserstellung der Offiziere zurückziehen wollte niemand.

Trotzdem konnte ich nachts vor lauter Sorgen oft nicht schlafen. Ich ging auf dem Dach auf und ab und sah mit zusammengekniffenen Augen zu den Häusern hinunter, die zum Teil israelitischen Kommandeuren gehörten. Die Armee hasste mich, und nun hassten mich auch die Bauern und die Händler, die in mir die Urheberin der vielen Landkäufe sahen. Doch was konnte ich tun? Ich schwor vor der Hohepriesterin, dass ich hundert Bullen für den Frieden opfern würde, bis mein Sohn alt genug war, um allein zu regieren. Ich fühlte mich an die tyrischen Seeleute erinnert, die in Zeiten größter Not ihre Erstgeborenen als Opfer versprachen, wenn sie nur sicher in den nächsten Hafen gelangten. Offenbar war Aschera erfreut, denn die Berichte über geheime Treffen oder Verschwörungen blieben von nun an aus. Ich hatte nicht gezögert, die Verräter zur Rechenschaft zu ziehen und ein Exempel zu statuieren, als sich jemand gegen meinen Sohn verschwor. Das machte die Unzufriedenen vorsichtiger.

In dieser Zeit der Drangsal saß ich ständig mit Ahazia zusammen und gab ihm weiter, was auch immer ich wusste, um ihn auf alle Fährnisse der Regierung vorzubereiten. Jehoram war zwar sehr viel begabter für alle diese Fragen, aber er war nur der zweite Sohn. Außerdem gab ich nicht so schnell auf. Eines Tages war Ahazia entweder in der Lage, sich zu behaupten, oder man würde ihn absetzen.

Im Monat darauf erreichte uns die offizielle Nachricht, dass König Jehoschaphat schwer erkrankt war und sich sein Sohn Jehoram auf die Übernahme der Regierung vorbereitete. Zwei Monate später wurden wir darüber informiert, dass meine Tochter schwanger war. Sofort plante ich eine Reise in das südlich gelegene Reich von Juda, auch wenn ich Ahazia in dieser Zeit sich selbst überlassen musste. Aber einen Monat lang sollte er das schaffen, dachte ich. Außerdem vertraute ich fest auf Jachin, dass er ihm beistand. Der Statthalter hatte sich bei Ahazias Unterricht bewährt. Nebenbei hielt er die Augen offen, was sich im Palast so tat. Seiner

Wachsamkeit war es zu verdanken, dass wir zwei Wächter entlarven konnten, die ein Auge auf Ahazias Thron geworfen hatten. Jachin hatte die Sache ohne Aufsehen aus der Welt geschafft. Seitdem vertraute ich ihm völlig. Ob er Ascheras Trost für mich war?

Vor der Abreise suchte mich mein jüngster Sohn in meinen Räumen auf. Die untergehende Sonne beleuchtete seine Gestalt, und Schatten flimmerten über sein Gesicht. Einen Moment lang stand mein Herz still. Ich dachte, ich sähe Ahab vor mir. Doch im nächsten Augenblick zog Mot den Schleier beiseite, und ich erkannte das jugendliche Kinn und die Grübchen, die mein Sohn von mir geerbt hatte.

»Jehoram!« Ich lächelte. »Warum bist du hier?«

»Ich möchte gern mit nach Juda reisen«, sagte er.

Ich richtete mich auf. Das war mir nicht in den Sinn gekommen. Aber warum eigentlich nicht?

»Ich möchte meine Schwester wieder sehen, und ich möchte unbedingt kennen lernen, was früher einmal König Salomos südliches Reich gewesen ist.«

»Kannst du denn in ein paar Tagen alle Vorbereitungen treffen?«

»Aber ja«, versicherte Jehoram. »Heißt das, dass ich mitkommen kann?«

»Aber natürlich, mein Sohn«, antwortete ich mit einem Lächeln. »Du bist schließlich ein Prinz von Israel und beinahe erwachsen. Außerdem können wir uns gemeinsam auf den ersten Sohn deiner Schwester freuen.«

Er setzte sich zu mir auf mein Bett und sah mich an. »Woher willst du wissen, dass sie einen Sohn bekommt?«

»Falls Athalia eine Tochter bekommt, wird sie das sehr unglücklich machen.«

Jehoram neigte den Kopf zur Seite, wie sein Vater das oft getan hatte.

»Die Israeliten vererben Land und Titel doch nicht an ihre Töchter«, erklärte ich. »In Juda ist das nicht anders. Auch dort ist eine Frau nicht besser als eine Kuh. Ein Land darf sie jedenfalls nicht regieren.«

»Aber Athalia ist klug. Sie würde eine Tochter niemals zu einer Dienerin erziehen.«

»Dann wird ihre Tochter immer einsam und allein sein«, erklärte ich. Jehoram sah mich versonnen an. Ich seufzte. »Gehe jetzt, und packe deine Sachen.«

Jehoram stand auf und warf mir noch einen nachdenklichen Blick zu, bevor er sich umdrehte und den Raum verließ. Er war inzwischen vierzehn, aber sein Gang und seine Haltung entsprachen längst einem jungen Mann. Mein kleiner Sohn. Mein kleiner Ahab.

Jehoram bereitete sich mit so großer Umsicht auf die Reise vor, wie Ahazia das niemals gekonnt hätte. Er dachte sogar an Geschenke, inspizierte die Körbe mit dem Getreide und vergewisserte sich, dass die Ölamphoren sicher verstaut waren. Als das goldbraune Jesreel hinter uns zurückblieb, reichte er mir einen Krug mit kühlem Wasser.

»Du musst sehr viel trinken, Mutter«, mahnte er, als ob er schon Dutzende Male durch die Wüste gereist wäre. »Sonst wird dir vor Hitze übel werden.«

Dankbar nahm ich den Krug entgegen und betrachtete meinen Sohn, der so plötzlich erwachsen geworden war. »Vielen Dank, Jehoram.« Ich lächelte ihm zu, und er nickte weise.

Die Reise dehnte sich ins Unendliche. Die sandigen Ebenen flimmerten in der Hitze wie Wasser, und meine Augen spielten mir wieder einmal Streiche. Ich sah plötzlich Tyrus vor mir und erinnerte mich an meine Reise als Braut. Ich sah Felsen, die so rot waren wie Didos Haar, und Gebäude, so strahlend weiß und ausgebleicht wie der Bart meines Vaters. Die Hitze war unerträglich. Ich schloss die Augen und meinte, den Gischt des Ozeans auf meiner Haut zu spüren. Aber die Feuchtigkeit war nur der Schweiß zwischen meinen Brüsten.

»Geht es dir gut?«, fragte Jehoram.

»Ja«, schwindelte ich, und er wusste, dass ich log.

Ohne Jehoram hätte ich es niemals bis nach Juda geschafft. Ich stellte mir vor, dass Innascha uns begleitete. »Wenn sogar ich ein Kamel reiten kann, dann könnt Ihr es auch«, hätte sie wahrscheinlich gesagt und ihre Hüften im Takt des Passgangs geschwungen. Und wenn sie mich als Schwächling verspottet hätte, hätte ich die Zähne zusammengebissen und ihr das Gegenteil bewiesen. Aber Innascha war tot und begraben und würde mich nie wieder begleiten. In Gedanken war sie allerdings oft bei mir, und ich fragte mich manchmal, ob meine Jugend und meine Schönheit eines Tages ebenfalls auf Krähenflügeln davonfliegen würden. Wie sollte ich nur ohne sie leben? Und wie ohne meinen Ahab? Der Gedanke trieb mir die Tränen in die Augen. Wo einst Liebe und Verstehen gewohnt hatten, gähnte eine Höhle. Von nun an war ich in Israel ganz allein auf mich gestellt. Wenn meine Söhne sich verheirateten, würde ich ohne Freunde sehr einsam sein. Was hatte mich nur von der geliebten tyrischen Prinzessin zur meistgehassten Frau in Israel werden lassen?

Am Horizont türmten sich weiße Wolken wie durchsichtige Wälle bis zu den Göttern empor. Ob mein Sohn einmal ähnlich hohe Türme errichtete, damit ich zu Fuß zu Ahab und Innascha hinaufsteigen konnte?

»Wir kommen gleich nach Jerusalem.« Jehorams leise Stimme riss mich aus meinen Gedanken.

Wir näherten uns der Hauptstadt von Juda, wo Salomo einst, als Juda noch ein Teil Israels war, dem Gott Jahwe einen riesigen Tempel errichtet hatte. Salomos Tempel und die große Bundeslade waren Jehorams bevorzugter Gesprächsstoff. Offenbar war die Bundeslade noch sehr viel prächtiger als die Truhe, die Prinzessin Pemay uns einst als Gastgeschenk mitgebracht hatte.

»Man sagt, dass der Tempel das großartigste Bauwerk ist, das jemals entstanden ist«, sagte Jehoram. »Sogar noch prächtiger als der Tempel der Aschera in Jesreel.«

Ich hörte gern zu, wenn sich mein Sohn für großartige Bauwerke begeisterte. Denn nicht die Kamelhaarpropheten hatten sie errichtet, sondern Baumeister aus Tyrus. König Hiram von Tyrus, der später von meinem Vater abgesetzt worden war, hatte seine fähigsten Arbeiter zum Bau des Jahwetempels ausgeliehen, und die Tyrer hatten als Gegenleistung dringend benötigten Wein, Öl, Gerste und Weizen erhalten. Schamlos hatte König Hiram zuvor die Vorräte seines Volkes geplündert und diesen Frevel mit der verlogenen Hingabe an Jahwe wieder gutzumachen versucht. Als Vorbild für derart betrügerische Machenschaften diente ihm sein Vater Abi-Baal, der in einer ähnlichen Übereinkunft Davids Zedernholzpalast auf dem Berg Ophel errichtet hatte.

Gegen Mittag wuchs vor uns eine riesige Mauer aus dem Sand empor. Die Karawane betrat die Stadt Davids durch große weiße Tore. Von den Türmen herab beobachteten uns die Wachen und verneigten sich vor der Königin von Israel und ihrem Sohn.

Ich trieb mein Kamel zur Eile an. »Na los, schneller«, flüsterte ich. Ich wollte unbedingt zu Jahwes großem Tempel, dessen vergoldetes Dach weithin zu sehen war. Bisher hatte ich in dem Glauben gelebt, dass es keinen größeren Tempel als den in Sichem gäbe, doch als wir vor dem Gebäude standen, wurden Jehorams Augen so groß wie Feigen. Ich musste meinen Irrtum eingestehen und war genau wie Jehoram tief beeindruckt.

Der Eingang zum Tempel lag der aufgehenden Sonne genau gegenüber. Dahinter erstreckte sich ein riesiger Hof mit einem bronzenen Altar und einer ewigen Flamme in der Mitte. Letzte Reste eines Opfertiers kokelten noch, und die Asche fiel durch den eisernen Rost auf den Boden darunter. Ein Priester in einem Umhang aus Tierhaut stand auf der erhöhten Plattform und besprengte die Menge mit dem Blut des Opfertiers. Über den Lärm der Menge hinweg vernahm ich das Wiehern der Esel und das Schnauben der Ochsen in ihren Käfigen. Sie warteten darauf, dass die Gläubigen sie kauften und als Opfer schlachten ließen.

Mit einiger Verwunderung betrachtete ich das Geschehen.

Der Tempel erhob sich auf einem Berg namens Moriah. Der Felsen hatte ursprünglich dem Tyrer Ornan gehört, der dort Weizen anbaute. Er verkaufte das Land für eine geringe Summe, worauf der steil abfallende Berg zwischen dem Kidron-Tal im Osten und dem Tyropoeon-Tal im Westen zu einer gewaltigen Plattform abgeflacht wurde. Nach allem, was ich bisher über den Tempel wusste, lag das Zentrum genau über der Stelle, wo Ornan früher sein Getreide gedroschen und der Wind die Hülsen in alle Himmelsrichtungen zerstreut hatte. Genau hier hatte einst, wie man sich erzählte, ein gläubiger Mann versucht, seinen Sohn zu opfern. Für alle, die an den gesichtslosen Gott glaubten, war dies ein heiliger Ort.

Der beißende Geruch des Opferfeuers brannte mir in der Nase, so dass ich meinen Schleier über Nase und Augen zog. Als der Wind den Rauch etwas beiseite wehte, wurde hinter dem Opferaltar eine so prachtvolle bronzene Schale sichtbar, dass ich den Schleier wieder sinken ließ und mit offenem Mund staunte. Jehoram erging es nicht anders. Die riesige Schale wurde von zwölf bronzenen Ochsen getragen. Wozu dieses riesige Becken diente, konnte ich mir nicht vorstellen. Ob man die Opfertiere darin badete? Und alles im Namen Jahwes? Ich dankte Aschera, dass Hiram nicht mehr dazu gekommen war, auch in Tyrus solche Wunderwerke zu errichten.

Kein Tor verwehrte den Zugang zum Innersten des Tempels, und so stiegen mein Sohn und ich die elf Stufen zum Eingang empor. Zwei riesige Bronzesäulen, deren obere Enden als Granatäpfel gestaltet waren, standen als Wächter rechts und links vom Eingang. Ohne Zweifel stammten sie aus meiner Heimat, denn nur dort kannte man derartige Säulen. Ich schmunzelte, weil sie eigentlich einen erregten Penis symbolisierten. Bis König Salomo die Bedeutung der Granatäpfel aufgegangen war, dürfte es für eine Entfernung der Säulen zu spät gewesen sein. Oder hatten sie dem Mann von mehr als tausend Ehefrauen vielleicht sogar gefallen?

»Diese hier ist *Jachin*«, sagte Jehoram und deutete auf die erste der beiden Säulen, »und diese *Boaz.*« In der tyrischen Sprache, die er seit seiner Kindheit sprach, bedeutete das »solide« und »streng«. Es waren die Prinzipien der tyrischen Architektur.

»Und woher weißt du das?«, fragte ich.

Jehoram zuckte die Achseln. »Vater hat mir oft Zeichnungen von diesem Tempel gezeigt und mir die Namen der Einzelheiten und auch der verschiedenen Säulen aufgezählt.«

Mir war, als ob Jehorams Worte Ahab aus Mots Umarmung befreit hätten. »Und was hat er dir sonst noch alles erzählt?«

»Das werde ich dir gleich im Inneren zeigen, Mutter.«

Wir betraten den Tempel, und ich sah Jehoram erwartungsvoll an.

»In einem Jahwetempel gibt es drei verschiedene Bereiche. Dieser erste heißt *Elam*«, sagte er, »und bedeutet ›nahe bei der Tür‹.« Überall im Eingangsraum standen goldene Schalen und bronzene Becher. Statuen gab es keine, da Jahwe ein gesichtsloser Gott war. Und außerdem lieblos und nutzlos, dachte ich.

Wir tauchten unsere Hände nicht in das Öl, wie es die Gläubigen taten, sondern gingen direkt durch einen aus Perlen geknüpften Vorhang weiter in den nächsten Raum, wo Teppiche die Wände schmückten. Szenen mit geflügelten Männern und einer nackten Frau, die einen Granatapfel in der Hand hielt. Wahrscheinlich *Hawwa*, dachte ich und betrachtete die Version der Aschera mit Abscheu. Ihre Beine waren viel zu dünn und die Brüste zu klein. Laut Jehoram wurde dieser Bezirk *Hekal* genannt, oder »heiliger Ort«. Der Boden war mit Zypressenbohlen belegt und so blank poliert, dass sich die barfüßigen Priester in den dunkleren Teilen spiegelten. Die Decke über unseren Köpfen wurde von mächtigen

Baumstämmen getragen. Angesichts der wunderbaren Arbeit der tyrischen Handwerker unter Huram-Abi packte mich der Neid.

Die mächtigen Säulen in den Ecken waren mit goldenen Blättern und eingravierten Darstellungen geflügelter Wesen mit lächelnden Gesichtern bedeckt. Auf einem bronzenen Tisch in der Mitte des Raums brachten die Gläubigen Jahwe Brote als Opfergaben dar, was in unseren Ascheratempeln nicht anders war. Ich zog die Brauen hoch. Sehr interessant.

»Und was befindet sich dort?« Mit dem Kinn wies ich auf eine schmale Tür mit einer dreieckigen Öffnung, fünf Stufen oberhalb des Bodens. Ein kleiner Altar mit Weihrauch stand am Fuß der Stufen und wurde von vier Baalshörnern getragen. Ich musste lächeln, als ich sah, wie viele Symbole unserer eigenen Götter die Arbeiter in diesem gewaltigen Tempel verwendet hatten.

Bei meiner Frage leuchtete Jehorams Gesicht auf. »Dort befindet sich der berühmte Schrein. Dieser Raum ist *Debir*, der ›Heiligste der Heiligen‹. Selbst bei geöffneter Tür wird der Raum noch von einem purpurfarbenen Vorhang verdeckt.«

»Gehen die Leute denn nicht hinein, um die Bundeslade anzusehen?«, fragte ich.

»Nein. Nur der Hohepriester darf diesen Raum betreten. Und das auch nur ein einziges Mal im Jahr. Am Tag des Versöhnungsfests.«

»Und wie sieht es drinnen aus?«

»Vater hat gesagt, dass der Raum dunkel und still ist. Die Statuen, die Jahwes Thron tragen, sind größer als du und ich.«

»Und kein König hat je auf diesem Thron gesessen?«

»Nur der König des Himmels.«

Ich schnaubte. »Welche Verschwendung. Komm jetzt, Jehoram, wir wollen gehen. Deine Schwester erwartet uns bereits.«

Aber Jehoram zögerte noch. »Weißt du eigentlich, dass König David hunderttausend Talente Gold und achttausend Talente Silber für den Bau dieses Tempels aufgewendet hat?«

Ich fasste meinen Sohn am Ellenbogen und führte ihn weiter zu dem vorderen Raum. »Ja, natürlich weiß ich das. Und weißt du auch, wer ihn gebaut hat?«

»Ja, das waren Leute aus Tyrus. Aus deiner Heimat, Mutter. Die besten Handwerker der Welt.« Mein Sohn lächelte, denn er wusste genau, was ich hören wollte. »Aber König David hat die Pläne entworfen. Auch alle Kleinigkeiten, die er aus Gold anfertigen ließ. Er starb jedoch, bevor der Tempel vollendet war. König Salomo hat das Bauwerk fertig gestellt – und den Ruhm geerntet. Aber es war Davids Idee. Er hat sogar ganz genau vorgegeben, wie die Cherubim ihre Flügel über die Bundeslade breiten sollten.« Ich kannte diese Flügelwesen jedoch nur als Sphingen.

»Komm jetzt, Jehoram. Wir werden noch einmal herkommen, bevor wir abreisen.« Beim Verlassen des Tempels blickte ich noch einmal nach oben und lächelte. Es war schon amüsant, dass ausgerechnet diese aufrechten Säulen mit ihren blühenden Köpfen das Haus Jahwes stützten.

Die Karawane erwartete uns bereits. Durch die Rauchfahnen sah ich, dass der Priester die Menge immer noch mit Blutstropfen besprengte. Einige meiner Priesterinnen belächelten die Szene spöttisch, doch andere mochten gar nicht hinsehen. Je eher Jehoschaphat starb, dachte ich, desto besser.

Die restliche Wegstrecke bis zum Palast legten wir auf Mulis zurück. Jehoram konnte nicht aufhören, vom Tempel, den prachtvollen Wandteppichen, den Seiden und dem riesigen Becken für fast hundert Badende zu schwärmen.

»Dieser Anblick hätte selbst Ahazia beeindruckt!«

»Glaubst du wirklich, dass dein Bruder für solche Pracht empfänglich ist?«

Jehoram lächelte, als ob er sich an etwas Bestimmtes erinnerte. »Das nicht, aber er hätte großen Spaß daran gehabt, mitten im Tempel ein Loblied auf Baal anzustimmen.«

Unser Weg war nicht allzu weit. Ich lauschte auf die schmeichelnden Lockrufe, die geheimen Botschaften der Händler, die für die Ohren der ganz in Schwarz gewandeten Kundinnen mit silbernen Reifen an Armen und Füßen bestimmt waren. *Hier gibt es das, was du suchst. Ich habe genau das, wovon du träumst.* Auf den Tischen türmten sich Mandeln und Bohnen zu kleinen Bergen. Liebend gern hätte ich meine Hände in den Körben voll glänzender Nüsse vergraben und mit geschlossenen Augen die kühle Oberfläche genossen. In Tyrus hatte ich solche Gelüste mit einem Sprung ins Wasser befriedigt und die Schwerelosigkeit gefühlt, aber in der Wüste blieben nur die Nüsse.

Doch ich beherrschte mich, und wir setzten unseren Weg fort. Die Karren voller Datteln und die Fässer mit Oliven bewunderte ich nur von weitem, aber an den Ständen mit Henna, Rosenextrakten, Jasmindüften, Minze und Kohle machten wir Halt, und ich erstand etwas Bernstein. Als die Karawane schließlich die mächtigen Palasttore erreichte, begrüßte uns Athalia mit ihrem dicken Bauch. Offenbar stand die Geburt unmittelbar bevor.

»Athalia!«, schrie Jehoram und stürmte auf seine Schwester zu. »Wie geht es dir?« Er versuchte, Athalia zu umarmen, aber seine Arme waren nicht lang genug.

»Bestens, Jehoram! Und meinem Kind auch.« Vor lauter Wiedersehensfreude brach Athalia unvermittelt in Tränen aus. Ich wurde mit einer respektvollen Verbeugung begrüßt, und im nächsten Augenblick fiel Athalia ihrem Bruder um den Hals. »Stell dir vor, du wirst demnächst Onkel!«, rief sie und küsste Jehoram auf die Wange.

Im Palast wurden wir mit einem großen Fest willkommen geheißen. Athalia und Jehoram klebten förmlich aneinander, so viel hatten sie zu besprechen. Wie ich feststellte, war meine Tochter im Grunde ihres Herzens noch immer ein kleines Mädchen, einsam und voller Angst, welche Verantwortung da in ihr heranwuchs. Ob ich damals auf die Ältesten in Israel auch so kindlich gewirkt hatte? Ich sah zu, wie die beiden miteinander lachten, und freute mich an Athalias Glück. Gleichzeitig fühlte ich mich einsam. Athalia lächelte mir zwar hin und wieder zu und bewunderte meine hübschen Gewänder, aber die Hauptperson war einzig und allein ihr Bruder. Die Flötenmusik, die durch die Räume klang, schien auf meine Melancholie zu antworten.

Der Wein floss in Strömen, und zahlreiche Tänzer unterhielten die Karawane mit Sprüngen und ihren Tamburinen. Jehoschaphat konnte sein Lager nicht verlassen, denn er war viel zu krank, und seine Beine trugen ihn nicht länger. Außerdem wären derartige Feste etwas für die Jungen, ließ er ausrichten.

Jehoram von Juda verwöhnte seine Frau, wie Ahab damals mich verwöhnt hatte. Aber ich registrierte auch, dass seine Augen wanderten. Einmal fing ich einen Blick zwischen ihm und einer hübschen Dienerin auf, die ihm Wein eingoss.

Ich dehnte meinen Aufenthalt in Juda so lange aus, bis meine Tochter endlich ihren wunderschönen Sohn in den Armen hielt. Zum Glück war er gesund, und das kleine Gesicht und alle Glieder waren gut proportioniert. Trotzdem spürte ich mir und meiner Tochter gegenüber eine gewisse Zurückhaltung. Wahrscheinlich fürchteten die Menschen, dass Athalia eines Tages dieselbe Macht über ihren Mann gewinnen könnte, wie ich sie über Ahab besessen hatte.

Doch ich ignorierte die Blicke meiner Umgebung und die vielen abfälligen Bemerkungen des sterbenden Jehoschaphat, der inzwischen von seinem Sohn Jehoram in der Regierung vertreten wurde. Im Gegenteil. Ich gab mein Bestes, um den sterbenden König zu einem Bündnis mit Israel und zur Hilfe beim Bau seiner Flotte zu überreden. Aber streitsüchtig und misstrauisch, wie er war, lehnte er ab. Israel misstraute er besonders, weil eine Tochter Israels den Thronfolger Judas im Leib trug.

»Die Schiffsbauer meines Vaters sind die besten der Welt«, sagte ich, aber Jehoschaphat wollte nicht einmal darüber diskutieren. Als ich einen Monat später in Jesreel erfuhr, dass seine Schiffe zerstört worden waren, ohne jemals Segel gesetzt zu haben, lachte ich. Die Judahiter konnten nicht einmal einen Hocker bauen, auf dem man sitzen konnte, geschweige denn Handelsschiffe, die bis nach Afrika segeln konnten.

Während meines Aufenthalts in Juda besuchte ich natürlich auch den Tempel der Aschera. Eine Sänfte brachte meine Kinder und mich zum Tor, wo Jahweanhänger den heiligen Boden mit ihrer Gegenwart befleckten. Bis zu diesem Tag war ich noch nie in einem Tempel gewesen, wo Jahwe *und* Aschera verehrt wurden. In Juda waren derartige Tempel jedoch weit verbreitet. Baal dagegen kannte man überhaupt nicht. Die Altäre von Aschera und Jahwe standen so einträchtig nebeneinander, als ob die beiden Gefährten wären! Ich wusste nicht recht, was ich davon halten sollte, aber Jehoram war schockiert und starrte mich an, als ob ich die Jahweanhänger auf der Stelle hinauswerfen müsste.

Athalia lächelte. »Macht doch nicht solche Gesichter! Ich toleriere die Jahwealtäre nur so lange in meinen Tempeln, wie auch Aschera dort verehrt wird.« Ich traute meinen Ohren nicht.

»Aber, Athalia«, stammelte Jehoram.

Doch Athalia flüsterte ihm etwas ins Ohr. »Solange Jehoschaphat lebt, kann ich leider nicht mehr tun ...«

Die beiden Geschwister tauschten einen kurzen Blick, und damit war die Angelegenheit erledigt. Ich trat an den Jahwealtar, wo einige Frauen beteten, und fuhr mit der Hand über das eingetrocknete Opferblut. Solange Ascherapfähle an den Wegkreuzungen standen und der Göttin bei der Geburt eines Kindes geopfert wurde, konnte ich mit Jahwes Gegenwart in Ascheras Tempel leben.

In Juda sahen die Jahwepriester ohnehin aus wie die Baalpriester in Israel. Sie trugen purpurne Gewänder, die sie vermutlich aus Tyrus bezogen, und auf dem Kopf goldene Reifen mit Smaragden. Als ich dann auch noch einen Hohepriester mit Baalshörnern auf dem Kopf erblickte, war mir endgültig klar, dass der

Jahwe Judas nichts mit Elias gesichtslosem und eifersüchtigem Gott gemein hatte. Genau wie in Israel handelten die Priester auch hier mit Perlen, Duftstoffen und teuren Gefäßen. Sie schnitzten sogar Ascheras aus Olivenholz, aber das machte ich ihnen nicht zum Vorwurf. Ich fand es lediglich befremdlich, dass die Anhänger des gesichtslosen Gottes unter einem Dach mit den Ascherapriesterinnen lebten.

»Wie hat Euch der Tempel gefallen?«, erkundigte sich mein Schwiegersohn nach unserer Rückkehr. Athalia wartete nervös, was ich antworten würde. Würde ich die Anwesenheit Jahwes neben Aschera kritisieren? Oder nur bemerken, dass nicht alle Statuen aus Gold waren und ich sogar einfache aus Eisen und Bronze gesehen hätte? Ich tat nichts von beidem, denn ich kannte meinen Platz. Schließlich befand ich mich am Hof meiner Tochter. Ascheras Kampf in Juda lag allein in Athalias Verantwortung. Ich hatte in Israel hart genug für die Göttin gekämpft.

»Ihr ehrt die Götter meines Volkes«, sagte ich. »Dafür wird Aschera Euch bei Eurer Regierung zur Seite stehen.«

Strahlend lächelte Athalia mir zu.

Obwohl ich den Aufenthalt in Juda genossen hatte, konnte ich mich nicht erinnern, dass ich auch nur ein einziges Mal gelacht hätte. Wie denn auch – so kurz nach Ahabs Tod? Nicht einmal Aschera selbst hätte mich dazu gebracht. Trotz allem erwartete mich bei meiner Rückkehr nach Israel eine freudige Nachricht. Ich saß noch kaum in dem hohen, gewölbten Raum, wo ich oft mit Ahab gegessen hatte, als mir der Statthalter gemeldet wurde.

»Wie geht es dem König, Jachin?«

»Sehr gut, meine Königin.« Sein Gesicht war wie immer unbewegt und seine Verbeugung perfekt.

»Nun, dann sprecht. Welche Neuigkeit bringt Ihr mir?«

»Meine Königin. Ich will Euch nur mitteilen, dass Euer Sohn eine Frau gefunden hat.«

Meine Brauen schossen in die Höhe. War Ahazia denn schon erwachsen? Um welche Frau ging es? Vermutlich um eine kleine Dienerin, dachte ich. Aber dem war nicht so.

»Seine Zuneigung gilt einer Tochter des älteren Tabnit, der aus dem Norden von Dor stammt. Eine vermögende Familie von Händlern. Während Eures Aufenthalts in Juda suchten sie Rat beim König.«

»Und was war der Grund?«

»Sie wollten den König überzeugen, einen Handelsweg in ihr Gebiet zu bauen.«

Ich wagte kaum zu fragen. »Und ist mein Sohn darauf eingegangen?«

»Er wollte darüber nachdenken. Ich war sicher, dass er das Ansinnen ablehnen würde, doch als er die Tochter Tabnits erblickte, hat er den Vorschlag angenommen.« Jachin spitzte missbilligend die Lippen.

Ich seufzte tief. »Sagt, Jachin, nützt dieser Handelsweg auch Israel oder nur Tabnit allein?«

»Tabnits Land liegt nicht weit vom Meer, verfügt aber über keine Straßen oder Wege. Die Straße muss neu gebaut werden, doch«, im Dämmerlicht suchte Jachin nach einer Öllampe, »das Land zwischen Dor und Akko ist fruchtbar. Trotzdem dürfte Tabnit den größten Nutzen haben.«

Ich schüttelte den Kopf. Noch war Ahazia unbesonnen. Aber das würde sich ändern, tröstete ich mich.

»Und das Mädchen?«

Jachin bekam große Augen. »Ein goldenes Geschöpf, meine Königin.«

Ich runzelte die Stirn.

»Ihr Haar hat die Farbe der Sonne, und sie ist wunderschön. Sie heißt Oprah.«

Wunderschön, dachte ich bei mir. Das war gut. Aber war sie auch klug? Ich schüttelte den Kopf. »Ich danke Euch«, sagte ich, worauf mein Statthalter sich verbeugte und den Raum verließ. Ahazia, dachte ich nur, was hast du getan? Du hast eine Straße für eine Hand voll Perlen weggegeben!

In diesem einen Punkt hatte Jachin versagt. Doch was hätte er tun können? Seinem König im Weg stehen? Mit Ahabs Tod hatte sich mein Interesse an Israel zwar etwas verringert, aber ich konnte mich nicht zurückziehen, solange mein übermütiger Sohn Handelsrouten für hübsche Mädchen eintauschte. Noch lag das Schicksal des Landes in meiner Hand. Mochte Ahazia siegreiche Schlachten schlagen – doch für die Fährnisse des Hoflebens taugte er nur bedingt.

Als Jachin eine Woche später unterwegs war, um weiteres Vieh zu erwerben, war ich mit Ahazia allein.

»Eines Tages werde ich nach Ramoth-Gilead marschieren und zurückholen, wofür mein Vater gestorben ist«, schwor er.

Meine Hand stockte über dem Fell des Kätzchens. »Sag das nie wieder, Ahazia«, sagte ich ruhig, aber meiner Stimme war die Mühe anzuhören, die mich das kostete.

Ahazia zuckte zurück, weil er angenommen hatte, dass ich stolz auf ihn wäre. Er war inzwischen ein gut aussehender Mann mit breiten Schultern und kraftvollen Armen. »Macht dir der Krieg etwa Angst, Mutter?«

»Nein, Ahazia. Aber Überschwang erschreckt mich. Krieg ist nicht immer die richtige Lösung. Wenn wir in Zeiten des Friedens und der Fruchtbarkeit alle Feinde bestrafen wollten, gäbe es niemals Frieden. Man muss wissen, wann man einen Angriff wagen kann und wann man sich besser zurückhält.«

Mein Sohn rutschte näher zu mir hin. »Von wem hast du alle diese Weisheiten?«

»Von niemandem, mein lieber Sohn. Ich beobachte nur sehr genau und ziehe meine Schlüsse. Wie alle großen Regenten.«

»Aber was, wenn mich solche Beobachtungen langweilen?«

»Du bist Ahabs Sohn. Der König von Israel. Wenn du dich langweilst, dann erinnere dich, wozu du geboren wurdest. Das Leben besteht nicht nur aus Abenteuern. Der Löwe ist auch ein König – und doch schläft er die meiste Zeit.«

Während mein Sohn über den Vergleich nachdachte, stützte ich meinen Kopf in die Hand. Aschera, du machst meine Tage nicht leichter, dachte ich. Noch am selben Abend sollten sich diese Worte bewahrheiten.

Als die Wachen Jachin eine Priesterin meldeten, die man geschlagen und vergewaltigt hatte, war ihm klar, dass meine Anwesenheit im Thronsaal erforderlich war. Man hatte auch schon die beschuldigten Männer festgenommen. Ahazia stieß Ahabs Zepter dreimal auf den Boden und ließ alle in den Thronsaal bringen.

Ich schnappte nach Luft, als ich die Verletzungen im Gesicht der jungen Frau und die blutverschmierte, zerrissene Kleidung sah. Sie war unglaublich zart. Die beiden Männer dagegen blickten trotzig und stolz in die Welt. Ihre Kleidung war untadelig, und an ihren Fingern glänzten goldene Ringe. Unverhüllt starrten sie ihr Opfer an, doch die Frau senkte beschämt den Blick.

»Heilige Priesterin«, sprach ich die Frau an. »Bringe deine Beschwerde vor.«

»Ich wurde missbraucht«, stieß die Frau unter Schluchzen hervor. »Ich bin nur auf Drängen des Hohepriesters zu Euch gekommen, meine Königin. Er sagt, dass diese Männer auch andere Priesterinnen aus dem Tempel entführt haben.«

Ich sah die Männer an. Sie schienen ungerührt. »Und?«, fragte ich knapp.

»Mein König«, sagte der Dickere von beiden. »Wir sind dieses Verbrechens schuldig ... falls es überhaupt eines ist! Diese Frau bietet ihren Körper im Tempel feil. Für uns ist es kein Verbrechen, wenn sie das auch außerhalb tut.«

»Es geht hier nicht darum, dass ihr sie mitgenommen habt«,

widersprach Ahazia. Obwohl er noch jung war, war er kein Narr. »Aber ihr habt sie vergewaltigt.«

Der bärtige Mann hob die Hand. »Das war keine Vergewaltigung, mein König. Sie hat es gern außerhalb des Tempels getan, weil wir sie dort mit Geld bezahlen und sie das Geld behalten kann.«

»Ist das wahr?«, fragte ich die Priesterin. Nach unseren Gesetzen war es einer Frau strengstens verboten, ihren Körper außerhalb der Tempelmauern anzubieten.

»Nein«, antwortete sie unter Schluchzen.

»Sie lügt!«, rief der Ältere der beiden.

»Wenn sie lügt, weshalb sind dann ihre Kleider zerrissen? Und warum wurde sie geschlagen?«, fragte ich. Als die beiden sich wieder meinem Sohn zuwandten, explodierte ich innerlich vor Zorn.

»Mein König, wir wissen nicht, wer der Frau das angetan hat«, behauptete der Kleinere. Ich verabscheute seine Augen, weil sie mich an Obadia erinnerten. »Sie hat uns ihren Körper für Perlen und Brot verkauft. Wahrscheinlich wurde sie später beraubt und geschlagen.«

»Es gibt Zeugen gegen euch«, log ich aus einer plötzlichen Eingebung heraus. Ihre Schuld war so klar wie das Wasser einer Quelle. »Glaubt ihr vielleicht, dass dieses Gericht eine solche Sache verfolgt, wenn es keine Beweise hat?«

Leicht verwundert sah Ahazia mich an, begriff aber schnell, was ich beabsichtigte. Den Männern war der rasche Seitenblick entgangen. Im Thronsaal breitete sich Stille aus, und die Gerechtigkeit schwebte wie ein Vogel über der Priesterin. Ihre Miene hellte sich auf, und ihre Augen strahlten. Doch die beiden Männer bekamen es mit der Angst.

»Wenn ihr eure Schuld bekennt, wird das Urteil milder ausfallen«, erklärte ich. »Streitet ihr die Sache jedoch ab, werden wir die Zeugen hören.«

Die Männer begannen zu zittern. Sie hatten Frauen, Töchter und

Söhne, und sie fürchteten sich vor dem Tod. Außerdem würden ihre Frauen im Bett ihrer älteren Brüder liegen, falls sie starben.

»Wurde diese Frau gegen ihren Willen aus dem Tempel entführt?«, fragte ich.

Die Männer schwiegen, und ich wartete.

»Wurde diese Frau ohne ihre Zustimmung entführt?«, brüllte ich.

Das Schweigen dauerte an.

»Wachen!«, rief ich.

»Ja«, rief der dickere Mann hastig. »Ja!« Sein Freund sah ihn an, als ob er ihn zu Mot wünschte. »Wir haben diese Frau ohne ihr Einverständnis mitgenommen. Sie ist eine Hure, und wir haben keinen Unterschied gesehen.«

Ich reckte mein Kinn empor. »Dienerin der Aschera, wie haben diese Männer dich behandelt?«

Die Priesterin schlug die Hände vor die Augen.

»Sag uns, was sie dir getan haben«, forderte ich.

»Sie kamen auf mich zu«, flüsterte sie, ohne die beiden anzusehen, »und packten mich an den Armen. Einer von vorn und einer von hinten. Sie zerrten mich nach draußen und lachten, als ich weinte.«

Ich holte nur einmal kurz Luft, bevor ich das Urteil sprach. »Diese Männer werden in Zukunft als Eunuchen in Sichem Dienst tun. Schafft sie mir aus den Augen.« Ahazia stieß mit dem Zepter auf, während die Wachen die schreienden Männer wegschleppten.

Mein Sohn war leichenblass. Dieses Urteil war schlimmer als der Tod, aber lehrreich. In Zukunft würde keine der Priesterinnen mehr einen Angriff befürchten müssen. Dennoch, Ahazia konnte es nicht fassen. Noch nie hatte er Männer wimmern und weinen sehen.

»Ich denke, dass dieses Urteil zu hart war, Mutter«, erklärte er mit bebender Stimme.

»Wenn ich tot bin und du allein regierst, werden dir schreckliche Verbrechen zu Ohren kommen. Je härter du urteilst, desto seltener wirst du von ihnen hören.«

Ahazia nickte, aber es war nicht zu erkennen, ob er meiner Meinung zustimmte oder sich einfach nur zu elend fühlte, um etwas zu erwidern. So lange Omris Familie in Israel regierte, kam mir jedenfalls nie wieder eine solche Schandtat zu Ohren.

Während der nächsten sechs Monate herrschte so etwas wie ein trügerischer Frieden. Ich dachte viel an die Liebe meines Lebens, während ich durch die Räume lief, durch die wir so oft gegangen waren, oder in den Brunnen badete, wo wir so oft gemeinsam gebadet hatten. Meine Kinder waren erwachsen und brauchten meine Zärtlichkeiten nicht mehr. Innascha war tot, und die Räume waren leer. Nur die Erinnerungen an Feste, Lachen und die Liebe lebten noch.

Trotzdem gab es immer wieder auch glückliche Stunden. Die Frau, die sich mein Sohn erwählt hatte, war so klug und schön, wie Jachin sie mir geschildert hatte. Im Tempel der Aschera wurde Ahazia zum Mann, als er den Ritus mit der Hohepriesterin vollzog und Israels Erde Fruchtbarkeit spendete. Es dauerte jedoch nicht lange, bis neues Unheil die nach Ahabs und Innaschas Tod mühsam geschlossenen Wunden wieder aufriss, bis sie erneut bluteten und das schwebende Glück erneut von Mot überschattet wurde.

Als Ahazia eines Tages oben auf dem Dach voller Überschwang vor Jehoram mit dem Mädchen prahlte, das er heiraten wollte, rutschte er aus und stürzte zwei Stockwerke in die Tiefe. Sein Genick brach, ohne dass er nur ein einziges Mal geschrien hätte, und doch sank die Frau, die er liebte, bei diesem Anblick in tiefe Ohnmacht.

Ich vergoss blutige Tränen, als ich den starken Körper so hilflos auf den Steinen liegen sah. Ich schickte nach allen Heilern, die ich kannte, aber ihre Prognosen waren schlecht. Also ließ ich den Hohepriester und die Hohepriesterin der Aschera kommen, um meinen Ältesten zu retten. Doch genauso gut hätte ich fünfzig Bettler um Hilfe anflehen können. Tag und Nacht wachte ich an Ahazias Lager, und es zerriss mein Herz, diesen starken Körper wie einen Bullen in der Hungersnot dahinschwinden zu sehen.

»Mutter, werde ich sterben?«, fragte Ahazia eines Nachts, als ich seine Hände in den meinen hielt. Vor Angst waren seine Augen weit aufgerissen.

»Nein, mein Sohn, du wirst leben und ein großer Herrscher werden.«

»Der wäre ich bestimmt geworden.« Seine hellen Augen füllten sich mit Tränen. »Das weißt du, nicht wahr?« Seine Stimme war nur noch ein Flüstern.

»Habe nur ein wenig Geduld, dann wirst du es«, versprach ich, doch er schüttelte mit schmerzvoll verzerrtem Gesicht den Kopf.

»Ich wäre sicher noch so klug und umsichtig geworden, wie du und Jachin das so gern wollen. Ich wäre ganz sicher auch Vater geworden, und meine Frau wäre so schön gewesen wie du.«

Tränen brannten in meinen Augen. »Du wirst wieder gesund werden, mein Sohn«, versprach ich ihm, obwohl ich genau wusste, dass ich log. »Ruhe dich aus und bete. Aschera wird dir beistehen.«

»Ich liebe dich von Herzen, Mutter. Ich werde Vater bitten, auf dich zu warten, wenn ich ihn treffe.«

»Ahazia, sag so etwas nicht!«, rief ich, aber er schenkte mir nur ein kleines hoffnungsloses Lächeln.

Ich lief zum Tempel und flehte zu Aschera, zu Baal und zu Anat. Zu allen Göttern, die meine Gebete erhören wollten. Auf dem Dach des Palasts ließ ich den Wind durch meine Haare wehen, spürte, wie er an den Strähnen zerrte, und hob mein Kinn zum Himmel empor. »Aschera!«, rief ich laut. »Aschera! Verlasse mich nicht!«

Und dann, als ob mein Kummer nicht schon groß genug gewesen wäre, wurde der Bote, den ich um eine Prophezeiung zum Tempel nach Sichem geschickt hatte, unterwegs aufgehalten. Und zwar von einem Mann, den ich in meinem Kummer völlig vergessen hatte. Zu Tode erschrocken kehrte der Diener in den Palast zurück.

»Der größte Unruhestifter dieses Landes hat mir eine Botschaft an Euch aufgetragen, meine Königin.«

Natürlich hatte sich Ahazias Sturz herumgesprochen. Ich rechnete mit schlechten Nachrichten, aber was ich hörte, ging entschieden zu weit.

»Elia hat Ahazias Lager verflucht und prophezeit, dass der Sohn die Hurerei seiner Mutter mit dem Tod bezahlen wird.« Ich nahm mich zusammen und entließ den armen Mann, der gar nicht schnell genug davonlaufen konnte. Anschließend wütete ein heftiger Sandsturm um die Mauern des Palasts.

Sechs Tage und sieben Nächte pflegte ich meinen Sohn. Ich kam mir vor wie eine Aloepflanze mit dicker Haut und heilendem Saft. Elia konnte mich schneiden, so oft er wollte, aber aus meinen Wunden tropften nur heilende Säfte. Ich malte mir aus, wie sich mein Blut mit dem meines Sohnes vermischte und meine Stärke auf ihn überging. Aber die Schnitte machten meinen leidenden Sohn nur schwächer. Manchmal schrak er hoch, um im nächsten Moment wieder einzuschlafen. Mein Blut war kein Aloesaft, sondern Gift.

Als Ahazia starb, war jedem in Jesreel klar, dass Elia tot oder lebendig gefunden werden musste. Ich bestattete meinen Erstgeborenen neben seinem Vater in Sichem. Mit jedem Tod hasste ich diese Stadt mehr. Selbst wenn der Palast von einem Feuer oder einem Erdbeben zerstört worden wäre, hätte ich keine einzige Träne vergossen. Dieses Mal konnte Athalia nicht an meiner Seite stehen und mit mir ihren Bruder beweinen. Sie hatte gerade erst ein Kind verloren, bevor es überhaupt geboren war, und sammelte im fernen Juda neue Kräfte. Wie bitter musste es für sie sein, nicht nur ihr Kind, sondern gleichzeitig auch noch den geliebten Bruder, den Gefährten ihrer Kindheit, zu verlieren!

Bei Ahazias Beisetzung vergoss Jehoram keine einzige Träne. Selbst dann nicht, als wir seinen Bruder in ein Leinentuch wickelten und seinen liebsten Raben neben ihn betteten. Der Schmerz hatte sein Herz betäubt. Und als ich vor der Höhle zum dritten Mal in einem einzigen Jahr den Weihrauch roch, waren auch meine Tränen längst versiegt.

Armer Jehoram. So jung, und so früh schon König. Der Tod des Vaters, der Tod der geliebten Kinderfrau und nun auch noch der Tod seines Bruders. Aber Jehoram war stark. Vor mir hielt er seine Trauer nicht zurück. Aber auf dem Thron trug er eine ausgeglichene Miene zur Schau und fällte ausgewogene Urteile, die mich an die Klugheit seines Vaters erinnerten. Er war längst nicht so ungestüm wie sein älterer Bruder. Mir war, als hätte er die Unbeschwertheit der Jugend, wenn nicht schon damals beim Tod seines Vaters, so doch spätestens jetzt bei Ahazias Tod abgestreift.

Eines Abends erbat eine Frau den Rat und die Hilfe des Königs. Ich begleitete meinen Sohn in den Thronsaal und lauschte mit ihm zusammen der Geschichte. Natürlich wusste ich, wie ich an Stelle meines Sohnes urteilen würde, doch ich ließ ihm den Vortritt.

»König von Israel, Sohn Ahabs und Omris.« Die Frau verbeugte sich. »Ich suche Euch auf, weil ich in Bedrängnis geraten bin. Ich möchte das Land zurückfordern, das ich während der letzten Hungersnot aufgeben musste und wofür ich in der Zeit meiner Abwesenheit Pacht bezahlt habe.«

Die Israelitin war eine kraftvolle Erscheinung. Nicht unbedingt körperlich, doch ihre Ausstrahlung war beeindruckend. Dabei war sie nicht unbedingt hübsch. Sie war etwa so alt wie ich, aber ihre Stimme klang ungewöhnlich frisch.

»Was hindert dich daran, deine Felder wieder zu bestellen?«, erkundigte sich Jehoram.

»Der ältere Hezekia. Dabei habe ich ihm vor meiner Abreise Geld für die Pacht gegeben.«

»Und warum will er dich dort nicht mehr haben, obwohl du bezahlt hast?«

»Nein, er will mich nicht vertreiben«, sagte die Frau. »Aber er verlangt einen höheren Preis. Dabei ist die Pacht schon jetzt ... gewaltig. Ein Mann hat mir geraten, mich an das Gericht zu wenden. Er meinte, die Königin würde mich verstehen.« Sie senkte den Kopf und rang ihre abgearbeiteten Hände. In diesem Moment wurde mir klar, was Hezekia als Gegenleistung verlangte. Meine Bewunderung wuchs. Diese Frau hatte ihre Scham überwunden und sogar die Lächerlichkeit nicht gescheut, um hierher zu kommen. Ich nahm an, dass Jehoram nicht wusste, was Hezekia von der Frau verlangt hatte, aber ich sollte mich irren.

»Hat Hezekia ... hat er Gefälligkeiten von dir verlangt?«

»Ja«, flüsterte die Frau verschämt.

Jehoram schwieg einige Zeit. »Hat er auch andere Frauen gekauft und außerhalb des Ascheratempels verführt?«

Die Witwe nickte kaum merklich.

»Und waren diese Frauen damit einverstanden?«

»Ja, mein König. Sie wussten ja nicht, wohin sie gehen sollten, und ihre Kinder waren hungrig.«

Jehoram urteilte rasch und sah nicht einmal Rat suchend zu mir herüber. Er rief die Wachen zu sich und verfügte kurz und entschieden: »Hezekia aus Dor soll nach Jesreel gebracht werden. Vor seiner Familie wird ihm seine Ehre aberkannt. Seine Frauen werden von ihm geschieden, und seine Geliebten bleiben bei uns. Das Land wird noch heute beschlagnahmt und den Söhnen erst zurückgegeben, wenn sie nie eine Frau beleidigen. Gibt es denn in Dor keinen Tempel, wo sich die Männer Priesterinnen kaufen können?«

Doch, dachte ich, aber manchen Männern genügte das nicht. Sie brauchten eine unterwürfige Frau, der sie Gewalt antun konnten.

»Du wirst Hezekia nie wieder Pacht bezahlen müssen«, versicherte mein Sohn der Witwe. »Von heute an gehört dir das Land, das er dir verpachtet hat. Das Gericht Israels hat das beschlossen. Im Namen Ascheras und im Namen Baals. Kehre nach Dor zurück, und sorge für deine Kinder.«

Nach den Anstrengungen der langen Reise brach die Witwe in Tränen der Dankbarkeit aus. Jehoram sah zu mir herüber, und ich strahlte ihn an. An diesem Abend verwöhnte ich ihn mit besonderen Speisen und großem Lob. Wie konnte eine Frau nur zwei so verschiedene Söhne gebären – hitzköpfig, hellhäutig und tot der eine, ruhig, dunkel und zum Glück noch lebendig der andere.

Nach diesem Erlebnis blieb ich dem Thronsaal immer öfter längere Zeit fern. Ich vertraute Jehoram so, wie ich Ahab vertraut hatte. Ich wusste, dass er mit Klugheit und Autorität regierte. Die Frauen am Hof schienen Jehoram gleichgültig zu lassen, nur einoder zweimal stellte ich eine etwas gesteigerte Aufmerksamkeit fest. Und die galt dem Mädchen Oprah, das sein Bruder damals hatte heiraten wollen. Mit seinem Tod schien der Traum des Mädchens jedoch vorbei. Aber im zweiten Jahr seiner Regierung entschied Jehoram, Oprah zur Frau zu nehmen. Seine Wahl gefiel mir, denn ich schätzte das Mädchen wegen seiner Schönheit und seiner Klugheit.

Oprahs erste Liebeserfahrung mit dem Hohepriester erinnerte mich so sehr an meine eigene vor vielen Jahren, dass ich in den Tempel ging und unter den gut aussehenden jungen Männern einen Priester wählte und mich mit ihm in das Zimmer zurückzog, das für die Königin reserviert war. Der ganz in Gold gehaltene Raum erhielt sein Licht durch vier raumhohe Fenster, doch die mit Löchern gemusterten Läden filterten das Sonnenlicht zu kleinen Lichtpunkten. Die bemalten Wände und der Zierrat aus Elfenbein erinnerten mich an Tyrus. Im gedämpften Licht der untergehenden Sonne sah ich, wie der Priester sich entkleidete.

Er schien überrascht zu sein, dass ich ungeschminkt war, doch trotz meines Kummers war meine Haut noch glatt und meine Schönheit ungebrochen. Als er mich in die Kissen drückte, meine Brüste küsste und mit den Händen meine Schenkel streichelte, schloss ich die Augen. Ich träumte davon, wie Ahab mich früher liebkost hatte. Doch offenbar hatte ich meinen schönen Priester so sehr beeindruckt, dass er versagte. Er versuchte es einmal, dann noch einmal. Dann lief er rot an. Wahrscheinlich fürchtete er, dass ich ärgerlich wäre und ihn aus dem Tempel fortschicken würde, doch ich lachte nur. Seine Bewunderung bedeutete mir weit mehr als jede leidenschaftliche Umarmung. Ich ließ einfach einen anderen Priester kommen, und der verschaffte mir, wonach ich mich sehnte.

Auf dem Rückweg schwor ich, mich nie wieder mit unreifen jungen Männern einzulassen.

»Lerne aus meinen Fehlern«, belehrte ich Oprah, die sich vor Lachen ausschüttete, bis ihr die Tränen kamen.

Oprahs Gegenwart im Palast machte mir allergrößte Freude. Sie war immer guter Laune und scherzte gern mit ihren Dienerinnen. Trotz ihrer Trauer um Ahazia hatte sie sich weder das Haar vom Kopf gerissen noch ihre Wangen zerkratzt. Ein kluges, sehr vernünftiges Mädchen. Sie fragte mich nach dem Geheimnis der tyrischen Frauen aus, und ich riet ihr, ihre Gefühle so ungeniert zu zeigen wie die Göttin Aschera, die auf den Wänden im Tempel mit den Brüsten in den Händen dargestellt war. Ich zeigte ihr, wie sie ihr Haar in den Nacken werfen musste, dass es über den Rücken floss, wie sie sich schlangengleich bewegte und wie sie sich richtig schminkte. Obendrein gab ich ihr alles Wissen über Kräuter und Pasten weiter, das ich von Innascha übernommen hatte.

»Sieh her.« Ich hob eine getrocknete Pflanze aus Innaschas Medizinkorb in die Höhe. »Dies ist eine Aloe.«

Außerdem klärte ich sie über die Geheimnisse ihres Körpers auf und was sie trinken konnte, wenn sie keine Kinder mehr bekommen wollte.

»Und woher weißt du das alles?«, fragte sie mich eines Nachmittags, als wir wieder einmal in Innaschas Sandelholzkästen herumstöberten. Mit jedem Kraut tauchte eine weitere Erinnerung an meine Kinderfrau empor.

»Meine Mutter war eine weise Frau«, gab ich zur Antwort, aber die Königin von Sidon und Tyrus war damit nicht gemeint.

In diesen Tagen vermisste ich Innascha mehr als jemals zuvor. Entsprechend freute es mich, ihr Wissen an Oprah weiterzugeben und so ihr Andenken wach zu halten. Oprah konnte gar nicht genug bekommen und ließ mich in einem fort von den Geburten erzählen, die ich mitgemacht hatte, und von den Todesfällen in der Familie. Als ich ihr jedoch Innaschas kostbare Schriften schenkte, stellte ich fest, dass Oprah trotz ihrer Zugehörigkeit zur Oberschicht nicht lesen konnte.

»Im Königreich meines Vaters lernt jedes Mädchen lesen und schreiben«, sagte ich.

Oprah blieb der Mund offen stehen. »Wie die Jungen?«

»Nein, wie die Mädchen.«

Sie begriff nicht, was ich damit sagen wollte.

»Und arbeiten die Mädchen auch?«, fragte sie.

»Wenn sie das möchten, ja.«

Mit einem Blick auf Innaschas viele Schriften seufzte die Kleine. »Ich wünschte, ich hätte früher lesen gelernt.«

»Dafür ist es nie zu spät«, sagte ich.

»Aber du hast es doch gelernt, als du klein warst.«

Ich zuckte die Achseln. »Dann lernst du es eben als erwachsene Frau.«

Ich bestellte einen Schreiber, der Oprah unterrichtete. Sie lernte schnell. Und wie ein altes Gefäß sich in ein neues ergießt, so gab ich auch meine politischen Kenntnisse an Oprah weiter. Zum

Beispiel die Grundzüge des Handels, welches Land über welche Güter verfügte oder sie ein- oder ausführte. Das Königreich von Sidon und Tyrus zum Beispiel tauschte mit Vorliebe Walrosshaut gegen Öl und Weizen aus Israel und Juda. Aus Tyrus dagegen bezogen wir Reis und grüne Nüsse, die ich ironischerweise erst auf meiner Brautreise in Megiddo zum ersten Mal gegessen hatte. Im Gegenzug bezog Tyrus besonders festes Holz aus Basan, um daraus Ruder für den Schiffbau zu fertigen. Die Täfelung des Thronsaals und zahlreiche Ascheras waren aus Zedernholz gefertigt, für das Israel mit Öl und Weizen bezahlt hatte. Unser bestes Leinen stammte aus Ägypten, Zimt aus Indien. Und die Händler aus Damaskus sind berühmt für ihre hinterlistigen Rechnungen, flüsterte ich Oprah ins Ohr. Die Sidonier übrigens genauso.

Ich lehrte Oprah außerdem ein Lied, das Ahab mir einst vorgesungen hatte und das ich erst so richtig schätzte, als er schon nicht mehr lebte. Es besang das Jahr im Leben eines Bauern.

Zwei Monate gehören der Olivenernte
Zwei Monate wird Getreide gesät
Zwei Monate wird gepflanzt
Einen Monat wird Flachs gehackt
Einen Monat wird Gerste geerntet
Einen Monat lang wird geerntet und gefeiert
Zwei Monate gehören dem Weinbau
Ein Monat den sommerlichen Früchten.

Begierig saugte Oprah alles Neue in sich auf. Für mich war sie das letzte Juwel meines Lebens. Bei der Gerstenernte im Mai tanzten wir miteinander. Zur Weizenernte im Juni tranken wir Wein, und im Juli kosteten wir Trauben, Früchte und Oliven und lachten über die Männer, die Baal in endlos langen Hymnen lobten, und zwar in solchem Missklang, dass der Gott eigentlich vom Himmel hätte herabsteigen müssen, um das Geheul zu beenden.

Das letzte Fest des Jahres wurde unten am Meer in den Straßen von Akko gefeiert. Die Reise dauerte zwei Tage, und die salzige Meerluft erinnerte mich sofort an Tyrus. Die Ascherastatuen unter den Olivenbäumen waren mit bunten Girlanden geschmückt, und Männer und Frauen in blauen und goldenen Gewändern hüpften und tanzten getrennt in großen Kreisen immer rundherum. Das Fest begann in der Morgendämmerung und endete damit, dass sich die Bewohner der Stadt abends nackt auszogen und im Mondlicht zusammen ins kühle Meerwasser eintauchten. König Omri hatte diese Sitte in Israel eingeführt, nachdem er sie in Tyrus kennen gelernt und beim Bad in der Brandung voll Freude den Hymnen an die Göttin des zunehmenden Mondes gelauscht hatte.

Oprah und ich bestaunten ein Fackelrennen. Außerdem fand eine Dichterlesung statt, bei der sich die jungen Männer selbst mit einer Lyra begleiteten, und im großen Tempel der Aschera wurde an diesem heiligen Tag zu Ehren der Tochter des Re die Liebe gefeiert.

Der große Tempel stand hoch oben auf einer Klippe, direkt über dem Meer. Zusammen mit Jehoram und Oprah stieg ich zu den großen Toren hinauf. Junge Frauen in engen Leinenkleidern, die ihre Brüste und die wohlgeformten Schenkel enthüllten, wurden von überall her aus den Städten zum Tempel gebracht. Männer in Umhängen trieben sich in der Nähe der Tore herum und erhofften sich einen Blick auf die Zeremonie, mit der die jungen Mädchen in die Liebe eingeführt wurden.

»Willkommen, Königin von Israel und heiß geliebte Tochter der Aschera.« Die Hohepriesterin sank auf die Knie und wusch meine Füße. Mein Haar wurde mit Blumen und einer dicken Perlenkette bekränzt. Voll Ehrfurcht starrten die Menschen die schöne tyrische Königin an und tuschelten leise miteinander. In diesem Augenblick fühlte ich mich so leicht, so jung wie lange nicht mehr.

Die helle Sonne tauchte den Tempel in ein goldenes Licht und spiegelte sich im Wasser des rosenfarbenen Marmorbrunnens. Türkisfarbene, blaue und weiße Mosaiksteine warfen das Licht auf die sonnengebleichten Wände. Jehoram, Oprah und ich durften auf einer goldenen Bank in der Nähe der großen Ascherastatue sitzen. Von dort aus wurden wir Zeugen, wie ein Mädchen nach dem anderen auf den Stühlen oberhalb des von Baalshörnern getragenen Altars Platz nahm und reiche Männer ihnen Münzen in den Schoß warfen. Wenn ein Mädchen genügend Münzen gesammelt hatte, führte es den Mann seiner Wahl in abgelegene Räume hinter purpurfarbenen Vorhängen. Häufig wurden nur die allerschönsten Mädchen ausgesucht und bekamen Ascheras Segen an diesem ihrem heiligsten Tag. Die weniger schönen mussten sich bis zum Tag ihrer Hochzeit gedulden, bis sie in die Liebe eingeführt wurden.

»Sieh dir dieses Mädchen an. Sie wird bestimmt als Erste ausgewählt.« Oprah deutete auf eine dunkle Schönheit, die von ihrem Vater zum Altar geführt wurde. Gehorsam wartete sie in einer Reihe mit anderen Mädchen, bis wieder ein Platz oberhalb des Altars frei wurde. Sobald die Kleine Platz genommen hatte, warfen sofort einige Männer Münzen in ihren Schoß, so dass sie die Wahl hatte.

»Seht nur, wie diese dort leidet!« Oprah deutete auf ein Mädchen, das schon seit einigen Minuten auf einem der Plätze saß. Natürlich hätte sie heruntersteigen und einem anderen Mädchen ihren Platz überlassen können, aber ganz offensichtlich hoffte sie auf Ascheras Segen. Doch sie war einfach nicht hübsch genug. Ihre Lippen waren noch zu dünn. Genau wie ihre Arme und Beine.

»Es ist Ascheras Wille«, erklärte ich, »dass diese Mädchen noch ein wenig warten.«

Oprah schüttelte den Kopf. »Das ist grausam.«

Ich zuckte die Achseln. Darüber hatte ich noch nie nachgedacht.

Wenn die Mädchen den heiligen Bezirk verließen, taten sie sehr erwachsen und strahlten die kleinen Jungfrauen an, die noch auf den Segen warteten. Aber an diesem Tag ging es nicht nur um die Mädchen. Auch einige junge Männer erwarteten ihre erste Lektion. Ihre Väter spendeten Perlen und Öl. Die Jungen waren noch viel aufgeregter als die Mädchen. Ich dachte an Ahabs Lust und konnte mir nicht vorstellen, dass er auch einmal so unwissend gewesen war.

Wenn die Jungen als junge Männer hinter dem silbrigen Vorhang hervortraten, überreichte man ihnen kleine Phallusstatuen und einen Klumpen Salz als Symbol dafür, dass Aschera im Meer gezeugt worden war. Mit breitem Grinsen verließen sie zufrieden den Tempel.

»Die Sonne geht gleich unter«, stellte ich fest. »Lasst uns an den Strand gehen und singen.« Hunderte Israeliten folgten uns hinunter zum Meeresufer, wo Jehoram ein Trankopfer auf dem Altar des Baal darbrachte.

O Aschera, wie sehr liebte ich doch das Meer. Wie schön wäre es gewesen, wenn Ahab den elfenbeinernen Palast genau hier errichtet hätte, wo glitzerndes Wasser das Licht der Sonne reflektierte und die Wände des Palasts vergoldete. Aber Ahab war nicht mehr unter uns. Was machte es da schon, ob unser Haus in Akko oder in Sichem stand? An diesem Abend dachte ich sehr viel an Ahab. Und an Ahazia, dessen Braut nun Jehorams Frau war.

»Möchtest du nicht auch mitmachen, Mutter?« Oprahs Stimme riss mich aus meinen Träumen. Ich sah, dass die Menschen in den Wellen badeten. Es war Abend geworden, und der zunehmende Mond war aufgegangen.

Ich lächelte. »Wahrscheinlich wäre Aschera dankbar, wenn ich ihr diese Ehre verweigerte.«

Oprah kicherte, und dann entkleideten wir uns.

»Mutter!«, rief Oprah überrascht. »Du siehst immer noch aus wie ein junges Mädchen. Ich hoffe nur, dass ich noch so schön bin, wenn ich einmal Mutter eines Königs bin.«

Wir mischten uns unter die Badenden. Das Wasser war warm, doch Oprah zögerte. Ich tauchte bis zum Hals hinein und lachte, als sich mein Haar wie Schlangen um meinen Körper wickelte. Mit geschlossenen Augen stellte ich mir vor, sie wären echt und züngelten nach meinem Sohn und meiner Familie.

»Wach auf!« Oprah spritzte mir Wasser ins Gesicht, und ich riss überrascht die Augen auf.

»Das wirst du bereuen!« Lachend schwamm ich ins Flache und tat dann so, als ob ich sie hineinziehen wollte.

»Nein!« Oprah versuchte wegzulaufen, aber Jehoram packte sie.

»Wirf sie hinein!«, rief ich lachend.

Oprah bekam Angst. »Nicht, Jehoram! Ich kann nicht schwimmen!«

»Nur ruhig, ich lasse dich schon nicht los«, versprach er. Ein hübscher Anblick, als er seine Frau wie ein kleines Kind auf den Armen hielt. Im Licht der zunehmenden Göttin schimmerte ihr Haar wie Gold, und ihre Augen waren dunkel wie das Meer. Seit Ahazias Tod war ich nie glücklicher, und dieses Glück hätte noch andauern können, wären nicht Männerstimmen vom Ufer aus zu uns gedrungen.

»Jahwe verflucht das sündige Leben in Israel!«, schrie eine Stimme. Im Licht des Mondes hatten sich nackte Männer in Tierfellen versammelt, um das Fest der Aschera zu stören. Zornig funkelte ich meinen Sohn an, der mich am Arm zurückhielt.

»Mutter«, bat er eindringlich.

»Nein, Jehoram.« Selbst in meinen Ohren klang meine Stimme fremd. »Kein Mann darf die Göttin an ihrem heiligsten Feiertag verspotten!«

Ich watete bereits zum Ufer, als Jehorams Stimme an mein Ohr drang. »Mutter, bitte! Überhöre sie einfach«, bat er noch einmal eindringlich. »An diesem Festtag darf es kein Blutvergießen geben.«

Ich drehte mich um und sah ihn an. Ich erkannte Ahabs Besonnenheit in seinem Blick und zögerte. Auch Oprahs Augen flehten mich an. »Bitte«, formten ihre Lippen. Seufzend kehrte ich dem Strand endgültig den Rücken und erfreute mich weiter an unserem Bad im Mondlicht.

Als ich am nächsten Morgen erwachte, roch ich den Duft von Kreuzkümmel und Ingwer. Ich holte tief Luft, und bevor mir die Reise nach Akko und das silbrige Meer in den Kopf kamen, fühlte ich mich als junges Mädchen nach Tyrus versetzt.

»Heute ist der zweite Tag des Fests«, hörte ich Oprahs Stimme sagen.

Ich kleidete mich an, und dann spazierten wir durch die Stadt. Ein Laden drängte sich an den anderen, prall gefüllt mit Fischen, Fleisch und Säcken voll Minze. Akko war so unglaublich lebendig und bunt – als ob das Meer alle Schönheit und allen Überfluss Israels magisch anzöge. Ahab hätte meinem Urteil niemals zugestimmt und darauf bestanden, dass die bernsteinfarbenen Wüstenstädte eine ganz eigene Schönheit besaßen. Aber ich kannte die Wahrheit. Nur die Städte am Meer gediehen und lebten zu allen Zeiten. Ich betrachtete die kleinen Berge aus Safran und Zimt und dachte an Innascha. Mitten im Gewirr aus Ziegenglöckchen und Kinderlachen meinte ich, ihre Stimme zu hören. »Eine Mixtur aus Kreuzkümmel und Zitronengras für den geplagten Magen, und Rinderleber gegen Liebesprobleme.«

Zur Mittagszeit war das Fest zu Ende, doch bevor wir Akko verließen, bestand Oprah darauf, dass wir ein Trankopfer als Dank für eine glückliche Flachsernte darbringen sollten. Das erinnerte mich an Rahab und ihr kleines Haus in Jericho, wo die Hure die israelitischen Spione unter dem trocknenden Flachs versteckt hatte. Das schien unendlich lange her zu sein. Damals waren Ahab und ich noch jung, und Innascha war noch bei mir. Wäre es nicht wunderbar, die Zeit einfach umkehren zu können, wie man ein Stundenglas auf den Kopf stellte? Ich könnte zusehen, wie der Sand von der Gegenwart in die Vergangenheit wechselte und umgekehrt. Was, wenn ich Ahab noch einmal vor der Zukunft warnen könnte? Wenn er sich auf den Krieg gegen Ben-Hadad einlassen und den Fehler wiederholen wollte, würde ich das Stundenglas so lange neben ihn legen, bis er anderen Sinnes geworden wäre. Auf dem Rückweg nach Jesreel grübelte ich über die Zeit nach. Mit Beginn der Dämmerung huschten die Schatten so rasch über den Sand, wie sich eine verheiratete Frau verschleierte. Nur die Sterne blinkten unverändert wie Diamanten durch den Vorhang aus schwarzer Seide.

Bei der Rückkehr in den Palast stellte ich mir vor, dass der Sand zurückgelaufen war. Ich war gerade aus Tyrus eingetroffen, und Ahab erwartete mich. Ich strich über mein Haar und befestigte meinen Schleier. Dann betrat ich meine Räume und flüsterte seinen Namen.

»Ahab, ich bin wieder da.«

Eine meiner Dienerinnen hörte mich flüstern und rannte erschreckt aus dem Zimmer.

»Ahab!«, rief ich ihr nach. »Ahab!«

Ich hörte, wie sie den Gang entlangrannte. Ja, dachte ich, renne nur. Erzähle den anderen, dass die Königin verrückt geworden ist. Ich war verrückt. Ich war zumindest so verrückt, dass ich ernsthaft geglaubt hatte, der Sand der Zeit würde einer Königin gehorchen. Aber der Sand gehorchte niemandem. Er rann durch die Hände und wurde von Stürmen in alle Richtungen davongeweht. Ich öffnete meine Schatulle aus Zedernholz und leerte all die seltenen Juwelen aus, die Ahab mir geschenkt hatte. Für einen einzigen Tanz mit ihm hätte ich sie den Hunden vorgeworfen. Hart und kalt lagen sie auf meiner Hand. Sie sind die Zeit, dachte ich. Ein Smaragd. Ein Rubin.

Manchmal in dunkler Nacht, wenn nur Öllampen die Tiefe des Raums erhellten, meinte ich, Ahabs Gesicht auf den Steinen zu erkennen. Gleich darauf löschten meine Tränen sein Bild, als ob es nie existiert hätte. Nach der Rückkehr aus Akko dachte ich zum ersten Mal daran, mein Leben zu beenden. Ich wollte zum Meer zurückkehren. Nicht nur für eine Woche. Für immer. Oprah spürte sehr genau, dass etwas nicht stimmte, aber sie wusste nicht, was es war. Ich trug noch immer den Schmuck an meinen Fesseln, einen Ring in der Nase und Ringe an den Zehen. Mein Gesicht war so wunderbar geschminkt wie immer, und ich wusch meine Füße noch immer in einem kleinen Becken, wie es inzwischen auch die ganz normalen Menschen taten. Meine Gewänder dufteten nach Myrrhe und dem Saft der Aloe. Doch innerlich starb ich. Zum Glück konnte niemand durch mein Gewand hindurchsehen. Ganz gleich, wie durchsichtig der Stoff auch war. Niemand konnte das.

Ich stieg auf das Dach und verbrachte dort einige Tage mit der Stimme der Aschera. Der Wind war zeitlos. Aber ich alterte nicht, und ich starb auch nicht vor Einsamkeit oder Kummer. Mit geschlossenen Augen schmeckte ich ferne Reiche, seltene Gewürze und unberührte Blüten auf unerreichbar hohen Bergen. Ich sang vor mich hin und hörte, wie meine Stimme vom Wind davongetragen wurde. Ich stellte mir vor, dass ich wie meine Worte davonflog und nicht wiederkehrte. Nichts erschien mir mehr lebenswert.

Doch zwei Wochen später trafen gute Nachrichten ein. Jehoschaphat war gestorben, und Jehoram war der neue König von Juda. Als Dank wurden drei Tempel für die Göttin Aschera errichtet. Einige weitere sollten folgen. Und dann, so wie die Gezeiten wertvolle Muscheln an meine Küste spülten, folgten sogar noch bessere Nachrichten. Bittersüß schmeckte das Wasser, das sie herangetragen hatte. Elia war tot. Blind und lahm war der Greis gestorben, und Elischa hatte ihn verbrannt, bevor überhaupt jemand davon erfahren hatte. Der Rauch des Feuers hatte sich bereits in Luft aufgelöst, bevor ich nach ihm hätte suchen können, um seine Gebeine zu zermahlen. Angeblich war nichts von ihm übrig, und ich war froh darüber. So konnte niemand dieses Ungeheuer zu einem Gott stilisieren.

Nie wieder würde ich seine Schmähreden hören müssen. »Baal-Zebub« zum Beispiel, was *Baal, König der Fliegen*, bedeutete und den richtigen Namen Baal-Zebul, *Baal, der Erhabene*, verspottete. Obgleich mir die Möglichkeit genommen war, ihn persönlich zu vernichten, war ich erleichtert. Nachdem er meinen Mann und meinen Sohn mit seinen Flüchen getötet hatte, war auch er seinem Schicksal nicht entgangen.

Nach dem Tod von Jehoschaphat und Elia wurde ich ruhiger. Ich erlebte, wie mein Sohn erwachsen und reif wurde. Zahlreiche Bewerber um meine Hand hätten liebend gerne Ahabs Platz eingenommen, doch mir war der Gedanke fremd. Aber ihre Geschenke, Seiden und Myrrhe, ihre schmeichelnden Worte und ihr duftendes Haar taten mir gut. Nur Jehu konnte ich nicht ertragen. Je heftiger ich ihn abwies, desto mehr bedrängte er mich und suchte einen Blick, eine Berührung oder gar einen Kuss zu erhaschen. Doch er stieß mich mehr ab als jeder andere Mann. Oprah lachte, wenn ich von ihm erzählte und alles als Scherz hinstellte. Aber innerlich war mir nicht nach Scherzen zumute. Zum Glück war meine äußere Haut so dick, dass man nicht hindurchsehen konnte.

Sobald ich mit Oprah zusammen war, dachte ich an meine Tochter. Athalia hätte gewusst, wie mir zumute war. Sie hätte durch meine schützenden Hüllen in mein Inneres geblickt. Aber Athalia lebte in Juda, und ihr Sohn war noch klein. Sie hatte ihn nach ihrem Bruder Ahazia genannt. Dessen Tod hatte sie tief getroffen. Jehoram von Juda hatte mir berichtet, dass sie tagelang nichts zu sich genommen hatte und immer nur schlief und an nichts mehr Anteil nahm.

Ich kann dich verstehen, hätte ich ihr am liebsten zugerufen. Ich wusste genau, wie sie sich fühlte, aber ich wollte sie nicht noch unglücklicher machen.

Ich war zwar oft im Thronsaal anwesend, aber ich meldete mich nur selten zu Wort. Als der Winterregen begann, träumte ich, dass ich das Meer riechen könnte, und als im Frühling die Wüste blühte, träumte ich von mit Koriander gewürzten Barben. Ich hatte das Gefühl, im ewigen Gleichmaß unterzugehen. Essen, ankleiden, gehen, schlafen und sonst nur Albträume. Und das wieder und wieder. Tag für Tag. Doch dann zog plötzlich ein Sturm auf und ließ mein friedliches Meer aufbrausen. Und obgleich die Wellen gefährlich hoch schlugen, schien mir alles besser, als im absoluten Gleichmaß zu ertrinken.

An einem warmen Nachmittag erschien ein Bote mit verfärbten Zähnen und samtenen Augen. Fasziniert beobachtete ich, wie er von einem Fuß auf den anderen trat, bevor er etwas sagte. Es sah aus wie ein Tanz. Menschen, die sich viel bewegten, machten mich misstrauisch. Vermutlich will er mich durch die Zappelei nur von der Bewegung seiner Lippen ablenken, dachte ich. Umso mehr konzentrierte ich mich auf seine Worte.

»Die Moabiter brennen die Baaltempel nieder. Ein Hohepriester wurde getötet, und zwei Priesterinnen wurden gesteinigt.«

Ich erhob mich. »Zu Tode?«

Die Samtaugen sahen mich traurig an. »Zu Tode, meine Königin.« Wie passend, dass mir ausgerechnet ein Mann mit solch verfärbten Zähnen diese Botschaft überbrachte.

Jehoram war inzwischen alt genug, um die Armee zu befehligen. Wie seine Entscheidung wohl lautete?

»Ich werde zurückholen, was rechtmäßig zu Israel gehört«, verkündete er. »Wer so mit Aschera umgeht, muss dasselbe für sich gewärtigen.«

Ich konnte dem nur zustimmen. Aber Angst hatte ich trotzdem.

»Ich werde Athalia um Truppen bitten. Zusammen mit Juda werden wir die Moabiter unterwerfen.«

Blutrot züngelten die Strahlen der untergehenden Sonne über den Boden. Wie kleine Klauen, dachte ich.

Jehoram schickte Boten nach Süden, und der König von Juda antwortete. »Ich stehe auf Eurer Seite. Mein Volk ist Euer Volk, und meine Pferde sind Eure Pferde.«

Athalia hatte ihre Sache gut gemacht.

Ich begab mich in den Tempel, um zu Anat zu beten. Unterwegs betrachtete ich die ausgebleichte Landschaft. Ein Mann stocherte im Feuer, das unter einem Teetopf kokelte. Weiß gewandete Gestalten mit blendend hellen Augen glitten über den Sand, und ihre Armreifen klingelten leise. Das Gesicht unter dem safranfarbenen Tuch kam mir bekannt vor.

»Halt!«, schrie ich. Ruckartig hielt der Wagen an. Ich starrte auf den Mann, auf seinen gischtfarbenen Bart, auf die stechend blauen Augen, die wild und entschlossen funkelten. Trotz der glühend heißen Sonne trug er einen schwarzen Umhang aus Ziegenhaar. Offenbar hatte er auf mich gewartet. Er näherte sich dem Wagen, während meine Diener mir mit Palmwedeln Kühlung zufächelten. Mit einer Handbewegung entließ ich sie und stieg vom Wagen. Ich lächelte den Mann an, aber er erwiderte meine Geste nicht.

»Wollt Ihr mich begleiten?«, fragte ich und deutete auf den Tempel.

Er betrachtete die Arkaden, die wunderschönen Skulpturen, das Spiel des Lichts auf dem Wasser im Brunnen. »Niemals.« Er blinzelte, weil die Juwelen, die ich auf dem Kopf und um den Hals trug, seine Augen blendeten.

Ich zuckte die Achseln. »Wenn Ihr die Königin sprechen möchtet, dann nur im Tempel. Sonst müsst Ihr an einem anderen Tag wiederkommen.«

Der Prophet zögerte. Ich raffte mein Gewand, das sich wie Wasser an meine Glieder schmiegte, und eilte an ihm vorbei. Ungefähr ein Dutzend Soldaten begleiteten mich ins Innere, als eine laute Stimme hinter mir erscholl.

»Wartet!«

Ich wandte mich um. Der Prophet Elischa hatte den Tempel der Aschera betreten. Diese Tatsache entlockte mir ein triumphierendes Lächeln.

»Ihr wollt gegen Moab in den Krieg ziehen.« Nur mühsam konnte Elischa die Blicke von den fast durchsichtig gewandeten Priesterinnen und ihren schwarz umrandeten Augen abwenden.

»Ja«, sagte ich und setzte mich unterhalb der großen Ascherastatue auf eine Bank. »Und Ihr wollt mir sagen, dass Israel zerstört werden wird, nicht wahr? Ihr könnt Euch den Atem sparen. Elia hat meinen Mann, meinen Sohn und meine Familie verflucht. Doch obwohl sie alle tot sind, lebt Aschera weiter. Baal regiert noch immer.« Elischa reagierte nicht. »Also, Prophet, was wollt Ihr? Wer wird als Nächster sterben? Etwa ich? Oder Jehoram?«

»Ich möchte Euch meine Dienste anbieten«, flüsterte Elischa.

Ich runzelte die Brauen und glaubte kein Wort. »Und warum?«

»Ich möchte Euch einen Handel anbieten.«

»Königinnen handeln nicht mit Bettlern.«

»Wenn ich Euch helfe, Moab zu erobern, werdet Ihr dann alle Baaltempel niederreißen und Eure Huren davonjagen?« Er bedachte die Mädchen mit entsprechend abfälligen Blicken.

»Wenn *Ihr* uns helft, Moab zu erobern?« Ich lachte schrill und etwas krächzend, als ob Muscheln aneinander rieben. »Wollt Ihr vielleicht einem Löwen beim Jagen helfen?«

»Falls ich Euch helfe«, wiederholte er unbeirrt, »werdet Ihr dieses Land reinigen.«

Unwillig stand ich auf und strich mein Gewand mit meinen beringten Fingern glatt. »Ihr geht davon aus, dass Israel den Krieg gegen das kleine Moab verliert?«

»Ich sage, dass Euer Sohn jede große Stadt unterwerfen wird, zum Schluss jedoch alles verliert.«

Schweigend starrten wir einander an. Ich registrierte seine rissigen Hände. Eine Königin beugte sich nicht vor einem Mann mit rissigen Händen. Wütend wandte ich mich ab, weil ich diesem Barbaren meine Zeit geopfert hatte, und ließ ihn stehen.

Doch als mein Sohn in den Krieg zog, war ich nervös. Dies würde die erste Bewährungsprobe seines militärischen Könnens werden. Aber vom ersten Tag an schien es, als ob Israel nicht aufzuhalten wäre. Eine befestigte Stadt nach der anderen fiel unter unserem Ansturm. Heftige Regenfluten, vermischt mit rotem Lehm, überschwemmten die Ansiedlungen der Moabiter, doch die Ältesten glaubten, das Blut der geschlagenen Armee zu sehen, und rannten davon. Mein Sohn verwüstete die Äcker der Moabiter mit Steinen, verstopfte ihre Quellen und ließ die Bäume fällen, um ihnen die Waffen zu nehmen.

»Wir werden siegen!«, rief ich entzückt, doch der Bote mit den verfärbten Zähnen wirkte nicht sehr überzeugt.

»Eine Stadt leistet uns noch immer Widerstand«, warnte er.

»Eine Stadt!« Ich lachte spöttisch. »Welche Bedeutung hat schon eine Stadt, wenn das restliche Moab am Boden liegt?«

Aber eine Stadt bedeutete den Unterschied zwischen Sieg und Niederlage. Als der König von Israel mit seinen Soldaten in die letzte Stadt einmarschierte, gerieten seine Männer wie Schafe unter die Wölfe. Die Moabiter hatten alle Kräfte auf eine einzige Stadt konzentriert. Bewaffnete Einheiten stürzten von den Bergen herab, und ihre Schilde und Schwerter glitzerten in der Sonne. Ich sandte Boten nach Tyrus, um die Truppen meines Vaters um Hilfe zu rufen. Aber da war es längst zu spät. Moab war verloren. Wir hatten alle großen Städte des Landes erobert, doch die kleinste unter ihnen hatte Israel die Niederlage bereitet.

Anat hatte Israel verlassen. Aber warum? Was hatte Chemosch, der Gott der Moabiter, besser gemacht? Wenig später erschien der Hohepriester des Baal mit einem Boten und erklärte mir Moabs Triumph.

»Meine Königin, nicht Anat hat Israel den Rücken gekehrt.«

Kopfschüttelnd strich der Hohepriester über seinen kurzen Bart. Er war so alt wie Jehoram, aber seine Augen wirkten jünger.

»Und warum hat sich das Gesicht des Sieges dann zur Maske der Niederlage gewandelt?«

»Der Gott der Moabiter hat einmal mit König Mescha gezürnt«, erzählte der Bote. »Also hat der König göttlichen Beistand erfleht und dafür seinen Sohn geopfert.«

»Dem Chemosch?«, schrie ich entsetzt.

Der Bote nickte schweigend. Ich war entsetzt, und wenn mein Sohn damals schon wieder in Israel gewesen wäre, wäre er leichenblass geworden.

»Berichte mir alles«, forderte ich. »*Alles.*«

Der Bote berichtete von König Meschas verzweifelten Versuchen, den tauben Gott zu rühren. Er hatte Ochsen, Tauben und Schlangen geopfert. Er hatte es mit Trankopfern und Weihrauch versucht und als letzten Versuch einer Jungfrau bei Vollmond die Hände über dem Kopf gefesselt und sie auf einem Scheiterhaufen, getränkt mit Öl und Myrrhe, verbrannt.

»Aber nichts hatte seinem Gott gefallen«, ergänzte der Hohepriester.

Ich wurde ungeduldig. »Bis?«

»Bis König Mescha ihm seinen eigenen Sohn angeboten hat. Sie haben seine Gebeine auf der Stadtmauer eingeäschert, und das verlieh ihnen göttliche Kraft.«

Ich stellte mir vor, Jehoram oder Athalia im Namen Anats auf den Mauern von Jesreel zu verbrennen. So etwas könnte ich niemals tun. »Wie kann sich Chemosch nur über das Blut des Königs freuen?«

»Chemosch ist mächtig. Das Blut der Mächtigen ist seine Nahrung. Wenn Israel ihm geopfert hätte, wäre er uns vielleicht gnädiger gewesen«, vermutete der Mann mit den verfärbten Zähnen.

»Und wie hätte Anat reagiert? Hätte sie nicht mit uns gezürnt, wenn wir Chemosch geopfert hätten?«

»Vielleicht erwartet auch Anat ein solches Opfer.« Ruhig sah mich der Priester mit seinen schwarz umrandeten Augen an. »Seit Jahren wurde ihr kein Blutopfer mehr dargebracht.«

Ich dachte über seine Worte nach. Anat liebte Blut. Sie badete darin und watete in Blut, nachdem sie die Städte geplündert hatte. Warum hatten meine Priester nicht früher daran gedacht? »Opfert ein Mädchen, das kurz vor der Reife steht«, entschied ich. Genauso wurde Anat im Tempel dargestellt. Vielleicht brauchte sie das Blut eines solchen Mädchens, um weiter siegreich zu sein.

Der Hohepriester nickte eifrig. »Beim nächsten Vollmond werden wir Anat ehren, um den Sieg über unsere Feinde sicherzustellen.«

Das bleibt abzuwarten, dachte ich. Kurz vor Jehorams Heimkehr besuchte ich den Tempel, um mir das auserwählte Mädchen anzusehen. Es war eine Dienerin und jünger als Ahazia an seinem Todestag. In Gold und Seide und von Dienern umringt thronte die Kleine oberhalb der Menschenmenge. Sie wirkte vornehm, obgleich sie nur eine Sklavin war, und der Stolz über ihre neue Stellung ließ ihre Augen wie polierte Edelsteine strahlen. Man reichte ihr nur die feinsten Gerichte, und die Lampen erloschen nie. Ich sah, dass sie silberne Ketten trug, die in kleinen Glöckchen endeten. Und eine rote Korallenkette mit schwarzen Glas- und Silberperlen. Ich wollte nicht mit ihr sprechen, denn solange ich nur die silbernen Glöckchen sah und keinen Namen kannte, konnte ich sie Anat weihen.

Bei der Rückkehr aus Moab wurde die Armee mit einem Fest begrüßt. Aber die Soldaten wirkten bedrückt. Jehoram hatte ihre Erwartungen nicht erfüllt und war in ihren Augen nur ein Schatten seines Vaters. Ich ging in den Hof und setzte mich unter eine alte Akazie, um auf Ascheras Botschaft zu lauschen. Ich nahm Sand vom Boden auf und ließ ihn mit geschlossenen Augen von einer Hand in die andere rinnen. Wie Aschera, die über die Zeit gebot. Und über die Menschen, als ob sie nichts weiter wären als glitzernde Sandkörnchen. Ich versuchte, König Jehoram von Juda zum Aufbau der Handelsflotte zu raten, die sein Vater einst verloren hatte. Gern hätte ich unser Volk durch wirtschaftlichen Erfolg von seinem militärischen Fehlschlag abgelenkt, aber Jehoram von Juda weigerte sich. Ein solches Vorhaben war viel zu teuer. Der Feldzug hatte ihn bereits fünftausend Soldaten gekostet, und die Erneuerung der Armee war vordringlich.

Natürlich hatte er Recht. Aber dafür begannen die israelitischen Soldaten zu tuscheln. »Er ist eine Muschel ohne Perle.« In ihren Augen mangelte es ihrem König an wahrer Größe. Aber im Gegensatz zu einer Wüstenblume, die langsam vertrocknete, entfaltete sich Jehoram zu neuer Stärke. Er vergrößerte die Ställe seines Vaters in Megiddo, befestigte den Palast in Jesreel mit einer neuen Mauer und schwängerte seine Frau zum ersten Mal.

Bei Vollmond setzte sich die Prozession zum Tempel in Bewegung. Frauen tanzten mit ihren Tamburinen durch die Straßen voran, wobei ihre dünnen Schleier nur von Silbermünzen zusammengehalten wurden. Mit angstvollen Augen traten die jungen Mädchen in den Tempel. Wahrscheinlich stellten sie sich vor, dass sie selbst dort oben auf Anats Altar säßen. Aber sie waren jung und schön. Und sie waren reich. Sie hatten alles zu verlieren, doch das Sklavenmädchen hatte nichts.

Hunderte drängten sich im Tempel, um den heiligen Akt der Entkleidung und der Ölung zu verfolgen. Das eigentliche Opfer würde draußen auf dem Altar im Freien stattfinden, damit Tausende Zeuge der Zeremonie werden konnten. Ein Muschelhorn ließ alle Anwesenden erbeben. Zur Musik der Flöten und Tamburine tanzten der Hohepriester und die Hohepriesterin um das Mädchen herum und nahmen ihr einen Schleier nach dem anderen ab. Ihre zarte, noch nackte Scham wurde enthüllt, dann die knospenden Brüste. Ihre Haut schimmerte wie goldener Honig. Zuletzt wurde der Schleier vom Gesicht genommen. Die Augen der Kleinen waren schreckensweit, und sie lächelte nicht mehr. Goldener Schmuck zierte ihre Hand- und Fußgelenke und ihre Finger. Selbst ihre Nase war wie die einer vornehmen Frau verziert. Benommen schritt das Mädchen an der Hand der Hohepriesterin durch das Tor in den Hof. Dort brach sie jedoch vor Angst zusammen, so dass sie das letzte Stück bis zum Altar in einer Sänfte getragen werden musste. Natürlich hatte man die Kleine mit Kräutern betäubt, damit sie weder wimmerte noch schrie.

Oprahs Nägel gruben sich in meinen Arm. »Bestimmt hat sie schreckliche Angst!«

Sogar die Anhänger Jahwes waren zu dem Schauspiel herbeigeeilt. Seit der Tochter des Generals Jephta war in Israel kein Kind mehr geopfert worden. Die meisten Frauen hatten sich für dieses Ereignis sogar ihre Füße geschmückt. Am funkelnden Goldschmuck erkannte ich, dass auch viele Frauen der vornehmen Familien gekommen waren. Genau wie meine Mutter trugen auch die reichen Frauen in Israel mehrere Korallenketten übereinander. Außerdem hatten die Töchter einiger Ältester ihre Lyren und Flöten mitgebracht, um Anat mit ihrem Spiel zu erfreuen.

Ein junger Mann schritt schluchzend der Prozession voran. Er hielt den Kopf gesenkt und hatte die Hände vors Gesicht geschlagen. Seine Schultern bebten, und sein Jammern übertönte sogar den Lärm der Menge. Ich bahnte mir einen Weg zu ihm, und als die Hohepriesterin ein Loblied am Altar anstimmte, fragte ich ihn, warum er weinte.

»Sie ist meine Schwester«, schluchzte er. »Sie sollte demnächst heiraten. Ihr Bräutigam wollte nicht kommen. Er kann nicht zusehen, wie der Körper, der ihm Kinder schenken sollte, im Feuer vergeht!«

Mein Mund wurde trocken, und Oprah erbleichte. Jehoram stand dicht neben dem gefesselten Kind und sah zu, wie die Hohepriesterin den honigfarbenen Körper der Kleinen mit Öl begoss. Das Mädchen zitterte erbärmlich, aber sie war zu betäubt und zu verängstigt, um etwas zu sagen oder sich auch nur zu bewegen. Dann zückte der Hohepriester das Messer. Das Mädchen sah es und erkannte ihr eigenes Gesicht in dem spiegelnden Metall. In diesem Moment erwachte sie aus ihrer Starre und begann zu schreien. Rasch drückten drei Priesterinnen sie nieder und flößten ihr Tee ein.

»Göttin, steh mir bei!« Der junge Mann raufte sich das Haar. »Meine Königin, ich flehe Euch an!« Er stürzte vor mir nieder und küsste meine Sandalen. »Rettet sie!« Vom Weinen und Klagen war seine Stimme ganz heiser, und ich dachte nur, wie geliebt dieses Mädchen war.

Laut schrie die Kleine einen Namen, bevor die Wirkung des Gifts einsetzte. Vielleicht den ihres Bruders, den ihres Bräutigams oder ihres Vaters. Wie würde Anat reagieren, wenn man ihr das Opfer in letzter Sekunde entriss? Ich schüttelte den Kopf. »Sie stirbt für Israel«, sagte ich, worauf der Junge endgültig zusammenbrach. Doch ich zog ihn hoch, damit er seine Schwester noch ein letztes Mal ansehen konnte.

»Ich kann nicht hinsehen«, flüsterte er, als sich der Rhythmus der Musik steigerte.

Mein Herz klopfte wie verrückt, als ich mir vorstellte, wie die Flammen das Fleisch verzehrten. Das Mädchen bebte am ganzen Körper. Wie Zimri würde sie von Flammen eingeschlossen sterben. Je näher der Tod rückte, desto mehr fühlte ich, dass ich eigentlich einschreiten müsste. Aber ich sagte nichts. Ich wollte Anat unbedingt zufrieden stellen.

Auf dem niedrigeren Teil des Altars schlugen erste Flammen hoch und verzehrten kostbare Gewürze. Der Duft nach Thymian füllte die Luft. Ich sah die Frauen weinen, die Männer hörten auf zu reden, die Kinder klammerten sich ängstlich an ihre Mütter. Die Flammen schlugen höher und näherten sich dem Mädchen. Ihr Arm zuckte, aber der Priester hatte ihn festgebunden.

Dann endlich tat der Tee seine Wirkung. Leblos lag das Mädchen da. Der Bruder schob die Hand in den Mund, damit er nicht aufschrie und das Opfer damit entehrte. Aber die Töchter der Ältesten, die neben mir standen, kreischten haltlos, und Oprah flüsterte: »Mächtige Aschera!« Aber es war nicht ihre Stimme, die ich hörte, sondern jene Didos aus lange vergangenen Zeiten.

»Wir schulden Anat jungfräuliches Blut. Wenn ich eine Stadt vor der Belagerung retten könnte, liebe Schwester, würde ich Anat zwanzig Jungfrauen opfern.«

Mit der Erinnerung an meine große Schwester bekämpfte ich mein schlechtes Gewissen.

Die Flammen züngelten und ließen das Haar der Kleinen verglühen. Aber sie regte sich nicht mehr. Die Priesterinnen hatten sie betäubt, damit sie tapfer dem Tod entgegenging. Gesänge ertönten, und Lyrenklang erhob sich und dämpfte das Stöhnen der jungen Mädchen. Die Hymnen wurden lauter und lauter, und irgendwann warf der Mond ein silbriges Netz über den Altar, wo das Mädchen gelegen hatte.

Beißender Geruch hing in der Luft. Der Geruch nach verbranntem Honig. Ich zog den Schleier meines Kopfschmucks vor meine Nase und löschte die Asche mit einem Trankopfer aus Öl und Wein. Nur der Bruder schluchzte noch, als das Mädchen bestattet wurde. Die Asche wurde in ein sandfarbenes Gefäß gefüllt. Eine Prozession trug die Urne in den Tempel, wo das Mädchen von nun an neben Anat regierte. War es nicht besser, in der Nachwelt Königin zu sein, statt eine Sklavin im Diesseits? Ich stimmte nicht in die Gesänge ein und konnte auch nicht die Worte der Priesterin nachsprechen. »*Lob sei Anat, der Erhabenen. Asher hunaf va-asher huram.*«

In Zukunft wird Anat Israel gewogen sein, dachte ich. Dieses Opfer hat sie bestimmt gefreut. Und ich sollte Recht behalten. Israel erlebte eine Zeit großer Fruchtbarkeit, und Moab war schnell vergessen. Trotzdem gab ich Elischa die Schuld an unserem Verlust. Was hatte er gewusst? Wie hätte er uns helfen und den Verlust verhindern können? Ich ließ überall verbreiten, dass Omris Familie den Kopf des Propheten begehrte. Auch in dieser Beziehung folgte er seinem Vorgänger Elia nach.

Der Frühling wandelte sich zum Sommer. Warmer Jasminduft wehte durch das Tal von Jesreel, und Verehrer umschwärmten die verwitwete Königin von Israel. Reiche Kaufleute mit Karawanen, so lang wie der Nil, Söhne von Königen, Älteste und sogar ein Prinz aus dem Norden. Aber keiner von ihnen, und ganz sicher nicht Jehu, konnte an Ahabs Stelle treten. Selbst nach so vielen Jahren schmerzte die Erinnerung noch wie am ersten Tag. Ahab war der Einzige, der mich je verstanden hatte. Doch das hinderte mich nicht daran, mich nach Herzenslust mit schönen Männern zu amüsieren. Für mich waren sie goldene Gefäße voller Sand. Ich konnte nur jemanden lieben, der in mein Herz blickte. Doch wer konnte damals ahnen, dass ich, wenn die kühlen Winde den Jasminduft aus dem Tal vertrieben, genau diesen Mann finden würde?

Drei Tage lang dauerten die Vorbereitungen für die Reise nach Sichem zum Tanz der Aschera, der jedes Jahr zu Beginn des Winters gefeiert wurde. Ich kleidete mich in ein weißleinenes Gewand, und eine Dienerin flocht goldene Schnüre in meine schlangengleichen Zöpfe. Wieder einmal war ich der Wüste ausgeliefert. Das trockene Gras und der harte Boden schickten warme Staubwolken empor, die sich auf meine Beine legten. Selbst im Winter verschwamm der Horizont in heißem Dunst. Ich dachte daran, wie Ahab dieses Land gesehen hatte. Das Summen der Insekten war für ihn Musik gewesen, und auch das Rascheln des gelben Grases. Ich stellte mir vor, dass ich das Leben und die Fruchtbarkeit in der Wüste sehen könnte. Ich neigte den Kopf und erblickte im Schein der untergehenden Sonne statt wogender Getreidehalme das Meer. Ich besitze dieselbe Gabe wie Ahab, dachte ich. Doch warum wurden Felder zum wogenden Meer, Dünen zu kleinen Inseln und Häuser zu Muscheln? Oprah beschattete ihre Augen und blickte über das wellige Land. Was sie wohl sah? Wurden die gerundeten weißen Berge zu einer Kette schimmernder Perlen? Und die weiten Sandflächen zu einem lang gezogenen nassen Strand?

Schon mit sieben hatte Oprah zusammen mit ihrem Vater den Tanz der Aschera besucht. Die drangvolle Enge, wenn sich fünftausend Menschen im Tempel drängten, der eigentlich nur dreitausend fasste, war also nichts Neues für sie. Sie lächelte mir zu, als mein Sohn die Hohepriesterin auf den Altar niederdrückte und von hinten in sie eindrang. Die Frau war von üppiger Schönheit, die wie Sand durch die Finger glitt.

Beim anschließenden Fest tanzte ich gerade mit einem der Ältesten, als ich einen Mann erblickte, der ganz in Schwarz gekleidet war. »Meine Königin hat aufgehört zu tanzen«, seufzte der alte Mann enttäuscht.

Ich blickte auf meine Füße hinunter und sah, dass sie sich nicht mehr bewegten. Dann sah ich wieder zu dem Mann in Schwarz.

»Ich habe einen Krampf«, log ich. »Ich muss mich einen Moment setzen.«

Ich flüchtete vor meinem Tänzer auf eine Bank und wartete, dass der Fremde zu mir kam. Ich lockte ihn mit Blicken. Als er vor mir stand, roch ich den Regen und den Nebel über dem Meer. Er sah noch besser aus, als ich im ersten Moment gedacht hatte, aber es war nicht unbedingt sein Gesicht, das mich anzog. Und auch nicht der Schmuck an seinen Händen. Es waren seine Augen. Ahabs Augen.

»Königin Isebel.« Er drückte seine Stirn auf meinen Handrücken. Sein Haar war dunkel. Es rahmte sein Gesicht ein und reichte ihm bis auf die Schultern. Goldene Ohrringe schimmerten in den Locken. »Ich bin Jotham aus Edom.« Er lächelte, und ich fragte mich, warum ein Mann aus Juda ausgerechnet das Brot des Lebens und nicht Jahwe feierte.

»Ist meine Tochter etwa so erfolgreich, dass Juda sich inzwischen zu Aschera bekehrt hat?«, fragte ich.

»Königin Athalia ist wahrlich überzeugend. Wer liebt schon einen gesichtslosen, zürnenden Gott, wenn eine Göttin die Lust des Fleisches feiert?«

Ich muss wie ein kleines Mädchen gegrinst haben, denn der Mann brach in Gelächter aus.

»Darf ich meiner Königin einen Becher Wein holen?«

Ich nickte, und als er zurückkehrte, bemerkte ich seine großen Hände. So groß wie Amphoren. Ich sah ihm in die Augen. Sie waren dunkel wie Obsidian.

»Was führt einen Mann aus Edom bis nach Sichem?« Ich reckte meine Brüste empor und ließ mein langes Haar über den Rücken fallen. Er war hingerissen, und ich lächelte.

»Meine Karawane ist unterwegs nach Megiddo. Ich habe in Sichem Station gemacht, um den Tanz der Aschera zu feiern und vielleicht einen Blick auf Ahabs legendäre Königin zu erhaschen.«

»Legendär?« Ungläubig warf ich den Kopf in den Nacken und entblößte meinen Hals. Ein Lamm, das sich ergibt. »Das glaube ich kaum.«

»Unterschätzt nicht die Macht einer schönen Frau. Einer schönen und starken Frau.« Viel sagend wanderten seine Blicke zur Statue der Aschera empor, die ihre Brüste in Händen hielt. Meine Wangen glühten.

Ich richtete mich auf. »Berichtet mir lieber, wie es meiner Tochter in Juda geht.«

»Königin Athalia macht ihre Sache sehr gut. Obgleich es auch in Juda, genau wie hier, Menschen gibt, die Eure Verehrung für Baal ablehnen.«

»*Meine* Verehrung?« Ich runzelte die Brauen. »Eure denn nicht?«

»Ich habe keine Religion«, erklärte Jotham aus Edom. »Mein Gott ist die Erde. Und der Sand, der eine Karawane aufhält, und das Wasser, das sie hinwegschwemmt.«

Gedankenvoll nippte ich an meinem Wein und fragte mich, wie ich ihn noch eine Weile in Sichem zurückhalten konnte. Ich wollte mehr über den Sand und die Fluten hören, die den Karawanen das Leben erschwerten. »Da Ihr an nichts und niemanden glaubt, fühlt sich Omris Haus geehrt, dass Ihr dem Tanz der Aschera beigewohnt habt. Falls Ihr länger in Israel bleiben wollt, seid Ihr uns jederzeit als Gast im Palast willkommen.«

Er verbeugte sich. »Ich werde Euer großzügiges Angebot bedenken.«

»Bedenken?« Meine Finger glitten über die Jadeperlen zwischen meinen Brüsten. »Ist das alles?«

Mit hochgezogener Braue beobachtete er das Spiel meiner Finger, sagte aber nichts. Ich war fasziniert, weil er mich offenbar nicht brauchte. An diesem Abend unterhielten wir uns stundenlang in den geheimen Gärten des Palasts, und die Öllampen warfen unsere Schatten in die jasminduftende Dunkelheit. Die Dienerschaft versuchte gar nicht erst, ihr Getuschel über eine Königin zu dämpfen, die bis zum Morgengrauen geduldig den Geschichten über Diebe und Wüstenstürme lauschte, die beinahe die gesamte Karawane vernichtet hatten. Im flackernden Licht sah ich, wie Jotham ein dunkelrotes Stück Stoff aus der Tasche zog, das kunstvoll mit silbernen und goldenen Fäden durchwirkt war. Ich beugte mich näher hinunter, um es besser sehen zu können. Weder in Sidon noch in Tyrus hatte ich jemals etwas so Prächtiges gesehen.

»Dies ist ein äußerst seltener Stoff«, sagte Jotham. Zart glitten seine Finger über die Seide wie über die Wange einer Frau. »Er kommt aus dem Fernen Osten.«

»Und wie viel habt Ihr davon?« Ich wollte den zarten Stoff, so zart wie polierter Karneol, auf meiner Wange fühlen.

»Einen ganzen Ballen.«

Er sah, dass ich diesen Stoff begehrte. Ich nahm ihm das Stück aus der Hand und strich damit sanft über meine Augen, meine Wangen und meine Brüste. Die Berührung war wunderbar kühl und weich. Solchen Stoff gab es nirgendwo in Israel.

»Ich werde Euch den Stoff schenken«, sagte er. Unsere Blicke trafen sich. »Unter einer Bedingung: Ihr müsst mir einen Gefallen tun.«

»Einen Gefallen?« Ich hob die Brauen.

Lächelnd nahm Jotham mir den Stoff aus der Hand. »Seid Ihr einverstanden?«

Ich grinste. Dieses Spiel gefiel mir. »Zuerst will ich die Bedingung hören.«

»Nun, die Bedingung ist einfach: Ihr lasst ein wunderschönes Gewand daraus anfertigen und tragt es irgendwann für mich – für mich ganz allein.«

Einen Moment war ich sprachlos. »Dafür könnte ich Euch steinigen lassen«, gab ich dann zurück.

Er lächelte. »Das würdet Ihr nicht tun.«

Natürlich hatte er Recht. »Falls ich die Bedingung annehme, wird das Kleid aber frühestens in einigen Tagen fertig sein.«

»Dann ziehe ich inzwischen mit meiner Karawane nach Megiddo und komme wieder«, sagte er.

»Dann werde ich nicht mehr hier sein.« Ich lächelte. »In ein paar Tagen kehren wir nach Jesreel zurück.«

»Das liegt sogar ein ganzes Stück näher bei Megiddo.« Seine Augen glitzerten. »Ist der Handel also abgemacht?«

»Vielleicht.« Ich drehte die Jadeperlen zwischen den Fingern.

Er stand auf und küsste meine Hand. »Ich werde Euren Dienern den Stoff übergeben, meine Königin. Bis dann, in Jesreel«, flüsterte er.

In dieser Nacht duftete alles nach Jasmin. Mein Haar, mein Kleid und auch dieses Stückchen Stoff. Auch am nächsten Morgen ging mir Jotham nicht mehr aus dem Kopf. Ich schickte Soldaten meines Sohnes als Kundschafter nach Edom und erfuhr, dass Jotham der Sohn und Erbe eines vermögenden Händlers war. Sein Vater war auf einem von Jehoschaphats Schiffen umgekommen, als diese noch im Hafen von einem heftigen Sturm vernichtet worden waren. Jotham hatte das Geschäft seines Vaters übernommen. Frau und Kinder hatte er nicht.

»Seltsam«, beschied ich den Boten. »Erkundige dich weiter.« Warum hatte Jotham nicht geheiratet? War er womöglich ein Draufgänger? Und warum gab es keine Kinder? War er etwa unfruchtbar? Aber die Boten erfuhren nichts dergleichen. Aber auch nichts, was meinen Annahmen widersprach. Also musste ich diese Fragen Jotham wohl oder übel persönlich stellen.

Ich stand auf den Mauern von Jesreel und malte mir aus, wie die Karawane hinter dem entferntesten Hügel auftauchte. In einer unendlichen Reihe folgte Sanddüne auf Sanddüne. Im trockenen Wind bauschte sich mein kupferrotes Kleid wie feurige Schwingen, schmiegte sich zwischen meine Brüste und flatterte um meine Knöchel. Ich erwartete ihn. Er kam gegen Mittag.

»Meine Königin«, flüsterte er.

Die Diener sahen uns im Hof zusammen. Mein rotes Kleid und seine kühlen dunklen Arme. Der Wind trug ihr Geflüster an mein Ohr. *Hure. Verräterin.* Ich vergrub meinen Kopf an Jothams Schulter, damit ich das Getuschel nicht hören musste. Ich begehrte ihn. Im kühlen Schatten des Palasts lächelte er mich an und liebkoste mein Gesicht. In meinen Räumen wanderten seine Hände zuerst zu meinen Brüsten, dann zwischen meine Schenkel. Ich war wieder das junge Mädchen, damals, am Tag der Hochzeit im Tempel der Aschera. Wir liebten uns viele Male. Und in der Nacht trank ich Innaschas Kräutertee, um meine Fruchtbarkeit zu unterdrücken. Das Blut des Mondes kehrte zwar noch immer

Monat für Monat wieder. Aber trotzdem fühlte ich mich alt. Dabei war ich noch jung, wie ich plötzlich bemerkte.

Wir sprachen endlose Stunden über unsere Vergangenheit. Wegen seines Berufs hatte Jotham nie geheiratet. Wenn er auf den Karawanenstraßen ums Leben gekommen wäre, hätte er seine Frau und seine Kinder unversorgt zurückgelassen, denn er hatte keine Brüder, die sich ihrer hätten annehmen können.

»Aber wie hast du es so lange ohne ... ohne Frau ausgehalten?« Er wusste, was ich meinte. »Hast du dich mit Huren vergnügt?«

Er schüttelte den Kopf. »Nein, solche Frauen sind wie Sklavinnen. Sie müssen ihren Körper verkaufen, weil sie sonst nichts haben. In den Tempeln dagegen ...«, er legte eine Pause ein und sah mich an. Ich nickte. »Die Priesterinnen sind gut versorgt. Sie tun es aus freiem Willen.«

»Also besuchst du die Tempel deswegen.«

»Ja. Ich war einige Male in Sichem, um mich segnen zu lassen.« Er lächelte, als er das sagte. Als ob er zweifelte, dass diese Handlungen tatsächlich überirdischen Segen bedeuteten.

»Und war sie jung?«

Jotham war verlegen.

Ich lachte. »Du kannst es mir ruhig sagen. Ahab und ich haben uns immer über unsere Erlebnisse im Tempel unterhalten und hatten sehr viel Vergnügen dabei.«

Jotham zog die Brauen hoch. »In meinem Land kennen die Frauen solches Vergnügen nicht, und ihre Männer schämen sich für ihr Tun.«

»Ist es denn nicht viel beschämender, sich eine zweite Frau zu nehmen und die erste schlecht zu behandeln, nur weil sie älter ist und man an sie gewöhnt ist? Ein solcher Mann schläft ständig mit einer anderen Frau, und beide Frauen teilen sich einen Mann, aber niemals zur selben Zeit.«

Jotham hörte mir zu und wusste nun, warum Ahab nur die eine Frau geheiratet hatte.

»Findest du es nicht höchst interessant, dass sowohl im barbarischen Königreich Assyrien wie auch in Israel ein Mann Frau und Kinder als Sklaven verkaufen kann, um seine Schulden zu bezahlen? Er kann seine Frau auch zur Dienerin seiner neuen Frau erklären. Gleichzeitig werden Männer zu wahren Helden stilisiert, wenn sie mit geraubten Frauen aus dem Krieg heimkehren. Dabei kann eine Frau mächtiger sein als der stärkste Krieger, wenn man ihr nur die Gelegenheit dazu gibt.«

Mit einem merkwürdigen Lächeln sah Jotham mich an.

»Warum siehst du mich so an?«

»Israel hatte noch nie eine Königin wie dich, und ich vermute, dass es das auch nie wieder geben wird.«

Ich spürte, wie meine Wangen so rot wurden wie mein Kleid, und küsste ihn.

»Eines Tages«, versprach ich ihm, »werden wir gemeinsam in den Tempel gehen, und dann werde ich dich unter dem Bild der Aschera lieben.«

In diesem Monat wollte der Jasminduft nicht enden. Ich roch ihn im Wind und in den heißen Nächten, und ich roch den Regen in Jothams Haar, auf seinen Händen, zwischen seinen Beinen. Während unserer gemeinsamen Nächte in Jesreel entdeckten wir vieles, das uns verband. Wir sprachen über Ben-Hadad und den früheren König von Juda, dessen Geist sich lange vor seinem Tod getrübt hatte. Und dann erzählte ich Jotham von Elia, vom Tod meines Mannes, vom tragischen Sturz meines Sohnes und Elischas grausamer Prophezeiung. Jotham wollte wissen, was aus Elischa geworden war.

»Zum Glück weiß ich das nicht«, antwortete ich. »Und ich kann nur hoffen, dass ich das in diesem Leben auch nicht mehr erfahre.«

Während des Jasminmonats wäre Oprahs erstes Kind beinahe ihr letztes gewesen.

»Holt die Amme!«, rief ich, als die Wehen einsetzten. Ich eilte

Oprah zu Hilfe und richtete sie auf, damit das Kind es leichter hätte, aber Oprah litt heftige Schmerzen, ganz gleich, wie ich sie hielt. Ihr Gesicht war schweißüberströmt. Blut rann ihre Schenkel entlang, über meine Hände und auf den Boden. Draußen vor der Tür hörte ich Jehorams Schritte.

»Man muss ihr helfen!«, schrie er hilflos, ohne etwas tun zu können. Wieder hielten seine Schritte inne. »Wo bleiben die Priesterinnen?«

Bei königlichen Geburten mussten siebzig Priesterinnen anwesend sein. Offenbar hatten sie sich verspätet. In meinen Augen war das ein schlechtes Omen. Jehoram schwor, sie einzeln steinigen zu lassen, sollte seine Frau die Geburt nicht überleben.

»Atmet ruhig«, sprach die Hebamme beruhigend auf Oprah ein. »Ganz tief atmen.«

Endlich, nach langer Qual, wurde das Kind geboren. Es war ein Mädchen, ein zartes Geschöpf, und Jehoram weinte vor Glück. Sie war meine erste Enkeltochter und sollte nicht länger als sieben Tage leben. Als sie starb, hatte man ihr noch nicht einmal einen Namen gegeben.

»Ich will sie im Arm halten!«, schrie Oprah. »Gebt sie mir! Ich will sie im Arm halten!«

Die Amme sah mich fragend an, und ich nickte. Oprah wiegte ihre Tochter, und ich wusste genau, was in ihr vorging. Sie dachte an all die Namen, die sie ihr gegeben, an die Kleidchen, die sie getragen, die Wörter, die sie gelernt, und an die Männer, die sie vielleicht geliebt hätte.

»Oprah«, sagte ich leise.

»Psst, sie schläft.« Sanft fuhr ihr Finger über das kühle, blasse Gesichtchen. »Sie ist so zart«, sagte sie und lächelte.

Ich biss mir auf die Unterlippe, bis ich Blut schmeckte. Ich nickte der Amme ein weiteres Mal zu und verließ leise den Raum. Ich wollte die Schreie nicht hören, wenn Oprah merkte, dass es der Tod war, den sie im Arm hielt, und nicht das Leben.

Von dem Moment an, als Mots Schatten über dem Palast lag, konnte ich mich kaum noch an den Jasminwind erinnern. Mein Sohn schenkte Oprah goldene Reifen und wertvolle Steine, um ihren Kummer zu lindern, und ich schickte nach Grenadinen, Mispeln und Pflaumen. Aber Oprah konnte sich nicht überwinden, den Schmuck anzulegen oder auch nur zu essen, was wir ihr ständig anboten. In kürzester Zeit war sie so dünn, dass dunkle Schatten ihr Gesicht verdüsterten.

»Vielleicht mag sie Fisch«, schlug Jotham vor.

Voller Hoffnung schickte ich meiner Schwiegertochter gebratenen Fisch, aber Oprah rührte ihn nicht an. Ich wurde allmählich ärgerlich.

»Denkt an die Zeit, als Ihr unfruchtbar wart«, schien Innascha mir zuzuflüstern, als ich wieder einmal bei Oprah saß. Genau das hätte sie mir geraten, wenn sie noch bei mir gewesen wäre. In meinen Augen jedoch wog der Tod eines Kindes weniger schwer, solange man fruchtbar war.

Als Oprah wieder zum normalen Leben zurückfand, war es nicht wegen des Schmucks oder kostbarer Steine. Sie hatte nur einfach keine Tränen mehr. Sie hatte getan, was sie konnte, hatte zu Aschera gebetet und ihr Trankopfer dargebracht. Nun blieb nichts anderes, als noch einmal ganz von vorn zu beginnen. Ich schickte nach Priesterinnen, damit sie mit Tamburins für sie tanzten und die Göttin der Fruchtbarkeit priesen. Jotham brachte Alraunenwurzeln, die angeblich fruchtbar machten, und Oprah dankte ihm herzlich. Sie musste den Kopf in den Nacken legen, wenn sie ihn ansehen wollte, denn Jotham war nicht gerade klein. Und dann sagte sie ihm, dass er nicht nur in dieser Beziehung ein Segen für die Familie wäre.

»Ihr habt die Königin dem Leben zurückgegeben«, sagte sie einfach.

Natürlich wusste Jotham inzwischen, dass das so war, aber es ausgerechnet aus Oprahs Mund zu hören, die meine Geheimnisse sonst wie kostbare Juwelen hütete, erfüllte ihn mit großem Stolz.

Es dauerte nicht lange, bis Oprah nicht mehr blutete. Die Hebamme warnte uns zwar, zu früh zu feiern. Schließlich könnte es wieder genauso schrecklich enden. Aber wir sangen und feierten trotzdem. Jehoram baute seinem ungeborenen Kind ein kleines Bett aus Zypressenholz, und die Priesterinnen stimmten ihren Lobgesang an.

Rescheph, der Gott des Donners und des Blitzes, segnet dich
Aliyan, der Gott der Quellen, stillt deinen Durst
Dagon, der Gott des Getreides, nährt dich
Schadrapa, der Gott der Ärzte, wacht über deine Amme
Hijon, der Gott der Arbeiter, schenkt deinem Sohn große Fähigkeiten
Sydyk und Misor, die Götter der Gerechtigkeit und der Ehrlichkeit, wachen wie Könige an seinem Bett.

Mitten in diesen glücklichen Tagen erreichte uns traurige Nachricht aus Tyrus. Mein Vater war gestorben.

»Meine Königin.« Ein Bote übergab mir ein Schreiben mit dem Siegel meines ältesten Bruders. Noch bevor ich es las, wusste ich es. König Ethbaal war alt, und man hatte schon vor einiger Zeit alle Kinder benachrichtigt, dass der Tod bevorstand. Ich überflog die Buchstaben, und die Tränen traten mir in die Augen.

»Er ist tot«, flüsterte ich.

Jehoram, der auf dem Thron saß, verneigte sich zu Ehren meines Vaters. Ich eilte in meine Räume und teilte Oprah die traurige Nachricht mit.

»Aschera hat Ethbaal von Sidon und Tyrus in ihre Arme geschlossen.«

Oprah schlang mir die Arme um den Hals und küsste mir die Tränen von den Wangen. Längere Zeit saßen wir schweigend zusammen, und Mots Schatten hing wie eine schwere Wolke über uns. Am liebsten hätte ich ihn selbst umarmt und wäre in seinen düsteren Falten verschwunden.

Irgendwann rutschte Oprah mit ihrem Seidenkissen näher zu mir. Das Abendlicht vergoldete ihr Haar. »Würdest du mir seine Geschichte erzählen?«, bat sie mich leise.

»Die Geschichte meines Vaters?«

»Ja. Falls es dich nicht zu sehr schmerzt.«

Ich nahm sie mit hinauf aufs Dach, wo die Öllampen im trockenen Wüstenwind flackerten. Dort sah ich zu, wie die Flammen sich dehnten, wie sie zuckten und tanzten und dann beim ersten heftigen Ansturm des Windes verloschen. Ein überaus passender Ort, dachte ich, um sich an das Leben zu erinnern.

»Bevor Ethbaal König wurde, war er Hohepriester«, begann ich und starrte über die Brüstung hinweg in den endlosen Sternenhimmel hinauf. Ich mochte es, wie die Worte auf dem Dach widerhallten, als ob ich sie nicht nur für Oprah, sondern gleichzeitig auch für die Ewigkeit sprach. »Aber die Tempel verarmten. König Hiram hatte Tyrus zu einem Land der Bettler gemacht. Zuweilen war die Not so groß, dass er seine Arbeiter gegen Getreide, Öl und Wein ausleihen musste, damit sie Tempel für Jahwe errichteten.«

Oprah seufzte.

»Irgendwann sammelte mein Vater eine Armee um sich und eroberte den Thron, bevor noch größerer Schaden angerichtet wurde. Seine weisen Entscheidungen machten das Land wieder stark. Mein Vater war sehr groß«, erinnerte ich mich, »und seine bevorzugten Waffen waren Pfeil und Bogen.« Ich blickte zum Himmel empor und suchte die Stelle, wo die Sterne einen Schützen mit Pfeil und Bogen formten. »Er war ständig im Hafen unterwegs und durchforstete die Ladung der anlegenden Schiffe. Er kaufte alles, was einzigartig oder exotisch war. Meistens nahm er Dido und mich auf diese Streifzüge mit. Ich habe dort im Hafen wilde Tiere gesehen, die ich bis dahin nur aus Geschichten kannte.« In der Erinnerung spürte ich wieder die Hitze des Pflasters unter meinen Füßen.

»Welche Tiere?«, flüsterte Oprah gespannt.

»Zum Beispiel riesige schwarze Ochsen, die im Meer schwimmen, und Fische, so groß wie ein ganzer Raum.«

»Haben diese Tiere Menschen getötet?«

»O ja. Aber wir haben sie gejagt und Sandalen aus ihrer Haut und aus dem Fett Öl hergestellt.«

Dann schwärmte ich von meinen Brüdern, wie stark sie waren und wie gut sie aussahen mit ihren schwarzen Augen.

»Hast du eigentlich auch Schwestern?«, fragte Oprah.

Ich lächelte vor mich hin. Selbst jetzt, nach einem langen Leben in der Wüste, standen die mit Kohle umrandeten Augen meiner Schwester, ihr flammendes Haar und ihr Körper, so üppig und kräftig wie der eines Kriegers, deutlich vor meinen Augen. »Ja, ich habe Schwestern.«

»Und sind sie so stark und so schön wie du?«

Ich sah Oprah an, die offenbar nichts von Größe wusste, weil sie danach fragen musste. Aber dafür war meine Schwiegertochter so schön wie der Mond. Schimmernd wie das helle Mondlicht. »Nein.« Ich schüttelte den Kopf. »Sie sind ganz anders. Und noch viel stärker.«

Ungläubig sah Oprah mich an, als ob ich sie zum Narren halten wollte. »Wie kann eine Frau denn stärker sein als Königin Isebel von Israel?«

Natürlich konnte sie nicht glauben, dass jemand stärker und schöner war als ich, denn sie kannte Dido nicht. Sie hatte keine Ahnung, wie sie ging, wie sie ihre Haare in den Nacken warf, wenn sie sich zum Kampf stellte, wie sie ihr Schwert wie ein Mann aus der Scheide zog und auf ihren langen braunen Beinen focht. In Israel wirkte meine Schönheit bedrohlich, aber in Karthago fürchtete man den Körper und den Geist meiner Schwester.

Oprah ließ nicht locker. »Und wer ist stärker als du?«

»Dido zum Beispiel«, antwortete ich. »Sie ist die Königin von Karthago. Ich dagegen habe kein neues Reich gegründet.«

»Karthago wurde von einer *Frau* gegründet?«, Oprah staunte.

Ich betrachtete meine Schwiegertochter, wie sie im Schmuck ihrer Muschelketten und Perlmuttperlen vor mir saß. Ja, meine liebe Oprah, wollte ich am liebsten sagen. Siehst du die Schätze an deinem Hals? Sie stammen aus dem Land meines Vaters. Alles, was gut ist, stammt von dort. Ganz besonders gilt das für Dido. Weshalb hast du nie von ihr gehört? Was haben diese Männer in Israel dir nur beigebracht? Aber ich machte dem Kind keinen Vorwurf, weil sie nichts dafür konnte.

»Aber ja, Karthago wurde von einer Frau gegründet.« Ich lächelte. »Und zwar von einer Tochter König Ethbaals.« Und dann erzählte ich ihr von Karthago, erzählte, dass meine Schwester die Stadt gegründet hatte und dass die Tyrer die Stadt *Qart-Hadasht* nannten, was »große neue Stadt« bedeutete.

»Wie ich sehe, sind die Töchter deines Vaters so berühmt wie seine Söhne. Alle seine Kinder wurden mächtig«, überlegte Oprah versonnen. Ob sie an ihren eigenen Vater dachte und daran, was er seinem Kind vorenthalten hatte?

»Ja, mein Vater war ein großer König«, sagte ich. Ich starrte auf die vielen Öllampen überall in der Stadt hinunter und dachte an die Väter, die wie Adeodatus ihre Frauen und Töchter hinter Vorhängen versteckten. »Ich werde zur Beisetzung meines Vaters nach Tyrus reisen.«

Oprah starrte mich an. In ihren Augen war es unvorstellbar, bis nach Tyrus zu reisen. Genauso gut hätte ich Ägypten als Ziel angeben können. »Bis nach Tyrus? So weit?«

»Nun, so weit ist es nicht. Es ist wirklich eine Schande, dass ich das Land meiner Geburt erst als alte Frau wieder sehe.«

Oprah fuhr mit der Hand durch die Luft. »Unsinn, du bist doch noch jung. Du bist noch immer eine Schönheit. Deine Brüder werden nicht enttäuscht sein«, versprach sie und lächelte.

Meines fiel sehr viel zaghafter aus.

»Und Dido?«, fragte Oprah leise. »Wird sie ebenfalls zur Beisetzung ihres Vaters kommen?«

»Ja«, sagte ich. »Die Reise dauert fünfzehn Tage. Dido ist bereits abgesegelt, als sie vom bevorstehenden Tod ihres Vaters hörte.«

Oprah schwieg einige Zeit, und ich fragte mich, was sie wohl dachte. Im Licht der Öllampen betrachtete ich ihre golden schimmernde, schlanke Gestalt. Sie war die kommende Königin Israels. So unwissend, wie sie war, wäre es unverantwortlich, sie zu Hause zu lassen. Noch am selben Abend suchte ich Jehoram auf und bestand darauf, dass Oprah mich nach Tyrus begleiten sollte.

»Es wäre sicher gut für unser Kind«, räumte mein Sohn ein. »Dann könnte Aschera es in Sidon segnen.«

»Noch viel besser wäre es für deine Frau«, ergänzte ich.

Jehoram lachte. »Du hast Recht. Oprah spricht von Tyrus, als ob sie von dort stammte. Du hast ihren Kopf mit Seeungeheuern und Schätzen angefüllt.« Er lächelte. »Ich kann mich noch gut erinnern, dass du früher dasselbe auch mit mir gemacht hast.«

»Und hat es genützt?«, fragte ich.

Er grinste. »Aber ja. Schon damals wollte ich Sidon und Tyrus unbedingt einmal sehen.«

»Dann begleite uns doch.«

Jehoram zögerte. Er war König von Israel. So einfach konnte er seinen Thron nicht einem Statthalter überlassen. »Ich habe auch schon daran gedacht ...« Er stützte sein Kinn auf die Hände. »Glaubst du, dass es gefährlich sein könnte?«

Ich wählte meine Worte mit Bedacht. »Es wird vielleicht die letzte Gelegenheit für dich sein, König Ethbaals Reich zu sehen. Außerdem wird eine Abwesenheit von nur zehn Tagen nicht gleich fatale Folgen haben.«

Jehoram überdachte das Gesagte. »Falls ich euch begleite, könnte ich endlich die Gebäude, die Vater mir aufgezeichnet hat, endlich einmal mit eigenen Augen sehen. Ich könnte die tyrische Architektur in Israel verwirklichen, damit du dich noch mehr zu Hause fühlst. Ich weiß sehr wohl, dass du dich manchmal noch immer fremd fühlst.«

Ich kämpfte gegen die Tränen, die mir in die Augen stiegen. Mein Ahab hatte mich noch immer nicht verlassen. Jedenfalls nicht ganz.

»Dann komm doch einfach mit«, sagte ich, und Jehoram war einverstanden.

Unsere Vorbereitungen nahmen drei volle Tage in Anspruch. Ich forderte auch Jotham auf, sich uns anzuschließen, und er stellte eine Karawane für die nördlichen Gebiete zusammen. Boten wurden vorausgeschickt und kehrten mit Baal-Azars Botschaft zurück, dass uns die Tore von Tyrus immer offen stünden.

Wie es wohl sein würde, als erwachsene Frau das Land meiner Geburt wiederzusehen? Waren die Menschen noch so wie früher? Duftete das Meer noch so berauschend, wie ich es in Erinnerung hatte? Berauschend wie der Duft eines Mannes? Annana würde mir sicher schrecklich fehlen. Genau wie zwei meiner Brüder, die schon vor Jahren gestorben waren. Aber Dido würde ich wiedersehen. Und meine anderen Brüder. Und Baal-Azar, der jetzt König war. Das war viel und musste genügen. Am vierten Tag verließen wir Jesreel in der Morgendämmerung.

Von Jehorams Frauen begleitete uns nur Oprah. Aus Angst, dass seine Frau ihm vielleicht niemals ein Kind schenken könnte, hatte mein Sohn zwei weitere Frauen in sein Bett geholt. Doch keines der drei bisherigen Kinder ließ so etwas wie Größe erahnen. »Nur Oprah kann dir einen Sohn schenken, der es wert ist, König von Israel zu werden«, war meine Meinung zu diesem Thema.

Wir reisten über den von meinen Landsleuten so genannten »Weg des Meeres« nach Norden, auf dem ich einst als junge

Braut nach Israel gekommen war. Im Lauf der Jahre hatte sich so gut wie nichts verändert. Oprah musste nicht lange fragen, warum ich die Stirn runzelte, als ich zum mächtigen Massiv des Karmel hinüberblickte. Seine grünen Flanken schimmerten wie ein frisch geschnittener Edelstein. Seinen Namen, der »Garten« oder »Wald« bedeutete, verdankte er seinen dichten Wäldern, wie ich sie aus Tyrus kannte. Ahab hätte seine helle Freude an den blühenden Büschen und Blumen gehabt, doch mein Augenmerk richtete sich eher auf die vielen Höhlen, die die Flanke des Berges wie Krankheitsmale verunzierten. Dort wohnten die Aussätzigen – meiner Meinung nach ein äußerst passender Ort.

Als wir zwei Tagesreisen später in einer Oase nördlich des Karmel rasteten, wusste ich, dass ich bald zu Hause war. Palmen wuchsen in dichten Gruppen nahe am Wasser, und das Schilfgras, das ich nur von zu Hause kannte, wiegte sich im frischen tyrischen Wind. Ich legte den Schleier ab und atmete den Duft des sonnenheißen Lavendels ein. In einiger Entfernung konnte ich die Sandstrände von Tyrus erahnen, und direkt vor uns wuchsen Granatäpfel, Feigen und Oliven auf niedrigen Bäumen. Jehoram war verblüfft, wie rot die Erde war und an anderen Stellen so schwarz wie Rabenflügel. Unsere Kamele tranken aus Bächen, die sich tief in die Berge eingeschnitten hatten und jetzt als Flüsse durch die grüne Ebene zum Meer strömten. Oprah sah sich mit weit geöffneten Augen um, aber die meinen waren geschlossen. Ich musste nur die Meerluft riechen, um meine Jugend wieder vor mir erstehen zu sehen.

Je weiter wir vorankamen, desto mehr Aufsehen erregte unsere Karawane. Wie ein Lauffeuer hatte es sich herumgesprochen, dass die Königin von Israel in ihre Heimat reiste. Die Eltern waren mit ihren Kindern zur Straße geeilt, um uns zu begrüßen. Sie waren besonders stolz, dass wir direkt nach Tyrus reisten und nicht vorher im Tempel von Sidon Station machten, wie das die meisten Reisenden taten. Als Jehoram fragte, warum die Tyrer so schlecht auf Sidon zu sprechen waren, erzählte ich ihm, dass Tyrus früher im Schatten von Sidon gestanden hatte, sozusagen immer der kleine Bruder gewesen war. Erst mit der Regierungszeit meines Vaters hatte sich die Stadt prächtig entwickelt, und nun waren die Sidonier neidisch – so wie alter Reichtum oft den jungen ablehnte.

Der königliche Palast lag auf dem äußersten Ende der kleinen Insel. Aus Platzgründen blieben die Kamele auf dem Festland zurück, und wir setzten in Booten zur westlichen Seite der Insel über. Nicht weit vom Ufer ragte der Tempel von Baal und Aschera empor, der früher den alten Gottheiten Melkarth und Agenor als Heimstatt gedient hatte. Langsam näherten wir uns den hoch aufragenden Mauern der Stadt, die sich weit hinaus ins Meer fortsetzten und gleichzeitig als Anlegestellen dienten.

»Dieser Hafen heißt ›sidonischer‹ Hafen, weil er Sidon genau gegenüber liegt«, erklärte ich und spürte, wie Jehoram vor Begeisterung meine Hand drückte.

Die Diener trugen unsere Weidenkörbe an Land, während ich das Boot und verließ und spürte, wie der weiche Sand sofort in meine Sandalen drang und zwischen meine Zehen rann. Genau an dieser Stelle hatte ich oft als Prinzessin von Tyrus gestanden. Ich beschattete die Augen und sah die Stadttore offen stehen – genau wie damals bei meiner Abreise. Die Wächter, noch immer in Purpurrot, verbeugten sich vor der tyrischen Königin von Israel und ihrem Sohn.

Innerhalb der Mauern wanderte mein Blick zuallererst zum Tempel meines Vaters. Ganz in Silber und Gold gehalten, bot er einen prachtvollen Anblick. Vor Staunen sank Jehorams Unterkiefer herab. Ich lächelte. Es gab einfach keine tüchtigeren Baumeister auf der Welt als die Landsleute seiner Mutter.

Jehoram konnte seine Blicke gar nicht mehr vom Tempel lösen. »Und ich dachte immer, ich hätte meine Begeisterung für die Architektur von meinem Vater geerbt«, sagte er.

»Das hast du auch.« Ich lächelte meinen Sohn an und ließ gleichzeitig meine Blicke über die Stadt schweifen. »Aber dein Talent stammt ohne Zweifel von hier.«

Vor dem langen Zug der Karawane überquerte eine Frau die Straße. Wie gebannt starrte ich auf die roten Haare, die im Licht der untergehenden Sonne wie Feuer leuchteten. Sie ging wie alle Frauen hier. Langsam und voll Selbstvertrauen. Ob sich meine alten Knochen noch daran erinnerten und spürten, wohin ich gehörte. Nein, es gab vieles, an das ich mich nicht mehr erinnerte. Und meinen Knochen ging es nicht anders.

Der stete Strom der Händler in den Gassen allerdings war mir vertraut. Männer, die tote Fische mit aufgerissenen Mäulern über der Schulter trugen, Frauen mit Körben voll junger Küken, und Händler, die Stoffballen, Gemüse und Strohballen schleppten. Ich hatte den Eindruck, als ob es inzwischen mehr Häuser als früher gab und sie zum Teil aufgestockt worden waren. Knallblaue Vögel und orangefarbene Blumen zierten so manche Fassade. Waren die Farben schon immer so knallbunt und fröhlich gewesen, oder hatte ich mich nur zu sehr an die Farbe des Sands gewöhnt?

Dicht an dicht drängten sich zahllose Färbereien, so dass manchmal schon kein Durchkommen mehr war. Die breiten, geraden Straßen waren verschwunden, nur der Marktplatz im östlichen Teil der Stadt war noch nicht bebaut. An solch gewaltige Menschenmengen konnte ich mich allerdings nicht mehr erinnern und auch nicht an den schrecklichen Lärm. Viele der großen Häuser waren mir fremd. Aber sie wirkten durchaus alt. Ob ich sie einfach vergessen hatte? Immer wieder fragte Jehoram mich nach Straßennamen und der Bezeichnung von Dingen, die er noch nie zuvor gesehen hatte.

»Ich habe gehört, dass es eine Wasserleitung von den Quellen in Ral-El-Ain bis hierher in die Stadt geben soll«, sagte Jehoram.

»Ja«, antwortete ich. »Auf diese Weise bekommt die Stadt frisches Wasser. Mein Bruder wird dir gern alles zeigen und erklären.«

Fasziniert betrachtete Oprah die vielen verschiedenen Handwerker, die Zimmerleute, Steinschneider, Bäcker und Brauer, die sich in der Stadt wie in einem übervollen Fischbecken drängten. Sie betrachtete die bunt bemalten Häuser und blickte beunruhigt zu den dicken Wolken am Himmel empor. Darunter brach noch einmal die untergehende Sonne golden hervor und vertrieb die letzten Schatten, bevor die Stadt unter dem schwarzen Schleier der Nacht versank. Fette Ochsen legten sich ins Geschirr, um die schweren Karren zu ziehen, kleine qualmende Feuer wurden überall unter den vorspringenden Planen entzündet, und die Wasserlachen auf dem Pflaster des Kais rochen nach Fisch und Meerwasser.

Ich ergriff Oprahs Hand, doch sie schien meine Unterstützung nicht unbedingt zu brauchen. Sie nickte mir zu und wirkte sehr tapfer. Schließlich war sie noch nie in einem Schiff über das Meer gerudert, hatte noch nie Salzluft geschnuppert und auch noch nie so riesige Fische mit aufgerissenen Mäulern gesehen. Doch sie beklagte sich mit keinem Wort, sondern legte nur still die Hand auf ihren Bauch und erzählte ihrem ungeborenen Sohn, in welch aufregende, unvorstellbar schöne Welt er hineingeboren werden würde.

Die Kinder stürmten aus den Häusern, um Königin Isebels Karawane samt den hundert Soldaten zu bestaunen. Im Vorbeigehen überreichte man uns Blumen und kleine Kännchen voll Öl, und die Kinder priesen König Jehoram mit Gesängen, die eigentlich für Baal bestimmt waren, weil sie ihn für den Sturmgott hielten. Vermutlich hätte ich gelächelt, wenn ich in Gedanken nicht unablässig bei Dido gewesen wäre.

Als wir uns dem Palast näherten, meldete der dunkle Ton der Schneckenhörner unsere Ankunft. Die Seeluft hatte mich hungrig gemacht – und der unwiderstehliche Duft nach Anisbrot, gebratenem Fisch und köstlich geröstetem Fleisch, der uns aus dem Palast entgegenschlug. Unter dem Tor stand, umgeben von Wächtern, eine große Gestalt im Strahlenkranz des vergehenden Tages. Es war Baal-Azar, der neue König von Sidon und Tyrus. Ich stieg von meinem Muli und ordnete meine Gewänder.

»Baal-Azar!«, rief ich von weitem. Und dann vergaß ich alles um mich her und warf mich in die Arme meines Bruders. Ich weinte vor Freude, dass ich nach so vielen Jahren endlich wieder zu Hause war. Dann trat ich einen Schritt zurück und sah blinzelnd in sein Gesicht. Er sah immer noch sehr gut aus. Sein Haar war kräftig, und auch die Zähne waren noch fast alle da.

Mein Bruder lächelte mich an. »Du bist immer noch die schönste Frau von Tyrus, Isebel!« Ja, das zypriotische Blut hatte starke Kinder hervorgebracht.

»Und dies ist dein Neffe.« Ich trat zur Seite und ließ Jehoram den Vortritt. »Der König von Israel.«

Die beiden Männer verbeugten sich ganz offiziell voreinander.

»Kommt herein und seid mir willkommen.« Bei Baal-Azars einladender Geste erspähte ich Vaters Ring an seiner Hand und fragte mich im Stillen, warum mein Vater erst sterben musste, damit ich den Weg nach Hause fand.

Innerhalb der Palastmauern sah ich zuerst nur die vielen Geschenkkörbe voller Korallenschmuck und Wein, die an der Mauer aufgereiht standen. Baal-Azar stellte Jehoram seine drei Söhne vor, die mit dem kraftvollen Kinn und den breiten Schultern ihrem Großvater unglaublich ähnlich sahen. Wir begrüßten alle mit Öl, Getreide und aromatischem Balsam. Anschließend folgte ein opulentes Fest, bei dem zu Ehren des Sturmgotts ein Ochse geopfert wurde. Während wir aßen, sah ich mich um, aber nichts schien mehr so zu sein wie früher. Alles wirkte strahlender, üppiger und völlig verändert.

»Und was ist mit Dido?«, fragte ich irgendwann meinen Bruder. »Gibt es schon irgendwelche Nachrichten von ihr?«

»In drei Tagen werden wir endlich alle wieder vereint sein«, versprach er. »Morgen kommen unsere Brüder aus dem Norden, und Tiamat lässt sicher auch nicht mehr lange auf sich warten. Didos Schiff hat bei zunehmendem Mond Segel gesetzt, so dass sie, wenn alles gut geht, in den nächsten Tagen eintreffen müsste.«

Einen Augenblick lang schwiegen wir und sahen einander in die Augen, wo all der Kummer über verlorene Lieben und Kinder schlummerte. Ich wollte wissen, wie Annana gestorben war, und dann erzählte ich meinem Bruder vom Tod Ahabs und Ahazias.

Baal-Azar schüttelte den Kopf. »Es tut mir schrecklich Leid für dich.«

Aber ich lächelte. »Inzwischen habe ich jemanden gefunden, so dass ich nicht mehr einsam bin«, sagte ich und stellte meinem Bruder Jotham vor.

»Ein Edomiter.« Mein Bruder lächelte. »Nur die Edomiter sind so passionierte Händler wie die Tyrer.«

Es dauerte nicht lang, bis die beiden in ein Gespräch über gefährliche Karawanenwege und neue Ziele vertieft waren. Jehoram lauschte nur still, und die ganze Zeit über lag seine Hand völlig entspannt auf Oprahs Schoß.

Ich war froh, dass Jotham mit mir nach Tyrus gekommen war. In der Nacht lag ich wach neben ihm und dachte an Didos gefährliche Reise über das Meer. Ob meine Schwester Söhne oder Töchter hatte? War ihr Haar noch immer feuerrot? Lange lauschte ich auf den Rhythmus der Wellen, und mit einem Mal kehrte meine Jugend zurück. Ahabs Tod war weit weg und auch der Sturz meines Sohnes nur ein dunkler Traum. Ich war endlich zu Hause. Zu Hause am Meer, aus dem Aschera stammte. Die Wellen, so wild und ungebunden und voller Möglichkeiten, wiegten mich in den Schlaf, und ich träumte von Schiffen, die über ruhiges Wasser segelten. Ich erblickte Pemays Gesicht, dann Hry, bevor Cadmus sie um ihre Schönheit und ihren Geist gebracht hatte, und ich tanzte mit Aschera zum Klang der Tamburins, während Anat uns von ihrem Elfenbeinthron aus zusah.

»Isebel«, weckte mich eine Stimme aus meinem Schlummer. »Isebel.« Ich sah auf und erblickte das Gesicht meines Liebhabers.

Ich lächelte. »Jotham.«

Besorgt sah er mich an. »Du hast nach mir gerufen.«

»Ich?« Ich runzelte die Stirn. Ich konnte mich an nichts erinnern. Ich hatte so vieles geträumt, als ob die Wellen immer neue Erinnerungen angespült hätten. Wenn Jotham mich nicht geweckt hätte, hätte es wahrscheinlich nie ein Ende gehabt. Ich setzte mich auf, umschlang meine Knie und dachte nach. Und dann hatte ich eine Vision. Ich tanzte mit Aschera und wollte, dass Jotham kam und mein Glück mit mir teilte. »Ich habe von dir geträumt«, stellte ich fest.

»Und was habe ich gemacht?«

»Zugesehen, wie ich mit der Tochter des Re getanzt habe. Ich wollte, dass du zu uns kommst.«

»Und bin ich gekommen?«

»Das weiß ich nicht. Ich bin aufgewacht, weil ich meinen Namen gehört habe.« Wir umschlangen einander, und dann liebten wir uns. Ich fand es amüsant, wie seine Lust regelmäßig mit der Sonne erwachte. Ahab und ich hatten uns früher oft darüber amüsiert, und ich hatte ihn nur zu gern mit Worten gereizt. Jotham jedoch reizte ich einfach mit meinen Händen. Wie schwarze Seide schlängelte ich mich auf dem Bett, bis ich unter dem Licht des Mondes und dem Seewind verging.

Im Lauf des Tages trafen meine Brüder mit ihren Frauen, Nebenfrauen und ihren Kindern ein und brachten Baal-Azar wertvolle Kräuter und Gewürze aus ihren nördlich gelegenen Reichen mit. Tiamat wurde von dreihundert Soldaten, ihrem Mann und sieben Söhnen und Töchtern begleitet. Sie schminkte sich noch immer, genau wie ich, im ägyptischen Stil.

Ich lächelte ihr zu. »Meine liebe Schwester!« Sie war kleiner als ich und musste sich recken, um mir über die Wange zu streicheln.

»Du warst schon immer die Schönheit der Familie, Isebel. Nach so vielen Jahren bist du immer noch jung. Aber sage mir, wo sind deine Kinder?«

Ich machte sie mit Jehoram bekannt und erzählte ihr dann von Ahazias Tod und Athalias Hochzeit.

»Dann hast du ja keine Tochter mehr bei dir zu Hause«, jammerte sie.

»Doch, ich habe Jehorams Frau Oprah.« Ich winkte Oprah herbei, und Tiamat lachte entzückt über das blonde Haar.

»Es schimmert wie reines Gold.« Begeistert strich sie über Oprahs seidige Locken.

»Gibt es denn auch schon Enkelkinder?«, wollte sie wissen, als wir uns auf einer Bank niederließen, von der aus man das Meer überblicken konnte. Lange Reihen weißer Schaumkronen schlugen gegen die Mauern, und weiter draußen brachen sich die Wogen bereits an den vorgelagerten Klippen. Das Dach war schon immer mein liebster Platz im Palast meines Vaters gewesen. Oprah beobachtete fasziniert, wie die Vögel ins kalte Wasser hinabtauchten und Fische fingen.

»Ja. Athalia hat einen kräftigen Sohn, und Oprah ist schwanger.«

Tiamat klatschte vor Begeisterung in die Hände, und ihr rundliches Gesicht strahlte. »Aschera hat uns wahrlich gesegnet! Hast du inzwischen von Dido gehört?«

»Nein.« Wie sollten die Nachrichten auch bis in mein sandiges Königreich dringen?

»Sie hat vier Kinder.« Meine Schwester lächelte.

»Dido?« Ich konnte es nicht glauben.

»Ja. Ihr Ältester heißt Hannibal.«

Ich schloss die Augen. Wie sollte ich nur die Zeit bis zu ihrer Ankunft überstehen?

Tiamat legte mir die Hand auf den Arm. »Komm, wir wollen in den Tempel gehen und ein Trankopfer für Didos glückliche Heimkehr darbringen.«

Baal-Azar führte die Prozession mit fünfzig Soldaten an, und wir folgten in vergoldeten Streitwagen. Mit wachen Augen betrachtete ich das Land meiner Jugend. Hinter dem sandigen Uferstreifen inmitten der Felsen glitzerte das Meer, und auf dem Kai herrschte reges Leben. Matrosen segelten die Schiffe in den Hafen, wo Fischer ihre Netze voller Barben, Schleimfische und Aale an Land hievten. Zwischen den vielen Wolken brach gelegentlich die Sonne hervor und tauchte die Szenerie in strahlendes Licht. Kurz vor dem Tempel ließ Jehoram den Streitwagen langsamer fahren.

»Dieser Tempel könnte sicher auch einer tausendjährigen Belagerung standhalten«, meinte er angesichts der mächtigen Steinquader und vermaß sie mit den Augen.

Auch im Inneren hatte sich so gut wie nichts verändert. Der zentrale Altar in der Mitte bestand aus drei Blöcken, und an Stelle des vierten erhob sich eine riesige Aschera hoch über die Priester. Sie war höher als fünf erwachsene Männer und ganz aus Metall gegossen und mit Gold belegt. Als Symbol für das Meer war der Altar von einem großen Becken aus Marmor umgeben. Um näher zu der Tochter des Re zu gelangen, setzten Priester uns in kleinen Booten über das Wasser. Die Göttin spiegelte sich in der bewegten Oberfläche, und leise plätscherten die Wellen gegen die Planken unseres Schiffchens. An der gewölbten Decke oberhalb der Statue wachten geflügelte Wesen über Baal und seine Gefährtin.

Die Priester in ihren purpurfarbenen Gewändern verbeugten sich tief, als wir unser Trankopfer darbrachten. Ich ließ meine Hand ins azurblaue Wasser gleiten und streute frische Blumen vor der goldenen Statue aus.

»Schenke Dido eine glückliche Heimkehr«, beschwor ich die Göttin und sah, wie der Priester lächelte. Didos Erfolg war in Tyrus bestens bekannt. Viele Gläubige nannten ihren Namen im selben Atemzug mit dem der Kriegsgöttin Anat.

Ich sah zu der Wölbung über Ascheras Kopf empor. Die Sphingen lagerten wie Löwen an ihrer Seite, und über ihrem Kopf schwebte die geflügelte Sonnenscheibe. In kleineren Darstellungen war ihre Vereinigung mit Baal festgehalten. Aus dem Boot hinter uns hörte ich immer wieder Jehorams und Oprahs erstaunte Ausrufe. Als der Abend hereinbrach, wurden Öllampen entzündet, so dass die Göttin so golden wie die Sonne selbst erstrahlte. Die Boote vollendeten den Kreis und legten wieder an den steinernen Stufen an. Dort nahm ich meinen Sohn an der Hand und deutete nach oben. Durch kleine Öffnungen in der Kuppel konnte man bis in den unendlichen Sternenhimmel blicken.

»Aschera ist wahrlich groß«, flüsterte Jehoram.

Oprah seufzte.

Tiamat und ich fassten einander an der Hand und lächelten. Als Kinder waren wir zuletzt hier gewesen. Die großen Öllampen in den Ecken flackerten im Wind und spiegelten sich im Wasser. Ascherabilder blickten aus ihren Nischen auf mich herab und flüsterten mir zu, dass ein Herz niemals starb, selbst wenn man es noch so tief im Sand vergrub. An diesem Abend unterhielt ich mich mit Oprah über ihre Eindrücke in einem tyrischen Tempel.

»Hast du auch die Furcht erregende Statue des Moloch gesehen?«, fragte sie, während sie ihr Haar in lange goldene Zöpfe flocht.

»Aber ja. Doch in Tyrus gibt es den Moloch schon lange nicht mehr.« Moloch stand früher für Opfer und Tod. Doch die Tyrer verlangten nach einem mildtätigen Gott und hatten sich während der Regierungszeit meines Vaters Baal zugewandt. Diese Statue war noch ein Überbleibsel aus vergangenen Zeiten. Dargestellt war eine sitzende männliche Gestalt mit dem Kopf eines Stiers.

Seine Arme waren ausgestreckt und überlang. Zu Zeiten König Hirams war der Gott Moloch der Gott der Stürme. Ein lustvoller, grausamer Gott, der das Blut der Kinder liebte und fast seinen eigenen Sohn getötet hätte. Zu Ehren dieses Sohnes El entzündeten die Tyrer im Schoß der Statue ein Feuer und betteten das Opfer auf die ausgestreckten Arme. Mit Ketten wurden die Arme dann so weit gespreizt, dass das Opfer in die heiße Glut stürzte. Es durften nur erstgeborene Kinder geopfert werden. Wenn jedoch eine Mutter aus Kummer und Qual die Ehre ablehnte und laut aufschrie, war das Opfer umsonst gestorben, und es musste ein neues gefunden werden. Mein Großvater hatte niemals solche Schreie vernommen, weil sie vom Lärm der Flöten und Trommeln einfach erstickt wurden.

»Natürlich wird in Tyrus auch heute noch geopfert, aber nicht dem Moloch«, beruhigte ich meine Schwiegertochter.

Jotham hatte die mörderische Statue ebenfalls tief beeindruckt. »War dein Vater ein Hohepriester dieses Moloch?«

Ich zuckte die Schultern. »Moloch, Baal – das ist doch derselbe. Baal ist sozusagen eine Inkarnation von Moloch, aber sein Temperament ist nicht ganz so grausam. Außerdem sind von Molochs Tempeln heute nur noch die Grundmauern übrig.«

In dieser Nacht fand ich keinen Schlaf. Ich stellte mir vor, wie Didos Schiff hinter dem Horizont auftauchte und durch die Wellen wie durch vom Wind geformte Sanddünen schnitt. Aber es sollte noch Tage dauern, bis sie endlich kam. Morgens beim ersten Licht hielt ich nach ihr Ausschau und jammerte, wenn sie abends immer noch nicht gekommen war. Der Sand rann durch das Stundenglas. Die Zeit drängte, denn mein Sohn musste nach Israel zurückkehren.

Am vierten Morgen endlich verkündete das Muschelhorn ihre Ankunft. Barfuß rannte ich zum Ufer hinunter, und Jotham folgte mir. Jehoram und Oprah spazierten über den Sand und lachten, als sie mich rennen sahen.

»Offenbar ist sie deine Lieblingsschwester?«, fragte er, während die kleinen Wellen um meine Füße schwappten.

»Ja«, antwortete ich ziemlich einsilbig, weil ich nur Augen für das Schiff hatte.

»Die Leute nennen Dido in einem Atemzug mit Anat.«

Ich lächelte. »Falls die Göttin des Krieges jemals auf der Erde gelebt hat, dann muss sie wie Dido ausgesehen haben.«

Dido entstieg ihrem Schiff, wie Aschera einst dem Meer entstiegen sein musste. Weithin leuchtete das feuerrote Haar, ihre Schultern waren gebräunt, und ihre Augen schimmerten wie Rubine. Ihr Kräfte zehrendes Leben hatte sie trotzdem kaum altern lassen. Ihre vier Kinder gingen an ihrer Seite, das älteste ungefähr dreizehn. Allesamt hatten sie so rote Haare wie der Sonnenuntergang. Als Huldigung an den großen Baal trug meine Schwester einen goldenen Helm mit Hörnern. Als Dido meinen Bruder am Strand entdeckte, lachte sie. In ihrer Jugend hatten die beiden so manchen Streich ausgeheckt und waren wie die Wilden durch den Palast gestürmt. Als sie Tiamat sah, weinte sie vor Freude, umfasste ihr Gesicht und küsste ihre Brauen. Aber als sie zu mir kam, hielt sie inne. Es war plötzlich still, als ob ein dicker Teppich alle Geräusche dämpfte. Beide dachten wir an die Liebe und die Verluste, die unser Leben in der Zwischenzeit mit blutigen Nadeln bestickt hatten. Ich hatte mich so sehr verändert. Ich hatte so vieles verloren, seit ich Dido verlassen hatte. Aber jetzt war sie da, und auch ich lebte noch, und unsere Kinder waren gesund und glücklich.

»Kleine Schwester«, flüsterte sie dann. »Königin von Israel. Du bist noch so schön wie immer«, sagte Dido und hob mein Kinn empor. »Ich erkenne noch dasselbe Feuer in deinen Augen wie damals, als Ahab dich in die Wüste entführt hat. Du hast sicher viel zu erzählen.«

»Dabei bist du diejenige, die hier in einem Atemzug mit Anat gepriesen wird.« Ich lächelte. »Du bist von den Göttern begünstigt.«

n Dido wehrte ab.
chera weiß, wie sehr ich dich vermisst habe«, sagte ich eufzte. Und dieser Seufzer umfasste die Schlachten, Nöte Vorurteile, mit denen wir uns herumgeschlagen hatten und die meine Schwester sehr viel besser und klüger gelöst hatte als ich.

Als wir die vertrauten Stufen zum Palast emporstiegen, gesellten sich die Männer zu uns. Oben auf dem Dach begrüßte ich Didos drei Söhne und ihre schweigsame Tochter. Das Mädchen hatte kaum Ähnlichkeit mit ihrer Mutter, und es war schnell klar, dass Dido ihren Sohn Hannibal den anderen Kindern vorzog. Er war stets an ihrer Seite und imitierte viele ihrer Gesten. Dido erkundigte sich ausführlich nach dem Land des Öls und der Oliven, und ich erzählte ihr vom Sand, der ständig in Bewegung war, und wie der morgendliche Dunst, kaum dass die letzten Schatten unter den Steinen verschwunden waren, nach Myrrhe duftete.

»Mir scheint, dass du das Meer sehr vermisst«, sagte Dido.

»Ich träume ständig davon. Und wie steht es mit Karthago? Schildere uns doch, wie du die Stadt mitten im Nichts gegründet hast.«

Wir ließen uns nieder, und ich bewunderte, wie Didos Haut in der Sonne glänzte. Wie eine Statue der Aschera sah sie aus.

»Die Menschen in Karthago sind so schwarz wie Raben und verehrten Bäume und Wasserstellen, bis wir ihnen unsere Götter brachten. Inzwischen haben sie unsere Sprache gelernt und sich auch mit Aschera und Baal angefreundet.«

»Und wie sieht es dort aus? Ist das Land fruchtbar?«, wollte Baal-Azar wissen.

»O ja, sehr fruchtbar sogar. Und es gibt dort Tiere, die du noch nie gesehen hast.«

Das weckte Jehorams Neugier. Gespannt beugte er sich vor. »Und welche?«

»Zum Beispiel riesige Tiere mit Ohren, so groß wie ein ausgewachsener Mann«, erzählte Dido genüsslich. »Ihre Haut ist so grau, wie die eines kranken Mannes. Manche Männer können sogar auf ihnen reiten.«

Jehoram zog die Brauen hoch. »Und sind sie gefährlich?«

»Mit ihrer langen Nase können sie eine ganze Stadt zerstören.«

»Mit ihrer Nase?« Entsetzt schlug ich die Hand vor den Mund.

»Ja.« Dido lachte. »Ihre Nasen sehen aus wie lange Äste, aber sie können sich bewegen und einen Mann von hier bis hinüber zu Jehoram schleudern.«

Die Anwesenden schwiegen tief beeindruckt, bis Hannibal sich zu Wort meldete. »Ich werde lernen, auf ihnen zu reiten, und ich werde meinen Kindern beibringen, wie man die Ungeheuer zähmt. Mit ihnen kann man andere Reiche erobern.«

Voll Stolz strahlte Dido ihren Sprössling an und schien die Eroberungszüge mit Hilfe dieser Ungeheuer mit Ohren, so groß wie Segel, schon vor sich zu sehen. Ich glaubte Hannibal aufs Wort, denn wer sonst als ein Kind von Dido konnte auf solchen Ungeheuern zum Sieg reiten? Wir saßen lange zusammen und träumten von fernen Welten. Fern von Israel, Sidon und Tyrus.

Da fiel es leicht, nicht mehr an den noch unverhüllten Leichnam unseres Vaters und dessen Beisetzung zu denken. Als Baal-Azar uns daran erinnerte, wurde unsere Stimmung schnell wieder ernst. Wir waren zusammengekommen, um uns ein letztes Mal vor einem Mann zu verbeugen, der Aschera solch wunderbar starke Söhne und Töchter geschenkt hatte.

Am nächsten Morgen bei Beginn der Dämmerung sollte sich der Zug in Bewegung setzen. Während die Männer allein miteinander geredet hatten, hatten wir Frauen die Nacht mit Gesprächen über Kinder und Liebhaber und die Göttin Aschera zugebracht.

Eine Sache allerdings gestand ich Dido erst spät. »Inzwischen sind fast alle Priester und Priesterinnen tot, die mich damals nach Israel begleitet haben.«

Aber Dido war gar nicht überrascht. »Das ist doch ganz natürlich. Fremde haben es in fernen Ländern sehr schwer.«

»Aber sie wurden gesteinigt.« Ich wollte ihr das ganze Ausmaß meines Versagens vor Augen halten. »Andere litten unter so schrecklichen Krankheiten, dass ich ihnen kaum noch ins Gesicht sehen konnte.«

Dido nickte. »Ihre Zeit war aber gekommen.«

»Und wann wird Ascheras Zeit gekommen sein?«

»Ihre Zeit ist immer da, meine Schwester, aber viele haben das noch nicht verstanden. Wir verbreiten Ascheras Ruhm nur langsam, aber nichtsdestotrotz strahlt er hell.«

Aber der Sand deckt trotzdem alles zu, wollte ich sagen. Er rinnt durch das Stundenglas. Als Dido sah, wie verzweifelt ich war, legte sie den Arm um meine Schultern. Plötzlich fühlte ich mich geborgen und stark.

»In Karthago gibt es viele seltsame Krankheiten«, berichtete Dido. »Würmer kriechen unter der Haut entlang, und Augen werden so gelb wie Oprahs Haare. Irgendwann werde ich auch an einer dieser seltsamen Krankheiten sterben. Doch solange mein kluger Hannibal an meine Stelle treten kann, wird Aschera in Karthago herrschen.«

Ich bewunderte ihre Stärke. Gerne wäre ich so stark wie sie und wüsste genau, dass Aschera nach meinem Tod in Israel weiterlebte. Dass Frauen niemals versklavt würden und im Tempel stets eine Zuflucht fänden. Stattdessen schüttelte ich den Kopf. »In Israel habe ich die Macht der Jahweanhänger fürchten gelernt.«

»Haben sich denn alle deine Untertanen von der Göttin abgewandt?«

»Im Gegenteil. Viele Menschen haben sich für sie entschieden. Aber es gibt einflussreiche Männer, die mir die Macht neiden. Meine Priesterinnen und Priester müssen ständig um ihr Leben fürchten. Die Frauen werden vom Mob gesteinigt und die Männer ermordet. Durch diese Gewalttaten habe ich viele hundert

Priesterinnen und Priester verloren. Zum Glück sind sie wie die Ameisen, und es wachsen immer neue nach, die freudig ihren Platz einnehmen. Hunderte. Tausende.«

»Mehr kannst du nicht tun, Schwester.« Dido schloss für einen Moment die Augen. »Von dem Tag an, als du Ahab geheiratet hast, wusste ich, dass du einmal eine mächtige Königin werden würdest. Ich habe in Karthago öfter Berichte über Israel gehört.«

Ich konnte es nicht glauben. »In Karthago?«

»Aber ja. Die Seeleute haben über nichts anderes gesprochen! Du bist schließlich die Königin eines Landes, das es mit Ben-Hadad aufgenommen und die Assyrer geschlagen hat. Hier in Tyrus bist du eine Berühmtheit.«

»Und in Israel gleichermaßen verhasst. Selbst wenn sie ihre Töchter in die Tempel bringen und Baal Trankopfer darbringen, bin und bleibe ich die fremdländische Königin.«

»In Karthago ergeht es mir nicht anders«, erwiderte Dido. »Aber inzwischen färben die Frauen ihr Haar feuerrot.«

»Die Israelitinnen genauso!«, rief ich. »Sie schminken und kleiden sich nach meiner Art, und trotzdem schneiden sie mich bei jeder Gelegenheit.«

Wir sahen einander an und lachten über die Vorurteile der Menschen.

Im Morgengrauen setzte sich der Zug vom Dach des Palasts aus in Bewegung. Zu Ehren Mots verbrannten die Baalpriester Weihrauch, und die Priesterinnen sangen leise getragene Hymnen. Ich konnte keine Tränen um den König von Sidon und Tyrus vergießen. Er hatte ein erfülltes Leben gelebt und ein hohes Alter erreicht. Er war nicht getötet worden, weil jemand nach seinem Thron strebte, und er war keinem heimtückischen Unfall zum Opfer gefallen. Als sich der morgendliche Dunst hob und die Sonne die Versammlung beschien, neigte Dido sich über ihren Vater und küsste ihn zum Abschied.

Die ältesten Söhne jeder Familie trugen die Sänfte mit dem Toten, und wir folgten dem Leichnam zu König Ethbaals Grab am Rand des Meeres, wo man mit Hammer und Meißel eine Kammer aus dem Felsen geschlagen hatte. Man hatte den König in ein kostbares Tuch gehüllt und ihm eine prächtige goldene Krone auf den Kopf gedrückt. Als das Grab versiegelt war und die anderen bereits in den Palast zurückkehrten, verharrte ich noch einige Zeit vor dem Grab. Ich betete zu Aschera und verbrannte Weihrauch, dessen Duft vom Wind hinweggetragen wurde. Und wie das blasse silbrige Licht des Morgens von der Sonne aufgezehrt wurde, so fühlte ich wieder neue Kräfte in mir wachsen. Ich dankte meinem Vater für alles, was er für mich getan hatte, und für das wunderbare Leben, das er seiner Frau und seinen Töchtern bereitet hatte. Dann endlich kauerte ich mich nieder und weinte hemmungslos.

Die Wellen des Meeres trugen so viele Schätze mit sich und spülten sie an fremden Küsten an, wo sie gefunden und weitergetragen wurden. Die Brandung meines Lebens hatte mir Ahab, Innascha, Ahazia und meinen Vater geschenkt, und nun forderte Aschera sie zurück. Was das Meer des Lebens gibt, nimmt es auch wieder. Aber warum? Gab es nicht auch Schätze, die nicht vergänglich waren? Ich neigte den Kopf bis auf die Schulter und roch die Erinnerung an Jothams Duft. Wann würden die Gezeiten nach ihm – nach uns – verlangen?

Ich erhob mich und lauschte mit geschlossenen Augen auf Ascheras Gesang. Es war lange her, seit ich ihre Stimme zuletzt gehört hatte. Ich wollte, dass sie für mich sang, mir sagte, warum ich mich in Tyrus ohne meinen Vater so einsam fühlte. Es gab so viel Neues, das ich nicht kannte. Dinge, die es in Israel nicht gab. Ich hatte nicht länger das Gefühl, dieses Land zu kennen, und fühlte mich wie eine Mutter, die ihr Kind verstößt und es wieder an ihre Brust ziehen möchte, wenn es erwachsen ist.

Ich sah mich um. Ich war hier zu Hause. Aber es war nicht länger das Land, wohin ich gehörte. Nicht ohne meinen Vater. Ich hatte immer geglaubt, dass ich Israels Wüste sofort gegen das Meer eintauschen würde. Aber gerade der trockene, rissige Boden hatte mir süße Dinge beschert. Er hatte mir Ahab geschenkt, meine Kinder und nun auch noch Jotham. »Ich danke dir«, flüsterte ich meinem Vater im Angedenken an die Nacht zu, als er mich mit Ahab vermählt hatte. »Ich danke auch dir«, wandte ich mich an den Geist meiner Mutter, neben der mein Vater jetzt lag. Sanft strich der Wind über meine Wange, wie meine Mutter das oft getan hatte.

»Wache über Jehoram, Vater, wie du über uns gewacht hast. Befreie Ahazia aus Mots Umarmung und sage ihm, dass ich ihn liebe und ihm bald Gesellschaft leisten werde. Und suche Ahab und sage ihm, dass sich mein Herz jede Nacht nach ihm sehnt und niemand jemals den König von Israel ersetzen kann. Sage Innascha, dass ich als Erinnerung an sie jeden Tag Öl und Wein opfere. Vergiss meine Lieben nicht, Vater, und auch meine Mutter nicht. Ihren Namen werde ich flüstern, bevor ich euch in Mots Armen wieder sehe.«

Nach diesem Gebet verließ ich das Grab meiner Eltern und machte mich auf die Suche nach Jotham.

»Dido erwartet dich«, sagte Jotham und wischte mir die letzten Tränen vom Gesicht. »Komm wieder zurück ins Land der Lebenden, Isebel. Dido kann nicht lange bleiben. Höchstens zehn Tage.«

»Die Reise allein hat doch schon länger gedauert!«

»Sie kann aber ihr Land und ihren Thron nicht so lange allein lassen ...«

Ich runzelte die Brauen, doch Jotham konnte ja nichts dafür. Ich seufzte. »Und wo ist sie?«

»Ich glaube, im Bad.«

Ich zögerte. »Und was wirst du tun?«

Jotham lächelte. »Ich werde mich ausruhen.« Dann küsste er

mich auf die Stirn und schob mich aus der Tür. »Gehe jetzt. Jede Stunde ist kostbar.«

Das Wasser glitzerte in der späten Nachmittagssonne. Lange bevor ich sie sah, hörte ich Dido und Tiamat lachen.

»Isebel!« Inmitten ihrer fächerförmig ausgebreiteten Haare glitt Dido durch das Wasser auf mich zu und kam mir einige Stufen entgegen. Sie war noch immer so muskulös wie in unserer Jugend. Ihre Blicke glitten über meine Beine, und dann grinsten wir einander an. Wir waren noch immer schön. Und wir konnten noch immer Kinder in die Welt setzen. Warum fühlte ich mich dann so alt? Warum nur hatte ich eines Abends beim Blick in meinen kleinen polierten Metallspiegel gedacht, dass mich Elias faltiges Gesicht anstarrte?

Meine Schwestern unterhielten sich über ihre früheren Liebhaber, und ich schloss die Augen und fühlte, wie Ahab mich im warmen Wasser berührte. Meinen Schwestern zuliebe erinnerte ich mich an alle Männer, mit denen ich unter Ahabs Augen das Bett geteilt hatte, und an die Frauen, mit denen ich meinen Mann beobachtet hatte. Lächelnd erzählte Dido vom Vater ihrer Kinder, der aus einem Land namens Griechenland stammte. Wie Aschera und Baal, so stritten auch die griechischen Götter ständig miteinander und versöhnten sich anschließend wieder.

Nach dem Bad gingen wir zusammen in die Stadt und beobachteten Dinge, die wir uns bis dahin nicht hatten träumen lassen. Wir sahen Färbereien und Gerbereien, die zum Himmel stanken und schwarzen Rauch ausstießen.

Ich wedelte mit der Hand vor meinem Gesicht herum. »Tyrus ist nicht mehr so, wie es einmal war. Früher roch es hier nach Meer, aber jetzt stinkt es nur noch.«

Oprah versteckte die Nase hinter ihrem Schleier. Ob Baal-Azar überhaupt wusste, wie es in seiner Stadt aussah? Ahab jedenfalls hätte gewusst, wenn sein Volk unter giftigem schwarzem Rauch litt.

Die Tage vergingen wie die Wellen. Einer folgte auf den anderen, und bevor ich noch Didos stille Tochter besser kennen lernen konnte, riefen die verwaisten Throne nach ihren Besitzern. Mir war klar, dass ich Dido nicht mehr wieder sehen würde. Nie wieder würde ich ihr rotes Haar und ihre wunderbaren Augen ansehen können.

»Wir werden einander nicht mehr wieder sehen«, sagte ich und sah sie an.

»Wer weiß.« Sie lächelte traurig. »Vielleicht werden wir ja steinalt und treffen uns hier als weißhaarige Greisinnen.«

Ich lachte zwar, aber glücklich klang das nicht. Wir wussten beide, dass das sehr unwahrscheinlich war. Ich würde meine Tage vermutlich in der Wüste beschließen und an Altersschwäche oder Fieber sterben. Und Dido würde einer fremden Krankheit zum Opfer fallen, bevor sie überhaupt meinen Namen flüstern konnte.

»Dido«, seufzte ich und legte meinen ganzen Schmerz in dieses Wort. Mit ihrem Schiff segelten die letzten Erinnerungen an unsere Jugend davon. Wir hielten einander lange in den Armen, und Dido ließ mich schwören, dass ich immer an sie denken würde. Aschera, in diesem Augenblick hätte ich sterben mögen. Als ob ich jemals meine lebendige Anat vergessen könnte!

Als Dido mit ihren Kindern an Bord ging, hätte ich genauso gut ihrer Bestattung beiwohnen können. Von dem Moment an, als das Schiff endgültig hinter dem Horizont verschwand, lebte sie nur noch in meiner Erinnerung.

Jehoram war sehr traurig, als Hannibal abreiste. Didos andere Söhne waren noch zu jung, aber Hannibal war klug für sein Alter, wie Jehoram sagte. Die beiden Vettern hatten viele Gemeinsamkeiten entdeckt. Ich hätte nicht herkommen sollen, dachte ich bitter, während ich dem Schiff nachsah. In diesem Moment umschlangen mich starke Arme, und ich roch Jothams Duft in meinem Haar.

»Ist es denn nicht besser, sie wenigstens ein paar Tage lang gesehen zu haben als gar nicht?«

Ich seufzte in den Wind. »Der Abschied schmeckt wie eine bittere Frucht«, sagte ich, und er wusste genau, was ich meinte.

Als wir wieder nach Israel aufbrachen, war ich nicht länger traurig. Dido war fort, und Baal-Azar musste sich um die Angelegenheiten seines noch jungen Königreichs kümmern. Außerdem gehörte ich nicht länger hierher. Meine schönsten Erinnerungen verbanden sich jetzt mit Israel. In diesem Land waren Ahab und Ahazia bestattet, und dorthin gehörte auch Jotham. Dort war ich eins mit mir selbst. Ich hatte meinem Sohn das Land meiner Geburt gezeigt, und Jotham hatte erfahren, wer die Königin von Israel in Ascheras Namen so stark gemacht hatte.

Als wir uns Jesreel näherten, klopfte mein Herz nicht so stark wie in dem Moment, als wir uns Tyrus genähert hatten. Aber unglücklich war ich deswegen nicht. Hier gab es keine Schiffe, Häfen oder Gewürze aus Ophir, aber dafür Öl, Oliven und Felder voller Getreide. Mit Stolz sah ich Trauben wie kleine Edelsteine blitzen. Und die Sonne wurde nicht von gierigen Wolken verdeckt, die das Kind des Re verschlingen wollten. Inzwischen wusste ich, wann es Regen gab, wann Hungersnöte drohten und wann sich Tau auf den Reben niederschlug. Ich war hier zu Hause.

Nach der Reise ruhte ich mich einige Monate lang aus. Jotham reiste mit seiner Karawane, kehrte zurück und unternahm die nächste Reise. Oprahs zweites Kind kam in einem Sturzbach auf die Welt, und sie lehnte sich auf das Lager zurück und pries Aschera, dass sie lebte und ihr Kind lächeln sah.

Das Gesicht des Himmels ist klar und hell. Ich bin dem Tag und den Monaten des Todes entkommen wie Baal. Halte die Erde verschlossen, dass meine Seele nicht in die Nachwelt eingeht. Ich hebe meine Arme und stütze den Himmel wie Asche-

ra. Meine Knochen sind aus Eisen, und meine Glieder ewig wie die unvergänglichen Sterne.

Ich hielt das Kind in meinen Armen und war überrascht, wie kräftig der Junge war. Ein völlig anderes Kind als das jämmerliche Etwas, kaum größer als ein Gerstenbrot, das Jehorams zweite Frau geboren hatte. Wie ich vorhergesagt hatte, würde Oprahs Sohn das Abbild seines Vaters werden. Klug und groß und neugierig. Mein Sohn glich Ahab immer mehr, und der Verlust von Moab war lange vergessen.

Als Jotham von seiner Reise in den Süden zurückkehrte, ließen wir uns in langen heißen Nächten vom Jasminwind kühlen. Umarmt lagen wir ausgestreckt auf den Mosaiken und erinnerten uns an die Tage in Tyrus. Ich erzählte ihm noch einmal die Geschichte vom Thisbiter Elia, weil er sie beim ersten Mal kaum hatte glauben können, und vergaß auch die Heimsuchung namens Elischa nicht.

Auf den Jasminwind folgte im Monat darauf eine lange Hungersnot. In Sichem hatte eine Frau aus Verzweiflung angeblich ihre toten Verwandten gegessen. Doch statt Hass und Verachtung empfand ich nur Mitleid und Furcht. Nirgendwo wurde Getreide gedroschen, und es rann kein Wein aus den ausgetrockneten Pressen. Kurz vor und nach dem Tanz der Aschera war der Regen ausgeblieben, und Baal hielt die Blitze in seiner Faust zurück, statt sie auf das hungrige Land hinabzuschleudern. Ob sich die Worte der Priester bewahrheiteten, die eine mehrjährige Hungersnot aus Sympathie für Baal vorausgesagt hatten, weil der Sturmgott acht Jahre in der Nachwelt gehungert hatte? Immer mehr Israeliter glaubten daran. Doch ich wollte sehen, wo diese Prophezeiung geschrieben stand – nicht, dass es sich nur um eine von Elischas schmutzigen Betrügereien handelte. Man brachte Tontafeln aus dem Tempel in Sichem herbei, die die Priester in meiner Heimatsprache beschriftet hatten.

Sieben Jahre wird Baal versagen
Acht der Herr der Sturmwolken
Es wird keinen Tau, keinen Regen geben:
Weder werden sich die Tiefen erheben
Noch die Güte von Baals Stimme.

Die alten Tontafeln sprachen die Wahrheit. Vielleicht sollte Israel wirklich in Baals Namen leiden. Muttergöttin, betete ich, bitte ihn um Regen. Besiege Mot, den Gott der Dürre. Befehle Anat, dass sie ihn noch einmal besiegen muss.

Nach dem Jasminwind war Jotham nach Osten gezogen und hatte bei seiner Rückkehr traurige Nachricht mitgebracht. Elischa befand sich in Aram und hatte Ben-Hadad zu einem Feldzug gegen Sichem angestiftet. Arams Armeen wurden zu einer zweiten Bedrohung. Israelitische Soldaten eilten nach Sichem, und Jehoram ließ verkünden, dass der, der ihm Elischas Kopf brachte, mit Land in Jesreel belohnt werden würde. Daraufhin fürchtete Elischa um sein Leben und riet Ben-Hadad, wie jeder tote Mann das tun würde, zum Rückzug. Doch der König hörte nicht auf den Propheten, weil er den Erfolg so greifbar nahe vor sich sah.

Eine solche Lage machte einschneidende Maßnahmen notwendig. Mein Sohn rief vier Leprakranke zu sich in den Palast. Mich ekelte so sehr vor den zerfressenen Gesichtern, dass ich unbewusst mein eigenes betastete. Doch als ich über die zarte Haut meiner Wange strich, bedauerte ich mein Benehmen. Aber mein Ekel blieb. Nichtsdestotrotz war Jehorams Plan listig und, zumindest bei Nacht, auch Erfolg versprechend. Nach Jehorams Plan sollten die vier Kranken als Freiwillige mit fünfzig leeren ägyptischen Streitwagen zum Lager die Aramäer rasen. Wenn die Aramäer die ägyptischen Wagen sahen, mussten sie annehmen, dass die ägyptische Armee Israel zu Hilfe geeilt war.

Noch in derselben Nacht warteten wir gespannt auf den Ausgang. Als die Nachricht eintraf, musste ich schmunzeln. Hals über Kopf waren die Aramäer geflüchtet, weil sie befürchten mussten, dass es die gnadenlose Streitmacht der Ägypter auf ihr Lager abgesehen hätte. Sie hatten die Leprakranken für ägyptische Offiziere gehalten. Aber die Nachricht, die am nächsten Morgen eintraf, war noch besser. In ihrer Panik hatten die Aramäer alle Vorräte zurückgelassen, so dass Sichem plötzlich Getreide, Wein und Stoffe im Übermaß besaß.

Gern hätte ich Ben-Hadad dafür ausgelacht, dass er vor fünfzig leeren Wagen und vier Leprakranken geflüchtet war, aber leider sollte sich mir diese Gelegenheit nie mehr bieten.

Zwei Wochen später traf ein offizieller Bote ein.

»Ben-Hadad wurde getötet«, berichtete der Soldat und verbeugte sich.

Überrascht riss ich die Augen auf. Getötet? Von wem? Und wer war sein Nachfolger? Freund oder Feind? Seit Jotham oft auf Reisen war, verbrachte ich wieder mehr Zeit im Thronsaal. »Was ist geschehen?«, fragte ich.

»Der König wurde im Schlaf mit einem Tuch erstickt.«

Ich schwieg, und Jehoram rutschte unruhig auf seinem Thron hin und her.

»Aber es geht noch weiter«, sagte der Soldat.

»Dann sprich«, bedeutete ihm mein Sohn.

»Hazael, der Sohn eines Niemands, wurde zum König ausgerufen.«

Jehoram wechselte einen kurzen Blick mit mir, um meine Meinung zu ergründen.

»Der Sohn eines Niemands?«, fragte ich. »Wie kann der Sohn eines Niemands König werden?«

Der Soldat senkte den Kopf. Er wirkte verunsichert. »Ein Prophet kam zu Hazael, einem Offizier der Armee, und hat ihm den Thron angeboten.«

»Im Tausch wogegen?«, wollte Jehoram wissen.

Der Soldat schluckte. »Im Tausch gegen einen zweiten Angriff auf Israel. Hazael sollte den Thron bekommen, wenn er gegen Sichem siegreich blieb.«

Ich spürte, wie mir das Herz im Hals pochte.

»Und wie heißt dieser Prophet?«, fragte Jehoram, obwohl er gar nicht hätte fragen müssen.

»Elischa, mein König.«

Mein spitzer Schrei hallte durch die Räume des Palasts. Der Soldat trat erschrocken einen Schritt zurück und hob den Arm, als ob er sich gegen die Waffe meiner Stimme wappnen wollte. Ich sank auf den Thron zurück und umfasste die Lehne fester. Ich bemerkte Jehorams Zorn. Der Bote lächelte fast mitleidig. »Es tut mir Leid, mein König, dass so etwas ausgerechnet Euch passiert, wo Euer Vater doch Häuser für die Armen gebaut hat. Und Dämme, um uns vor dem Ertrinken zu schützen.«

»Bereite die Armee vor«, riet ich meinem Sohn. »Dieser Sohn eines Niemands schuldet Elischa den Thron. Er wird unter allen Umständen angreifen.«

Mein Sohn war meiner Meinung, doch aus welchem Grund auch immer rückte Hazael nicht gegen uns vor. Die Armee unter General Jehu wurde von Woche zu Woche unruhiger und wollte endlich Erfolge sehen.

»Schickt die Armee nach Ramoth-Gilead«, flüsterte Jehu meinem Sohn ins Ohr. »Hazael hat viel zu viel Angst, um es mit Sichem aufzunehmen. Er wird niemals vorrücken. Aber die Armee dürstet nach Taten. Wir sollten uns jetzt zurückholen, was uns gehört.«

Also zog die Armee zu einem neuen Angriff nach Ramoth-Gilead, um Israels Eigentum endgültig heimzuholen.

»Überlege gut, Jehoram, bevor du nach Ramoth-Gilead marschierst und dem neuen König von Aram das Land streitig machst«, mahnte ich. »Dies wäre genauso gut der Moment, um Frieden zu schließen.« Ich war des Krieges müde. Außerdem machte mir ein neuer Kampf um Ramoth-Gilead Angst. Dort hatte Israel kein Glück.

Jehoram schüttelte den Kopf. »Es kann keinen Frieden geben, solange Ramoth-Gilead nicht uns gehört«, wiederholte er Jehus Argument.

Ich konnte nicht schlafen, wenn ich nur daran dachte, dass mein Sohn in das Land ziehen wollte, wo sein Vater gestorben war, und dass ihn dort vielleicht dasselbe Schicksal erwartete. Als Jotham von einer längeren Reise zurückkehrte, flehte ich ihn an, seinen gefährlichen Beruf aufzugeben. Ich wollte nicht von jedem Mann verlassen werden, der einmal Isebels Lippen geküsst hatte.

»Ich werde dir schenken, was immer du begehrst«, versprach ich ihm.

»Kannst du vielleicht die Karawane meines Vaters zur größten im Norden und im Süden machen?« Jotham lächelte. »Ich strebe nicht nach Reichtum, meine liebe Isebel, aber ich möchte den Traum meines Vaters verwirklichen.«

»Wer ist schon bereit, für den Traum seines Vaters zu sterben?«, fragte ich voll Bitterkeit. Aber Jotham schwieg. Ich war wütend, obwohl ich ihn liebte.

An diesem Abend besuchte er mich in meinen Räumen, wo Seidenstoffe aus Tyrus die Wände und bunte Teppiche den Fußboden zierten. Wie eine Dienerin ölte er meine Füße ein und versicherte mir immer wieder, dass ihm nichts geschehen würde. »Der Traum meines Vaters und unsere Liebe bedeuten mir alles«, sagte er. »Wie kann ich mich da für das eine oder andere entscheiden?«

Ich wusste keine Lösung, aber mir war auch klar, dass ich nicht nachgeben würde. Ich roch Blut im Wind – genau wie an dem Abend, bevor Ahab nach Osten gezogen und gestorben war. »Bitte, bleibe nur dieses eine Mal zu Hause«, flehte ich.

»Meine nächste Reise führt doch nur nach Megiddo. Das ist

nicht weit von hier entfernt. Außerdem steht deine Armee dort. Befiehl ihnen, meine Karawane zu schützen. Ein Bote kann dir jederzeit melden, dass ich sicher angekommen bin.«

»Aber wie lange soll das so weitergehen? Wann ist es genug? Seit du das Handelsimperium deines Vaters übernommen hast, hast du es verdoppelt, wenn nicht sogar verdreifacht. Wann hast du genug erreicht?« Fragend sah ich Jotham an, doch er schloss mich einfach in die Arme und lächelte.

»Wenn ich von dieser Reise zurückkomme, werde ich nur noch für dich leben«, versprach er.

»Keine Karawanen mehr? Keine ausgefallenen neuen Wege mehr?«

»Nichts mehr.«

Vernehmlich stieß ich den Atem aus und schöpfte leise Hoffnung, doch meine wachsende Angst ließ sich nicht so leicht besiegen. Ich wünschte, ich könnte ihm befehlen, nur noch mein Liebhaber zu sein, aber gleichzeitig war mir klar, dass ich solche Macht nicht besaß. Nicht, wenn ich wollte, dass Jotham mich weiterhin liebte und bewunderte. Also schmollte ich wie ein kleines Kind und wartete vom ersten Moment seiner Abwesenheit an voller Ungeduld auf Nachrichten aus Megiddo.

Während sich Jotham dort aufhielt, büßte der König von Juda in einer blutigen Revolution das reiche Edom ein. Noch in der Nacht flüchtete er mit einem Speer in seiner Seite. In dieser Nacht verlor Athalia ihren geliebten Ehemann auf genau dieselbe Art, wie sie einst ihren Vater verloren hatte. Ihr Sohn Ahazia wurde neuer König von Juda.

Ich reiste zur Beisetzung in den Süden und warf einen letzten Blick auf Jehoram, bevor eine gefasste Athalia ihren Mann in tyrisches Leinen hüllte und ihn neben seinen Eltern auf einem Hügel unter Olivenbäumen und Zypressen beisetzte. Die Palmen wiegten sich im heißen, trockenen Wind und fächelten dem Leichnam Kühlung zu. Jehorams liebstes Streitross wurde ihm ins

Grab gelegt, und außerdem seine goldenen Krone und seine großen Bogen.

»Ein königliches Opfer für Aschera, die Herrin des Himmels, Herrin der beiden Reiche und Mutter der Götter«, sangen die Priester. »Möge sie ein glückliches Leben und Erfolg in der Nachwelt gewähren.«

Sie beerdigten Jehoram von Juda unter einer goldenen Aschera, und Athalia weinte, wie ich an Ahabs Grab geweint hatte. Einen Monat lang blieb ich bei ihr, um sie zu trösten. Aber ich wusste, dass der Schmerz zwanzig Jahre lang nicht mehr vergehen würde.

»Ich habe große Angst um Ahazia«, vertraute sie mir an. »Er hat seinen Vater so sehr geliebt.« Sie begann wieder zu weinen.

Ich strich ihr über das Haar. »Schicke Ahazia doch zu einem Besuch nach Israel«, schlug ich ihr vor. »Es wird ihm gut tun, diesem Palast der Trauer einige Zeit den Rücken zu kehren. Du wirst sehen, er wird als neuer Mensch zurückkehren.«

Und so reiste mein Enkelsohn mit mir nach Jesreel, um seinen Onkel, König Jehoram von Israel, zu besuchen. Während unsere Kamele die große Wüste durchquerten, erreichten uns ständig neue Boten in den Farben des Palasts.

»Wir bringen eine Botschaft für die Königin von Israel«, meldete einer der Männer.

Ich nickte und schmeckte Eisen im Wind.

»Auf seinem Rückweg aus Megiddo wurde der Edomiter Jotham von herumlungernden Judahitern erschlagen. Er wurde als Vergeltung für den Aufstand seines Volkes in Juda ermordet, meine Königin.« Voll Mitleid senkte der Bote den Kopf.

Ich schloss die Augen, öffnete sie aber gleich darauf wieder. Irgendwie wollte nicht in meinen Kopf, was ich soeben gehört hatte. Stumm sank ich auf den glühend heißen Sand und verbrannte meine Knie und mein Gesicht. Es war zu viel. Ich konnte es nicht mehr ertragen. Ich schloss die Augen vor dem Schmerz der Welt, bis ich spürte, wie Ahazias junge Hände meine Schultern umfassten und mich vom Boden hochzogen. Am liebsten wollte ich nur noch weinen und schluchzen, aber ich hielt die Flut mühsam im Zaum, die nach der ersten Träne unweigerlich einsetzen würde. Ich muss jetzt stark sein, dachte ich. Stark. Das erinnerte mich an den Wüstenvogel, der die größten Eier legt. Ahab hatte mir einst erzählt, dass der Vogel sein Nest verlässt, wenn ein Räuber in die Nähe kommt. Aber nicht aus Angst oder dem Wunsch, die Eier im Stich zu lassen. Die Eier sind wunderbar getarnt, und der Vogel würde sie nur verraten, wenn er auf ihnen sitzen bliebe. Durch seine Flucht lenkte der Vogel den Feind ab. So muss ich es machen, dachte ich. Ich muss meinen Kummer im Stich lassen, aber nur für einige Augenblicke, um meinen Enkel und meinen Sohn zu täuschen. Sobald ich in meinem Nest der Verzweiflung allein war, würde ich mich hinlegen und sterben. Ich sehnte mich so sehr nach diesem Augenblick, dass meinem Enkel mein starrer Blick auffiel und er sich um mich sorgte.

Bei meiner Heimkehr eilte ich zuerst zum Leichnam meines Liebhabers. Er war nicht so friedvoll gestorben wie Jehoram von Juda. Im Gegenteil. Sein Gesicht spiegelte Todesangst. Verzweiflung stand in den Augen, die mich vor kurzem noch so zärtlich angeblickt hatten. Was hatte Jotham in den letzten tragischen Augenblicken seines Lebens gedacht? Hatte er an seinen Vater gedacht? Oder daran, dass er mich nicht wieder sehen würde, dass er mich nie mehr im Arm halten und mich nie wieder unter dem Jasminwind lieben würde? Oh, Aschera, ich wollte mich in einem Leichentuch neben ihn legen und unsere Bestattung erwarten!

Jehu ließ sich diesen Augenblick nicht entgehen und kam aus Megiddo angereist, um den Tod meines Liebhabers zu feiern. Er war immer noch wütend, dass ich ihn abgewiesen und dafür einen Edomiter erhört hatte.

Aber ich stand ihm in nichts nach. »Ihr glaubt, dass Ihr berühmt seid«, zischte ich, »und das nur, weil alle kleinen Kinder auch einmal so verrückt wie Jehu mit dem Streitwagen fahren wollen!« Ich schüttelte den Kopf. »Aber wisst Ihr, was die Eltern dieser Kinder heute sagen? Sie schütteln die Fäuste und verbieten ihren Kindern den Mund! So schnell wie Jehu zu fahren heißt, verrückt zu ein. Man spottet über Euch. In den Augen der Menschen seid Ihr nichts weiter als ein Narr.« Ich lachte genüsslich. »Inzwischen seid Ihr älter als vierzig und rast noch immer wie ein kleiner Junge durch die Straßen.«

Jehus Augen glitzerten so kühl wie die einer Natter. Ich hasste ihn genauso, wie ich Elischa hasste. Ich hasste die Lapislazuliaugen, und ich hasste den hochmütigen Zug um seinen Mund. Innascha hatte zwar immer die Meinung vertreten, dass Hass die Seele wie eine körperliche Krankheit aufzehrte, aber das war mir inzwischen gleichgültig.

Ich bestattete Jotham in einem Grab in der Nähe von Ahab, wo die Hitze des Bodens die Gebeine bewahren würde. Wie eine Wüstenpalme stand ich vor seinem Grab und neigte mich in jede Richtung, die der Wind vorgab. Nach Norden, Süden, Osten oder Westen. Es war mir gleichgültig. In Jesreel war Jothams Bestattung sehr umstritten. Genauso wie sein Leben mit mir. Aber hatte er nicht versprochen, mich zu heiraten? War er nicht ebenso zärtlich gewesen wie Ahab? Ich schnitt eine Locke des rabenschwarzen Haars ab und wollte ihm eine Locke von mir in die Hand geben. Aber die Faust war kalt. Erst als meine Tränen darauf niederfielen, konnte ich die Finger öffnen und meine Locke hineinschieben.

Ich hütete Jothams Locke wie einen Schatz. Mehr blieb mir nicht von dem, der mich nach Ahabs Tod wieder ins Leben zurückgeführt hatte. Nach langer Wanderung hatte ich am einsamen Strand diese Perle gefunden. Und nun hatte das Meer seinen Schatz wieder zurückgefordert. Es war das Meer, das alles gab und auch wieder nahm – für immer. In dieser Nacht schlief ich mit Jothams Locke, so wie ich früher mit ihm selbst geschlafen hatte. Ich weinte mit ihr, redete mit ihr und streichelte sie.

Mehr als einmal fürchtete ich, dass mir mein Verstand entgleiten könnte. Oprah kam jeden Tag zu mir, um mich zu trösten. Warum sie das für mich – für die fremdländische Königin und Hure – tat, war mir nicht klar. Jehoram würde solches Gerede über seine Mutter nicht dulden. Ascheras Stellung war noch immer stark. Als ich das letzte Mal im Tempel war, hatten mir die Priester und Priesterinnen die Schätze gezeigt, die ihnen von den Gläubigen aus fernen Teilen des Landes dargebracht worden waren.

Aber Gold und Juwelen und sogar die Politik lagen mir inzwischen fern. Ich stand oft lange im Hof, damit meine Haut die Sonnenstrahlen aufsaugte. Ich wollte, dass sie mich auslöschten. Ich wollte in den goldenen Strahlen ertrinken. Sie sollten mein Fleisch verbrennen. Als mein Sohn zu einem weiteren Feldzug nach Ramoth-Gilead aufbrach und seine schwangere Frau und seinen Sohn zurückließ, fühlte ich weder Sorge noch Bitterkeit. Ein Königreich konnte ich regieren, aber gegen die Gezeiten war ich machtlos. Ich hätte gern Angst verspürt, aber innerlich war ich tot. Ich sehnte mich nur noch nach dem Wiedersehen mit meinem geliebten Ahab und meinem Jotham. Ich versuchte, mich auf das Enkelkind zu freuen, das bald geboren werden sollte, doch es war mir gleichgültig, dass Elischa Arams Thron an den Sohn eines Nichts verschachert hatte. Sogar mein Hass schien erstorben zu sein. Ich war meinem ermordeten Liebhaber schon sehr nahe und der festen Meinung, an gebrochenem Herzen zu sterben.

Doch eines Abends, als ich vom Dach des Palasts aus die farbenprächtigen Gestalten mit ihren leuchtend bunten Schleiern beobachtete, wurde mir ein Bote gemeldet.

»Meine Königin, Euer Sohn befindet sich auf dem Rückweg nach Jesreel.«

Beunruhigt stand ich auf. »Und warum kommt er aus Ramoth-Gilead zurück?«

Der Bote nestelte unsicher an seinem Gewand. »König Jehoram wurde in einem Gefecht verwundet.«

Ich spürte, wie das Blut aus meinem Gesicht wich, aber ich blieb aufrecht stehen. »Wie schlimm steht es? Wird er überleben?«

»Ja, meine Königin. Der König kommt nach Hause, um sich pflegen zu lassen.«

Ahab war nicht nach Hause gekommen, um sich pflegen zu lassen. Ich hatte nicht einmal Hilfe holen dürfen. Wenn Jehoram das Schlachtfeld verließ, würden die Soldaten ihn mit seinem Vater vergleichen. Sie würden sich fragen, warum König Ahab lieber verblutet war, statt seine Männer im Stich zu lassen. Ich konnte mir die Unzufriedenheit der Männer lebhaft ausmalen, doch Jehoram war kein Narr. Seine Armee hatte gegen Hazael den Kürzeren gezogen, und der König hatte nicht die Absicht, dort zu sterben, wo sein Vater gestorben war.

Ich zog mich hinter eine Pergola auf dem Dach zurück, die nur kleine Sonnenflecken durchließ. Jehoram war ein guter Soldat, aber für Architektur und Handel war er sehr viel begabter. Als König hatte er Israel wieder reich gemacht. Aber Israels Schicksal entschieden nicht die Händler und Baumeister, sondern die Armee. Und eine Armee verlangte Siege. Das Volk wollte nicht, dass die Ehemänner und Söhne auf Tragen zurückgebracht wurden. Sie verlangten Blut – das Blut des Feindes. Und den Ruhm. Jehu war in seinem Zorn imstande und benutzte Jehorams Niederlage, um die Armee gegen den König zu beeinflussen, solange dieser sich in Jesreel erholte.

Ich hielt in meiner Wanderung inne und stellte mir vor, wie Jehu den Soldaten einredete, dass der König von Israel besser tot wäre. Dann jedoch erinnerte ich mich an seine Freundschaft mit Ahab. Selbst wenn Jehu mich hasste, hatte er Ahab doch stets geliebt. Ich verdrängte den Anflug von Misstrauen aus meinen Gedanken. Jehu mochte die Königin von Israel verachten – aber den Sohn Ahabs würde er nicht hintergehen.

Vom Dach aus beobachtete ich die Ankunft meines Sohnes. Ich sah, dass er noch die blutbefleckte Kleidung trug. Sein Haar war verschwitzt, genau wie seine muskulösen Arme. Als ein Schatten auf sein Gesicht fiel, glaubte ich, dass Ahab aus Ramoth-Gilead heimkehrte.

»Ahab!«, schrie ich.

Oprah stürzte auf mich zu. »Es ist Jehoram, Mutter«, flüsterte sie mir ins Ohr. »Dein Jehoram.«

In diesem Moment zog die Sonne den Schleier beiseite, und ich sah, dass Oprah Recht hatte. »Ahab«, wimmerte ich leise und sank zu Boden. Oprah begann zu weinen. Aber warum? Weinte sie um die Königin von Israel oder um ihren eigenen Mann, der beinahe nicht mehr zurückgekommen wäre? Ich hätte es nicht ertragen können, wenn Oprah genauso leiden musste wie ich. Und wie meine Athalia in ihrem Reich im Süden. »Aschera!«, schrie ich laut und raufte meine Haare. »Aschera!« Wo war die Göttin nur? Wo war sie, wenn die Gezeiten anrollten?

»Sei doch dankbar, dass er lebt.« Oprah glättete mein Haar. Wen meinte sie? Ahab? Oder Jotham? »Sei einfach nur dankbar, dass Jehoram noch lebt.« Sie lächelte mich unter Tränen an.

Aber natürlich. Jehoram. Ich rappelte mich auf. Wir gingen zum Tempel und opferten für die Rückkehr des Königs einen Stier. Zum Glück war Jehoram nur an der Schulter verletzt. Länger als einen Monat würde die Genesung nicht dauern.

Beim Abendessen erzählte Jehoram, dass der neue König von Aram so klein wie ein junges Mädchen war. Ich fand es äußerst komisch, dass ein zierliches Mädchen nun Herrscher in Damaskus und Nachfolger Ben-Hadads war. Eine gerechte Strafe für Ben-Hadad, dachte ich. Ich rechnete ständig damit, dass Elischa Jehorams bevorstehenden Tod weissagte, aber nichts dergleichen geschah. War der größte Unruhestifter Israels etwa als Bettler in Aram gestorben? Oder in einem Zwist auf den Karawanenstraßen ums Leben gekommen?

Der Monat bis zu Jehorams Genesung verging wie im Flug. Oprah und mein Enkel freundeten sich an. Wenn ihre Väter noch gelebt hätten, hätte es sie gefreut. An einer Wand im Tempel waren folgende Worte eingeritzt:

Ein guter Sohn dient seinem Vater und errichtet ihm ein Grab. Er stützt seinen Vater bei Trunkenheit, er trägt ihn, wenn er zu viel Wein getrunken hat, er befestigt das Dach, wenn es regnet, und wäscht seine Kleider, wenn sie verschmutzt sind.

Ich war stolz, dass meine beiden Enkelsöhne diesem Bild entsprachen. Ahazia und Japheth wurden gemeinsam unterrichtet und waren bald so unzertrennlich wie Aschera und Baal. Sie saßen zusammen unter dem Olivenbaum und flüsterten sich die Geheimnisse ihrer Jugend zu. Ich stellte mir vor, dass sie über Frauen und Gold sprachen und überlegten, wer wohl der reichste und stärkste Kämpfer war. Eines Abends ging ich hinaus in den Garten und sah, dass Ahazia Anats Sieg für Japheth nachspielte.

Sie fing Mot ein,
Mit dem Schwert stach sie ihn nieder,
Mit einer Heugabel spießte sie ihn auf,
Mit Feuer verbrannte sie ihn,
Mit Mahlsteinen zerrieb sie ihn,
Sie streute ihn auf einen Acker,
Damit die Vögel seine Reste pickten
Und auch die Hühner ihren Teil bekamen.

Meine Enkelsöhne kämpften neben dem Wasserbecken, wo die Fische träge in der Abenddämmerung umherschwammen. Der kostbare Duft der Wüstenblumen hing in der Luft. Unsere Armee kämpfte noch immer gegen Aram, und Wochen vergingen, ohne dass eine Entscheidung fiel. Als steter Regen die streitenden Parteien in ihre Lager zwang, schlief der Kampf ein. In der Woche darauf alarmierte ein Wachposten Jehoram, dass sich fremde Soldaten den Stadtmauern näherten.

»Freund oder Feind?« Jehoram sprang aus dem Bett, und seine runde Oprah folgte ihm.

Der Wächter verließ den Raum, und mein Sohn ging ihm nach. Ich rannte auf den Turm, um Ausschau zu halten, und erkannte Jehus glänzenden Streitwagen in der Ferne. Demnach kehrten unsere Soldaten zurück. Aber warum hatte man keinen Boten vorausgeschickt? Waren sie siegreich gewesen oder geschlagen worden? Während ich zusah, wie sich der silbrige Zug durch die Straßen zum Palast wand, kroch mir dieselbe Vorahnung wie vor Ahabs und Jothams Tod über den Rücken. Jehoram nahm Ahazia mit, um die heimkehrenden Männer mit Jehu an der Spitze zu begrüßen. Oprah und ich begaben uns zusammen in den Thronraum, um weitere Nachrichten zu erwarten.

»Warum haben sie keinen Boten vorausgeschickt?«, fragte Oprah verwundert.

Ich schüttelte den Kopf. »Das kann ich mir nicht erklären. Jehu ist schon ein seltsamer Mensch.«

Wir warteten fast eine Stunde lang. Dann drehte ich mich zu Oprah um. »Irgendetwas stimmt hier nicht«, sagte ich, als auch schon die Türen aufflogen und ein blutüberströmter Bote hereintaumelte.

»Der König«, japste er. »Der König von Israel wurde angegriffen!«

»Wie bitte?«, schrie ich auf.

»Jehu hat die Armee gegen Omris Familie aufgehetzt. Der Prophet begleitet ihn. Jehu fordert den Thron Israels.«

»Elischa!«, schrie ich. »In Ascheras Namen, was ist denn vorgefallen?« Ich packte den blutüberströmten Mann an den Schultern und schüttelte ihn. »Los, sprich endlich!«, brüllte ich. Ich dachte an meinen Sohn und meine Enkelkinder, die sich noch immer im Palast befanden.

»Meine Königin, Ihr müsst fliehen«, stieß der Mann hervor. »Der König wurde gefangen genommen und verwundet. Ahazia von Juda wird der Nächste sein.«

Oprah wurde leichenblass. Ich drehte mich zu ihr um und riss ihr den mit Juwelen besetzten Umhang von den Schultern. Sie zuckte zurück, als ob ich sie angreifen wollte.

»Geh mit den Dienern«, befahl ich. »Und ziehe deine vornehme Kleidung aus! Jehu wird mich umbringen und dich vergewaltigen, mein Kind, und deinen Leichnam den Hunden vorwerfen. Nimm deinen Sohn mit«, flehte ich sie an, »und verlasse dieses Land!«

Ich schob sie zu dem Diener hin, der gerade mit einem Tablett voller Früchte eingetreten war. »Kümmere dich um sie!«, befahl ich ihm. »Verstecke sie im Keller und suche ihren Sohn, falls sie ihn noch nicht ergriffen haben. Bringe beide zu meiner Tochter nach Juda.« Ich löste die Kette von meinem Hals und legte sie in die Hand des jungen Mannes. Dann schloss ich seine Finger um die Smaragde und Perlen, die ich einst von meinem Vater erhalten hatte. »Los! Beeile dich!«

»Und was wird aus dir?«, rief Oprah.

»Wenn ich dich begleite, sterbt ihr beide!«

Ich sah ihr nach, wie sie den Raum verließ. Dann begann ich zu zittern. Ich konnte mein Herz schlagen hören. Es riet mir, mich ebenfalls in Sicherheit zu bringen, aber ich war wie gelähmt. Seit Jothams Tod war mein Leben vorüber.

Ich rannte wieder auf den Turm, um zu sehen, wie es stand. Vor den Toren gab es ein größeres Handgemenge. Die Armee befand sich vollkommen in Jehus Hand. Offenbar hatte Elischa die geschlagenen Soldaten mit seinen Reden und Prophezeiungen aufgehetzt. Und auch den Kommandanten, der schon immer König werden wollte! Ein zweiter Bote stürzte keuchend vor mir nieder.

Jehoram, mein jüngster und einzig überlebender Sohn, war tot. Auf der Flucht hatte ihn ein Pfeil durchbohrt.

»Verlasst den Palast«, flehte der Mann mich an.

»Wie steht es um den jungen König von Juda?«, fragte ich so gefasst, wie mir das möglich war.

»Er ist verwundet«, antwortete der Mann. »Oh, meine Königin, er wird sterben! Er reitet nach Megiddo, doch die Armee ist vollkommen in Jehus Hand. Ihr seid die Nächste auf seiner Liste. Falls Ihr bleibt, werdet Ihr sterben!«

Ich schloss die Augen und malte mir Athalias Entsetzen aus, wenn sie vom Tod ihres Sohnes erfuhr. Ich verneigte mich vor dem Boten. »Ich danke dir«, sagte ich lächelnd. Mit offenem Mund starrte der Mann mir nach, als ich mich in meine Räume zurückzog.

Im Raum, den ich einst mit Ahab geteilt hatte, schlüpfte ich in mein scharlachrotes Kleid. Dann schminkte ich mich, umrandete meine Augen mit Kohle und rieb meine Haut mit Öl ein. Ich flocht mein Haar, wie Innascha das immer getan hatte, und versenkte Jothams Locke zwischen meinen Brüsten.

Wenn ich aus dem Fenster blicke, sehe ich sie kommen. Hunderte von Soldaten überfluten die Wälle und den Palast, um alle Angehörigen von Omris Familie zu vernichten. Jehu wird mich töten. Dessen bin ich ganz sicher. Wenn schon nicht wegen meiner Weigerung, ihn zu erhören, dann aber für Elischa, der meinen Sohn umgebracht, und für Elischas Vorgänger, der meinen Mann und König auf dem Gewissen hat.

»Aschera, steh mir bei«, flüstere ich, während ich auf die Stadt hinunterblicke. Ich sehe die Mauern, die Ahab vor vielen Jahren gebaut hat. Ich sehe sie in der Sonne leuchten, während sie sich unten im Schatten verlieren, wo halb verhungerte Hunde nach Fressen suchen. Einige Männer drücken die Tür zu meinem Zimmer ein, in die Ahab einst unsere verschlungenen Initialen eingeschnitten hat, so wie unsere Herzen im Leben verbunden waren. Ich sehe Ahab, der nach mir ruft. »Ich habe Angst«, flüstere ich ihm zu. Aber dieses Mal ist er machtlos. Ich kann nicht in seine Arme fliehen, denn er kann mich nicht halten. Ich sehe auch Jotham, wie er die Arme nach mir ausstreckt und wartet. Ahazia ist ebenfalls da und ruft meinen Namen. Er sagt, dass mein Vater sehr stolz auf mich ist.

Ich frage mich, ob Aschera nach meinem Tod noch in Israel regieren wird. Und ich denke an die Priesterinnen und Priester. Ob sie auch hingeschlachtet werden wie ich? Ich wüsste gern, ob mein Tod rasch oder schmerzvoll sein wird. Ich schließe die Augen und schmecke den Wind. Ich schmecke Feuer und Salbei. Irgendwo brennt ein Tempel, und Mots Stimme übertönt Ascheras Lied. Ich höre Jehus Stimme von unten rufen, und ich sehe, dass er wütend zu mir nach oben schaut.

»Kommt herunter, meine Hurenkönigin. Kommt in die Arme eines Mannes, der Euch herzlich liebt.« Er lacht. Oh, Göttin, wie sehr ich sein Lachen verabscheue! Einige Männer kommen auf mich zu und packen meine mit goldenen Reifen geschmückten Arme.

»Hat Zimri etwa Frieden gefunden, nachdem er seinen Herrn ermordet hat?«, rufe ich, um ihn an den Offizier von Elas Streitwagen zu erinnern. »Euch wird es nicht anders ergehen als Zimri, der den Thron seines Königs gestohlen hat.« Ich koche vor Wut, aber mir sind die Hände gebunden. »Ascheras Fluch wird über Eure Familie kommen!«, schreie ich aus vollem Hals. »Nie wieder wird Baal Regen schicken, und mit Euch werden auch die Propheten spurlos vergehen, als ob sie nie auf Israels Boden existiert hätten.«

»Mich interessiert nicht länger, was Ihr zu sagen habt, Isebel! Wollt Ihr freiwillig zu mir kommen, meine Königin, oder sollen meine Männer Euch zu mir herunterwerfen?«

Die gesamte Armee sieht uns zu, aber ich rühre mich nicht.

Meine Lippen sind geschlossen. Nie würde ich mich für ihn erniedrigen und seine Hure werden. Ich, Isebel, Tochter des Baal, Prinzessin von Sidon und Tyrus, Königin von Israel.

»Wie ich sehe, habt Ihr Eure Wahl getroffen!«, ruft Jehu zu mir nach oben. Er wird mich auf jeden Fall umbringen, ganz gleich, ob er den Körper noch besitzt, nach dem er sich seit Jahren verzehrt. Er steigert sich in immer größere Wut. »Werft sie herunter!«, höre ich ihn brüllen. Und das Letzte, was ich in diesem Leben sehe, sind sein spöttisches Lächeln und der goldene Streitwagen mit den Flammen. Mit Flammen, so rot wie die Sonne.

Die Nachwelt

Weder die Rufe meiner Kinder noch Ahabs und Jothams ausgebreitete Arme können mich aus der sterblichen Welt lösen. Ich will sehen, wie Jehu sich meinem Leichnam nähert und sich von meinem Tod überzeugt. Nach einem Fall aus solcher Höhe bin ich natürlich tot. Er betrachtet meine hochmütigen Züge und den zerschmetterten Körper, der nur Ahab gehört hat. Er streckt die Hand aus, um mein Fleisch zu berühren, doch gleich darauf zuckt er wie eine giftige Schlange zurück und spuckt auf mein blutiges Gesicht. Er steigt auf seinen Wagen, und unter den Hochrufen seiner Soldaten spornt er die Pferde an und lässt sie den Körper zertrampeln, den er so lange entbehren musste.

Ich kann nicht glauben, wie zerbrechlich der menschliche Körper ist. Zerbrechlich wie kostbares Glas. Mein Blut rinnt wie Wasser aus einem zerstörten Damm in die Erde. Mein schönes Haar ist grausam zerzaust und mit Schmutz bedeckt. Die goldenen Reifen werden mir von gierigen Männern abgerissen.

Aber hier sind goldene Reifen ohne Bedeutung. Mein Vater ist mir ganz nahe. Ich spüre seine Gegenwart, aber ich kann noch nicht zu ihm gehen. Ich denke an Athalia, die in Juda regiert. Und schon bin ich bei ihr. Die Tage vergehen, und die Nachricht von meinem Tod erreicht ihr Land. Auch die Nachricht, dass ihr Sohn und ihr letzter Bruder ermordet wurden. Sie ist am Boden zerstört und schwört blutige Rache gegen Israel. Denn nach dem Tod ihres Sohnes ist sie die Königin von Juda.

Solange ich nicht weiß, was aus meiner einzigen Tochter wird, können mich weder Ahazia noch Jehoram in die Nachwelt locken. Ich warte auf die Rache, aber sie kommt nicht. Stattdessen wird meine starke Athalia, mein Alles, was mir von Ahab geblieben ist, durch einen Jahwepriester vom Turm gestürzt. Ihr Schmerz ist ebenso kurz wie der meine. Ich sehe ihren Körper fallen, sehe, wie sie die Augen schließt, und höre ihr Herz bis zuletzt schlagen. Ein weiteres Mal hat Jehu gegen alle Wahrscheinlichkeit triumphiert. Er hat dem Hohepriester verräterische Parolen ins Ohr geflüstert, meine Tochter getötet und auch den Thron von Juda an sich gerissen.

Nun ruft auch Athalia nach mir. Aber ich gehorche noch immer nicht. Meine Reise ist noch nicht zu Ende. Ich will wissen, was aus dem Ungeheuer wird, das meine Familie ausgelöscht hat. Ich bleibe noch einige Jahre in der Welt der Sterblichen, aber in der Nachwelt sind das nur Tage.

Ich sehe, dass Jehu wie Zimri wird. Ich sehe, wie seine Armee unter den Schwertern der Assyrer zusammenbricht. Ich sehe, wie er Schalmaneser seinen Tribut überbringt und sich wie ein gewöhnlicher Sklave vor dem König verbeugt.

Seine Soldaten verspotten ihn und bereuen, dass sie meinen Sohn vom Thron gestürzt haben. Doch es ist zu spät. Mit Freude sehe ich, wie die Männer, die Jehu unterstützt haben, auf dem Schlachtfeld sterben. Es ist ein grausamer, schmerzvoller Tod.

Und ich sehe, wie Oprah als ausgemergelte Sklavin im Land meiner Tochter bei der Geburt ihres Kindes stirbt. Ich fühle ihre Gegenwart und die ihres Kindes dicht neben mir. Ihr Sohn Japheth lebt als Diener in Juda.

»Komm, Mama.« Oprah benutzt dieses Kinderwort, um mich endlich ins Licht zu heben. »Innascha erwartet uns.«

»Nein, Oprah, ich will erst sehen, wie Jehu stirbt«, sage ich.

»Er wird ganz normal sterben, wie jeder Mensch sterben muss. Komm, sie warten alle auf dich.«

»Nein, ich muss noch bleiben und Elischas Qual erleben«, wehre ich ihr Bitten ab.

»Aber dein Vater ruft nach dir. Und Ahab und Jotham erwarten dich.«

»Nein, Oprah, noch nicht. Gehe du schon voraus.«

»Dido ist auch bei ihnen«, sagt sie zuletzt.

Ich drehe mich um und sehe, dass ihr Gesicht so jung und schön ist wie damals in Israel, bevor Jehoram und Athalia gestorben sind und sie eine einfache Dienerin wurde. Damals, lange vor ihrem Tod bei der Geburt.

»Dido?«, frage ich.

»Ja, sie wartet auf dich, Isebel.«

Ich lächle angesichts der stolzen Erinnerung, die meine Schwester an mich hat. Der letzte Edelstein aus Vaters Krone ist blind geworden, und die tyrischen Frauen sind zu Staub zerfallen. Ich erinnere mich an meine Jugend und Didos Lachen. Und erinnere mich wieder an ihre liebevollen Worte, als Ahabs starke Arme mich umfingen. Als sie mir versichert hat, dass Ahab liebevoll und sanft sein würde. *Ahab*, denke ich, und mein Herz sehnt sich nach ihm.

»Ahab, ich komme«, flüstere ich in den Dunst, der mich umgibt, und endlich gehen meine Füße auf das Licht zu. Und während ich gehe, singe ich das lang vergessene Loblied auf Aschera. Worte, die ich seit meiner Kindheit nicht mehr gesungen habe:

Gelobt sei die Herrin der beiden Länder. Unterwerft euch der Mutter aller Götter. Möge sie ein glückliches Begräbnis nach langem Leben gewähren. Ein Begräbnis in der Wüste westlich von Theben. Möge sie uns täglich ihre Schönheit schenken.